AF525851

Saskia Louis lernte durch ihre älteren Brüder bereits früh, dass es sich gegen körperlich Stärkere meistens nur lohnt, mit Worten zu kämpfen. Auch wenn eine gut gesetzte Faust hier und da nicht zu unterschätzen ist ... Seit der vierten Klasse nutzt sie jedoch ihre Bücher, um sich Freiräume zu schaffen, Tagträumen nachzuhängen und den Alltag einfach mal zu vergessen.

SASKIA LOUIS

BASEBALL LOVE

KÜSS NIEMALS EINEN BASEBALLER

Überarbeitete Neuausgabe November 2021

Made in Stuttgart with ♥

Küss niemals einen Baseballer

ISBN 978-3-98637-413-6
E-Book-ISBN 978-3-98637-410-5

Dies ist eine überarbeitete Neuausgabe des bereits 2016 bei dp Verlag, ein Imprint der dp DIGITAL PUBLISHERS GmbH erschienenen Titels Küss niemals einen Baseballer (ISBN: 978-3-96087-054-8).

Covergestaltung: Vivien Summer
Umschlaggestaltung: ARTC.ore Design
Unter Verwendung von Abbildungen von Shutterstock.com: © Eugene Onischenko, © ArtOfPhotos, © Pooh photo, © BaLL LunLa, © ExpertOutfit
Lektorat: Astrid Rahlfs
Satz: dp DIGITAL PUBLISHERS GmbH
Druck und Bindung: Books on Demand GmbH, Norderstedt

Für meine Strühs Wiebke und Tim.

I feel fish.

Kapitel 1

Kaylie Thompson tolerierte eine Menge Dinge.

Leute, die an der Kasse Ewigkeiten brauchten, um das Kleingeld aus ihrem Portemonnaie zu kramen. Hunde, die Haargummis in ihrem Fell trugen. Menschen, die Pfefferminz-Schokolade mochten. Kühlschränke, die so laut summten, dass man eigentlich den Kammerjäger rufen müsste.

Aber es gab eines, das sie nicht akzeptierte. Eine Sache, die sie fast dazu verleiten könnte, ihre kurzgeschnittenen Fingernägel in den Rücken ihrer Patienten zu schlagen.

„Ich bin keine Masseuse!"

„Autsch! Nimm deine Nägel aus meinem Rücken!"

Okay, man musste das *fast* wohl streichen. „Ich nehme meine Nägel heraus, wenn du zurücknimmst, dass ich eine gute Masseuse bin."

„Na ja, aber das, was du gerade tust, ist doch ..."

Sie grub ihre Finger tiefer in die Muskeln von Jake Braker, Vollidiot und Baseman bei den Philadelphia Delphies.

„... verdammt, okay! Du bist keine gute Masseuse! Und das meine ich in diesem Moment wirklich ernst."

Sie hob ihre Hände hoch und strich sich zufrieden die Haare aus dem Nacken. „Gut. Wir sind hier jetzt auch fertig."

„Meine Güte!" Jake richtete sich auf und schwang die Beine über die Liege. „Was bist du so empfindlich?"

Sie war nicht empfindlich. Sie hatte nur etwas gegen Menschen, die ihren Job nicht ernst nahmen und sie zur Masseuse degradierten. Nichts gegen Masseusen, sie waren sicherlich harte Arbeiterinnen und diejenigen, die nicht nur ... Dinge massierten, die sich unterhalb der männlichen Gürtellinie befanden, hatten ihren vollsten Respekt. Nichtsdestotrotz: Sie hatte ihre Zeit nicht mit Fortbildungen, dem Studium des menschlichen Körpers und Akupressurpunkten verbracht, um von einer Physiotherapeutin zu einer Masseuse hinabgesetzt zu werden. Außerdem wäre die richtige Bezeichnung *Masseurin*! Jake sollte besser recherchieren, bevor er wahllos Leute als Masseuse beschimpfte.

„Jake, du musst lernen, Frauen mehr zu respektieren. Ein bisschen mehr aufpassen, was du von dir gibst. Sonst nimmt dich nie eine ernst."

Er rieb sich den Nacken und ließ seine rechte Schulter kreisen. „Du bist die einzige Frau, die mich nicht ernst nimmt!"

Sie prustete und klopfte ihm freundschaftlich auf den Rücken. „Du bist süß, wenn du ahnungslos bist."

Mit düsterem Blick stand er von der Liege auf und zog sich das Hemd über, das er über einen Stuhl in der Ecke ihres Behandlungsraumes gelegt hatte. „Bis jetzt hat noch keine Frau in meinem Bett behauptet, dass ich ahnungslos wäre."

Das brachte Kaylie zum Lachen. „Die Frauen, mit denen du ins Bett gehst, würden auch nie auf die Idee kommen, ehrlich mit dir zu sein – nichts für ungut."

Jake knöpfte sich das Hemd zu und hatte die Augenbrauen tief ins Gesicht gezogen.

Jetzt war er beleidigt. Kaylie vergaß immer, dass Männer etwas empfindlich waren, was ihre Fähigkeiten im Bett anging.

Seufzend lief sie um die Liege herum. „Sorry. Ich bin sicher, deine Bimbos sind zufrieden mit dir. Wir reden dann noch einmal, wenn du mit einer Frau schläfst, die sich nicht vorher ein Autogramm von dir auf ihre Brüste hat geben lassen."

Jake schnaubte, grinste jetzt aber wieder. „In letzter Zeit lassen sich Frauen lieber die Innenseite ihrer Oberschenkel unterschreiben. Brüste sind gar nicht mehr so beliebt."

Sie stöhnte laut auf und boxte ihm gegen die Schulter. "Manchmal vergesse ich, warum ich dich mag."

Jake war jung, hatte für seine mittlerweile dreiundzwanzig Jahre einfach zu viel Geld und als Baseballspieler zu viel Ansehen, als dass sein Ego eine normale, annehmbare Größe haben könnte. Und dennoch war er innerhalb der letzten Monate zu einem guten Freund geworden. Was schon sehr ironisch war, wenn man Kaylie besser kannte.

Es gab eigentlich nur drei Dinge, die sie wirklich hasste:

als Masseuse bezeichnet zu werden, die Haut auf Pudding und Baseball.

Die Welt wäre ohne dieses Spiel einfach besser dran. Na gut, *ihre* Welt. In dem Punkt war sie wohl etwas egoistisch. Und Jake war der Inbegriff eines Baseballspielers. Alle Klischees wurden in ihm zusammengefasst, trotzdem war er ihr ans Herz gewachsen. Er würde es nicht zugeben, doch er brauchte etwas Normalität in seinem Leben. Menschen, die sich mit ihm abgaben, weil er ein lockerer, witziger Typ war und nicht, weil er gut aussah und ein Bankkonto in der Höhe des Mount Everests besaß.

Kaylie war wohl zu diesem Menschen geworden. Was sollte sie sagen? Sie hatte eine Schwäche für Menschen, die Hilfe brauchten und Jake brauchte weiß Gott eine Menge davon! Er hatte sie letztens angerufen, um zu fragen, wie man eine Waschmaschine bediente.

„Du magst mich, weil ich dich gut bezahle und süß bin“, erklärte Jake und wieder ließ er die Schulter kreisen, bevor er tief seufzte. „Ich bin jedes Mal ein neuer Mensch, wenn ich von dieser Liege aufstehe! Ich sollte täglich kommen.“

„Solltest du, aber wer würde sich dann um deine Bimbos kümmern?“

„Hey, ich könnte dich einfach auch zu einem Bimbo machen.“

„Das wäre pädophil von mir.“ Und sie fand Jake in etwa so anziehend wie einen Pandabären: Er war total knuffig und man wollte ihn knuddeln, aber mit ins Bett würde sie ihn sicherlich nicht nehmen.

„Ich bin nur vier Jahre jünger als du!“

Kaylie schüttelte den Kopf und öffnete die Tür des Behandlungszimmers, um ihn herauszulassen. „Du vergisst, dass Frauen Männern mental um einige Jahre voraus sind. Intellektuell könntest du mein Sohn sein.“

Sie liefen den Gang zum Eingangsbereich entlang.

„Und du sagst mir immer, ich sei arrogant“, grummelte der Baseballer und stützte sich mit den Unterarmen auf dem Rezeptionstresen ab, hinter dem die derzeitige Aushilfe Sarah mit leuchtenden Augen zu ihm aufsah.

„Du *bist* arrogant“, stellte Kaylie fest und lehnte sich über den Holztresen. „Sarah, könntest du Jakes Rezept raussuchen, damit er es unterschreiben kann?“

Das Mädchen beachtete sie gar nicht. Sie hatte das Kinn in die Hände gelegt und starrte zu dem dunkelhaarigen Mann hoch, der ihr gerade zuzwinkerte.

„Sarah!“, wiederholte Kaylie lauter und schlug mit der Hand auf das Holz.

Sie erwachte aus ihrer Starre und wandte sich verwirrt blinzelnd an ihre Mitarbeiterin. „Was?“

Kaylie unterdrückte ein Stöhnen und wiederholte ihre Bitte.

„Oh, natürlich!“, sagte Sarah mit hochrotem Kopf und tauchte Sekunden später in eine Schublade, in der sie nach dem Zettel kramte.

Wie konnte man auf einen Baseballspieler stehen?

Kaylie verstand es einfach nicht. Das war doch Herzschmerz, der darauf wartete zu passieren! Baseballspieler waren kein Material für eine ernste Beziehung. Sie waren sieben Monate im Jahr nur unterwegs und die anderen fünf spielten sie in irgendwelchen Charity-Turnieren, waren im Training und warteten darauf, endlich wieder mit einem Holzstück auf einen Ball eindreschen zu können! Und wenn sie zuhause waren, sprachen sie weiter über ihre Statistiken und die Schwächen der gegnerischen Mannschaften. Sie könnten genauso gut einen Baseball als Kopf haben.

Ja, schön. Ihre Freundin Emma war mit einem zusammen und schien glücklich. Aber sie kam auch aus Deutschland und da waren die Frauen offensichtlich verrückt.

„Sie ist süß“, murmelte Jake neben ihr. „Ist sie schon achtzehn?“

„Sie hat einen Freund.“

„Du hast meine Frage nicht beantwortet.“

Stöhnend legte sie sich eine Hand auf die Stirn. „Du bist so ein Strüh, Jake.“

„Ein was?“ Verwirrt wandte er seinen Blick von Sarahs Hinterkopf.

„Ein Strüh. Das ist ein Wort, das ich in die amerikanische Sprache einführen werde.“

„Was zum Teufel ist ein Strüh?“

„Emma hat mir von dem Wort erzählt. Sie und ihre deutschen Freunde benutzen es immer. Strüh ist multivalent einsetzbar. Es kann Idiot, Gott, liebevoller Dummbatz, verwirrtes kleines Kind und vieles mehr bedeuten. Es kommt auf die Betonung an.“

„Und was hat ‚Strüh‘ gerade bedeutet?“

Kaylie grinste breit. „Das ist ja das Tolle an dem Wort: Du wirst es nie erfahren. Ich könnte dich beleidigt oder dir ein Kompliment gemacht haben – und du kannst mich nicht darauf festnageln.“

„Aber dich versteht dann auch keiner ...“

„Oh, ich glaube, du verstehst mich ganz gut ... oder, du Strüh?“ Sie klimperte mit den Wimpern.

Kopfschüttelnd nahm Jake das Rezept und den Stift entgegen, den Sarah ihm jetzt reichte. „Du bist echt die durchgeknallteste platonische Freundin, die ich habe.“

„Ich bin deine einzige platonische Freundin.“

„Ja, mit mehr wäre ich wahrscheinlich auch überfordert. Es gibt überraschend wenige Frauen, mit denen ich nicht schlafen will. Du solltest dich geehrt fühlen.“

Er unterschrieb das Papier und schob es über den Tresen zu Sarah zurück, der er schon wieder zuzwinkerte.

Augenverdrehend schob Kay ihn an den Schultern zur Tür, während sie die Aushilfe darum bat, ihren nächsten Patienten schon einmal aufzurufen.

„Das du noch nicht an einer Geschlechtskrankheit verreckt bist, ist ein Wunder“, murmelte sie und ließ ihn los, bevor sie in Versuchung kam, seinen Kopf einfach gegen den Rahmen zu schlagen.

„Sind alle Frauen, die keinen Sex bekommen, so gemein? Denn dann sollte man weiblichen Präsidenten vielleicht einen Sex-Sklaven zur Verfügung stellen ...“

„Halt die Klappe, bevor ich mir noch einmal überlege, ob ich Pazifistin bin.“

„Soll ich dir vielleicht auch einen Bimbo suchen? Die sind toll“, sagte Jake und tätschelte ihr den Kopf. Als wäre er derjenige, der sich um sie kümmern musste – und nicht andersherum.

„Blödmann“, murrte sie und zog seine Hand weg.

Das war unfair. Sie hatte Sex. Sie schlief mit einer Menge Männern.

Okay, das war so bitter gelogen, dass sie prompt rot wurde. Ja, sie hatte seit einiger Zeit eine Flaute – was vor allem an einer Liste oder eher einem Fragebogen lag, der an ihrem Kühlschrank hing. Aber gute Männer wuchsen nun einmal nicht auf Bäumen. Und sie würde sich ganz bestimmt nicht wieder mit jemandem zufriedengeben, der sie nicht an erste Stelle setzte. Es schien nur fast so, als würde sie dann nie einen Typen finden ... aber sie mochte Hunde. Zur Not würde sie sich einfach einen besorgen und mit dem in einem Bett schlafen.

Dieser Gedanke war so deprimierend, dass sie sich hart gegen die Schläfe klopfte, um ihn wieder loszuwerden.

„Okay, wenn du dich schon selbst schlägst, wird es Zeit zu gehen", stellte Jake fest und öffnete die Tür, durch die warme Luft hereingeweht kam. „Ach hey, kommst du heute zum Spiel?"

Sie verschränkte die Arme vorm Körper. „Dass du das immer noch fragst ..."

„Ich habe die Hoffnung noch nicht aufgegeben ... warum hasst du Baseball noch gleich?"

„Weil es dämlich ist!"

Jake hob skeptisch eine Augenbraue. Er wusste, dass sie log, aber wohl auch, dass sie ihm nicht den wahren Grund nennen würde. Eigentlich wunderte es Kaylie, dass er noch nicht selbst darauf gekommen war. Dass er nie die Verbindung hergestellt hatte. Aber so war es ihr ohnehin lieber.

„Schön. Ende der Woche haben wir eine Drei-Spiele-Reihe auswärts, ich werde also vollkommen fertig wiederkommen und brauche dann deine Hilfe!"

Sie nickte – immer diese armen geschundenen Männer – und stellte sich auf die Zehen, um ihn kurz zu umarmen. „Alles klar. Danke für den Haufen Geld, den du mir zahlst!"

Er lachte. „Danke dafür, dass meine Schulter nicht mehr wehtut! Du hast Wunder-Hände."

Ja, da wollte sie nicht widersprechen. Sie liebte ihren Job. Und manchmal fragte sie sich, ob es nicht falsch von ihr war, andere dafür zu verurteilen, dass sie dasselbe taten.

***

„Ich dachte immer, Frauen schwitzen Regenbogen – aber das Zeug, was bei dir rauskommt, ist ja echt eke-lig."

Dexter O'Connor war ein geduldiger Mann. Seine Toleranz für Bullshit war außergewöhnlich hoch, was als Baseballspieler einfach berufsnotwendig war. Nichtsdestotrotz gab es Grenzen. „Halt die Klappe, Luke", presste er zwischen den Zähnen hindurch, während er das Stemmeisen wieder an seine angebrachte Stelle zurückschob. „Du bist ein Pitcher – also ein fauler Sack. Du wirst nur jedes vierte Spiel oder so eingesetzt, also kein Wunder, dass du nicht weißt, was Schweiß ist."

Er richtete sich auf und griff nach dem Handtuch, das über dem Ende der Stemmbank hing. Es war keine zwei Uhr und das Spiel heute Abend erst um sieben. Doch es war nicht unüblich, dass die Spieler bereits Stunden vor Spielbeginn im Clubhaus herumhingen.

„Ich habe eine heiße Freundin, die jede Nacht in meinem Bett wartet – ich weiß, was Schweiß ist", grinste Luke, der träge auf dem Laufband lief.

Dex hatte so eine Ahnung, dass Luke, wenn Emma wüsste, was ihr Freund hier gerade von sich gab, einige Zeit auf schweißtreibende Aktivitäten mit ihr verzichten müsste.

„Deine Freundin – war das die, die dich letzten Monat im Fernsehen zur Schnecke gemacht hat?", wollte Tyler Brady wissen, ein Shortstop, der vor ein paar Wochen erst zusammen mit Ryan Hale, einem Catcher, von den Houston Astros an die Delphies verkauft worden war.

Lukes Miene verdüsterte sich. „Ja ... wieso?"

Tyler warf Ryan einen Blick zu, der Dexter zum Grinsen brachte. „Wir haben das Video letzten Monat bei den Astros vor jedem Spiel angesehen. Das war äußerst motivierend."

„Siehst du, Luke? Die Tatsache, dass du ein Waschlappen bist, ist äußerst motivierend!", lachte Dex und stand auf. „Ich glaub', das schreib' ich gleich Emma, die freut sich, dass sie ..."

Er kam nicht dazu weiterzusprechen, denn in diesem Moment flog die Tür zum Trainingsraum auf und schlug hart gegen die dahinterliegende Wand.

Eine brünette junge Frau baute sich im Rahmen auf und starrte wütend zu ihm herüber.

„Du!", brüllte sie und deutete mit dem Finger auf ihn.

Verdammt!

Er hatte geglaubt, die Security des Clubhouse würde ihm seine Schwester einige Stunden vom Hals halten. Aber er vergaß immer, dass Chloe keine Skrupel hatte und zurzeit auf einer Skala von Welpe bis Furie ziemlich weit oben anzusiedeln war. Der Security-Guard hatte sie wahrscheinlich gesehen und war dann wimmernd weggelaufen.

„Wo hast du ihn?", schrie sie weiter und beachtete die halbnackten Männer gar nicht, die sie mit offenen Mündern anstarrten. Sie stand mittlerweile vor ihm und der Schlag, den sie seiner Schulter verpasste, zog sich bis in seinen Nacken hinauf.

„Chloe, der Raum hier ist nur für Mitglieder der Delphies", sagte er ruhig, ihre Frage ignorierend.

Sie fuhr mit ihrem Kopf herum und starrte der Reihe nach die anderen Spieler an, die aufgehört hatten zu trainieren.

„Hat irgendwer ein Problem damit, dass ich hier bin?", fragte sie scharf.

Abrupt schüttelten alle den Kopf.

„Siehst du!", zischte sie gezwungen lächelnd. „Alle wollen mich hier haben. Also: Wo hast du ihn versteckt?"

Er kratzte sich unangenehm berührt den Nacken. „Ich habe keine Ahnung, wovon du sprichst."

„Meinen Ausweis! Wo hast du meinen Ausweis versteckt?" Ihre Stimme hallte von den Wänden wider und erneut schlug sie auf seinen Schlagarm. Autsch. Der hatte ohnehin schon bessere Tage erlebt – und das wusste Chloe nur allzu gut!

„Du hast deinen Ausweis verloren?", stellte er dümmlich fest und legte sich das Handtuch in den Nacken.

„Du hast ihn mir geklaut, Dexter", knurrte sie, die Augen zu Schlitzen verengt. „Für wie dämlich hältst du mich? Du hast in meiner Handtasche gewühlt und ihn geklaut."

Schön, ja. Er hatte ihr den Ausweis weggenommen. Aber das war anscheinend der einzige Weg, sie davon abzuhalten, jeden Abend mit ihren bescheuerten, sogenannten Freunden in eine Bar oder einen Club zu gehen, anstatt sich um ihre Zukunft zu kümmern. Was für eine Wahl hatte er also gehabt?

Außerdem hatte er ein Kondom in ihrer Tasche gefunden! Er würde sie ganz sicher nicht in die Nähe von Alkohol und diesen Vollidioten lassen, mit denen sie herumhing. Am Ende säße sie heulend und schwanger in seinem Bett und er würde wieder den Dreck hinter ihr aufsammeln müssen.

Er wusste, dass sie vierundzwanzig und erwachsen war. Aber Chloe hatte die vergangenen drei Jahre damit verbracht, ihr Leben und ihre Bildung wegzuwerfen und solange sie sich nicht endlich Gedanken darüber machte, was sie mit ihrer Zukunft anfangen wollte, würde er ihr liebend gerne jeden Tag den Ausweis klauen.

Oder noch besser: ihr Portemonnaie. Und wurden heutzutage eigentlich noch Keuschheitsgürtel verkauft? Er wusste es nicht, sollte sich deswegen aber vielleicht mal informieren.

„Dexter, du gibst mir jetzt sofort meinen Ausweis zurück oder ich schwöre dir, dass ich bei einer Zeitschrift anrufe und denen erzähle, dass ich dich jede Nacht weinend in deinem Zimmer erwische, weil keine Frau dich wirklich liebt."

Das Problem war, dass Chloe keine leeren Drohungen aussprach. Andererseits war es ihm zutiefst egal, was die Zeitungen berichteten.

„Hast du dir die Collegebroschüren angesehen, die ich dir hingelegt habe?"

„Meinst du die, die im Müll liegen?"

„Chloe!"

„Nein, nicht *Chloe*." Ihr Zeigefinger bohrte sich in seine Brust. „Es ist meine Zukunft und wenn du mich an das Geld lassen würdest, das Mom und Dad für mich hinterlegt haben, würde ich schon längst nicht mehr bei dir wohnen! Also hör auf, mir das vorzuhalten."

Er seufzte tief. Ja, das würde nicht passieren. „Chloe, du warst praktisch mit dem College fertig. Du müsstest nur noch ..."

„Wo ist mein Ausweis, Dex?", unterbrach sie ihn. „Ich muss zur Arbeit und ohne Ausweis kann ich keinen Alkohol ausschenken!"

Noch ein Grund, warum er ihn ihr weggenommen hatte. In dem Loch, in dem sie gerade kellnerte, sollte niemand arbeiten, geschweige denn etwas essen oder trinken.

„Ich habe keine Ahnung, wo dein Ausweis ist."

„Ich warne dich!" Ihre Stimme kam einem Flüstern gleich. „Ich werde dich vor den Augen deiner Teammitglieder niederringen und auf deinen schrottigen Arm schlagen, wenn du mir nicht sofort sagst, wo du ihn versteckt hast."

Er schnaubte. „Denkst du, nur weil du Kampfsport machst, habe ich jetzt Angst, dass ..."

Im nächsten Moment wurden ihm die Füße unter dem Körper weggerissen und er fiel hart auf den Rücken.

Was zum Teufel ...!? Wie hatte sie das gemacht? Und warum zog sich das dumpfe Pochen, das sich die letzten Tage immer mehr in seinem rechten Arm bemerkbar gemacht hatte, nun bis zu seinen Nackenmuskeln hoch?

Chloe lächelte süßlich zu ihm hinab und ihr Fuß ragte bedrohlich über seinen bereits in Mitleidenschaft gezogenen Arm. „Den Ausweis. Oder ich trete zu."

„In meiner Sporttasche, du Verrückte!", stöhnte er.

Jetzt drehte sie ja völlig am Rad! Wann war seine Schwester so stark geworden? Vor fünf Jahren hatte er noch eine Hand auf ihre Stirn legen und sie mit ausgestrecktem Arm davon abhalten können, ihn auch nur zu berühren.

Sie hatte in den letzten Jahren wirklich zu viel einstecken müssen. Aber er wusste nicht mehr weiter. Er wusste nicht, wie er ihr noch helfen konnte. Alles was er sagte, traf auf Granit.

„Wer ist hier verrückt?“, fuhr sie auf und fing an, seine Tasche zu durchwühlen, während er sich langsam und ächzend wieder aufrichtete. „Du hast deine eigene Schwester bestohlen!“

Er sah es nicht als stehlen an. Eher als helfen.

Und verdammt, seine Schulter schmerzte wie Hölle. Er hatte in fünf Stunden ein Spiel!

Er rieb sich seinen Arm und beobachtete Chloe dabei, wie sie triumphierend die Hand mit dem Ausweis in die Höhe reckte. „Ha!“, machte sie und sah ihn böse an. „Finger weg von meiner Handtasche – und das Kondom will ich auch wiederhaben!“

Stöhnend legte er sich eine Hand auf die Stirn. „Ganz sicher nicht!“

„Na gut. Dann werde ich eben ohne mit dem nächsten Kerl schlafen“, sagte sie fröhlich und sah in die Runde. „Nett euch kennenzulernen, Jungs.“

Seine Mitspieler schienen allesamt einen Lachanfall zu unterdrücken. Tyler hatte einen so roten Kopf, dass es aussah, als müsse er gleich platzen und Luke gab sich nicht einmal Mühe, sein Grinsen zu unterdrücken. Na klasse. Jetzt war er der Kerl, der sich von seiner Schwester hatte verprügeln lassen ... und ihr das Kondom weggenommen hatte.

Sie hob die Hand und wollte in genau dem Moment zur Tür hinaus, in dem Sam – Dex ältester, bester Freund und neuer PR-Manager der Mannschaft – hereinkam.

Chloe machte noch einmal einen Schritt nach hinten, um ihn einzulassen und ließ ihren Blick einmal von oben nach unten und zurück wandern, die Arme vorm Körper verschränkt.

Er trug wie immer Anzug und Krawatte – und aus einem Grund, den Dex nicht kannte, war Chloe nie mit ihm warmgeworden. Dabei kannten sie sich schon seit einer Ewigkeit.

„Hey Sam, wie ich sehe, trägst du den Stock in deinem Arsch immer noch mit Stolz. Ich wunder' mich täglich, dass eine deiner Krawatten dich nicht irgendwann erstickt ..."

Sam verzog keine Miene. Das war sein Ding. Emotionen zu zeigen, stand nicht weit oben auf seiner Liste. „Kann ja nicht jeder so ein lieblicher Freigeist wie du sein", meinte er trocken. „Obwohl dir ein wenig Ordnung guttun würde. So eine Krawatte wäre vielleicht gar nicht schlecht."

„Oh, aber ich benutze Krawatten doch! Aber eben nur für meine Handgelenke ...", lächelte sie und lief aus der Tür.

Oh Gott.

Konnte ihm bitte jemand die Ohren ausbrennen? Sofort!

Stöhnend ließ er sich auf die Stemmbank sinken, immer wieder den Kopf schüttelnd. Dieser Tag war echt für die Toilette!

„Ja, du hast recht, Dex", grinste Luke und stieg vom Laufband. „Waschlappen zu betrachten, ist wirklich motivierend. Ich glaube, ich werde heute das beste Spiel der Saison haben."

Dexter reckte seinen Mittelfinger in die Höhe und ließ den Kopf stöhnend auf sein Knie sinken.

„Deine Schwester ist die reinste Herzenswonne, Dex", bemerkte Ryan. „Ich steh' auf schlagkräftige Frauen, wo arbeitet sie noch gleich?"

„Finger weg von meiner Schwester!" Sofort richtete er sich wieder auf. Das fehlte ihm noch, dass sie sich mit einem befreundeten Mannschaftskollegen einließ!

„Aber Dex", schalt Luke ihn grinsend, „das passt doch super: Dann würde es in der Familie bleiben!"

„Einen Scheiß würde es!" Schlimm genug, dass seine Schwester ... *Sex* hatte. Wenn er auch noch wissen müsste, mit *wem* sie ... er brauchte einen Mülleimer, um sich zu übergeben.

„Mensch O'Connor, deine Schwester ist echt heiß", stimmte nun auch Tyler mit ein. „Und ich glaub', sie ist nicht die Art von Frau, die sich sagen lassen würde, mit wem sie in die Kiste zu steigen hat ..."

Dex sprang auf und zuckte ächzend zusammen, als erneut dieses Ziehen bis zu seinem Nacken einsetzte. „Ich sag' es nur noch einmal und dann wird nie wieder darüber geredet: Finger weg von meiner Schwester!"

„Rastet er wieder wegen seiner Schwester aus?"

Super, das hatte ihm gerade noch gefehlt. Jake Braker, der jüngste der Spieler, aus dessen Mund der größte Blödsinn kam – was schon was hieß, wenn man mit Luke Carter in einer Mannschaft war – trat durch die Tür und blieb neben Sam stehen, der die Arme vor der Brust verschränkt hatte und konzentriert auf den Boden starrte.

„Jap", erklärte Luke, der sich nach einer Wasserflasche gebückt hatte.

„Das wird langsam alt, Alter. Wir alle wissen, dass du jeden niederschlägst, der auch nur von ihr fantasierst."

„Ich wollte nur sichergehen, dass unsere neuen Teammitglieder das auch wissen“, knurrte er und warf Ryan und Ty einen Blick zu.

Die hoben beide die Hände. „Sorry, Mann. Wussten nicht, dass das ein wunder Punkt ist. Wir fassen sie nicht an.“

„Gut“, seufzte er und rieb sich wieder über die Schulter.

„Was ist mit deinem Arm?“, wollte Sam prompt wissen und nickte in die gegebene Richtung.

„Bin nur falsch ... gefallen“, murmelte er.

Jetzt fing der Bastard auch noch breit zu lächeln an! Sam war sehr sparsam mit Gefühlsregungen – außer mit Schadenfreude. Die verteilte er in Massen. „Chloe hat dich niedergestreckt?“

„Sie hat nur ...“ Doch wenn er ehrlich war, würde nichts, was er sagte, es besser machen.

„Mann, Mann ... kannst du heute spielen?“

„Natürlich kann ich spielen!“

„Gut. Es wäre echt scheiße, kaum zwei Monate hier als PR-Mann angestellt zu sein und der Presse dann erklären zu müssen, dass du nicht an einem Spiel teilnehmen kannst, weil deine Schwester dich verprügelt hat.“

„Ich kann spielen“, wiederholte Dexter düster. „Ich muss nur zum Physiotherapeuten und dann wird das.“

„Bist du sicher? Du siehst sehr leidend aus.“

„Halt die Klappe, Sam. Ich habe dir den Job besorgt!“

Sein Freund schnaubte laut und zog den Knoten seiner Krawatte enger. „Du hast einen Dreck getan. Du hast mir nicht mal gesagt, dass eine Stelle ausgeschrieben war.“

„Ja, weil wir ohnehin schon zu viel gemeinsam rumhängen. Da wollte ich deine Visage nicht auch noch bei der Arbeit sehen müssen!“

Dex war seit dem College mit Sam befreundet. Während er sich durch die Kurse geschummelt und ohnehin nur Baseball hatte spielen wollen, hatte Sam sich zu Tode geackert und ihm die Hölle heiß gemacht, als er aufgrund seiner schlechten Noten beinahe sein Stipendium verloren hatte. Dex verdankte Sam genaugenommen, dass er im Baseballteam hatte bleiben können und es so in die MLB geschafft hatte. Sam hatte summa cum laude abgeschlossen, war nach LA gegangen, um in einer der größten Marketingfirmen anzuheuern und Geld zu scheffeln, während Dex über einige Umwege zu den Delphies gekommen war, um das Gleiche zu tun. Sie hatten Kontakt gehalten – was mit niemand anderem von Dex' alten Freunden geklappt zu haben schien – und letztes Jahr war Sam dann nach Philadelphia gezogen. Dex wusste bis heute nicht warum genau, aber das würde sein Freund ihm schon noch erzählen, wenn er soweit war.

Da Sam nicht gerne redete, war Dex mit der Einzige, der überhaupt wusste, was er in seinem Leben bereits hinter sich gelassen hatte.

Aber er war für ihn da gewesen, als vor drei Jahren die Hölle losgebrochen war – und das war es, was zählte.

„Ach, ich mag es, wenn du romantisch wirst“, grinste Sam und nickte den beiden Neuen zu. „Hale, Brady, ihr müsst mitkommen. Wir geben gleich in der Pressekonferenz bekannt, wie wunderbar ihr euch eingelebt habt und wie das Team euch mit tränennassen Wangen und offenen Armen willkommen geheißen hat.“ Mit einem

Blick in Richtung Dexter sagte er: „Mach was wegen deiner Schulter, Dex! Wir haben dieses Jahr eine echte Chance, in die World Series zu kommen. Also hör auf, deine Schwester anzupissen."

Würde er ja gerne. Aber das schien unmöglich zu sein. Chloe schien 365 Tage im Jahr ihre Tage zu haben. Und als ob er nicht wüsste, dass sie zurzeit gut im Rennen lagen.

Ty und Ryan grinsten ihm und Luke ein letztes Mal zu und verließen zusammen mit Sam den Raum, während Dexter wieder auf die Stemmbank sank und langsam seine Schulter kreisen ließ.

„Hey, wenn du Probleme mit der Schulter hast, geh zu Kaylie", meldete sich jetzt Braker zu Wort, der sich bückte und seine Turnschuhe zuband. „Ich war gerade selbst bei ihr, eine Stunde und ich schwör': Schmerzen sind ein Fremdwort für dich."

Dex runzelte die Stirn. „Wer ist Kaylie?"

Er hatte geglaubt, alle Mannschaftsärzte und Physiotherapeuten zu kennen.

„Eine Krankengymnastin, die in der Praxis zwei Straßen weiter arbeitet. Emma hat sie mir mal empfohlen", blickte er zu Luke, „und ich bin ihr bis heute dankbar. *Wie* dankbar ich bin, würde ich ihr ja gerne zeigen, aber unser Lucky hier ist so empfindlich, was sie betrifft."

Luke schnaubte. „Emma würde dich in der Luft zerreißen, Kleiner."

„Warum gehst du zu einer Physiotherapeutin außerhalb?", wollte Dex wissen. „Dir ist schon klar, dass wir mindestens fünf eigene haben, oder?"

„Ich weiß, aber niemand ist so gut wie Kay! Wenn du einmal bei ihr warst, bezweifelst du, dass unsere Leute überhaupt eine Ausbildung haben."

Er zuckte die Achseln. Es konnte ja nicht schaden, es mal auszuprobieren. Er hatte noch ein wenig Zeit, bis er aufs Spielfeld musste und wenn er ehrlich war, dann war er wirklich nicht sehr zufrieden mit der Arbeit der Physiotherapeuten hier. „Alles klar, gib mir die Adresse, ich fahr' mal hin."

Jake nickte und nannte sie ihm. „Sag, dass du zu ihr willst und dass ich dich schicke. Dann lässt sie dich bestimmt vor. Sie ist ... sehr beliebt."

Na, das dürfte kein Problem sein. Er würde sicherlich nicht Jakes Namen fallen lassen müssen.

Dexter wollte sich ja nichts darauf einbilden, aber er war nun einmal berühmt. Leute neigten dazu, in seiner Anwesenheit alles stehen und liegen zu lassen. Er bezweifelte, dass eine einfache Physiotherapeutin da eine Ausnahme sein würde.

Kapitel 2

„Sie machen Ihre Übungen nicht, Mr. Frank."

„Ich habe sie gemacht, aber sie haben nicht geholfen!", beschwerte sich der ältere Herr sofort und hob leicht den Kopf von der Liege.

Kaylie schüttelte den Kopf, während sie ihre Hände weiterhin auf seinem Knie hielt. „Wie oft?"

„Bestimmt dreimal!"

Sie seufzte und schloss die Augen, während sie sich langsam an seinem Unterschenkel nach unten vorarbeitete. Dieser Mann war so dickköpfig wie eine Kindergartengruppe!

„Das ist nicht genug, um es als ‚ausprobieren' bezeichnen zu können."

„Sie waren anstrengend."

Ja, das hatten Übungen mit Menschen gemeinsam. „Sie müssen sie regelmäßig machen, damit sie helfen können, Mr. Frank. Ich kann die Arbeit nicht alleine stemmen, Sie müssen ebenfalls fleißig sein. Sonst wird Ihr Knie auf Dauer nicht besser."

„Sie haben sehr schöne, warme Hände", murmelte er.

Kaylie verkniff sich ein Grinsen. „Lenken Sie nicht vom Thema ab. Komplimente helfen Ihnen bei mir nicht. Ich werde Ihre Frau anrufen und sie wird mir erzählen, wie oft Sie die Übungen machen! Wenn es weniger als viermal die Woche ist, lege ich meine Hände das nächste Mal in Eiswasser, bevor ich Sie behandle."

„Das würden Sie nicht wagen!"

„Oh doch."

Sie hatte schon viel schlimmere Dinge getan. Es hatte einiges gebraucht, um die Aufmerksamkeit ihres Vaters auf sich zu ziehen und effektiv gegen das ständige Umziehen zu protestieren. Sie war nicht stolz darauf, aber sie war sehr kreativ darin gewesen Mist zu bauen. Angefangen mit diversen gebrochenen Schulregeln, die sie von ein paar Privatschulen hatten fliegen lassen, über illegal beschafften Alkohol, bis hin zum Modernisieren einer Frauentoilette. ‚Modernisieren' hieß in diesem Fall, sie pink anzustreichen und mit Federn zu schmücken.

Aber das war Ewigkeiten her. Sie hatte schon vor Jahren aufgehört, sich kategorisch gegen alles aufzulehnen. An dem Tag, als ihre Mutter die Diagnose bekommen hatte.

„Schön, ich werde die Übungen noch einmal probieren", grummelte Mr. Frank. „Ihretwegen. Aber wenn sie nicht helfen, höre ich sofort damit auf!"

„Machen Sie sie mindestens zwei Monate, dann reden wir weiter", murmelte sie und blickte auf, als es an der Tür klopfte.

Merkwürdig. Normalerweise befolgte Sarah ihre Anweisung, sie nicht bei der Arbeit zu stören, sehr strikt. Kaylie mochte es nicht, bei einem Patienten unterbrochen zu werden. Viele Dinge, die sie behandelte, brauchten Zeit und Konzentration und wenn sie jemand ablenkte, musste sie wieder von vorne anfangen. Deswegen hatte sie Sarah gesagt, dass sie nur bei Notfällen klopfen solle.

„Ja?", fragte sie laut. Sofort öffnete sich die Tür und die blonde Rezeptionistin steckte den Kopf hinein.

Sie sah irgendwie ... rot aus. Dunkle Flecken hatten sich auf Wange und Hals gebildet und ihre Augen waren unnatürlich groß.

„Alles okay, Sarah?“, fragte sie besorgt und ließ widerwillig Mr. Franks Bein los.

Das Mädchen nickte. „Ja, also ...“, kiekste sie, bevor sie sich laut räusperte. „Also, da ist jemand, der gerne zwischen deine Patienten geschoben werden möchte und er hat darauf bestanden, dass ich bei dir nachfrage.“

„Warum kann er nicht zu Sally? Die hat doch heute noch Platz, oder?“

Sarahs Kopf wurde noch roter. „Er hat ausdrücklich nach *dir* gefragt und na ja, ich glaube, du solltest besser mit ihm selbst darüber reden, er ...“ Sie seufzte. „Er ist sehr ... sehr ...“

Sarah brach ab und Kay bezweifelte, dass sie ihren Satz noch zu Ende führen würde. Warum zum Teufel war sie so aufgeregt?

„Geht es ihm sehr schlecht?“, wollte sie wissen und stand von ihrem Hocker auf.

„Ähm, das weiß ich nicht. Hat er nicht gesagt.“

„Hat er nicht gesagt?“

Warum zum Teufel hatte Sarah ihn dann als Notfall eingestuft?

„Nein, hat er nicht, er ... komm am besten selbst!“, wiederholte sie und schloss die Tür hinter sich.

Schwer seufzend folgte sie ihr. „Ich bin gleich wieder da, Mr. Frank. Entspannen Sie sich einfach.“ Doch sie hätte sich nicht die Mühe machen müssen. Wenn sie richtig lag, dann war der alte Mann soeben eingeschlafen.

Leise schloss sie die Tür hinter sich, lief den steril-weißen Flur hinunter – und blieb wie angewurzelt stehen.

Jetzt wusste sie, warum Sarah um Worte verlegen gewesen war.

Der Mann, der am Tresen lehnte und auf die junge Frau hinablächelte, ließ Frauen sich an Sauerstoff verschlucken.

Er war wie aus einem Frauenroman entsprungen. Groß, breitschultrig, dunkelblonde Haare, die ihm wirr in die Stirn hingen, ein Lächeln, das dafür gemacht war, Frauen darüber nachdenken zu lassen, ihm das Höschen nachzuwerfen und ein Bankkonto, dem jedes Jahr um die 28 Millionen Dollar hinzugefügt wurden.

Jedes männliche Traum-Klischee passte auf ihn.

Sie hasste Klischees. Sie waren so wenig originell.

Es war so langweilig, wenn Männer ein markantes Kinn, große Hände und Wangenknochen, die wie von Michelangelo selbst gemeißelt aussahen, hatten. Völlig überholt dieses Modell!

Und diese kreativlose Sorte von Mann hatte auch noch das Recht, nahezu jeden Abend über den Bildschirm zu flackern.

Womit sie auch direkt zum größten Manko dieses Kerls kam: Er war *Baseballspieler*.

Second Baseman, wenn sie sich nicht irrte.

Sie presste die Lippen aufeinander. Dieser Patient zog bereits jetzt kräftig an ihren Nerven.

Nur weil jemand Dexter O'Connor hieß und ganz gut mit einem Stock auf einen Ball eindreschen konnte, war das noch lange kein Grund, ihn als Notfall einzustufen!

Sie atmete tief durch, versuchte schleunigst zu vergessen, dass sie schon einige Male an einem Baseballspiel im Fernsehen hängengeblieben war, weil dieser Mann gerade auf dem Schlagmal stand, und stemmte die Hände in die Hüften.

Sie verachtete Klischees und Baseball. Darauf sollte sie sich konzentrieren.

„*Das* ist der Notfall?", fragte sie Sarah über den Tresen hinweg. „Er kann noch geradestehen! Dafür hast du mich aus meinem Termin geholt?"

Sarahs Gesicht nahm die rosa Farbe einer Wassermelone an und jetzt wandte sich der Spieler Kaylie zu.

Er hatte grüne Augen. Das hatte man im Fernsehen nie genau erkennen können. Sehr grüne Augen.

„Die liebe Sarah hier kann nichts dafür. Ich habe sie praktisch angebettelt, Sie darum zu bitten, mich noch dazwischen zu quetschen. Ich kann sehr überzeugend sein." Wieder zeigte er sein charmantestes Lächeln, als müsse er ihr vorführen, warum genau das so war.

Kaylie wippte auf ihre Hacken zurück und hob unbeeindruckt eine Augenbraue. Sie war mit Kerlen seiner Sorte aufgewachsen und es so leid, dass alle Sportler und berühmte Leute dachten, sie hätten das Recht, überall eine Extrawurst zu erwarten.

„Er ist kein Notfall!", zischte sie zu Sarah.

„Sie tuscheln nicht sehr erfolgreich, hat Ihnen das schon einmal jemand gesagt?", fragte O'Connor.

Zuckersüß lächelnd fixierte sie ihn. „Und Sie sind nicht dazu in der Lage, das Wort ‚Notfall' erfolgreich zu definieren."

„Ich bin ein Notfall."

„Das müssen Sie mir genauer erklären, dann überlege ich es mir vielleicht." Oder auch nicht.

Ihr Gegenüber machte einen Schritt zurück und musterte sie. Sie konnte seinen Blick nicht ganz deuten, hätte aber auf Überraschung und Unverständnis getippt. Das schienen die Emotionen zu sein, die sie bei Männern vorwiegend hervorrief. Rein statistisch gesehen war das also wahrscheinlich.

„Nun, ich habe Probleme mit meiner Schulter und muss heute Abend spielen", erklärte er, eine Baseballkappe in den Händen drehend.

Meine Güte, hatte er kein T-Shirt, das etwas lockerer saß? Man sollte doch meinen, dass er es sich leisten könnte, etwas zu kaufen, dessen Ärmel nicht aussahen, als würden sie gleich gesprengt werden. Seine Haare waren noch feucht und kräuselten sich an den Seiten – für einen Fön wollte er von seinen 28 Millionen also auch nichts ausgeben? Seinem Kinn nach zu urteilen, war ihm auch ein Rasierer zu teuer.

Ein Klischee *und* ein Geizhals also. Nein, damit wollte sie nichts zu tun haben.

„Was spielen Sie denn?", fragte sie absichtlich dumm nach. „Mensch ärgere dich nicht? Siedler von Catan? Wusste nicht, dass da der Schultereinsatz so gefordert wird."

Sarah, hinter dem Tresen, lächelte in sich hinein – sie wusste sehr wohl, dass Kaylie klar war, wen sie da vor sich hatte; sie redeten alle paar Wochen über Dexter – während der Baseballspieler etwas irritiert schien. Vielleicht weil noch nie eine Frau vor ihm gestanden hatte, ohne prompt ihren BH auszuziehen.

„Ich bin Sportler."

„Ach, richtig“, sagte sie langsam. „Ich glaube, ich kenne Sie aus dem Fernsehen ... aber sind Sie für einen Basketballer nicht etwas klein?“

Er hob die Augenbrauen. „Ich bin Baseballer.“

„Oh, okay. Da muss ich was verwechselt haben. Dann ist das, denke ich, in Ordnung.“ Und wahrscheinlich wäre er mit seinen Einssechsundachtzig auch für Basketball geeignet. Peinlich für sie, dass sie sogar wusste, wieviel er wog.

„Denken Sie, ja?“, fragte er trocken nach. „Sind Sie neben Physiotherapeutin auch Sportagentin?“

„Nein, was ich bin, ist ausgebucht“, stellte sie fest. „Und Sportler haben doch alle einen privaten Physiotherapeuten. Ich sehe keinen Grund darin, für Sie meine Termine durcheinanderzubringen.“

„Dieses Spiel heute Abend ist sehr wichtig.“

„Wichtiger, als dass die neueingesetzte Hüfte einer alten Dame sich reibungslos an ihren Körper anpasst und keine Schmerzen verursacht?“

„Für Amerika? Ja!“

Sie schnaubte. „Haben Sie gerade wirklich behauptet, dass das heutige Baseballspiel von nationaler Wichtigkeit ist?“

Er hob die Hände. „Ich stelle hier nur Tatsachen klar.“

„Na, da sind wir ja auf einer Wellenlänge. Tatsache ist: Kranke alte Damen sind wichtiger als Sport.“

O’Connors Kiefer knackte laut und die nächsten Worte aus seinem Mund hörten sich an, als würden sie ihn sehr viel Mühe kosten. „Ich ... Jake hat Sie mir empfohlen.“

„Jake Braker?“

„Ja, Jake Braker.“

Dieser Vollpfosten! Was fiel ihm ein, sie weiterzuempfehlen? Sie hatte ihm mehr als einmal gesagt, dass sie keine anderen Sportler hier haben wollte! Vor allem keine *Baseballer*. Ihn hatte sie nur angenommen, weil Emma sie darum gebeten und dann etwas auf Deutsch gesagt hatte! Das hatte ihr Angst gemacht. Sie war sich ziemlich sicher, dass Emma ihr nicht mit dem Tod gedroht hatte, aber wer konnte das bei der deutschen Sprache schon genau wissen?

Schwer seufzend strich sie sich die Haare hinters Ohr. „Schön. Wenn Jake Sie schickt ..."

Jake lebte für Baseball – so wie jeder andere Spieler auch – und wenn es den Delphies helfen würde zu gewinnen ... dann würde sie sich O'Connors Schulter eben ansehen. Sie war ja kein Unmensch. Außerdem bezahlten Sportler extrem gut.

„Schön", wiederholte sie und lehnte sich über den Tresen, hinter dem Sarah auffällig stumm gesessen hatte. „Sarah, schreib ihn für gleich auf und verleg Mrs. Wooding zu Sally. Wie heißen Sie genau? Damit Sarah Sie eintragen kann."

Ihr Gegenüber hatte nun die Augen zu Schlitzen verengt und Kaylie befürchtete schon fast, dass sie damit zu weit gegangen war, doch schließlich knirschte er: „Dexter O'Connor."

„Dexter Olkoner?"

„O'Connor."

„Ach so."

Von wegen, sie war keine gute Schauspielerin! Nimm das – Theater AG!

Vielleicht war es gemein vorzugeben, ihn nicht zu kennen – aber sie fand, dass sie das Recht dazu hatte.

Dexter O'Connor war die Sorte Mann, die nur mit den Fingern schnippen musste, um zu bekommen, was sie wollte. Und da gingen bei ihr jegliche rote Fahnen hoch.

Geld und gutes Aussehen verlieh Männern Macht – und Macht war etwas, das sie nicht bereit war abzugeben.

Schön, sie hatte da ein paar Vorurteile gegenüber Baseballspielern – berechtigte, meistens wahre Vorurteile – und wäre Dexter jeder andere Mann gewesen, hätte sie möglicherweise an ihm ihren Fragebogen ausprobiert. Denn verdammt, ja, er war ein Klischee, aber sie war eine Frau und sie hatte Augen im Kopf und nun ... Sie hatte nichts zu ihrer Verteidigung vorzubringen. Er war heiß und sie hatte zu lange keinen Sex mehr gehabt und ... wo war sie stehengeblieben?

Ach ja: Dexter O'Connor *war* kein anderer Mann. Was ihr irgendwie ein wenig leidtat.

Für ihn.

Na gut, auch ein klein wenig für sie.

„Wie heißt die Mannschaft hier noch gleich?", hakte sie nach, während Sarah O'Connors Namen eintrug. „Die Dolphins? Das hat für mich nie Sinn gemacht. Spielt ihr nur bei Regen? Oder Land unter?"

„Delphies. Die Philadelphia Delphies ... und Sie sind wahrscheinlich die einzige Person in der ganzen Stadt, die das nicht weiß."

Und er war die einzige Person, die wirklich glaubte, dass sie keine Ahnung hatte.

„Delphies? Ziemlich einfallslos, wenn Sie mich fragen. Warum nicht gleich die Philadelphia Philadelphias? Das hört sich zumindest weniger albern an."

„Sollten Physiotherapeuten nicht mehr mit den Händen als mit dem Mund arbeiten? Ich weiß nicht, ob ich Ihren Fähigkeiten vertrauen kann, wenn Sie so viel reden.“

Reden schreckte ihn ab? Na, vielleicht wurde sie ihn dann ja doch noch los ...

„Ich kann multitasken, keine Sorge! Ich könnte die ganze nächste Stunde durchreden, die Sie auf meiner Liege liegen! Ich habe Quinoa für mich entdeckt, wissen Sie? Das ist unglaublich eisenhaltig. Viel eisenhaltiger als Spinat. Popeye verbreitet übrigens Lügen, Spinat ist gar nicht ...“

„Warum zum Teufel mögen Sie mich nicht?“

Verblüfft hielt sie inne. O'Connor hatte die Kappe auf den Tresen gelegt und die Arme vor der Brust verschränkt.

Die Frage, die sich alle stellten: Würde das T-Shirt halten? Kaylie war gegen das T-Shirt. Es sollte einfach aufgeben. Einsehen, dass es das Schwächere war.

„Ähm, nicht mögen?“, räusperte sie sich. „Wie kommen Sie darauf, dass ich Sie nicht mag?“

„Warum sonst sollten Sie mich mit dem bescheuerten Zeug volllabern? Und so tun, als wüssten Sie nicht, wer ich bin? Sie müssen eindeutig etwas gegen mich haben.“

Jetzt lief ihr Kopf doch leicht rosa an. Sie schwindelte sehr gerne – wurde aber nicht gerne dabei erwischt. Und es stimmte: Sie hatte etwas gegen ihn. Er war Baseballspieler. Mehr brauchte es gar nicht.

Jake war, wie gesagt, eine Ausnahme – aber das auch nur, weil er so unglaublich von sich selbst eingenommen war, dass sie es als ihre Pflicht gegenüber der

Menschheit ansah, sein Ego jede Woche mindestens einmal zu verkleinern. Außerdem wüsste der arme Kerl ohne sie doch gar nicht, wie er sich in der Welt zurechtfinden sollte.

„Gut, ich weiß, wer Sie sind", gab sie zu. „Ich lese gerne die Klatschkolumne und da stolpere ich immer über Ihre modischen Fehlgriffe."

„Und deswegen haben Sie etwas gegen mich? Sie hassen Leute, die nicht wissen, wie sie sich anzuziehen haben?" Sein Blick glitt über ihre Beine, die in ausgewaschene Jeans verpackt waren, und das Trägertop, das sie bereits zweimal genäht hatte. „Denn Lady, sich selbst nicht zu lieben, ist tragisch."

Na, das musste er ja am besten wissen. Er liebte sich selbst bestimmt für fünf Menschen.

„Ja, ich habe was gegen Sie", sagte sie langsam und trommelte mit den Fingern auf den Rezeptionstresen. „Sie machen abends immer so viel Lärm im Stadion – da kann mein Hund nicht schlafen. Und dieser Energieverbrauch der Flutlichter regt mich auch ziemlich auf."

„Sagen Sie eigentlich auch mal die Wahrheit?"

Sie musste lachen. Meistens war die Wahrheit doch sehr langweilig. „Das werden Sie wohl nie herausfinden. Warten Sie hier, ich beende nur noch meinen Patienten, dann kümmere ich mich um Sie – und den heutigen Sieg in Siedler von Catan haben Sie sicher!"

Sie hielt die Hand über ihren Kopf und lief zurück zum Behandlungsraum.

Sie war sehr professionell. Hatte nie ein Problem damit, privat von geschäftlich zu unterscheiden und ihre Patienten als genau das anzusehen – Patienten. Doch als sie spürte, wie er ihr mit dem Blick folgte, fingen sämtlichen Nervenenden von ihr an zu vibrieren.

Sie hatte das vage Gefühl, dass O'Connor eine Herausforderung darstellen könnte.

***

Dexter hatte das vage Gefühl, dass seine neue Physiotherapeutin sich gerade sehr gut auf seine Kosten amüsiert hatte.

Und das überraschte ihn so dermaßen, dass er nicht einmal dazu fähig gewesen war, dieser Frau etwas entgegenzusetzen. Er hielt sich für relativ schlagfertig – aber Kaylie hatte ihn so überrumpelt, dass er zeitweilig einfach überhaupt nichts Sinnvolles hatte antworten können. Noch nie hatte eine Frau absichtlich so getan, als wüsste sie nicht, wer er war! Sie hatte ganz offensichtlich ein Problem mit berühmten Leuten – auch ein erstes Mal für ihn. Ansonsten schienen die Menschen eher scharf darauf zu sein, nach zwei Minuten so zu tun, als wäre er ihr bester Freund.

Dex hatte kein Problem damit, das war eben Teil des Jobs, aber er erwischte sich dabei, dass er es doch ein wenig schade fand, dass Kaylie, die Physiotherapeutin, etwas dagegen hatte, sich mit ihm anzufreunden.

Er wusste, warum sie so beliebt war. Und das war bestimmt nicht wegen ihrer physiotherapeutischen Fähigkeiten. Männer würden sicherlich hierher kommen, nur um von ihr angefasst zu werden. Sie hatte sehr schöne ... Hände.

Er fragte sich, in welcher Beziehung Jake zu ihr stand, denn der Jungspund schaffte es seiner Meinung nach kaum, ein ganzes Spiel hindurch seine Hosen anzubehalten. Andererseits hätte er gewettet, dass Jake nicht ihr Typ war.

Er neigte den Kopf und beobachtete Kaylie dabei, wie sie mit wehendem braunem Haar hinter einer Ecke verschwand. Auch wenn sein Blick nicht auf ihr Haar gerichtet gewesen war. Dass es wehte, war eher eine Vermutung gewesen.

Er setzte seine Kappe wieder auf und richtete seinen Blick auf die schüchterne Rezeptionistin, die fast ihre Zunge verschluckt hatte, als er hereingekommen war.

Ja, so waren ihm die Frauen lieber. Da war es wenigstens einfacher sie einzuschätzen.

„Was ist ihr Problem?", wollte er wissen und nickte seitlich in die Richtung, in der die Frau mit den schönen ... Händen verschwunden war.

„Kaylies Problem?", fragte die Rezeptionistin, sich offensichtlich unwohl fühlend.

„Ja. Warum hat sie mich angesehen, als hätte ich in ihren Kaffee gepinkelt?"

Das brachte die junge Frau zum Lachen. „Oh, nehmen Sie es nicht persönlich. Sie hat was gegen Sportler."

Seine Augenbrauen flogen nach oben. Sie hatte was gegen Sportler? Welche Frau hatte etwas gegen Sportler? War sie in ihrer Jugend etwa vom Football Captain versetzt worden?

Er lehnte sich langsam an den Tresen und blickte wieder in den Gang.

Eine Frau, die einfach aus Prinzip etwas gegen ihn hatte. Wegen seines Jobs.

Ein Lächeln breitete sich in seinem Gesicht aus.

Es war einige Zeit her, dass er sich einer Herausforderung gestellt hatte, die nicht seine Schwester war.

Und Kaylie wollte er sicherlich nicht mit Chloe vergleichen.

Kapitel 3

Er machte sie nervös.

Er war zu groß, zu präsent und sie konnte das Testosteron, das er ausschüttete, geradezu riechen.

Herrgott, sie war besser als das! Sie wurde täglich mit gutaussehenden Männern konfrontiert.

Okay, es waren dann doch oft Männer, die vor zwanzig Jahren wohl mal gut ausgesehen hatten, aber was war der Unterschied? Offenbar ein Sixpack, feuchte Handflächen und der Wunsch, ihre Berührungen heute mal nicht ganz so professionell auszuführen.

Mist. Das hatte sie noch nie gehabt. Noch nie in ihrem ganzen Leben hatte sie einen Mann gesehen und gedacht: Will ich.

Sie war doch bis eben noch davon überzeugt gewesen, dass sie Klischees hasste! Und jetzt wurde sie selbst zu einem.

Warum hatte er sich auch nur ausziehen müssen!?

Ach ja, weil sie es ihm gesagt hatte. Dumme, dumme Kaylie! Sie war nur überrascht gewesen, dass er sofort auf sie gehört hatte. Nicht einmal ihre imaginären Hunde hörten auf sie.

„Also gut", räusperte sie sich, den Kopf hochhaltend, damit sie in sein Gesicht und nicht auf andere Dinge sah. „Wo genau liegt der Schmerz, Mr. O'Connor?"

Sie war einfach zu klein. Ihr Blick reichte zwangsweise nur bis zu seiner Brust. Dafür konnte ihr keiner Vorwürfe machen. Mit Nackenschmerzen war nicht zu spaßen.

„Ich biete Leuten, die mich nackt sehen, immer gerne meinen Vornamen an.“

„Nun, Sie sind aber nicht nackt.“

Er grinste. „Bei deinem Blick fühle ich mich aber so.“

Blut schoss ihr in die Wangen und hastig wandte sie ihr Gesicht ab. Vielleicht sollte sie lieber zurück zur Feindseligkeit gehen, das hatte besser funktioniert.

„Mein Blick ist sehr professionell“, stellte sie grimmig fest und zog den Überzug der Liege glatt.

„Professionell, definitiv. Aber nicht als Physiotherapeutin.“

Wäre es zu auffällig, wenn sie ihren Kopf gegen die Liege schlug?

Die Lippen zu einer dünnen Linie gepresst, wandte sie sich ihm wieder zu. „Schön, Dexter.“ Sie gab sich Mühe dabei, seinen Namen so feindselig und hart wie möglich auszusprechen, was darin mündete, dass ihr Kiefer anfing wehzutun. „Wenn du dann mit deinem Ego-Trip fertig bist: Könntest du mir großzügigerweise sagen, wo es wehtut? Oder soll ich eine Puppe holen, an der du es zeigen kannst?“

Der Baseballspieler grinste immer noch. „Ich arbeite nicht mehr mit Puppen. Mir sind echte Frauen lieber.“

Sie würde Jake umbringen. Langsam und schmerzhaft. „Das sagen alle Männer und dann nehmen sie sich Frauen, die zu fünfzig Prozent aus Plastik bestehen.“

„Ich bin nicht alle Männer.“

Nein, Gott nein. Das war er nicht.

Kaylie schluckte und wandte ihm wieder den Rücken zu, um den gepolsterten Ring an die Liege anzubringen, in den Patienten ihren Kopf stecken konnten. Und um sich kurz zu sammeln.

Es war nur ein nackter Oberkörper! Von denen hatte sie bereits einige prachtvolle Exemplare gesehen – sie schaute schließlich Fernsehen!

Ihr Körper hatte wirklich ein unglaublich schlechtes Timing. Zwei Jahre hatte er nicht mehr wirklich auf einen Mann reagiert und dann das hier! Sie war ausgegangen, hatte ihre Liste bearbeitet, beziehungsweise den Fragebogen perfektioniert, der an ihrem Kühlschrank hing, und wusste genau, was sie suchte. Aber zu keinem einzigen Mann, mit dem sie sich getroffen hatte, hatte sie sich hingezogen gefühlt. Und ein Blick auf Dexter, den Inbegriff eines Gefühlsdesasters für sie, und ihre Eierstöcke entschieden sich plötzlich dafür, aufzuwachen?

Wenn sie zuhause war, würde sie mal ein ernstes Wort mit ihnen reden müssen. Vielleicht mit Weingummi-Entzug drohen. Nur würde sie damit auch ihrem Herzen schaden – und war ihr Herz nicht wichtiger als ihre plötzlich tanzenden Eierstöcke?

Okay, ihr ging es offensichtlich nicht gut. Wenn sie anfing, Herzen mit Eierstöcken zu vergleichen, ging irgendetwas schief.

Das Kopfteil war angebracht und sie hatte keinen Grund mehr, Dexter O'Connor nicht anzusehen. Abgesehen von den offensichtlichen Gründen, die sie ihm ganz sicher nicht auf die Nase binden würde.

Kurz durchatmend wandte sie sich wieder zu ihm um. Er hatte sich keinen Millimeter bewegt, starrte sie immer noch belustigt an, als wüsste er genau, was in ihrem Kopf vorging.

„Also, wo tut es weh?“, wiederholte sie die Frage, bemüht, ihr Gesicht neutral und über Dexters Schulterebene zu halten.

Konnte er nicht endlich aufhören, sie so anzusehen? Vielleicht konnte sie ihm einfach eine Tüte über den Kopf ziehen? Sie würde auch Löcher reinschneiden, damit er atmen konnte.

Er deutete auf seine rechte Schulter und zog mit den Fingern eine Linie von seinem Ellbogen bist zu seinem Halsansatz. „Es zieht vom Arm bis zum Hals hoch.“

Sie nickte und fühlte sich gleich etwas sicherer. Das war ihr vertrautes Terrain. „Okay“, sagte sie langsam und trat auf ihn zu, um ihre Hände auf die Stelle zu legen, die er gezeigt hatte, auch wenn Körperkontakt vielleicht nicht die beste Idee war. „Seit wann hast du Schmerzen? Schon länger?“

Sie konnte ihn schlucken hören, als sie ihre Finger in seine Schulter drückte und fragte sich, ob der Grund dafür ihre Nähe war oder weil es wehtat.

„Öfter mal nach einem Spiel und heute, nachdem ich ... gefallen bin.“

Sie hob eine Augenbraue und sah zu ihm hinauf, während sie weiter seine Schulter untersuchte. „Gefallen?“

„Jap“, sagte er und jetzt lag sein Blick auf ihren Lippen. Sie konnte seinen Atem auf ihrer Wange spüren und Blut sammelte sich an den interessantesten Stellen in ihrem Körper.

Dexter schüttelte leicht den Kopf, als versuche er einen Gedanken abzuschütteln, bevor er murmelte: „Sagt dir die Floskel ‚direkte Anziehungskraft‘ etwas?“ Seine Augen wanderten wieder zu ihren hinauf – seit wann konnten Augen eine solche Hitze ausstrahlen?

Und was war aus Männern geworden, die nie etwas ansprachen? Ihr gefiel dieses neumodische Modell überhaupt nicht!

Abrupt ließ sie ihn los. Er hielt wohl nichts davon, seine Gefühle zu verbergen. Tja, Pech für ihn, denn sie war die derzeitige Weltmeisterin darin.

„Nein“, sagte sie knapp und deutete auf die Liege. „Deine Sehne ist verspannt. So wie dein gesamter Rücken. Das kann von der körperlichen Überbelastung kommen und ich würde vermuten, dass du in letzter Zeit eine Menge persönlichen Stress hattest.“

Seine Augen verengten sich und sofort wusste sie, dass sie recht hatte.

„Dachte ich es mir doch. Aber das ist kein Problem – das krieg' ich rausmassiert. Die Verspannung. Nicht deine Probleme.“

Dexter hatte sein Lächeln zu ihrem Leidwesen nicht verloren. „Irgendwie scheinst du dich sehr unwohl in meiner Gegenwart zu fühlen.“

Sie seufzte. „Ja, ich muss immer an meine armen Hunde und ihre schlaflosen Nächte denken. Leg dich hin. Gesicht erstmal nach oben.“

„Hat dir schon einmal jemand gesagt, dass du eine Menge Blödsinn redest, wenn du nervös bist?“, fragte er interessiert, folgte aber ihren Anweisungen.

„Ständig. Wie gut, dass mich nicht interessiert, was andere sagen.“

Sie senkte den Kopf und fing an, seine Beine abzusuchen, bis sie bei seinen Füßen angelangt war.

„Meine Schulter tut weh, nicht meine Füße“, bemerkte er, als sie anfing, seine Akupressurpunkte abzutasten.

„Jaja“, murmelte sie abwesend und zum ersten Mal etwas entspannter. Arbeit, sie musste sich einfach auf die Arbeit konzentrieren. „Deine Hüfte ist minimal schräg. Das müsste sich mal jemand ansehen. Könnte daran liegen, dass du sehr rechtslastig schlägst ...“

„Und das weißt du von meinem großen Zeh?“

Nein. Von der Art und Weise wie seine Füße lagen. Und dass er sehr rechtslastig schlug, wusste sie ... na ja, sie wollte lieber nicht sagen, warum sie das wusste. Sie wusste so einiges über ihn. Angefangen mit seinen Spielstatistiken, bis hin zu ein paar persönlichen Informationen, die nicht einmal die Presse wusste.

Sie räusperte sich. „Alles im Körper hängt zusammen. Es ist wie ein Puzzle, bei dem kein Teil alleine stehen kann. Und ja: Deine Zehen sind sehr ausdrucksstark. Man kann eine Menge an den Fußreflexzonen eines Menschen ablesen. Und die Faszien deines Oberschenkels sind verbunden mit den Faszien deines Fußballens. Vom Beckenkamm der Hüfte zieht wiederum ein Riesenmuskel zu deiner Schulter – also könnte eine Fehlstellung deiner Füße zu Rückenschmerzen und anderem führen. Fühlt sich dann genauso an wie Muskelverspannungen, obwohl es nur die Faszien sind, die verklebt sind.“

Und Dexter besaß weiß Gott eine Menge Muskeln, die sich verspannen könnten! Insgesamt schienen Muskeln sich sehr wohl an seinem Körper zu fühlen. Er behandelte sie offenbar sehr gut.

„Was zur Hölle sind Faszien?“

„Hast du schon einmal Putenfleisch geschnitten? Oder hast du dafür deine Lakaien?“

„Ich habe keine Lakaien und ich bin sehr wohl dazu in der Lage, Putenfleisch selbst zu schneiden!", knirschte er.

„Du sollst dich entspannen, nicht aufregen! Also, diese dünnen Häute um das Muskelfleisch einer Pute, das sind die Faszien. Das ist ziemlich nützliches Gewebe, das trennt und gleichzeitig verbindet. Man könnte sie auch als Gemüsetüten bezeichnen."

„Gemüsetüten?"

Sie nickte. „Ja, diese dünnen Tüten, die du im Supermarkt abreißen musst. So sind Faszien. Sie sind ganz dünn und umhüllen im Körper alles Mögliche. Bindegewebe, Sehnen, Gelenkkapseln. Man kann fünf Pfund Äpfel reinpacken und sie reißen trotzdem nicht."

„Wow, du scheinst ja wirklich sehr begeistert von den Teilen zu sein."

„Das wärst du auch, wenn du verstehen würdest, worüber ich rede. Faszien sind magisch!"

„Mhm."

„Was?"

„Ich dachte, schwarze Magie wäre verboten."

Sie lachte. „Es ist weiße Magie, ich schwöre es dir! Ich arbeite fürs Gute."

***

Seit wann waren Hände das Heißeste an einer Frau?

Bis vor einer Stunde hätte Dexter bezweifelt, dass Hände sexy sein konnten, aber jetzt hatte er seine Meinung geändert.

Meine Güte, wenn sie mit nur einem Griff Schmerzen verschwinden lassen konnte – was konnte sie dann wohl noch alles mit ihren Händen?

Es war keine gute Idee, genauer darüber nachzudenken, denn Dexter hatte keine große Selbstbeherrschung und seine neue Physiotherapeutin könnte es falsch auffassen, wenn er ihr zusätzlich zu seiner Bezahlung einen Zungenkuss gab.

Andererseits könnte sie es auch ganz richtig auffassen: Er stellte sie sich immerhin seit neunundfünfzig Minuten nackt vor.

Nein, das war gelogen. Er stellte sie sich seit der Sekunde nackt vor, in der sie an die Rezeption getreten war. Sie mochte gesagt haben, dass sie keine Ahnung von der Floskel ‚direkte Anziehung' hatte, aber er wusste es besser. Herrgott, sie hatte beinahe den Mund nicht mehr zubekommen, als er sein T-Shirt ausgezogen hatte! Er war nicht arrogant – na gut, manchmal vielleicht ein wenig – aber er wusste, wie Frauen auf ihn reagierten. Sie mochten ihn. Sehr. Das war eine Regel. Keine Arroganz seinerseits, einfach eine Tatsache.

Kaylie war in diesem Fall offenbar keine Ausnahme – nur dass sie die erste Frau war, die er kennengelernt hatte, die sich offensichtlich dagegen wehrte!

Es war unglaublich faszinierend, sie dabei zu beobachten, wie sie mit sich selbst rang. Sie fühlte sich so offenkundig zu ihm hingezogen, dass es absurd schien, dass sie sich immer noch Mühe gab, das zu verbergen.

Und das machte sie verdammt nochmal interessant. So interessant, dass Dexter sich nicht nur fragte, was sich hinter ihrer Kleidung verbarg, sondern auch, was in ihrem Kopf vorging.

Sie schien eine rege Unterhaltung mit sich selbst zu führen. Er hatte so ein Gefühl, dass sie es wert war, näher kennengelernt zu werden.

Dexter war kein Frauenheld. Man konnte ihn altmodisch nennen, aber er fand, dass man etwas für die Person empfinden sollte, mit der man schlief. Gut, dieses *etwas* war äußerst dehnbar, aber er fand, er ging da sehr moralisch vor. Vielleicht zu moralisch, wenn er daran dachte, dass er seit einem halben Jahr praktisch im Zölibat lebte.

Aber wenn er ehrlich war, dann spielte er schon seit einiger Zeit mit dem Gedanken, sesshaft zu werden. Nur wusste er noch nicht ganz, wie er die Definition „sesshaft" für sich auslegen wollte. Das war in etwa so wie die Sache mit dem ‚etwas für die Person empfinden, mit der man schlief'. Lust war schließlich auch irgendwie eine Art von Gefühl, oder?

Schön. Seine Regeln waren wohl doch etwas unscharf formuliert und vielleicht eher als Richtlinien zu bezeichnen, aber wenigstens hatte er welche!

Eine dieser war es, einer Herausforderung nie den Rücken zuzukehren. Und Kaylies gerecktes Kinn, während er sich sein T-Shirt wieder überstreifte und sie ihm etwas darüber erzählte, dass er sich besser dehnen müsse, war mehr als eine Herausforderung – das war doch praktisch ein Schrei nach Aufmerksamkeit. Und er war kein Mann, der Hilfeschreie einfach so ignorierte. Das gebot einem einfach der Anstand.

„Du magst deine Arbeit sehr, oder?"

Sie nickte abwesend und stellte den Hocker, auf dem sie zeitweilig gesessen hatte, an die Wand. „Ja. Was ist mit dir? Magst du deine Arbeit?"

„Baseball zu spielen ist so ziemlich das Beste, was mir in meinem Leben passieren konnte", meinte er schulterzuckend.

Ihr Mund wurde verkniffen. „Ja, so habe ich dich eingeschätzt."

„Du sagst das so, als wäre das was Negatives."

„Ja, ich weiß."

Interessant.

„Würdest du nicht dasselbe über deine Arbeit sagen?", fragte er. Sie wiegte ihren Kopf hin und her. „Doch. Es ist auch das Beste, was mir hätte passieren können."

„Warum?"

„Ich helfe gerne Menschen."

„... aber keinen Sportlern?"

„Sportler zählen nicht als Menschen!"

Ja, das Innere ihres Kopfes wurde immer interessanter. Aber er hatte da eine andere, dringendere Frage: „Hast du was mit Braker?"

„Was?" Erschrocken fuhr ihr Kopf hoch und endlich hatte er ihre gesamte Aufmerksamkeit. Ihre Augen hatten die Farbe von Bernstein. Hübsch.

„Ob du was mit Braker hast", wiederholte er und ließ den Saum seines T-Shirts fallen.

„Ich ... was?"

Sprach er irgendwie undeutlich? „Jake und du – läuft da was?"

„Ich habe dich schon verstanden!", fuhr sie ihn an. „Die Frage ist, warum zum Teufel du mich das fragst."

Er zuckte die Schultern. Beide schmerzfrei. Unglaublich.

„Na ja, wenn du was mit Jake hättest, dann wäre es nicht okay, dich zu fragen, ob du mit mir ausgehen willst. Wenn allerdings nicht ..."

Ihr klappte die Kinnlade herunter. „Du willst mit mir ausgehen?" Sie sah ihn an, als hätte er gerade vorgeschlagen, sie sollten doch gemeinsam ein paar Kinder aus dem Krankenhaus entführen.

Nicht die Reaktion, die er sich erhofft hatte.

„Nur, wenn du nicht mit Braker zusammen bist."

„Jake ist dreiundzwanzig!"

„Ja ... das beantwortet mir nicht meine Frage."

„Er sammelt Action-Figuren!"

Er legte den Kopf schief. „Es würde mir sehr helfen, wenn du einfach mit Ja oder Nein antworten könntest."

Sie schnaubte laut und verschränkte die Arme vor dem Körper. „Nein! Ich bin nicht mit Jake zusammen."

„Gut." Er grinste. Sehr gut. „Also, gehst du mit mir aus?"

Sie dachte nicht einmal darüber nach. „Nein."

Das machte ihn doch tatsächlich einige Sekunden sprachlos. Diese Frau wurde immer rätselhafter. Sie gab hier eindeutig gemixte Signale.

„Nein?", wiederholte er langsam das Wort. Er musste ihr schließlich die Chance geben, die Antwort zurückzunehmen.

„Nein. Das ist nur eine Silbe – wie kann das so schwer verständlich sein?"

Na ja, zugegeben: Er hörte dieses Wort sehr selten. Zumindest aus dem Mund einer Frau.

„Warum?", wollte er wissen, denn ernsthaft: *Warum?*

Sie verdrehte die Augen und strich sich eine ihrer hellbraunen Strähnen hinters Ohr. „Zwei Gründe: Erstens bist du ein Patient von mir und zweitens bist du ein Baseballspieler."

Nichts von dem, was sie sagte, machte einen Sinn. „Und? Du willst keinen Kerl der sportlich und reich ist?"

Sie lachte. Ein angenehmes Lachen. Dex hatte doch tatsächlich vergessen, dass Frauen ehrlich lachen konnten. „Doch, natürlich will ich den – aber Baseballspieler stehen auf meiner schwarzen Liste."

„Du hast eine schwarze Liste von Männern?", fragte er verdattert.

Wieder verdrehte sie die Augen, so als wäre seine Frage sehr dumm gewesen. „Natürlich! Die hat jede Frau. Bei mir ist es so ...", sie hob eine Hand und ließ sie bei jedem Wort eine Spur tiefer sinken, „... Serienkiller, Muttersöhnchen – und dann kommt auch schon der Baseballspieler. So ist die Reihenfolge."

Dex bekam so langsam das Gefühl, dass er nicht der Einzige war, der dubiose Regeln aufstellte. „Wie kann man was gegen Baseballspieler haben? Ich meine ... sieh uns an. Wir sind süß!"

Sie zuckte melodramatisch die Schultern. „Ich bin damit einfach geboren, schätze ich."

Einen Dreck war sie.

Langsam verengte er die Augen. „Du willst also nicht mit mir ausgehen, weil ich Baseball spiele? Ist das nicht ein wenig oberflächlich von dir?"

„Du willst mit mir ausgehen, weil meine Hände magisch sind und ich eine Herausforderung bin! Wer ist hier oberflächlich?"

Er hatte wohl doch nicht so ein Pokerface, wie er geglaubt hatte. „Ist das immer noch ein Nein?"

„Ja, das ist ein Nein!", sagte sie energisch, schritt durch den Raum und hielt ihm die Tür auf. „Du kannst dann jetzt auch gehen. Aber sei so lieb und bezahl mich vorne noch, okay?"

So charmant hatte ihn wirklich noch nie eine Frau rausgeworfen. Er war nicht zufrieden mit dieser Situation.

Er steckte die Hände in die Hosentaschen und bewegte sich kein Stück. „Kann ich wiederkommen?"

„Kommt drauf an, wieviel Trinkgeld du gibst."

Lächelnd setzte er sich in Bewegung und lief durch die Tür. Ja, er würde wiederkommen. „Danke, Kaylie. Für meine Schulter. Du hast tatsächlich magische Hände, wie du gerade eben so bescheiden bemerkt hast."

Er wartete nicht auf eine Antwort, sondern schritt zur Rezeption, bezahlte seine Rechnung – mit einer Menge Trinkgeld – und ging aus der Tür.

Während er zurück zum Stadion lief, dachte er sich, dass es vielleicht besser war, dass sie ‚Nein' gesagt hatte. Er hatte eigentlich keine Zeit für was Ernstes und Kaylie ... sie sah aus wie eine Frau, die es ernst meinte. Das Sesshaftwerden würde wohl noch eine Zeit auf sich warten lassen müssen.

Er lebte gerade mit einer emotional-aggressiven Vierundzwanzigjährigen zusammen, die ihm den letzten Nerv, einen Großteil seines Geldes und seine Geduld raubte.

Ja, er wollte Familie. Eine Frau, Kinder. Hatte er immer irgendwann gewollt. Sesshaft werden war eben doch gar nicht so variabel wie gedacht.

Aber dafür hatte er in ein paar Jahren immer noch Zeit. Er war neunundzwanzig, keine vierzig.

Er wollte eine einfache Beziehung, eine süße Frau – und wenn er es sich recht überlegte, dann passte Kaylie nicht wirklich in dieses Schema. Alles an dieser Frau schrie *kompliziert*.

Fast schade.

Aber es lohnte sich nicht, sich jetzt schon darüber Gedanken zu machen. Er wollte nun einmal ein geordnetes Leben, bevor er sich eine vernünftige Frau suchen konnte. Und das würde er erst bekommen, wenn Chloe sich zusammenriss und endlich über den Tod ihrer Eltern hinwegkam.

Kapitel 4

„Wer hat dir denn deine Weingummis weggenommen?“

„Sehe ich so schlecht gelaunt aus?“ Seufzend ließ Kaylie sich auf die Couch neben Grace fallen, die Schuhe von ihren Füßen kickend.

„Na ja. Du siehst ein wenig so aus, als hättest du gerade herausgefunden, dass deine größte Feindin nicht dick geworden, sondern schwanger ist.“

Kaylie prustete und starrte auf das Brot in Grace’ Händen. Nutella, belegt mit Salami und Banane. Sie kannte Grace seit sechs Jahren, wohnte seit vier mit ihr zusammen und war jeden Tag aufs Neue überrascht, dass sie nicht täglich ins Krankenhaus musste, um den Magen ausgepumpt zu bekommen. Die Blondine kombinierte Dinge, die sich nicht einmal im selben Raum befinden sollten.

„Das sieht wirklich mehr als eklig aus, Grace“, bemerkte Kaylie und verzog das Gesicht.

„Sieht es nicht. Ich bin Feinschmecker.“

„Du bist Nichts-Schmecker. Ganz offensichtlich. Sonst hingest du jetzt über der Kloschüssel.“

Grace biss genüsslich in ihr Brot und grinste sie dann breit an. „Du hast meine Frage nicht beantwortet.“

„Heute war einfach ein sehr merkwürdiger Tag“, verkündete sie und starrte auf die Baseballkappe, die sie auf den Wohnzimmertisch vor sich geworfen hatte. Oben war das Logo der Delphies und die Nummer Acht eingenäht.

Die hatte ein gewisser Patient bei ihr vergessen. Sie war sich fast sicher, dass er das mit Absicht gemacht hatte. Was für ein genaues Ziel er damit verfolgte, konnte sie nicht sagen, aber es konnte nur abgrundtief böse sein!

Wahrscheinlich würde er die blöde Kappe als Vorwand nutzen, um wiederzukommen und sie nochmals zu fragen, ob sie mit ihm ausgehen wollte.

„Ich habe heute Aktfotos von einem Paar geschossen, das schätzungsweise seit zwanzig Jahren tot sein sollte – wie merkwürdig kann dein Tag da schon gewesen sein?“

Kaylie lachte und ließ den Kopf gegen die Sofalehne sinken, die Augen geschlossen. „Du verkaufst dich unter Wert, Grace.“

„Ich weiß“, antwortete ihre Freundin mit vollem Mund, „aber niemand stellt im Moment ein.“

Von wegen. Grace war nur zu feige, um sich irgendwo anders zu bewerben. Sie war lieber ein großer Fisch in einem kleinen Teich als ein Plankton im Atlantik. Kay hatte manchmal das Gefühl, Grace glaubte einfach nicht daran, dass sie es verdient hatte erfolgreich zu sein.

Sie war nur noch nicht dahintergekommen, wieso das so war – und heute würde auch nicht der Tag sein, an dem sie eine Erkenntnis gewinnen würde.

Sie war müde. Und verwirrt. Und irgendwie wütend.

Ein wenig auf sich selbst, weil sie ihren Körper nicht unter Kontrolle hatte. Aber vor allem auf Dexter O'Connor und seine Muskeln und sein blödes Lächeln und ... seine blöde Frage! Sie hatte auch keine Ahnung, warum es sie so aufregte, dass er mit ihr hatte ausgehen wollen, aber irgendwas sagte ihr, dass das äußerst falsch von ihm war, sie einfach so in Versuchung zu führen.

„Erzähl mir irgendwas Cooles, Grace“, verlangte Kaylie gähnend. Sie tat alles, um sich abzulenken.

„Ich habe heute eine kostenlose Steuerberatung bekommen.“

Unter cool verstand Kaylie etwas anderes. Dennoch öffnete sie stirnrunzelnd ein Auge. „Kostenlos?“

Grace zog eine Grimasse. „Na ja, fast kostenlos. Ich musste dem Steuerberater ein Blind Date mit dir versprechen! Heute Abend um elf, zieh dir was Hübsches an!“

Ungläubig riss sie nun auch das andere Auge auf. „Was?“

„Nun, ich dachte vielleicht an ein Kleid, oder ...“

„*Grace!* Wie kann ein fremder Typ, der mich nicht kennt, ein Blind Date mit mir haben wollen und dir dafür kostenlos die Steuern machen?“

Grace stopfte sich den Rest ihres Brotes in den Mund. „Erst wollte er mit mir ausgehen, aber als ich ihm dann ein Foto von dir gezeigt habe und meinte, dass ich mich für die Ehe aufspare ...“

„Was für einen Schwachsinn redest du da?! Du sparst dich überhaupt nicht für die Ehe auf. Du bist in etwa so jungfräulich wie die Sonne kalt ist!“

„Ja, aber das wusste er doch nicht“, meinte sie verwirrt, als verstünde sie Kaylies Aussage nicht. „Du solltest dich freuen. Du bist eine Steuerberatung wert!“

Na großartig! Sie hatte auf mindestens zwei Kamele oder auch eine sehr große Ziege gehofft.

„Guck nicht so, Kay!“, lachte ihre beste Freundin und schlang ihr einen Arm um den Hals. „Er sieht gut aus, wirklich! Na ja, wenn man auf den normalen Typ steht – was du ja vorgibst zu tun. Und du wolltest, dass ich dich verkupple."

„Ja, mit einem deiner Fotografen-Freunde. Aber doch nicht mit deinem Steuerberater!"

„Du willst mit einem Schwulen verkuppelt werden? Es steht schlimmer um dich als ich dachte." Stöhnend legte Kay sich die Arme über den Kopf. „Ich fasse nicht, dass du meine beste Freundin bist! Da wäre ich ja besser mit einer Schildkröte dran ..." „Ich weiß gar nicht, was du hast!" Grace tätschelte ihren Rücken. „Er ist Steuerberater, Kaylie – langweiliger geht es doch gar nicht. Oh sorry, ich meinte natürlich normaler. Normaler geht es doch gar nicht. Und das wolltest du doch, oder?"

Da war ein herausfordernder Unterton in der Stimme ihrer Freundin und plötzlich wusste Kay, was Grace mit dem Ganzen zu bewirken versuchte.

Seit Wochen lag ihre Freundin ihr damit in den Ohren, dass ein ‚normaler' Freund sie unglücklich machen würde. Was immer ‚normal' in dem Zusammenhang auch bedeuten mochte. Grace war der Überzeugung, dass Kaylie keine Ahnung hatte, was gut für sie war. Oder besser gesagt, *wer* gut für sie war.

Doch ihre Freundin lag falsch. Kaylie wusste genau, was sie brauchte.

Sie wollte jemanden Einfaches, jemanden normales eben! Jemanden, der um fünf aus dem Büro kam, ihr einen Kuss auf die Wange gab und erklärte, welche Bank heute das meiste Geld verloren hatte. Jemanden Beständiges, auf den sie sich verlassen konnte. Jemanden, der nichts mit Baseball zu tun hatte. War das zu viel verlangt?

Und plötzlich hörte ein Steuerberater sich gar nicht so schlecht an.

Steuerberater hatten geregelte Arbeitszeiten. Sie waren verlässlich. Und sie konnten mit Zahlen umgehen. Das war sexy, oder?

Nein, das war nicht sexy. Aber der Mann, den Kaylie brauchte, musste auch gar nicht sexy sein. Auch wenn es sicherlich nicht schaden würde. Aber sie war da flexibel. Solange er seine beiden Vorderzähne hatte, konnte jeder Mann sexy sein.

Okay, auch darauf wollte sie sich nicht festnageln.

„Gut, ich gehe mit ihm aus", sagte sie trotzig und tauchte wieder aus der Versenkung auf. „Er wird sicherlich ... Moment, sagtest du, er will sich um elf treffen?"

Diese Zeit kam ihr doch etwas merkwürdig vor. Es war Montagabend!

Grace' Ohren liefen pink an. „Na ja, er sagte irgendwas davon, dass er das Spiel nicht verpassen wolle ..."

„Welches Spiel?"

„Ähm ... das der Delphies."

„Er ist Baseballfan? Du kennst meine schwarze Liste!"

„Ja natürlich, du hast sie an den Kühlschrank gehängt. Neben deine „Traumtyp-Liste", die meiner Meinung nach „Langweiler-Liste" heißen sollte. Aber wenn du Fans auch ausschließt, dann wirst du einsam sterben, Kay."

Ach was, sie wäre nie allein. Sie würde immer Ben und Jerry haben! Wen interessierte es, dass sie Eiscreme waren?

Stöhnend legte sie eine Hand über die Augen. Ein Baseballfan. Andererseits war das besser als ein Baseballspieler. Vielleicht hatte ihre Freundin recht. Vielleicht durfte sie nicht ganz so wählerisch sein. Es gab da draußen wirklich eine Menge Baseballfans. Dennoch ...

„Du bist so ein Strüh, Grace“, seufzte sie.

Die Blondine verzog das Gesicht. „Bitte, benutz heute Abend nicht dieses Wort. Niemand versteht, was du damit meinst.“

Ja, das war doch der Punkt an der Sache! „Du bist nur neidisch, weil mich dieses Wort geheimnisvoll macht.“

„Dieses Wort lässt dich verrückt, aber sicherlich nicht geheimnisvoll erscheinen!“

Kaylie sah das anders. Ihr gefiel der Gedanke, die amerikanische Sprache zu revolutionieren. Dieses Wort würde ihren Tod überstehen, dessen war sie sich sicher! Auf ihrem Grabstein würde stehen: Kaylie Thompson, Physiotherapeutin, geliebte Freundin und Strüh.

„Weißt du was? Das Wort allein hat meine Laune gehoben!“, verkündete sie. „Ich gehe mit ihm aus – aber ich nehme meinen Fragebogen mit!“

Stöhnend schlug Grace ihren Kopf auf die Knie. „Ich gebe dir eine halbe Stunde, dann hast du ihn in die Flucht geschlagen.“

Dann hätte er immer noch zwanzig Minuten länger als der Letzte durchgehalten.

***

Dexter tat alles weh. Bis auf seine Schulter. Kaylie hatte wirklich verdammt gute Arbeit geleistet.

Er war heute mit zwei Spielern der gegnerischen Mannschaft, einem harten Schotterboden und einem der Zäune kollidiert – kein schlechter Schnitt – und seine verspannte Sehne gab keinen Mucks von sich.

Abgesehen davon war er wirklich fertig. Nicht zuletzt, weil Chloe ihm gerade eine SMS mit den Worten BIN HEUTE IRGENDWO geschrieben hatte.

Alles, wonach er sich gerade sehnte, war in der Bar gegenüber mit den anderen Jungs zu sitzen und ein kühles Bier zu trinken. Was er auch gleich tun würde, aber zuerst hatte er noch eine männliche Pflicht zu erledigen.

Er musste seinen besten Freund dazu bewegen, die Arbeit liegen zu lassen und mit ihm auszugehen.

Wenn er das so ausdrückte, hörte sich das auf einmal gar nicht mehr so männlich an.

Sam hatte sein Büro im am Stadion angrenzenden Gebäudekomplex, in dem auch die Trainings- und Aufenthaltsräume der Delphies lagen. Es war nach zehn und sein Büro war das einzige, aus dem noch Licht kam. Die Tür war nicht geschlossen, trotzdem sah Sam erst auf, als Dex mit der Faust gegen den Rahmen schlug.

„Oh, hey“, sagte er, bevor er das Gesicht wieder auf den Bildschirm seines Computers richtete und weiterhin seine Tastatur malträtierte. Wenn er so auch Frauen behandelte, dann wäre er für immer allein.

„Schönes Spiel. Auch wenn mir deine Knie leidtun. Dir ist schon klar, dass Baseball eigentlich kein Kontaktsport ist, oder?“

Nur für diejenigen, die es nicht richtig machten.

„Meinen Knien geht es gut!“ Glaubte er zumindest. Er konnte sie nicht mehr spüren. „Ich bin auch eigentlich nicht hier vorbeigekommen, um über meinen wunderschönen Körper zu sprechen. Auch wenn mir aufgefallen ist, wie oft du Gespräche in diese Richtung lenkst. Was natürlich verständlich ist. Du hast dich eben nach ihm gesehnt."

„Ja, meine Lenden verzehren sich nach dir, Dex", sagte Sam trocken und schlug weiter auf seine Tastatur ein.

Er grinste. „Wusste ich es doch. Aber warum ich hier bin: Wir gehen mit ein paar Leuten aus dem Team noch was trinken und du kommst mit."

Sam schüttelte den Kopf, den Blick stets auf den PC gerichtet. Er hatte die Krawatte abgelegt, trug aber immer noch seinen Anzug. „Keine Zeit, ich bin hier noch nicht fertig."

„Sam, hör auf zu arbeiten und komm mit. Du musst mal anfangen, dich zu integrieren."

Sein Gegenüber schnaubte. „Gab es Eierstöcke im Angebot oder warum redest du so?"

„Das Wort integrieren habe ich neu gelernt. Frauen benutzen es, um sozial zu wirken. Ich dachte, ich versuch' das mal."

„Sozial zu sein?"

Ja. Sowas Ähnliches. Außerdem schuldete er Sam etwas. Er hatte ihm schon mehr als einmal aus der Patsche geholfen und Dex sah es als seine Pflicht an, dafür zu sorgen, dass Sam einen guten Job machte. Aber das konnte er nur, wenn er das Team genauso gut kannte wie er.

„Du musst mehr ausgehen, Alter. Du versauerst hier hinter deinem Schreibtisch. Ich meine ... wann hast du dich zum Beispiel das letzte Mal mit einer Frau getroffen?"

„Du reißt hier ganz schön deine Klappe auf, dafür, dass du keinen Deut besser bist. Wann hast du das letzte Mal eine Frau kennengelernt und gefragt, ob sie mit dir ausgeht?"

„Heute Morgen."

Das sicherte ihm sofort Sams volle Aufmerksamkeit. Er blickte vom Bildschirm auf, eine Augenbraue gehoben. „Du hast dir heute Morgen ein Date klargemacht?"

„Gehen wir jetzt, oder was?"

„Sie hat ‚Nein' gesagt?"

Eigentlich hätte Sams Unglaube Dex schmeicheln sollen – aber das schadenfrohe Grinsen, das sich sofort auf den Zügen seines besten Freundes ausbreitete, hinderte ihn daran.

Dexter gab sich Mühe, seinen Kiefer zu entspannen, aber den hatte Kaylie heute Morgen vergessen zu behandeln.

„Ja, sie hat ‚Nein' gesagt", knurrte er.

„Was für eine sympathische Frau! Ich mag sie."

„Du weißt nicht, über wen ich rede."

„Nein und das muss ich auch gar nicht wissen. Du siehst aus, als hätte es dich aufgeregt, dass sie ‚Nein' gesagt hat. Das reicht mir völlig."

Ja, es hatte ihn aufgeregt! Er hatte schon seit längerem keine so interessante Frau mehr kennengelernt und – warum hatte sie bloß ‚Nein' gesagt?

Das ließ ihn alles anzweifeln, was er je über Frauen geglaubt hatte zu wissen. Wenn Frauen plötzlich nicht mehr auf Geld und gutes Aussehen standen, dann könnte er ein Problem bekommen.

„Ja, witzig, eine Frau hat ‚Nein' zu mir gesagt", meinte er genervt. „Können wir dann jetzt gehen, damit auch ein paar Frauen ‚Nein' zu dir sagen können?"

„Das wirst du nie zu Gesicht bekommen – einerseits, weil ich hübscher bin als du und andererseits, weil ich arbeiten muss."

„Hat da jemand Angst vor der Zurückweisung durch eine Frau?"

Sam schnaubte und lehnte sich in seinem Stuhl zurück „Nur weil du einem Ball nachrennen und es Arbeit nennen kannst, muss das nicht für andere gelten."

„Du bist süß, wenn du neidisch bist."

„Oh bitte. Neidisch auf einen Kerl, zu dem alle Frauen ‚Nein' sagen?"

„Eine! Es war eine Frau."

„Aber offensichtlich eine Frau, die zählt. Die wird als mehrere bewertet."

Das klang fair. Es fühlte sich auch nach mehreren an.

„Geh doch einfach vor und ich komme nach", sagte Sam und fuhr sich mit der flachen Hand übers Gesicht. Er sah wirklich müde aus, fiel Dex auf. Sam hatte schon im College die Angewohnheit gehabt, maximal fünf Stunden pro Nacht zu schlafen. Er fragte sich, ob sein Freund diese Zeit jetzt noch verkürzt hatte, weil der Stress von Zuhause ihn wachhielt.

Er musste wirklich mal rauskommen. „Nichts da. Dein Nachkommen kenne ich. Das hat vielleicht vor fünf Jahren bei mir funktioniert, aber jetzt falle ich nicht mehr auf deine leeren Versprechen rein."

„Weißt du, wenn ihr euch benehmen würdet, hätte ich auch nicht so einen Stress. Ich musste heute zwei Stunden auf einen Cheerleader einreden, damit sie der

InTouch nicht verrät, mit wie vielen von ihnen Jake Braker geschlafen hat! Stattdessen hat sie *mir* dann die Liste gegeben – mündlich. Das sind zwei Stunden meines Lebens, die ich nicht mehr zurückbekomme. Verdammt, ich wusste gar nicht, dass wir überhaupt so viele Cheerleader haben! Sie haben mit Streik und Kündigung gedroht und eine Entschädigung für emotionale Verstümmelung verlangt. Eine Entschädigung dafür, mit Jake schlafen zu müssen – okay, aber emotionale Verstümmelung?"

Dex musste lachen und wurde mit einem wütenden Blick aus Sams Richtung bedacht. „Hey, was guckst du mich an? Ich habe noch nie mit einem Cheerleader ..."

„Jaja, du bist der reinste Engel. Du bist ja kein Aufreißer, wie du nicht müde wirst zu erzählen. Aber weißt du, dafür, dass du immer schön die Klappe aufreißt und meinst, dass du was Ernstes suchst, Kinder willst und so weiter, sind deine Beziehungen doch immer etwas kurz. Wie lange hat die längste gehalten? Fünf Monate?"

Es waren vier. „Die Richtige war eben noch nicht dabei."

„Mhm. Ich glaub' eher, dass du deinen Affären nur den Titel ‚Freundin' verleihst."

„Das ist Schwachsinn."

Er wusste nur eben, wie richtige Liebe aussah, hatte es jahrelang vorgelebt bekommen, und würde sich nicht mit weniger zufriedengeben.

„Wenigstens suche ich. Du tust überhaupt nichts. Wann war denn das letzte Mal, dass du flachgelegt wurdest?"

„Vor zwei Wochen."

Das war neu. „Was? Von wem? Wieso weiß ich davon nichts?“

„Weil ich dir nicht jedes Mal, nachdem ich mit einer Frau im Bett war, eine SMS schreibe.“

„Das solltest du aber! Dann mach’ ich mir weniger Sorgen um dich.“

„Ich sollte mir eher Sorgen um dich machen. Lässt dich von deiner winzigen Schwester aufs Kreuz legen.“

„Sie ist einsfünfundsiebzig! Mit ihren verdammten High Heels noch größer. Und du weißt genau, was für eine Furie sie im Moment ist. Ich sollte wahrscheinlich froh sein, dass sie mir nicht mehr angetan hat.“

„Ja, ich bemitleide dich dann, wenn ich Zeit habe. Profisportler, am Arsch! Ich könnte dich jederzeit besiegen – und ich hocke nur hinterm Schreibtisch, wie du gerade so schön bemerkt hast.“

Dex verschränkte die Arme vor der Brust und lehnte sich an den Türrahmen. „Du hast mir immer noch nicht gesagt, wer diese mysteriöse Frau sein soll, mit der du es getrieben hast.“

„Du wirst es auch nicht erfahren.“

„Also war es ein Cheerleader.“

Er schnaubte. „Bin ich blöd?“

„Wenn du heute Abend nicht mitkommst, ja.“

Sam seufzte schwer, schüttelte den Kopf und fuhr dann seinen Computer herunter. „Schön, ich komme mit. Sonst schreibst du nachher nicht in mein Freundschaftsbuch und erzählst mir, dass Britney-Lou jetzt deine neue beste Freundin ist. Außerdem kann ich dann Braker im Auge behalten – er ist doch da, oder?“

Natürlich war er da. Jake war dreiundzwanzig und hatte gerade erst den Alkohol für sich entdeckt.

„Wenn du Jake vor allen verbietest, je wieder einen Cheerleader anzufassen, gebe ich dir einen aus."

„Deal."

Kapitel 5

Sie saß in einer Sportbar.

Sie war auf einem Date in einer Sportbar!

Sie hasste Sportbars. Größtenteils wegen des Sports. Überall waren Fernseher und jeder zweite Idiot trug irgendein Trikot. Noch schlimmer: Sie waren in einer Sportbar, direkt gegenüber vom Delphies Stadion.

Gott, sie hasste alles an diesem Ort. Kaylie war praktisch in Sportbars groß geworden. Ihre Mutter hatte es geliebt, hier ihren Vater anzufeuern und dann allen zu erzählen, dass sie die Frau des berühmten John Thompson war.

Es schien immer noch nach Rauch zu riechen – obwohl das Rauchen in Bars schon lange verboten worden war – und der Schweiß von Generationen hing in den Wänden.

Und Weingummi gab es hier auch nicht.

Dieses Date war ein Desaster, dabei hatte es erst vor zwei Minuten begonnen.

Aber jetzt war sie schon einmal hier. Da konnte sie genauso gut ihre Liste durchgehen und prüfen, ob Steuerberater Potenzial hatten. Und ihr Date sah wirklich ganz gut aus. Auf eine unscheinbare, süße Art und Weise.

Beide Vorderzähne hatte er zumindest noch. Sexy.

Sie setzte ein Lächeln auf. „Also Tom, wie ist das Leben als Steuerberater so?"

Ihr Date zwang seinen Blick vom Fernseher in der Ecke. Dabei war das Spiel gelaufen. Es gab nur noch

Nachberichterstattungen und Nachberichterstattungen der Nachberichterstattungen.

„Na ja, nicht sehr aufregend."

Punkt eins der Liste: Check. „Ich mache täglich fast das Gleiche, komme dann pünktlich nach Hause und mach' dann, was alle so machen."

Punkt zwei der Liste: Check. Wie gut, dass sie die Liste auf ihrem Schoß hatte und mit dem Bleistift, den sie dort positioniert hatte, Haken darauf machen konnte.

„Hört sich doch stabil an."

Tom runzelte die Stirn. Wahrscheinlich, weil sie den letzten Satz so betont hatte, als würde sie sagen: „Du hast fünf Millionen Dollar gewonnen!"

„Ja, stabil", nickte er und nahm sich ein paar Nüsse, die in der Schale in der Mitte des Tisches standen, bevor sein Blick wieder auf einem der Bildschirme landete.

Na prima. Wann war sie so unglaublich uninteressant geworden? Er hatte doch nach dem Blind-Date verlangt. Oder hatte er gedacht, dass sie tatsächlich blind war und nicht mitbekam, dass er mehr auf den Hintern der Baseballspieler auf dem Bildschirm, als auf ihr Gesicht sah?

„Hörst du gerne Musik?", fragte sie weiter, da von ihm wohl nichts zu erwarten war.

Er hob beide Schultern. „Nicht sonderlich. Ich finde Musik lenkt von den wichtigen Dingen des Lebens ab, findest du nicht?"

Von *welchen* wichtigen Dingen?

„Ja, genau. Finde ich nicht", sagte sie, doch Tom registrierte ihre Antwort kaum. Er hatte angefangen zu fluchen, weil auf dem Bildschirm eine Wiederholung von einer Szene gezeigt wurde, in der ein eindeutiger Strike-Ball des Delphies Pitchers Luke Carter nicht anerkannt wurde.

„Haben die keine Augen im Kopf?! Luke Carter ist der verdammt beste Pitcher der Welt! Natürlich war das ein Strike! Seine Strikeout-Statistik wird von niemand anderem übertroffen!“

Kay verdrehte die Augen. „Das ist Blödsinn. Luke ist gut, aber die beste Strikeout-Statistik hat Nolan Ryan.“ Sie kannte Luke und mochte ihn – wenn auch nur, weil er ihre Freundin Emma so glücklich machte – aber dennoch: Die Fakten mussten geradegerückt werden.

Verblüfft riss ihr Date abermals den Blick vom Fernseher. „Du kennst dich mit Baseball aus?“

Na ja, ein wenig. Unfreiwillig. Es war unmöglich, in ihrem Leben nicht einiges vom Spiel mitbekommen zu haben. Und sie hatte nun einmal ein gutes Zahlengedächtnis. Da konnte sie doch auch nichts für.

„Geht so“, meinte sie vage, die Hände auf dem Tisch verschränkt. „Wo in Philadelphia wohnst du denn genau?“, nutzte sie seine zeitweilige Aufmerksamkeit aus.

„Gar nicht weit von hier. Hab’ mir gedacht, da ich sowieso fast jeden Abend im Delphies Stadion bin, kann ich mir gleich die Fahrzeit verkürzen, oder?“

Von diesem Punkt an lohnte es sich eindeutig nicht mehr, die Liste weiterzuführen.

Es gab einen Unterschied zwischen Fan und Fanatiker. Mit einem Typen, der vielleicht gerne mal ein Spiel im Fernsehen sah und alle paar Monate ins Stadion ging, hätte sie sich anfreunden können, aber mit so einem Kerl ...

Nein danke. Dann würde sie ja lieber einen nehmen, der fremde Hautschuppen in einem Album sammelte.

Obwohl – die zwei würden sich wohl ein Kopf-an-Kopf-Rennen liefern, aber Kay war sich fast sicher, dass der Hautschuppen-Typ gewinnen würde – sollte er nichts für Baseball übrig haben.

„Hey, aber wenn du was vom Spiel verstehst, dann können wir ja mal zusammen ins Stadion gehen. Ich habe Dauerkarten."

Kaylie beschloss, dieses Date unverzüglich abzubrechen. Zeit, ihn zu vergraulen. Wie gut, dass sie einige Übung darin hatte.

„Ja, sehr gerne", antwortete sie lächelnd. „Davor könntest du dir ja meine Barbiepuppen-Sammlung ansehen. Ich habe 187 Stück."

***

„Waren Frauen schon immer so aggressiv?"

Dex grinste. „Du warst wirklich zu lange in deinem Büro eingeschlossen."

„Die eine sah aus, als hätte sie mich getackelt, wenn ich ihre Nummer nicht angenommen hätte!"

„Mensch, Sam. Hat deine Mutter dich etwa nicht davor gewarnt, was mit hübschen Jungs in der Großstadt passiert?", feixte Jake und lehnte sich an den Holztresen, den Blick durch den Raum schweifen lassend.

„Hat dir deine Mutter nicht gesagt, dass man nicht mit drei Cheerleadern gleichzeitig schlafen soll?"

„Meine Mutter weiß nichts von irgendwas. Sie denkt, ich bin ein Engel."

Dann las sie offensichtlich keine Zeitung. Seitdem Luke glücklich vergeben war, hatte die Presse sich einen anderen Lieblingsspieler der Delphies aussuchen müssen. Die Wahl war nicht allzu schwer gewesen, da Jake jung und dumm war – und mit allen Cheerleadern schlief, die sich ihm vor die Nase stellten.

Dexter war einfach nur froh, dass er nicht in Sams Position war und den ganzen Dreck wieder aufsammeln musste. Obwohl es vielleicht etwas unangebracht war, Cheerleader als Dreck zu bezeichnen.

„Dreiundzwanzig müsste man sein", murmelte Ryan Hale, der seit der heutigen Pressekonferenz offiziell im Team aufgenommen worden war. Das war nicht einmal gelogen. Der Catcher, den eine Frau gerade als Schokoladen-Fondue bezeichnet hatte – was Ryan seinem Grinsen nach zu urteilen offenbar nicht als rassistisch aufgefasst hatte – war ein lockerer Typ, mit dem man leicht reden konnte. Und mit siebenundzwanzig kaum als alt zu bezeichnen. Selbst in der Baseball-Welt nicht.

„Na, dreiundzwanzig ist ein beschissenes Alter", meinte Tyler Brady, der zweite Neuzugang, der bereits bei seinem vierten Bier war und noch genauso nüchtern wirkte wie während des Spiels. „Guck nur mal in Jakes Gesicht. All diese Pickel und dann dieser Flaum, den er als Bart bezeichnet. Kein Wunder, dass Frauen so auf ihn abfahren. Sie wollen ihn adoptieren."

„Dabei ist er bestimmt nicht einmal stubenrein", grinste Dex, prostete dem angesäuerten Jake zu und leerte sein Bier in einem Zug. Es war nun einmal eine ungeschriebene Regel, dass man dem jüngsten Spieler das Leben schwer machte – er hielt sich nur an den Kodex!

„Wo ist eigentlich Luke?“, wollte Sam wissen, der schon wieder auf sein Telefon schaute – ohne Zweifel, um selbst in seiner Freizeit zu arbeiten.

„Der ist zuhause und treibt es mit seiner Freundin“, meinte Jake.

Ray schlug dem jungen Baseman auf den Hinterkopf. „Respekt vor Frauen, Kleiner. Das ist es, was du lernen musst.“

Er runzelte die Stirn. „Das hat mir meine Physiotherapeutin heute Morgen auch gesagt. Vielleicht ist da ja was dran.“

Was? Seine Physiotherapeutin? Kaylie? Sie hatte ihm gesagt, er müsse Frauen respektieren? Hatte er was bei ihr versucht?

„Da wir gerade dabei sind“, fuhr Jake fort, nicht bemerkend, dass Dex in anstarrte. „Wie hast du denn deine Frau davon überzeugt ausgehen zu dürfen, Ray?“

Ray war einer der ältesten Spieler des Teams und seit mehr als zehn Jahren glücklich verheiratet, gesegnet mit zwei Kindern. „Du hast wirklich keine Ahnung von einer ernsten Beziehung“, brummte er nur, bevor er aus den Mundwinkeln zu Dex flüsterte: „Hab’ ihr versprochen, die Gartenmöbel sauber zu machen.“

„Hey, ist ja witzig. Da rede ich gerade über meine Physiotherapeutin und da hinten sitzt sie!“, staunte Jake.

„Was?“ Abrupt, und vielleicht eine Spur zu auffällig, ließ Dex seinen Kopf herumfahren.

Tatsächlich.

An einem Tisch am anderen Ende des Raumes saß Kaylie. Kaylie, die ihm ohne darüber nachzudenken einen Korb gegeben hatte.

Sie trug ein blaues, tief ausgeschnittenes Oberteil, ihre braunen Haare zu einem Knoten auf dem Kopf gebunden, während einzelne Strähnen ihr Gesicht umrahmten. Sie war ganz offensichtlich bei einem Date.

Dex verengte die Augen und betrachtete den Kerl, der ihr gegenübersaß.

Also, jetzt machte sie sich über ihn lustig!

Der Mann sah aus, als gehöre er in den Duden neben die Definition von Langweiler. Zu dem sagte sie ja, während sie ihm einen Korb gab?

Ging die Welt unter oder was?

„Du hast gar nicht erzählt, ob sie gut war“, sprach Jake weiter.

Was?

Ja, er wusste ja auch nicht, ob sie gut war! So weit waren sie ja gar nicht gekommen. Sie hatte ja nicht einmal mit ihm ausgehen wollen!

„Also, war alles gut mit deiner Schulter?“

Ach, davon sprach er. „Ja, meiner Schulter ging es nie besser“, murmelte er, Kaylie nicht aus den Augen verlierend. Sie rührte in ihrem Drink herum, während der Kerl ihr gegenüber immer wieder auf einen der Fernseher sah.

Hatte er keine Augen im Kopf? Was sollte besser sein, als die Frau vor ihm?

„Ich sagte doch, dass sie brillant ist“, grinste Jake. „Hasst leider Baseball.“

„Ja, leider“, sagte Dex trocken.

„Ah, ist sie die Frau, die dir einen Korb gegeben hat?“, wollte Sam wissen, der natürlich genau diesen Moment ausgesucht hatte, um von seinem Handy aufzusehen.

„Was?“, fragte Jake sofort alarmiert und sah zu ihm herüber. „Du hast versucht Kaylie klarzumachen?“

„Na ja ...“

„Alter! Mach mir das nicht kaputt.“ Jakes Gesicht war auf einmal todernst geworden. „Ich weiß, sonst bin ich der Arsch der Gruppe, aber wenn du was mit ihr anfängst, dann hast *du* den Titel verdient! Sie ist meine erste platonische Freundin. Sie wird mich hassen, wenn ich der Grund dafür bin, dass du sie unglücklich machst!“

„Wieso gehst du davon aus, dass ich sie unglücklich machen würde?“

„Wer hat dir einen Korb gegeben?“, wollte jetzt auch der Rest der Gruppe wissen, der nun ihren Blicken folgte.

„Niemand. Zumindest gleich nicht mehr“, sagte Dex und stellte sein Bier auf dem Tresen ab, bevor er sich aufrichtete.

„Alter, Dexter!“, beschwerte sich Jake und hielt ihn am Arm fest. „Wenn, dann sollte ich zu ihr hingehen. Ich bin mit ihr befreundet!“

„Heute Abend nicht.“

„Was soll das? Du darfst allen sagen, sie sollen die Finger von deiner Schwester lassen, aber ich darf dir nicht verbieten, meine Physiotherapeutin zu belästigen?“

„Genauso ist es, Kleiner!“, murmelte er, schob die Frau aus dem Weg, die sich gerade mit leuchtenden Augen vor ihn geschoben hatte, und lief geradewegs auf Kaylie und ihr Date zu ...

***

Könnte ihr Date bitte aufhören, über Baseball-Statistiken zu reden? Sonst müsste sie sich den Zahnstocher ihres Martinis leider ins Auge stechen. Wie das ihren Ohren helfen sollte, wusste sie auch nicht, aber mit jeder Sekunde die verging, schien die Idee besser zu werden.

Sie stürzte den Inhalt ihres Glases hinunter und fragte sich, warum Tom immer noch da war. Sie hatte ihm von ihrer imaginären Barbie-Sammlung erzählt. Von ihrem Problem mit Nacktheit und ihrer Angst, ihr Kissen könne versuchen, sie nachts zu ersticken. Sie hatte sich die absurdesten Sachen einfallen lassen, aber ihr Gegenüber schien komplett immun zu sein! Oder ihr einfach nicht zuzuhören.

Sie sollte ihre Taktik ändern. Vielleicht einfach gehen. Im Grunde genommen war es auch feige, nicht die Wahrheit zu sagen – dass sie schlichtweg nicht mit einem Baseballfan zusammen sein konnte. Das war ja fast schon schlimmer als ein Baseballspieler selbst!

„Ich stehe auf deiner schwarzen Liste, aber *er* ist okay?"

Gut. Es war nicht schlimmer als ein Baseballspieler selbst. Kaylie fiel fast vom Stuhl, als sie in Dexter O'Connors Gesicht blickte, der beide Hände auf den Tisch gestemmt hatte und dezent wütend aussah.

„Das musst du mir wirklich mal erklären. Wie kann *er* besser sein als *ich*?"

Sie stöhnte und legte die Stirn in ihre Handfläche. Ein Mann mit angeknackstem Ego hatte ihr gerade noch gefehlt! Was tat er überhaupt hier?

„Du kennst Dexter O'Connor?" Tom machte große Augen und jeglicher Fernsehbildschirm in dieser Bar schien vergessen. „Mein Gott, ich bin großer Fan!“, sagte er und stand hastig auf. „Sie waren einfach umwerfend heute Abend!“

Ihr Date war ja doch zu Komplimenten fähig! Nur wohl zu keinen, die an weibliche Wesen gerichtet waren.

„Was zum Teufel machst du hier?“, stöhnte sie. „Findest du nicht, dass es etwas zu früh ist, um mich zu verfolgen? Wir kennen uns kaum!“

„Ja, und wessen Schuld ist das?“

„Meine! Sehr gerne meine! Obwohl man über das Wort ‚Schuld‘ diskutieren könnte.“

„... und dann im vierten Inning, wo die Braves aufgeholt haben ...“

Redete Tom etwa immer noch?

Dex war das wohl ebenfalls aufgefallen, denn ruckartig richtete er sich auf und lächelte ihr Date gezwungen an. „Hey, würdest du gerne die anderen Teammitglieder kennenlernen? Die stehen darauf, einfach so von fremden Leuten angequatscht zu werden. Sie stehen an der Bar. Ich würde mal rübergehen. Besonders Jake Braker liebt es, sich mit Fans zu unterhalten! Ich würde bei ihm anfangen.“

„Klar Mann!“, sagte Tom begeistert und im nächsten Moment war er in der Menge verschwunden.

Ungläubig sah Kay zu ihm auf. „Hallo, was sollte das denn?“

„Ich könnte dich das Gleiche fragen. Sowas wie *er* steht nicht auf deiner Liste?“

„Sag mal, was willst du mit dem Ganzen hier eigentlich bezwecken?“, fragte sie und lehnte sich mit verschränkten Armen im Stuhl zurück. „Denkst du jetzt, nach diesem Auftritt hast du bessere Karten bei mir?“

„Nein, natürlich nicht. Ist mir ehrlich gesagt auch egal. Ich bin hier nicht das Problem.“

Hatte er sie gerade als *Problem* betitelt?

„Warum zum Teufel bist du dann hier rübergekommen?“

„Ich möchte einen Grund haben.“

„Zum Leben? Tut mir leid, den kann ich dir nicht geben.“

„Warum du ‚Nein‘ gesagt hast. Ich möchte wissen, warum du ‚Nein‘ gesagt hast.“

Sie hob eine Schulter und blickte auf ihr leeres Martiniglas. „Ich sagte doch schon: Du bist Baseballspieler!“

„Das kann unmöglich dein einziger Grund sein! Denn das wäre schlichtweg ... bescheuert.“

Jetzt war sie schon ein Problem und bescheuert? Wann waren Männer so charmant geworden?

Sie zuckte erneut die Achseln. „Ich finde dich einfach nicht attraktiv.“

Dex brach in so lautes Gelächter aus, dass Leute anfingen, zu ihnen hinüberzusehen. „Süße, ich kann Blicke sehr gut deuten. Und so, wie du mich heute Morgen angesehen hast, müsste ich dich eigentlich wegen sexueller Belästigung anzeigen.“

Sie schnappte nach Luft und sprang auf. Leider fielen ihr dabei die Liste und der Bleistift vom Schoß.

Bevor sie panisch zu Boden fallen und sie aufklauben konnte, hatte Dexter sich bereits gebückt und sie unter ihren Fingern weggerissen.

Mit gerunzelter Stirn betrachtete er den Zettel, die Augenbrauen mit jeder Sekunde tiefer in sein Gesicht ziehend.

„Mein Traummann Checkpunkt Nummer eins“, las er und Kay wunderte sich, dass sie noch nicht ohnmächtig geworden war. „*Was sind deine Arbeitszeiten? Ungenaue, vage Stundenanzahlen sind inakzeptabel. Checkpunkt Nummer zwei: Wie würdest du die Prioritäten deines Lebens beschreiben? a) familiär orientiert b) karrierelastig oder c) der Kunst verschrieben.*“ Er ließ das Blatt sinken und hob eine Augenbraue in ihre Richtung. „Jetzt bin ich neugierig: Ist *karrierelastig* oder *der Kunst verschrieben* schlimmer? Und warum steht da nicht *d) Sex*? Du bist da eindeutig nicht gründlich vorgegangen.“

„Gib sie mir zurück“, knurrte sie und wollte danach greifen, doch er hielt sie einfach über ihren Kopf. Sie wollte nicht riskieren wie ein Hund auszusehen, der an seinem Herrchen hochsprang, deswegen musste sie es wohl oder übel bei einem Schlag in seine Magengegend belassen. Heiliger Strohsack – so fühlten sich Muskeln an? Wie ein Brett?

Dex zuckte nicht einmal zusammen und las einfach weiter. „*Überleben Pflanzen bei dir? Wenn ja, wie lange?* Warum muss dein Traummann mit Pflanzen umgehen können?“, fragte er verwirrt. „Ein Typ, der Marihuana anbaut, ist deshalb also in Ordnung, aber ein Baseballspieler nicht?“

Kay hatte mittlerweile so viel Blut im Kopf, dass es sie wunderte, wie sie ihn noch gerade halten konnte. „Es zeigt, ob jemand sich kümmern kann, du Strüh!“

„Nein, es zeigt, ob jemand eine gründliche Putzfrau hat, die über ihren Tätigkeitsbereich hinausarbeitet! Und was ist ein *Strüh*?"

„Du!"

Er schnaubte und sah wieder zur Liste. *„Hast du Zeit zu kochen? Willst du Kinder? Würdest du dich als fürsorglich und treu beschreiben? Captain America oder Thor?"* Kopfschüttelnd sah er zu ihr hinab. „Das ist eine Fangfrage. Es ist *Iron Man*."

„Die richtige Antwort ist *Hawkeye* und jetzt gib mir die Liste zurück!" Sie hatte vorgehabt leise zu reden, dann aber doch irgendwie angefangen zu schreien. Das taten Strühs mit ihr.

„*Hawkeye*?" Er sah sie entgeistert an. „*Hawkeye* ist der Sidekick der Superhelden."

„Ja", knurrte sie, „aber er hat Zeit für eine Familie! Gib – mir – die – Liste."

Er streckte seinen Arm noch höher. „Ich bin noch nicht fertig mit Lesen. Es wäre sehr gemein von dir, mich bei einem solchen Cliffhanger zum Aufhören zu zwingen."

„Ich bin nun einmal gemein!"

„Ah, jetzt lügst du schon wieder. Ich glaube, du bist sogar sehr lieb. *Checkpunkt Nummer acht. Wie stehst du zu Sport? Siehst du gerne Sport? Machst du gerne Sport? Würdest du dich selbst als besessen beschreiben? Magst du Baseball? Die Antwort hier muss Nein sein. Nicht verhandelbar.*" Er ließ die Hand sinken und starrte zu ihr hinab. „Okay, ich muss dich das fragen: Hat dir als Kind jemand einen Ball gegen den Kopf geworfen?"

„Das geht dich überhaupt nichts an“, zischte sie und riss ihm das Blatt Papier aus den Händen.

Dex musterte sie und fragte dann kopfschüttelnd: „Du willst wirklich nur nicht mit mir ausgehen, weil ich Baseballspieler bin?“

„Nein. Jetzt auch nicht, weil du ein Arsch bist!“

„Was ist mit der direkten Anziehung? Zählt die gar nichts?“

„Es gibt keine direkte Anziehung!“, schnaubte sie wutentbrannt. „Ich weiß nicht, was du halluzinierst, aber da ist überhaupt nichts zwischen uns, Dexter O'Blödmann!“ Und mit einem letzten Schlag gegen seine Brust wandte sie ihm den Rücken zu und flüchtete ins Bad.

Kapitel 6

Es bestand die vage Möglichkeit, dass er sich gerade wie ein Idiot verhalten hatte.

Aber sie hatte diese Liste wirklich viel zu ernst genommen!

Wenn er das richtig verstanden hatte, dann wollte sie einen langweiligen Bürohengst, dessen Hobby es war Briefmarken zu sammeln. Wie konnte eine Frau wie Kaylie, die ihrem Geschrei nach zu urteilen offenbar eine Unmenge an Leidenschaft besaß, glauben, dass so ein Mann der Richtige für sie war?

Das wäre reine Verschwendung von ihr.

Sie brauchte jemanden komplett anderen.

So jemanden wie ihn. Zumindest sollte sie ihm eine Chance geben. Wenn schon nicht für eine ernste Beziehung, dann wenigstens für eine Nacht.

Gut, ja, er hatte keine Affären – er war nicht wie die anderen Spieler. Er verzichtete auf bedeutungslosen Sex mit namenlosen Frauen. Aber für Kaylie könnte er eine Ausnahme machen. Sie war ja nicht mehr namenlos.

Er konnte sich nicht helfen. Er sah sie an und sein Gehirn ging in Overdrive und beauftragte ein anderes, kleineres Gehirn damit, das Denken zu übernehmen.

Direkte Anziehung. Chemie.

Das, was Kaylie vorgab nicht zu spüren. Das war es! Sie hatten verdammte Körperchemie und er war in dem Schulfach zwar immer miserabel gewesen, aber er war sich sicher, dass es eine kluge Idee war, diese Chemie auszunutzen. Bevor irgendwer explodierte.

Höchstwahrscheinlich er.

Und das sagte er jetzt nicht nur, weil er mit ihr ins Bett wollte.

Doch, genau genommen sagte er das nur, weil er mit ihr ins Bett wollte. Aber mehrfach! Nicht nur einmal. Er war ja kein Playboy.

„Und – geht sie mit dir aus?" Erwartungsvoll sah Sam ihn an, während die anderen Spieler sich immer noch mit dem Waschlappen herumschlugen, an dem Kaylie ihre Liste ausprobiert hatte.

„Nein, nicht wirklich."

Sein bester Freund grinste. „Wie hast du es versaut?"

Er war möglicherweise in ihre Privatsphäre eingedrungen, aber ... was für eine schräge Liste war das bitte? Es klang so, als wäre Kaylies Traummann eine Figur aus der Sesamstraße!

„Ich habe sie irgendwie aufgeregt."

Sam schlug ihm fest auf die Schulter. „Hat sich nicht viel geändert seit dem College, was?"

„Wehe, du hast sie wütend gemacht!" Jake hatte sich von Kaylies Date losgeeist und hielt ihm plötzlich einen Zeigefinger unter die Nase. „Hast du sie wütend gemacht?"

Wütend? Nein, sie war nicht wütend gewesen, es schien ihm eher, als sei sie äußerst aufgebracht gewesen.

„Alter! Was hast du gesagt? Wo ist sie?"

Er kratzte sich unangenehm berührt am Nacken. „Sie ist zu den Toiletten gerannt."

„Alter!"

Konnte er bitte ein anderes Wort verwenden? Immer wenn Jake es benutzte, fühlte er sich so unglaublich alt.

Dabei war er noch keine dreißig! Ein paar gute Monate hatte er noch.

„Dex, das ist echt nicht nett von dir!", beschwerte sich der Baseman und er sah ehrlich verärgert aus. Die Verärgerung wunderte Dexter nicht, es war der Ehrlich-Part, den man bei Jake selten sah.

„Ich wiederhole mich", sagte der düster, „mach mir das nicht kaputt! Kaylie ist die beste platonische Freundin, die ich je hatte und du wirst dich jetzt verdammt nochmal bei ihr entschuldigen!"

„Wofür denn?"

„Für das, was du gemacht hast!"

Ja, ihm war nur nicht ganz klar *was* er getan hatte. Schön, er hätte etwas sanfter vorgehen können, aber wenn man es genau nahm, hatte er ihr einen Gefallen getan. Auf idiotische Art und Weise vielleicht – aber es ging hier ums Ergebnis!

„Entschuldige dich, Dex", wies Jake ihn an, den Kiefer angespannt. „Du hast sie offensichtlich verärgert und es ist das Richtige, sich zu entschuldigen!" Deprimierend, wenn Jake plötzlich der Erwachsenere von ihnen war. Aber er hatte ohnehin noch einmal mit ihr sprechen wollen.

Dinge geraderücken wollen.

Es ging nicht um seine männliche Ehre oder darum, dass sein Ego angegriffen worden war. Es ging ums Prinzip! Keine Frau sollte damit durchkommen, so dreist zu lügen!

***

Kein Mann sollte damit durchkommen, so dreist blöd zu sein!

Ja, Kaylie wusste, dass Männer insgesamt Probleme damit hatten, ihre Blödheit in den Griff zu bekommen – auch wenn da ein wenig der Martini und ihr natürlicher Zynismus sprechen könnte – aber es gab Grenzen!

Private Grenzen.

Sie hielt ihre Handgelenke unter kaltes Wasser.

Laut vorgelesen hatte sich ihre Liste echt bescheuert angehört. Und wirklich funktioniert hatte sie bis jetzt auch noch nicht. Viele der Fragen darauf ließen sich nicht so einfach in ein Gespräch einflechten und auf den Rest hatte sie noch von niemandem befriedigende Antworten erhalten.

Grace hatte ihr den Vogel gezeigt, als sie die Liste gesehen hatte, doch grundsätzlich hielt Kay sie für eine gute Idee.

Es waren keine feststehenden Regeln – es war nicht so, dass die Liste nicht flexibel war – eher ein Leitfaden für sie selbst. Sodass sie nicht aus den Augen verlor, was für ein Typ ihr Traummann sein sollte. Denn wenn man die Muskeln von Dexter O'Connor auf Kopfhöhe hatte, dann war es schwer irgendetwas zu sehen, was dahinterlag.

Sie hob ihren Blick und sah im Spiegel, dass ihre Wangen rosa angelaufen waren.

Warum fanden Frauen Blödmänner eigentlich so anziehend? Hatte sich ein Wissenschaftsteam darüber schon mal Gedanken gemacht? Es konnte doch nicht sein, dass eine Horde Menschen nach dem Higgs-Teilchen suchte, aber diesem Mysterium niemand auf den Grund ging! Wer setzte denn da die Prioritäten?

Seufzend stellte sie das Wasser ab und schüttelte über sich selbst den Kopf. Dieser Abend war beendet.

Sie stieß die Tür der Toiletten auf und lief prompt in eine menschliche Wand. Sie öffnete den Mund um sich zu entschuldigen, doch die Worte blieben ihr im Hals stecken, als ihr bewusst wurde, dass Dexter ihr gegenüberstand.

Wollte er noch gucken, ob die Liste eine Rückseite hatte?

„Meine Güte", fluchte sie und rieb sich die Stirn. Muskeln waren wirklich hart. Das war nicht gut konzipiert.

„Bist du heute nicht schon mit genug Menschen kollidiert?"

Er hob eine Augenbraue und machte einen Schritt zurück, sodass sie nicht mehr direkt vor den Toiletten herumstanden. „Du hast das Spiel also gesehen."

„Nein, nur die Szenen, wo du die gegnerischen Spieler umgerannt hast."

Er grinste. „Ich sagte doch: das Spiel."

Die Augen verdrehend wollte sie an ihm vorbeilaufen, doch er streckte einen Arm aus und hielt sie zurück.

Gott, sie hatte da jetzt wirklich keinen Nerv zu!

„Was willst du von mir, Dexter?"

„Jake meint, ich soll mich bei dir entschuldigen, damit eure Freundschaft nicht leidet."

Sie legte sich melodramatisch eine Hand auf die Brust. „Wow. Das ist die tiefgehendste, emotionalste und ehrlichste Entschuldigung, die ich je bekommen habe!"

Ihr Gegenüber lachte leise und schob sie mit dem Arm weiter nach links, sodass sie neben einem leeren Stehtisch an einer Wand standen.

„Okay, hör mal: Es tut mir leid, dass ich dein Date gestört habe – auch wenn es ehrlich gesagt nicht so aussah, als würdest du sehr darum trauern. Aber besonders tut es mir leid, dass du diese Liste besitzt."

Also, wenn er sie für sich erwärmen wollte, dann stellte er das eindeutig falsch an.

Langsam verengte sie die Augen. „Es tut dir nicht leid, dass du dich über mich lustig gemacht hast?" Sie wollte sichergehen, ob er wirklich ein solcher Idiot war.

Er schien kurz zu überlegen und schüttelte dann den Kopf. „Nein, denn diese Liste ist lächerlich."

„Ist sie nicht! Ich habe sie über die Jahre hinweg perfektioniert!"

„Okay, die Liste ist *traurig* und lächerlich. Den Mann, den du darauf beschreibst, den kannst du unmöglich wollen."

„Wie bitte? Entschuldige, aber wie lange kennst du mich? Seit heute Morgen! Wir haben etwas mehr als eine Stunde Zeit miteinander verbracht und jetzt weißt du bereits, was ich will? Du bist also Baseballspieler, Hellseher und Psychologe? Ist das überhaupt legal?"

Der Blödmann hatte den Schneid, noch breiter zu grinsen. „Meine Liebe, du besitzt Leidenschaft. Ich muss dich nicht kennen, um das zu wissen. Man sieht es auf dem ersten Blick. Ein Mann, der mit dieser Leidenschaft nicht umgehen kann, wird dich nie glücklich machen."

Was erlaubte der Typ sich eigentlich? Er wusste weder, was für ein Mensch sie war, noch woher sie kam, noch wie sie sich fühlte! Und auch nichts davon, was für eine Leidenschaft sie in welchen Mengen besaß. Herrgott, sie hatte mit dieser Einschätzung selbst noch ihre Probleme. Und jetzt kam ein Baseballspieler an und meinte, er wisse genau, was sie brauchte, um eine erfolgreiche Beziehung zu führen?

Sie hätte seine Schulter nicht verbessern, sie hätte sie zerstören sollen! Mit einem Hammer. Einem Vorschlaghammer. Einem sehr großen Vorschlaghammer!

„Woher nimmst du deine Weisheiten, oh großer Dexter O'Allwissend? Kannst du mir aus den Stirnfalten meine Leidenschaft ablesen? Meine Gedanken aus meinen Ohren schweben sehen?"

„Du hast wirklich zu viel Fantasie", stellte er kopfschüttelnd fest. „Du liebst deinen Job leidenschaftlich und verteidigst deine Liste – unrechtmäßig, aber ebenfalls leidenschaftlich. Daraus habe ich meine Schlüsse gezogen."

„Einen Dreck hast du gezogen!"

„Also, deine Leidenschaft als Dreck zu bezeichnen, geht etwas zu weit, finde ich. Meiner Meinung nach ist Leidenschaft eine der besten Eigenschaften, die eine Frau besitzen kann – umso tragischer ist es, wenn sie bei dem falschen Mann verkümmert."

Sie legte sich melancholisch seufzend auch die zweite Hand auf die Brust. „Ist es das bei dir? Hat der falsche Mann deine Leidenschaft verkümmern lassen? Dexter, es ist noch nicht zu spät für dich! Der richtige Mann ist noch da draußen!" Sie richtete ihren Arm auf die Tür. „Wenn du jetzt sofort gehst, erwischst du ihn vielleicht noch."

Er lachte leise und schüttelte den Kopf. „Du lenkst von deinem Problem ab."

„Wenn man bedenkt, dass du gerade mein Problem bist, richte ich sogar die ganze Aufmerksamkeit darauf!"

„Ich kann mich nur wiederholen. Der Traumlappen von deiner Liste ist nicht der Richtige für dich."

Die nüchterne Art und Weise wie er das sagte, regte sie nur noch mehr auf.

„Weißt du", sagte sie zuckersüß, „so spannend und aufregend es auch ist, mir von einem komplett fremden und durchweg arroganten Mann die Meinung zu meinem Liebesleben anzuhören – ich würde dann jetzt doch gerne gehen. An irgendeinen Platz, der schöner ist als hier. Vielleicht Guantanamo."

Sie wollte sich an ihm vorbeidrängen, doch er war groß und dann waren da schon wieder diese Muskeln – die schienen überall zu sein – und er ließ sie nicht durch.

„Siehst du", murmelte er leise, sodass sie ihn über die laute Country-Musik hinweg fast nicht verstehen konnte, „Leidenschaft."

„Wenn ich dich anschreie und beleidige, dann ist das keine Leidenschaft", presste sie hervor, „dann ist das die natürliche Reaktion einer Frau auf dich!"

„Das würde mich jetzt sehr verletzen, wenn ich nicht wüsste, dass das Schwachsinn ist", murmelte er und sie merkte plötzlich die kalte, raue Wand in ihrem Rücken. Wie hatte er sie zurückgedrängt, ohne dass sie das gemerkt hatte?

Er senkte seinen Kopf zu ihr hinunter, sodass sie ihm nun direkt in die grünen Augen sehen konnte und ... verdammt, wenn ihr Herz da nicht einen verräterischen Sprung machte.

Sie schluckte und hoffte sehr, dass das Licht zu gedämpft war, um ihren roten Kopf allzu deutlich erkennen zu können.

„Was tust du da, Dexter?", fragte sie, als seine Finger leicht über ihren Handrücken strichen.

„Weißt du, die Sache mit der direkten Anziehungskraft ist ... man sollte sie nicht zu lange unterdrücken", flüsterte er, seinen Atem auf ihrer Wange. „Das ist gesundheitsschädlich und könnte einen in den Wahnsinn treiben."

Sie stieß ein hohes, leicht panisches Lachen aus. „Ach ja? Ich habe eher das Gefühl, dass es andersherum ist. Dass man dem Wahnsinn verfällt, wenn man ihr nachgibt."

„Du gibst also zu, dass es die Anziehung gibt."

Mist.

„Ich gebe überhaupt nichts zu."

Er nahm ihr die Luft zum Atmen. Sein Gesicht war jetzt so nah an ihrem, dass sie das Gefühl hatte, er sauge ihr den Sauerstoff direkt aus den Lungen.

„Ich ... wir ... also hör mal", stammelte sie, ihre Arme an die Wand hinter sich legend, damit sie nicht in Versuchung kamen, irgendwo anders hinzuwandern. Zum Beispiel um seinen Hals. „Ich fühle mich ja geschmeichelt, dass du glaubst, wir hätten Chemie, wirklich – aber das bildest du dir ein! Diese direkte Anziehungskraft existiert nicht. Die wurde von Liebesroman-Autoren erfunden. Ich zumindest sehe dich an und spüre nichts." Sie würde für diese Äußerung in die Hölle kommen.

Einer von Dex' Mundwinkeln zuckte. „Das hättest du wirklich nicht sagen dürfen", murmelte er, bevor er die letzten Zentimeter überbrückte und seine Lippen ihre fanden.

Die Unterarme neben ihren Kopf gelegt, nahm sein Mund von ihrem Besitz und sie vergaß vollkommen, warum Sauerstoff wichtig für den Körper sein sollte. Wer brauchte Luft, wenn man stattdessen Dexter O'Connors Lippen haben konnte?

Jetzt vergaßen auch ihre Arme, dass sie eigentlich an der Wand bleiben sollten, glitten um seinen Hals, während ihre Hände sich in seinen Haaren vergruben.

Hitze breitete sich in ihr aus, floss in Poren, von denen sie nicht gewusst hatte, dass sie existierten, während Dex' eine Hand sich um ihren Hals legte und sein Daumen über ihre Wange strich. Ihr brach spontan eine Ganzkörpergänsehaut aus. Sie wollte aufhören, wollte, dass der Moment nie aufhörte, wollte mehr, wollte weniger, wollte sich besinnen, wollte die Besinnung verlieren ...

„Und das", flüsterte er, während er sich langsam von ihr löste, „ist direkte Anziehungskraft, Süße."

Und mit einem letzten Lächeln verschwand er in der Menge.

Grace schlief schon, als Kay zurück in die Wohnung kam. Das war vielleicht besser so, sonst hätte sie sie vermutlich gefragt, warum ihre Hände zitterten. Immer noch.

Sie seufzte schwer und ließ ihre Schlüssel in eine Schale auf der Garderobe des Flurs gleiten.

Vielleicht lag es daran, dass sie seit Ewigkeiten nicht mehr geküsst worden war, vielleicht aber auch einfach an diesem Mann an und für sich. Sie wusste es nicht und was es auch war, sie würde es ignorieren!

Das mochte nicht erwachsen sein, aber effektiv.

Sie lief ins Wohnzimmer, griff die Kappe, die immer noch auf dem Tisch lag, ging zum Mülleimer und ... ach nein. Die könnte sie noch bei Ebay verkaufen.

Sie ließ die Kappe wieder sinken und hängte sie auf dem Weg zu ihrem Zimmer an die Garderobe. Es war nur eine Kappe.

Sie zog sich aus und ließ sich schließlich gähnend aufs Bett fallen. Sie griff nach dem Foto auf ihrem Nachttisch und legte es in ihren Schoß.

„Na, Mama? War das der Grund, warum du Papa geheiratet hast? Weil Baseballspieler offensichtlich besser küssen können als der Durchschnittsmann?"

Sie strich über den Rahmen und war einfach nur erleichtert, dass ihre Brust nicht mehr ganz so eng war wie noch vor ein paar Jahren. Zeit heilte die Wunden nicht. Aber sie machte sie erträglicher.

„Ich vermisse dich", flüsterte sie, „du hättest gewusst, was für einen Mann ich brauche. Obwohl, nein ... du hättest mir zu einem Baseballspieler geraten, weil das das Aufregendste wäre, was einem im Leben passieren kann." Kay lachte leise und stellte das Foto zurück. Ihre Mutter wäre von Dexter O'Connor entzückt gewesen. So wie 160 Millionen Einwohner dieses Landes.

Sie kramte ihr Handy aus der Handtasche hervor, um ihren Wecker einzustellen und stellte überrascht fest, dass ihr Vater angerufen hatte.

Das war neu. Sie sprachen eigentlich nur dreimal im Jahr miteinander. Zu ihren Geburtstagen und zu Weihnachten.

Sie rief ihre Mailbox an und hielt den Hörer ans Ohr.

„Hey Kaylie, hier ist dein Vater. Könntest du morgen in deiner Mittagspause bei meiner Arbeit vorbeischauen? Ich würde gerne mit dir über etwas reden."

Das war alles.

Sie ließ den Hörer sinken und fiel seufzend in die Kissen.

Ihr Leben wurde immer interessanter.

Dexter konnte nicht schlafen. Er wälzte sich von der einen auf die andere Seite und lauschte in die Nacht hinein.

Chloe lag nicht in ihrem Bett.

Er dachte an den Kuss. Er dachte an seine Eltern. Er dachte daran, wie hoch die Chance war, dass sie dieses Jahr an den World Series teilnahmen. Er dachte an den Kuss.

Es war eine dumme Idee gewesen. Er hatte doch gewusst, dass ein Kuss nicht genug sein würde.

Dex schlief nicht, bis er die Tür seines Penthouse' aufgehen, seine Schwester auf leisen Sohlen die Treppe hinauf und in ihr Zimmer schleichen hörte.

Es war fünf Uhr dreißig.

Wenigstens war sie allein.

Das Portemonnaie würde er morgen wohl trotzdem mitgehen lassen müssen. Sonst würde er ja nie Schlaf finden!

Kapitel 7

„Du siehst scheiße aus, O'Connor."

„An meinem schlimmsten Tag sehe ich immer noch besser aus als du, Luke."

„Diesen Kommentar verzeihe ich dir ausnahmsweise mal, weil ich gestern mit einer heißen Frau im Bett war und du offensichtlich nicht."

Dexter konnte dagegen nicht einmal etwas sagen. Sie standen auf dem Spielfeld und dehnten sich fürs Schlagtraining, was gleich folgen würde, und alle Teammitglieder, die gerade um ihn herumstanden, wussten, dass er alleine nach Hause gegangen war. Wenigstens hatte Jake keinen Schimmer davon, dass er Kay geküsst hatte. Der junge Spieler schien das Wohl seiner Physiotherapeutin sehr ernst zu nehmen, was Dex ritterlich gefunden hätte – würde er solche Worte in den Mund nehmen.

„Weißt du, du brauchst eine Freundin", meinte Luke, der offensichtlich schon mit dem Dehnen fertig war. Jedenfalls stand er vor ihm und tat nichts, außer ihn anzustarren.

„Woher kommt denn jetzt der Mist?"

„Ich zitiere hier nur Emma, die mir damit seit Wochen in den Ohren liegt. Aber ich stimme ihr zu. Deine Laune könnte nur eine niedliche, einfühlsame Frau heben."

„Du bist seit gefühlten dreißig Sekunden in einer festen Beziehung und plötzlich bist du der Experte, oder was? Das ist die erste Freundin, die du überhaupt hast,

Luke! Wieso scheinst du das immer wieder zu vergessen?“

„Ich bin in einer Beziehung mit *Emma*. Da zählen drei Tage schon für drei Jahre. Sie ist anspruchsvoll.“

„Ja, was der Grund ist, warum ich bis heute nicht verstehen kann, warum sie sich mit dir abgibt.“

Luke grinste. „Ich auch nicht. Ich bin wirklich ein ziemlich glücklicher Typ.“

Ja, das war er. Dex hatte versucht, Emma auszureden, sich in Luke zu verlieben, aber dass Frauen nicht auf ihn hörten, wurde offenbar zur Tradition bei ihm.

Erst seine Schwester, dann Emma und dann Kaylie. Da mischte doch irgendwer etwas ins Wasser in Philadelphia ...

„Also, mit wem soll Emma dich denn verkuppeln? Sie hat mir eine Liste gemacht, aber ich hab' sie irgendwo liegen lassen.“

„Du machst Witze, oder?“

Lukes Grinsen wurde breiter. „Aber Dexter, bei so wichtigen Sachen wie der Liebe mache ich doch keine Witze. Emma schon gar nicht. Sie kann sehr bestimmend sein, wenn sie sich etwas in den Kopf setzt.“

Grundgütiger! Das wäre ja noch schöner, wenn Emma jetzt anfing, ihm irgendwelche Frauen vorzustellen.

Er wusste schon, wen er haben wollte! Und das sagte er ihm auch.

Unglücklicherweise hatte er nicht leise genug gesprochen.

„Alter! Du redest doch nicht von Kaylie, oder?“ Jake klang alarmiert und Dex fand es beruhigend, an dem jungen Kerl auch einmal eine Seite zu sehen, die nicht mies war. Auch wenn ihm diese bestimmte Seite gerade wirklich nicht in den Kram passte.

„Kümmere dich um deinen eigenen Mist, Jake."

„Das tue ich. Kaylie ist mein Mist! Sie hat mir letztens erklärt, wie man eine Waschmaschine benutzt. Das verbindet, okay?"

„Wer ist Kaylie? Ist sie heiß? Ich glaub', den Namen hab' ich schon einmal gehört. Ist das die Physiotherapeutin? Ey, ich glaub', Emma kennt sie."

Stöhnend legte Dexter sich eine Hand über die Augen. „Wann haben Kerle angefangen, in den Liebesleben anderer Kerle herumzupfuschen? Das war doch so nicht vorgesehen. Warum sich dann überhaupt die Mühe machen und die Frauen erfinden?"

„Da ist aber jemand zart besaitet", stellte Luke fest.

„Das ist, weil er eine Abfuhr von ihr bekommen hat", erklärte Jake. „Hast du doch, oder?"

Das alle darauf herumreiten mussten.

„Ja, verdammt! Ich hab' eine Abfuhr bekommen." Zwei, wenn man es genau nehmen wollte.

„... und warum steht Kaylie dann da vorne?"

Sein Kopf fuhr herum und schon wieder hatte Jake recht. Dort hinten, am Feldrand bei den Spielerboxen, stand Kaylie. Die Arme vorm Körper in einer passiven Pose verschränkt, den Blick stur geradeaus gerichtet.

Soweit er das erkennen konnte, sah sie nicht glücklich aus.

Sie redete mit dem Rücken von jemandem, der sich jetzt umdrehte.

Was hatte Kaylie denn mit Coach Thompson am Hut?

***

„Dad, ich habe wirklich nicht den ganzen Tag Zeit. Um was geht es?“

Kaylie war müde, gestresst und stand in einem Baseballstadion. Das alles reichte, um ihrer Laune einen Dämpfer zu versetzen. Und dann war da ja noch ihr Vater. Sie hatte ihn das letzte Mal vor drei Monaten gesprochen, als er sich zu ihrem Geburtstag gemeldet hatte. Wenn man sagte, dass sie und John Thompson eine entfremdete Beziehung hatten, dann war das eine Untertreibung.

Doch Kaylie hatte auch nie den Wunsch verspürt, das zu ändern. Es war zu viel passiert. Zu viel Zeit vergangen. Zu viel böses Blut geflossen.

Manchmal dachte sie, dass es gut gewesen war, dass ihr Vater ein solcher Feigling war. Denn das hatte sie dazu gezwungen, erwachsen zu werden. Mit ihren Kindereien und ihrem Fehlverhalten in der Schule aufzuhören und sich auf die wichtigen Dinge im Leben zu konzentrieren.

Doch andere Male dachte sie, dass niemand so schnell hätte aufwachsen sollen. Dass sie gut und gerne darauf verzichtet hätte, von einem Tag auf den nächsten die Kontrolle übernehmen zu müssen, nur weil ihre Mutter krank geworden war und John Thompson seine Karriere wichtiger gewesen war, als sich um sie zu kümmern. Die Karriere, von der er mit seinen damals achtunddreißig Jahren mit Leichtigkeit in den Ruhestand hätte treten können. Eigentlich schon im Ruhestand hätte sein müssen.

Der altbekannte Kloß aus Wut, Verachtung und Trauer kroch ihren Hals hinauf, doch sie schluckte ihn hinunter. Darin war sie außergewöhnlich gut geworden.

Endlich ließ ihr Vater von den Schlägern ab, die er versucht hatte in ein Netz zu stopfen, und wandte sich zu ihr um.

John Thompson war schon immer ein gutaussehender Mann gewesen – wie ihre Mutter nicht müde geworden war, ihm zu erzählen. Mit fünfzig war er immer noch relativ durchtrainiert, so als lägen seine Tage als professioneller Baseballspieler nicht schon Jahre zurück. Seine Augen hatten einen hellen Braunton, so wie ihre, doch da hörten die Ähnlichkeiten auch auf.

„Schön, dass du es geschafft hast, Kaylie." John lächelte, doch sie gab sich nicht die Mühe, es zu erwidern.

„Es hat sich dringend angehört", sagte sie und zog die Arme enger um ihren Körper. Als könne sie sich so vor zu vielen Gefühlen schützen.

Die Zuneigungsbekundungen ihres Vaters waren so sprunghaft wie Grace' kulinarische Vorlieben und Kaylie hatte irgendwann aufgehört, ihnen Bedeutung beizumessen.

„Ja, das ist es tatsächlich. Bei den Delphies hat letzte Woche plötzlich ein Physiotherapeut gekündigt und jetzt suchen wir Ersatz. Ich hatte an dich gedacht."

Überrascht machte sie einen Schritt nach hinten. „Du ... bietest mir einen Job an?"

„Genaugenommen bitte ich dich um einen Gefallen. Wir sind ab übermorgen auf einer Auswärtsspiel-Reihe und wir können unmöglich so schnell einen guten Ersatz finden. Es wäre also nur für den Übergang, bis das Management jemanden Guten gefunden hat, der die freie Stelle besetzen kann."

Kaylie wusste wirklich nicht, was sie davon halten sollte. „Du bist Coach. Du bist für die Schlagaufstellung und Strategie zuständig. Es ist doch nicht deine Aufgabe, dich um einen neuen Physiotherapeuten zu kümmern."

John nickte. „Nein, natürlich nicht. Aber ich habe gehört, dass sie jemanden suchen und ich weiß, dass du gut bist, da habe ich dich vorgeschlagen."

Er wusste, dass sie gut war? Woher?

„Ich dachte, das wäre eine Möglichkeit für dich, dein Wissen auszubauen und dein Feld zu erweitern. Sportler zu behandeln ist eine Erfahrung wert. Außerdem bezahlen sie wirklich gut – nicht dass du das Geld nötig hättest."

Nein, hatte sie theoretisch gesehen nicht. Wenn ihr Vater sich auch nicht emotional oder mit seiner Anwesenheit um sie gekümmert hatte, so hatte er ihr doch wenigstens finanziell einen mehr als großen Batzen auf der Bank hinterlegt.

Kaylie hatte keinen einzigen Penny angerührt. Sie wusste jedoch nicht, ob ihrem Vater das bewusst war.

Sie hob ihren Blick und kniff die Augen vor der Sonne zusammen, die auf sie hinabschien.

Ihr Vater hatte nicht ganz Unrecht. Mit Sportlern zusammenzuarbeiten würde ihr beruflich durchaus weiterhelfen. Sie wollte nicht ewig in der Praxis arbeiten. Und wenn sie weiterhin vorhatte, kein Geld, das ihr Vater für sie angelegt hatte zu verwenden, dann wäre eine bessere Bezahlung auch nicht zu verachten. Und wenn es nur vorübergehend wäre ...

„Ab wann würde ich anfangen?"

„Ab sofort. Wie ich gerade sagte: Besonders für die Auswärtsspiele wäre es wichtig. Du wärst natürlich dementsprechend viel unterwegs – aber das kennst du ja."

Ja, das tat sie. Ihre Mutter hatte ihren Spaß daran gehabt, sie zu fast jedem Auswärtsspiel ihres Vaters mitzuschleppen. Schulbildung war da eher zweitrangig gewesen. Damals war Kaylie davon begeistert gewesen. Keine Schule, dafür lange Abende mit berühmten Sportlern in einer Bar. Wer wollte das nicht?

Es war jedoch schwer gewesen, Freundschaften aufrecht zu erhalten. Ein normales Leben zu führen. Und dann kamen noch die Umzüge dazu. Jedes Mal, wenn ihr Vater verkauft worden war, hatten sie die Stadt gewechselt.

Ab einem gewissen Zeitpunkt hatte sie sich einfach geweigert zu gehen. Zumindest zu den Spielen. Eine Nanny hatte auf sie achtgegeben – bis ihre Mutter selbst nicht mehr dazu in der Lage gewesen war so viel zu reisen.

Seufzend wandte sie ihr Gesicht wieder von der Sonne ab. „Ich weiß nicht, ich müsste das mit der Praxis absprechen und ... ich weiß nicht ..."

„Sag nicht wegen mir Nein."

Verblüfft blinzelte sie und bemerkte erst jetzt, dass das Lächeln vom Gesicht ihres Vaters gewichen war. Er hatte die Stirn in Falten gelegt und sah sie ernst an.

„Es ist eine Chance, Kaylie. Verpasse sie nicht, weil ich ein schlechter Vater war."

Sie schlang ihre Arme noch enger um sich, wie einen Schutzschild, bis sie sich mit ihrer eigenen Kraft beinahe die Luft abschnürte. „Du kennst mich wirklich nicht, wenn du denkst, dass ich irgendeine meiner Entscheidungen darauf begründen würde, was für ein Vater du warst."

John Thompson nickte steif, sich mit der Hand über die Schläfe reibend. „Ich weiß, du bist stark und ich weiß, es kommt vielleicht zu spät, aber ... ich möchte das ändern, Kay."

Sie lachte bitter auf, konnte gar nicht anders. „Du möchtest ändern, was für ein Vater du warst? Ich glaube, dazu, die Vergangenheit zu manipulieren, ist nicht einmal der große John Thompson in der Lage."

„Kay, es tut mir leid." Der ernste Blick ihres Vaters blieb. „Ich habe in mehr als einer Linie versagt, eine Menge verpasst, damit muss ich leben ..."

„Nein, damit muss *ich* leben!", fuhr sie ihn an. Ihre Haut schien vor Wut zu glühen. „Du denkst, du hast es schwer, weil du mit deinen Schuldgefühlen klarkommen musst? Du hast keine Ahnung davon, was schwer ist! Du hast nicht eine Nacht an ihrem Bett gesessen, sie nicht zu den Chemos gefahren, ihr nicht dabei zugehört, wie sie auch noch *Entschuldigungen* für dich gesucht hat! Du hast nicht den geringsten Schimmer, wofür du dich überhaupt schlecht fühlen musst – denn du hast nur ein Viertel von dem erlebt, das jetzt auf deinen Schultern lasten sollte! Du ... du ..." Der Kloß war zurück, schien auf ihre Stimmbänder zu drücken und krampfhaft versuchte sie ihre Hände vom Zittern abzuhalten.

„Kaylie, ich konnte es nicht ertragen. Nicht sehen, wie die Liebe meines Lebens langsam zu Grunde geht." Die Tränen brannten in ihren Augen und jetzt ballte sie die Hände zu Fäusten. „Aber du konntest mit ansehen, wie deine einzige Tochter die Scherben aufsammeln musste? Wie ich versucht hab', für sie zu kämpfen, weil sie – weil ihr beide – nicht stark genug dafür wart? Du sagst immer, dass du Mama geliebt hast, aber wenn das Liebe ist, dann möchte ich davon nichts wissen! Wenn Liebe bedeutet, dass man es nicht aushält, den anderen leiden zu sehen und ihn deshalb lieber alleine lässt – dann möchte ich damit wirklich nichts zu tun haben!"

Ihr Vater hatte den Kopf gesenkt und war ungewöhnlich bleich geworden. „Ich will es wiedergutmachen, Kay. Ich kann die Zeit nicht zurückdrehen, aber ich will mehr an deinem Leben teilhaben. So wie es ein Vater tun sollte."

„Es gibt nichts wiedergutzumachen. Du schuldest nicht nur mir eine Entschuldigung. Du schuldest sie ihr. Doch dafür ist es wohl zu spät, oder? Ich sollte wahrscheinlich überrascht sein, dass du bei ihrer Beerdigung warst."

„Kaylie ..."

Doch sie schüttelte den Kopf und hielt die Hand hoch. Sie wollte nicht ein Wort mehr aus seinem Mund hören.

Aus dem Mund des Mannes, der von der Nation als Held gefeiert worden war, aber nichts weiter als ein Feigling war, der sich in seine Arbeit flüchtete, sobald das Leben schwer wurde. Sobald das Leben nicht mehr nur aus Schlägern und Baseballs und kreischenden Fans bestand.

„Weißt du Dad, ich mach' es", sagte sie gezwungen ruhig. „Ich arbeite für euch. Aber nur wegen des Geldes und wegen der Erfahrung. Ganz sicher nicht für dich."

Sie war bis zur Tür gekommen, die zu den Umkleiden führte, als ihr die erste Träne die Wange hinunterlief. Fahrig wischte sie sie mit ihrer Hand weg, den Rücken durchgestreckt.

Das Ganze war es nicht wert. Sie hatte schon so unendlich viele Tränen vergossen, jede einzelne davon nötig – aber das hier ... das war es nicht wert.

Schön für ihren Vater, dass er herausgefunden hatte, dass das was sie hatten, kaum als Beziehung zu bezeichnen war. Sehr schön für ihren Vater, dass er eingesehen hatte, Fehler gemacht zu haben – und davon eine Menge. Aber das änderte nichts. Er konnte nicht einfach sagen, er wolle mehr an ihrem Leben teilhaben und dann erwarten, dass sie lächelte und sagte: *Ja, das wäre toll. Lass uns Freunde sein und zusammen campen gehen.*

Er konnte die letzten zehn Jahre nicht einfach ausradieren. Ihre Mutter hatte ihn bis zum Schluss auf ein Podest gestellt. Gemeint, dass er genau das Richtige tat. Dass er wegen so etwas Unwichtigem wie Lungenkrebs doch nicht seine so unglaublich wichtige Karriere torpedieren könne.

Aber Kaylie hatte es besser gewusst. Baseballspieler wussten nicht, wie sie ihre Prioritäten richtig setzten. Und ihr Vater war einfach zu feige gewesen, um sich dem Ernst des Lebens zu stellen.

Auch wenn Kaylies Liste albern war – zumindest schützte sie sie davor, sich mit jemandem einzulassen, der sie nie an erste Stelle setzen würde. Auf den sie sich nicht verlassen konnte.

Energisch und die neu aufkeimenden Tränen hinunterschluckend, riss sie die Tür auf und wollte sie zurück ins Schloss ziehen, als sie auf einen Widerstand traf.

Sie wandte den Kopf, um zu sehen, was die Tür offenhielt und blickte geradewegs in das Gesicht von Dexter O'Connor.

Das fehlte noch!

Noch ein Baseballspieler, der ihr den letzten Nerv raubte – und sie dazu noch in ihren Träumen heimsuchte. Sie hätte gerne gesagt, dass es Albträume waren, aber sie hatte sich vorgenommen, sich weniger selbst zu belügen.

„Na, O'Connor? Ist dein neues Hobby jetzt in Türen herumzulungern?"

„Mit irgendetwas muss ich meine Zeit ja füllen."

Sie schnaubte und lief einfach weiter, in den sterilen Gang hinein, an den Umkleiden vorbei, ihr Gesicht von ihm abgewandt.

Leider hatte sie keine Zwei-Meter-Beine, so wie der Mann neben ihr, der mit Leichtigkeit Schritt hielt.

„Hey, alles okay?"

Ihre Augen brannten immer noch und ihre Lippen hatte sie fest aufeinandergepresst. Sie würde diesem Idioten sicherlich nicht zeigen, wie wenig okay sie gerade war.

„Klar, alles okay", sagte sie und beschleunigte ihren Schritt.

Dex berührte sie an der Schulter. „Kaylie ..."

Ruckartig blieb sie stehen und wandte sich zu ihm um. „Was zur Hölle willst du von mir? Und warum tauchst du plötzlich überall auf, wo ich bin?"

Dex hob eine Augenbraue. „Na ja. Ich arbeite hier."

Arbeiten! Dass sie nicht lachte. „Soweit ich weiß, ist es aber nicht deine Aufgabe, mir nachzurennen."

Er lächelte nicht. Sein Blick war ernst und fast ein wenig besorgt.

Das beunruhigte sie zutiefst. Mit einem lockeren Dexter O'Connor, der sich über sie lustig machte und das Leben so ernst nahm wie Nieselregen, kam sie zurecht. Mit einem besorgten Dexter, auf dessen Stirn sich eine Falte gebildet hatte – nicht so wirklich.

„Geht es dir wirklich gut?", fragte er leise. „Du siehst ... aufgewühlt aus."

Ja, sie war aufgewühlt! Und dass er ihr jetzt gegenüberstand und diese Fragen stellte, half ihr nicht dabei, gegen das Gefühl anzukämpfen.

„Weißt du, was mein Spitzname ist?", fragte sie, einen Schritt nach hinten machend. Die Hitze, die er ausstrahlte war einfach zu viel.

„Kay?", riet er.

„Ja, genau. Kay. Und das nicht wegen meines Namens! Sondern weil bei mir immer alles *okay* ist. Beantwortet dir das deine Frage?"

„Nein."

„Ich bin okay, Dexter! Spiel Ritter in der goldenen Rüstung für jemand anderen." Sie wollte sich wieder abwenden, doch abermals brauchte er sie nur leicht an der Schulter zu berühren, um sie davon abzuhalten.

„Was hast du mit dem Coach am Hut? Und warum darfst du ihn anschreien, wenn es uns Spielern verboten ist?"

„Ich habe ihn nicht angeschrien."

„Angebrüllt dann?"

Ihre Mundwinkel zuckten und sie senkte den Blick, damit er es nicht sehen konnte.

„Er ...“ Sie hielt inne. Aber was sollte es? Wenn sie hier tatsächlich für die nächsten Wochen arbeitete, dann würden die Spieler es ohnehin herausfinden.

„Coach Thompson ist mein Vater.“

Dex ließ abrupt seine Hand sinken, die immer noch auf ihrer Schulter gelegen hatte. „Nein!“

„Ja, ich bin auch nicht glücklich darüber, aber so ist es.“

„Aber ... mit der Tochter des Coachs kann ich doch nicht schlafen!“

Jetzt verloren ihre Mundwinkel den Kampf und sie lächelte breit. „Wenn es dir irgendwie hilft: Ich hätte ohnehin nicht mit dir geschlafen.“

„Da hat mir der Kuss gestern aber was anderes gesagt.“

Ihr auch.

„Du hast eine rege Fantasie.“

„Dafür, dass du so viel lügst, bist du wirklich schlecht darin.“

Sie zuckte die Achseln.

„Der Coach ist dein *Vater*“, wiederholte Dexter erneut und fuhr sich mit der flachen Hand übers Gesicht. „Oh Gott, das macht das mit uns natürlich kompliziert ...“

Sie schnaubte laut. „Mit *uns*? Wovon redest du? Wir sind kein *Uns*. Wir kennen uns kaum. Du tust so, als wären wir dabei, etwas anzufangen.“

Er hob eine Schulter. „Na ja, wenn es nach mir ginge, wären wir das.“

„Nun, es geht aber nicht nach dir“, sagte sie knapp. „Und Vater hin oder her: Zwischen uns wäre nie etwas passiert!" Sie wedelte mit ihren Händen zwischen Dexter und ihr hin und her und schüttelte dabei ausdrucksstark den Kopf. Vielleicht verstand er es ja so, wo doch sein Gehirn zeitweilig taub zu sein schien.

Dexter lehnte sich auf seinen Fußballen zurück und verschränkte die Arme. „Wegen deiner Liste."

„Und deiner Persönlichkeit."

Er grinste. „Jetzt fängst du schon wieder an zu lügen. Aber das ist in Ordnung. Du bist süß, wenn du lügst. Dann werden deine Augen ganz groß und du fängst an, deine Hände zu kneten."

Abrupt ließ sie ihre Hände fallen. „Du ... du ..."

Mensch, war sie heute wieder schlagfertig.

Dexters Lächeln wurde nur noch breiter. „Ich mag dich, Kaylie. Und ich hätte mich gestern nicht über die Liste lustig machen sollen, auch wenn ..."

„Auch wenn sie es herausgefordert hat?", half sie ihm auf die Sprünge.

Konnte er bitte aufhören, so zu lächeln? Immer wenn er das tat, wurde ihr Herz faul und vergaß, seine Arbeit zu verrichten.

„Ja, auch wenn sie es herausgefordert hat", stellte er fest, eine Hand im Nacken. „Was den Kuss angeht ..."

„Reden wir nicht drüber", sagte sie hastig. „Dein Hirn hatte einen Totalausfall", ihres auch, „schon verstanden. Wir brauchen das nicht weiter zu erörtern."

„Wirklich? Ich dachte Frauen wären so scharf darauf zu reden."

Wenn Kaylie ehrlich war, dann war sie gerade nur scharf darauf, dieses Stadion endlich weit hinter sich zu lassen.

Sie seufzte schwer. „Dex, ich wurde soeben offiziell als zeitweilige Aushilfs-Physiotherapeutin eingestellt. Ich werde dir wohl zwangsweise noch öfter über den Weg laufen. Aber ich glaube, es wäre das Beste für alle, wenn wir den Kuss einfach vergessen."

„Ich glaube nicht, dass es das Beste für mich wäre. Es war ein verdammt guter Kuss."

„Darum geht es nicht." Sie straffte ihre Schultern und zwang sich dazu, ihm in die Augen zu sehen. „Ich möchte nicht mit einem Baseballspieler zusammen sein und ich möchte ebenso wenig eine Affäre haben ..."

„Ich habe keine Affären", unterbrach er sie. „Ich bin kein Aufreißer."

Sie glaubte ihm kein Wort. „Das ist ja schön für dein Gewissen, ändert aber nichts an der Tatsache, dass du ein Baseballspieler bist. Du musst nicht verstehen, warum ich diese Liste habe und du kannst dich so sehr über sie lustig machen wie du willst. Du musst einfach nur akzeptieren, dass ich absolut nichts mit dir anfangen werde."

„Wegen deines Vaters? Weil dein Vater ..."

„Auf Wiedersehen, Dex", sagte sie fest und wandte ihm abrupt den Rücken zu, bevor ihr noch einmal Tränen kamen.

Seit wann zog sich bei dem Wort ‚Vater' alles in ihr zusammen? Das war inakzeptabel. Und daran würde sie arbeiten.

Genau wie sie daran arbeiten würde, sich Dexter nicht immer wieder nackt vorzustellen. Aber ein Problem nach dem anderen.

Erst als sie wieder unter freiem Himmel stand, konnte Kaylie frei atmen.

Auf was hatte sie sich da eingelassen?

Noch hatte sie nichts unterschrieben. Sie könnte es sich noch anders überlegen.

Aber das würde sie nicht. Es war eine unglaublich große Chance, ihr Wissen zu erweitern und eine Zeit lang bei den Delphies zu arbeiten, konnte ihrem Lebenslauf auch nicht schaden. Sie würde es als Herausforderung ansehen. Die Herausforderung, in den kommenden Wochen nicht ihren Nerv, Verstand oder Kopf zu verlieren.

Seufzend strich sie sich die Haare aus der Stirn und band sie auf dem Kopf zusammen, während sie über die Straße zum Parkplatz des Stadions lief. Sie würde kurz nach Hause fahren, sich sammeln und dann mit ihrem Arbeitgeber reden müssen. Aber da dürfte sie kein Problem haben. Eine Angestellte zu haben, die zeitweilig für die Delphies arbeitete, wäre eine unglaublich gute Publicity.

Nach rechts und links sehend, weil sie sich partout nicht daran erinnern konnte, wo genau sie geparkt hatte, lief sie durch die Autoreihen und blieb überrascht stehen, als sie eine junge Frau an einem alten Ford lehnen sah. Sie hatte den Kopf in den Nacken gelegt und wischte sich mit den Fingern Tränen unter den Augen weg. Doch immer neue kamen nach, bis die junge Frau schließlich aufgab und die Hände sinken ließ.

Unschlüssig sah Kaylie zu ihr hinüber.

Fremde Leute wurden meistens nicht gerne beim Weinen gestört, aber die Frau erinnerte sie zu sehr an sich selbst vor fünf Minuten, als dass sie einfach so an ihr hätte vorbeigehen können.

Kaylie bog nach rechts, fischte ein Taschentuch aus ihrer Handtasche und hielt es der Fremden wortlos unter die Nase.

Die Dunkelhaarige, die sie um einen Kopf überragte, zuckte so heftig zusammen, dass ihre Handtasche scheppernd gegen das Auto schlug.

Verwirrt blickte sie vom Taschentuch in Kaylies Gesicht. Ein unsicheres Lächeln glitt über ihre Züge, dann nahm sie es entgegen.

„Danke", murmelte sie mit belegter Stimme, während sie sich ihre Augen abtupfte und die Nase schnäuzte. „Wirklich: danke."

„Kein Problem."

Kaylie hätte sie auf ihr eigenes Alter, vielleicht ein bis zwei Jahre jünger, geschätzt. Sie war hübsch, auf eine unscheinbare Art und Weise. So, als versuche sie es nicht wirklich. Sie trug Jeans und ein ausgewaschenes graues T-Shirt. Das einzig Auffällige an ihr waren ihre Schuhe. Rote, geschlossene High Heels, die so gar nicht zur Aufmachung passen sollten – es aber irgendwie taten.

Das erste Taschentuch war nun komplett durchnässt und Kaylie reichte ihr ein Neues. „Geht es Ihnen gut?"

Ihr Gegenüber lachte, nahm auch das zweite Taschentuch entgegen und ließ sich wieder gegen das Auto sinken.

„Es gab bessere Tage. Jahre, um genau zu sein. Aber danke ... machen Sie das öfter? Auf Parkplätzen herumlungern und Frauen in Not Taschentücher anbieten?"

„Ich tue, was ich kann. In der Hoffnung, dass mir der Gefallen irgendwann erwidert wird.“

Die junge Frau lachte erneut und wischte sich die letzte Träne weg.

„Gott, Sie müssen mich für wirklich bemitleidenswert halten, dass Sie anhalten und mich fragen, ob alles okay ist. Früher haben sich Frauen zum Weinen wenigstens noch unter ihrer Decke versteckt. Und jetzt tun sie es schon auf öffentlichen Parkplätzen.“

„Ich habe vor zehn Minuten selbst noch geheult – ich urteile also ganz sicher nicht.“

„Sagen Sie das nur, damit ich mich besser fühle?“, fragte die Frau skeptisch.

Kaylie schüttelte den Kopf und deutete auf ihre Augen. „Nein. Wenn Sie sich Mühe geben, können Sie bestimmt noch verwischte Mascara entdecken.“

Ihr Gegenüber beugte sich nach vorne, um ihre Wimpern zu begutachten.

„Tatsächlich“, meinte sie überrascht. „Na dann – willkommen im Club. Ich bin Chloe.“

Sie strecke ihre Hand aus und Kaylie schüttelte sie. „Kaylie ... du bist aber kein Cheerleader, mit dem Jake geschlafen hat, oder?“

Chloe lachte laut auf und sah sie an, als hätte sie zu viel geraucht. „Gott, nein! Auch, wenn das definitiv ein Grund zum Heulen wäre. Jake ist ja niedlich, aber wer sich mit ihm einlässt, ist selbst schuld.“

Da war definitiv etwas Wahres dran. Daran würde sie mit Jake noch arbeiten müssen. Er verkaufte sich unter Wert.

„Willst du ... darüber reden?“, fragte Kaylie vorsichtig. „Über dein Problem? Mir hilft das immer.“

Chloe legte eine Hand über die Augen und seufzte schwer. „Versteh mich nicht falsch, du wirkst sehr vertrauenswürdig, aber mein Problem kann man nicht in einem Satz zusammenfassen. Es ist eher ein ganzer, trauriger Roman, den niemand lesen möchte. Aber danke. Das ist sehr lieb von dir. Und wie gesagt: Für eine fremde Frau wirkst du sehr vertrauenswürdig. Ich würde dir sofort erzählen, wenn ich beispielsweise gerade mit meinem Freund Schluss gemacht hätte oder so."

„Ja, ich habe eins dieser Gesichter."

„Definitiv", lächelte ihr Gegenüber matt und ließ die Hand wieder sinken. „Es ist einfach zu viel im Moment. Ich denke immer, es wird besser – muss besser werden – aber ... ich glaube, das bilde ich mir nur ein. Es gibt also eigentlich keinen bestimmten Grund, warum ich gerade geweint habe. Es erschien mir nur irgendwie passend."

„Es wird besser werden", murmelte Kaylie und dachte an ihre Mutter.

Dann dachte sie an ihren Vater – und seufzte schwer.

„Na ja, zumindest gibt es immer einen Teil im Leben, der besser wird. Das ist Grundgesetz. Auf einen Fall folgt ein Aufstieg."

Chloe sah sie mit schräg gelegtem Kopf an. „Das klingt sehr weise, fällt mir aber im Moment etwas schwer zu glauben."

„Es wird besser", wiederholte Kaylie mit fester Stimme. „Ich weiß nicht, was bei dir los ist, aber ich denke, ich bin älter als du, also musst du mir glauben."

„Na wenn das so ist ... was war es denn bei dir?"

„Was?"

„Warum du geweint hast."

„Oh ..." Kaylie zuckte mit den Schultern. „Vater- und Baseballer-Probleme. Nicht der Rede wert, ich ..."

„Verdammt." Abrupt packte Chloe Kaylie am Arm und zog sie nach unten. Sie verlor das Gleichgewicht und fiel nach vorne auf die Hände, halb neben, halb unter das Auto.

„Was zum Teufel ...?"

Doch sie beendete ihren Satz nicht, denn Chloe hatte ihre Augen weit aufgerissen, einen Finger auf die Lippen gelegt und schüttelte panisch den Kopf.

Kaylie verstummte und wandte ihren Kopf in die Richtung, in die Chloe soeben noch gesehen hatte. Ein großer Mann lief an der gegenüberliegenden Autoreihe vorbei. Hellbraune Haare, kantiges Gesicht, mehr konnte Kaylie nicht sehen. Er war kein Baseballspieler, das stand fest. Sonst hätte sie ihn erkannt.

Chloe presste ihren Rücken an einen Reifen und hatte die Augen geschlossen. Offenbar ganz nach dem Motto: Sehe ich ihn nicht, sieht er mich auch nicht.

„Ist er weg?", flüsterte sie nach einigen Momenten. „Er darf mich so nicht sehen. Ich habe einen Ruf zu verlieren."

„Ein Ex-Freund?", mutmaßte Kaylie ins Blaue.

„Sam? Nein. Sicher nicht. Eher ... ach. Keine Ahnung. Aber ist er weg?"

Kaylie lugte über die Motorhaube und nickte. „Jap, ist weg. Und wenn es kein Ex-Freund ist ..."

„Es ist kompliziert", seufzte Chloe und richtete sich auf. „So wie alles in meinem Leben, ist es kompliziert. Tut mir leid, dass ich dich umgeschubst habe. Das war leider notwendig." Entschuldigend hob sie die

Schultern, während sie Kaylie wieder auf die Beine zog. „Ich bin nun einmal als die durchgeknallte Zicke bekannt, die auf alle Welt pfeift. Den Ruf habe ich mir hart aufgebaut. Da kann ich nicht mit einer Heulattacke riskieren, den zu verlieren."

„Du kommst mir nicht vor wie eine Zicke", bemerkte Kaylie verwirrt. „Gegen das Wort durchgeknallt kann ich schwer argumentieren. Du hast mich nun einmal gerade hinter ein Auto geschubst."

Chloe lächelte breit und an irgendetwas erinnerte Kaylie dieses Lächeln, aber sie konnte nicht sagen an was. „Das ist sehr lieb. Die Zicke lasse ich auch nur zu bestimmten Momenten heraus. Manchmal ist sie ganz nützlich." Sie blickte auf das Stadion zu ihrer Rechten und ihre Schultern sackten nach unten. „Oh Mann. Jetzt muss ich da wieder reingehen und eine Szene machen, damit ich mein Portemonnaie wiederbekomme."

Diese Person gab wirklich die interessantesten Dinge von sich.

„Damit du dein ...?"

„Mein Bruder klaut mir neuerdings meine Sachen", erklärte die Brünette und strich sich mit den Fingern die restliche Mascara unter ihren Augen weg. „Er denkt, dass er mich damit auf den Weg der Tugend führen kann ... lange Geschichte." Sie machte eine abwinkende Handbewegung. „Ich hasse und liebe ihn in gleichen Maßen dafür. Wobei es mir sehr viel leichter fällt, den Hass-Teil zu zeigen."

Ja, das kannte Kaylie. Sie konnte auch besser mit Wut umgehen, als mit diesen anderen blöden, weichen Gefühlen. So wie Zuneigung und Anziehungskraft.

„Hört sich an, als läge durchgeknallt sein in der Familie."

Chloe nickte. „Auch wenn er das vehement abstreiten wird. Aber was soll's ... ich werde reingehen. Ich brauche mein Portemonnaie, oder?"

„Ja und du wirkst so, als wüsstest du dir gegen deinen Bruder zu helfen."

Die junge Frau hatte einen Biss in sich, der einfach nur bewundernswert war. Kaylie bezweifelte, dass irgendein Mann dem etwas entgegenzusetzen hatte.

„Oh, das weiß ich. Er scheint tatsächlich der einzige Teil meines Lebens zu sein, den ich im Griff habe."

Chloe atmete ein letztes Mal tief durch, bevor sie sich vom Auto abstieß. „Vielen Dank für die Taschentücher und die ... Aufmunterung."

„Gerne. Ich baue darauf, dass du mir das Gleiche bietest, solltest du mich mal beim Weinen erwischen."

Die andere Frau lächelte dankbar. „Abgemacht. Sieht man, dass ich gerade geheult habe?"

Kaylie betrachtete ihr Gesicht und schüttelte dann den Kopf. „Das könnte auch Zornesröte sein."

„Na wunderbar."

Chloe streckte die Schultern durch, reckte ihr Kinn nach oben – und sah aus wie ein vollkommen neuer Mensch.

„Danke nochmal. Wir sehen uns bestimmt wieder, solltest du öfter hier herumhängen. Es könnte sein, dass ich jetzt jeden Tag herkommen und meinen Bruder zusammenfalten muss."

Kaylie lachte laut. „Dann habe ich wenigstens etwas, auf das ich mich freuen kann. Bis dann."

Chloe winkte noch ein letztes Mal und verschwand dann über die Straße in Richtung Stadion.

Kaylie starrte ihr nach – sie hatte so das Gefühl, dass die nächsten Wochen nicht langweilig werden würden.

Kapitel 8

Sie war die Tochter des Coachs.

Dex lehnte sich zur Seite und sah die Sitzreihen des Flugzeugs hinab, bis er einen hellbraunen Zopf erkannte, der die Schultern der Trägerin streifte.

Kaylie war die Tochter des Coachs.

Das sollte ihn mehr stören als es tat.

Ja, sie hatten einen Code innerhalb der Mannschaft. Geschwister und Ex-Freundinnen wurden nicht angefasst. Töchter gehörten da wohl zu.

Aber er konnte sich nicht helfen – Kaylie hatte etwas dermaßen Faszinierendes an sich, dass es ihm unmöglich schien, sich für ein paar Stunden oder auf Dauer von ihr fernzuhalten.

Was konnte er denn dafür, dass er wusste was er wollte und es ihm in solchen Situationen schwerfiel loszulassen?

Viele würden das als gute Eigenschaft betrachten.

Kaylie und der Coach sahen das womöglich anders.

Er würde das gerne alles auf die direkte Anziehung schieben, aber das war es nicht. Nicht ausschließlich.

Er bekam ihren Gesichtsausdruck vom Dienstag nicht mehr aus dem Kopf. Sie hatte so verdammt verletzlich und stolz zugleich gewirkt. Als würde sie alles tun, nur um nicht zeigen zu müssen, dass sie nicht okay war.

Sie verstand sich ganz offensichtlich nicht besonders gut mit ihrem Vater, was auch der Grund für ihre „Kein-Baseballer-als-mein-Freund-Regel“ sein musste. Aber da musste noch mehr hinterstecken.

Und Dexter war sich noch nie für ein Rätsel zu schade gewesen. Vor allem, wenn es in einer solch hübschen Verpackung steckte.

Einer Verpackung, die wirklich eine Unmenge an Weingummi konsumieren konnte. Sie schien die letzte vergangene Stunde nichts anderes getan zu haben. Eine bunte, mit Farbstoffen vollgepumpte Süßigkeit nach der anderen verschwand in ihrem Mund, während sie sich mit Jake unterhielt.

Was sollte das eigentlich mit Braker? So interessant konnte der junge Baseman nicht sein. Und vor allem nicht so witzig. Kaylie lehnte sich nun schon zum sechsten Mal nach vorne und lachte so laut, dass man es bis zum anderen Ende des Privatjets der Delphies hören konnte.

„Du musst aufpassen, dass du nicht anfängst zu sabbern, O'Connor."

Dexter zuckte zusammen und wandte sich seinem Nebenmann zu. Heute war das ausnahmsweise Tyler Brady, der ihn jetzt breit angrinste.

Ansonsten saß Luke immer neben ihm, aber da Emma sie diesmal auf ihre Auswärtsspiel-Reihe begleitete, saß der Pitcher irgendwo weit vorne, wo er sie anhimmeln konnte, ohne von irgendwem ausgelacht zu werden.

Alle mochten Emma, Dex insbesondere, aber das hielt die Spieler trotzdem nicht davon ab, auf Luke dafür herumzuhacken, dass er nach dreißig Jahren seine erste richtige Freundin hatte.

„Tyler, ich hab' mich noch nicht entschieden, ob ich dich freundlich im Team willkommen heißen soll – jetzt ist die Chance, dich zu beweisen", sagte Dexter düster und wandte mühselig den Blick von Kaylie, die immer noch lachte.

„Alle wissen mittlerweile, dass sie die Tochter des Coaches ist – was sie irgendwie noch heißer macht“, fuhr Brady fort, Dexters Worte offensichtlich ignorierend. „Wenn ich du wäre, würde ich also sehr schnell deinen Besitzanspruch geltend machen, bevor es jemand anderes tut.“

Dexter schnaubte. Viel Glück dabei ...

So bescheuert Kaylies Liste auch war, sie schien eisern an ihr festhalten zu wollen. Das war einerseits beruhigend, weil so höchstwahrscheinlich auch kein anderer Spieler eine Chance bei ihr hatte, andererseits suboptimal, weil es das Unterfangen, sie davon zu überzeugen mit ihm auszugehen, ebenfalls erschwerte.

Wobei Ausgehen hier ein Euphemismus war.

Oder vielleicht auch nicht – er hatte ja keine Affären.

Wann hatte er sich denn diese bescheuerte Regel ausgedacht? Er musste damals betrunken gewesen sein. Eine Affäre erschien ihm hier zumindest besser als nichts.

„Meinst du, der Coach nimmt es einem übel, wenn man mit seiner Tochter schläft?“, überlegte Brady weiter, der heute scheinbar noch unbedingt in Dexters Faust rennen wollte. „Ich meine, er hat die Macht darüber, wer aufgestellt wird und an welcher Schlagposition man steht, da ...“

„Ty, lass deine dreckigen Finger bei dir, dann passiert dir auch nichts“, knurrte Dex.

Der Short-Stop hatte sein Grinsen nicht verloren. „Wollte nur sichergehen, dass du es bei ihr wirklich ernst meinst. Kein Grund, gleich wütend zu werden.

Ich bin auch gar nicht interessiert. Ryan hatte überlegt, sie zu fragen, ob sie mit ihm ausgehen will, aber jetzt kann ich ihm ja sagen, dass du Erstrecht hast."

„Tu das ..."

Tyler nickte und schwieg einige Momente. Dann fragte er: „Wie oft hat sie dir noch gleich einen Korb gegeben?"

Dexter stöhnte und stöpselte sich seine Kopfhörer ins Ohr. Er musste Kaylie ganz schnell davon überzeugen, doch mit ihm auszugehen – und sei es nur, um die Jungs wieder aus seinem Nacken zu bekommen.

***

Kaylie verschluckte sich an der Luft und beugte sich hustend nach vorne, während sie weiterlachte. „Das erfindest du doch gerade, Jake!"

„Nein, ich schwöre es dir! Sie haben nichts anderes als Pompons dabeigehabt. Ansonsten waren sie splitternackt. Und dann wird mir immer gesagt, *ich* würde die Cheerleader verführen! Die attackieren mich. Ich bin total unschuldig."

Jake war eine Menge Dinge. Unschuldig war keins von ihnen. „Du hast sie zu dir eingeladen, Jake! Du hast ihnen verraten, wo dein geheimer Schlüssel liegt – es ist ein Wunder, dass sie dich nicht ausgeraubt haben."

Er machte eine wegwerfende Handbewegung. „Ich verrate dauernd irgendwelchen Leuten, wo ich meinen Ersatzschlüssel verstecke und bin noch nie bestohlen worden. Wenn man Leuten vertraut, wird man auch belohnt."

Das war das Dümmste, was sie je gehört hatte. Und gestern hatte Grace ihr weismachen wollen, dass es von medizinischem Wert wäre, ein Foto von jedem einzelnen Baseballspieler zu machen, während sie unter der Dusche waren oder auf ihrer Liege lagen. Damit Kaylie ihre Körper auch zuhause studieren konnte. Grace würde sie dabei auch tatkräftig unterstützen.

„Du bist wirklich noch hilfloser als ich dachte", stellte Kaylie fest, die sich endlich gefangen hatte und wieder normal atmen konnte. „Hast du keine Angst davor, dass sich die Cheerleader gegen dich verschwören könnten und dir alle zusammen zu Hause auflauern, um dich zu zerreißen?"

Er runzelte die Stirn. „Bis gerade nicht, nein."

Die Achseln zuckend streckte er eine Hand nach ihrer Weingummitüte aus. Sie schlug sie weg.

„Das ist mein Zucker!"

„Das ist eine Zwei-Pfund-Packung."

„Ja und? Gibt es ein Gesetz, das Frauen verbietet, alleine eine Zwei-Pfund-Packung Weingummi zu essen?"

„Ja ... es nennt sich Cosmopolitan und wie all die anderen Frauenmagazine heißen."

Nein, Frauenmagazine sagten einem nur, dass man aufhören sollte, so viel Schokolade zu essen. Daran hielt sich Kaylie penibel genau.

„Hände weg von meinen Süßigkeiten", warnte sie ihn mit erhobenem Zeigefinger und stellte die Packung aus seiner Reichweite. Na gut, sie stellte sie auf ihren Schoß.

Heute würde das erste Spiel einer Drei-Tages-Auswärtsspiel-Serie stattfinden und sie hatte so das Gefühl, dass sie den zusätzlichen Zucker gebrauchen konnte.

Wenn sie ehrlich war, war sie ein wenig nervös. Es war leichter, mit alten Leuten umzugehen als mit einer

Horde Sportler, die entweder mit jedem Wehwehchen ankamen oder so taten, als hätten sie überhaupt keine Schmerzen.

Ja, sie freute sich auf die Herausforderung, aber ebenso sehr fürchtete sie sich davor, dass sie sich möglicherweise zu viel zugemutet hatte.

Nicht, was die Arbeit anging. Eher was ihren Vater und einen gewissen anderen Baseballspieler betraf, von dem sie gestern Nacht geträumt hatte.

Zweimal getroffen und ein Kuss – das reichte ihrem Kopf offenbar, um von Dexter O'Connor besessen zu sein.

Direkte Anziehung hatte er es genannt. Sie fand, ungewollter Wahnsinn passte besser.

John Thompson, der auf dem Weg zum Flieger versucht hatte, sie nach ihrem Leben zu fragen, war da auch nicht beruhigender.

„Sag mal, warum hast du eigentlich nie erzählt, dass der Coach dein Vater ist?", wollte Jake wissen, als hätte er ihre Gedanken gelesen.

Sie umklammerte das Weingummi fester. „Es hat sich also herumgesprochen, was? Dexter ist ein Klatschmaul."

„Du hast es Dex erzählt?", fragte er überrascht. „Wir wissen es nicht von Dex. Wir wissen es vom Coach."

„Oh." Er hatte es also nicht weitergesagt. Das war nett von ihm.

„Also, warum hast du nie was gesagt?"

Sie hob eine Schulter an und schob ihre Hand in die Tüte. Sie war eine Stressesserin und sie würde sich nicht dafür entschuldigen. „Ich hielt es nicht für wichtig."

„Aha."

Sie wandte ihr Gesicht Jake zu und sah, wie er die Augen verengt hatte.

„Was ist?"

„Du hast es Dex erzählt, den du seit einer Woche kennst, aber mir verschwiegen?" Jake war beleidigt.

„Nun, er hat gefragt, was ich mit dem Coach zu besprechen hatte, also ..."

„Läuft da was zwischen euch?"

Kaylie zuckte zusammen, so als hätte er sie beschuldigt, die Cheerleader gegen ihn aufzuhetzen. „Nein! Wieso ... hat er das gesagt?"

„Nein, aber er macht kein Geheimnis daraus, dass er auf dich steht."

Wirklich? Interessant.

„Aber du hast ja was gegen Baseballer, deswegen dachte ich ..."

„Da läuft nichts", wiederholte sie.

Und wenn es nach ihrem Kopf ging, würde das auch so bleiben. Mit ihrem Körper würde sie nur noch per Briefverkehr diskutieren.

„Okay, wenn du das sagst." Jake hatte immer noch skeptisch eine Augenbraue gehoben und schien nachzudenken. Schließlich meinte er: „Also, nicht dass es mich nicht sehr gefreut hätte, als ich gehört habe, dass er einen Korb bekommen hat, aber ... es wundert mich eigentlich fast, dass du nicht mit ihm ausgehen willst. Ihr Frauen steht doch so auf Männer mit tragischer Hintergrundgeschichte."

„Tragischer Hintergrundgeschichte?", wiederholte sie langsam.

Jake hob überrascht die Augenbrauen. „Du hast nicht davon gehört? Es stand doch überall in den Zeitungen."

Ja, Kaylie hatte es die letzten Jahre über vermieden, in der Zeitung über Baseball zu lesen. Dennoch wunderte es sie, dass Dex eine tragische Geschichte haben sollte, von der sie nichts wusste. Wo ihr Vater ihr doch sonst alles über seine Spieler verriet. Die Gesprächsthemen zwischen ihnen waren sehr auf Baseball und das Wetter beschränkt.

„Was stand in den Zeitungen?", fragte sie möglichst beiläufig.

„Das mit seinen Eltern."

„Was ist mit seinen Eltern?"

Jake räusperte sich, lehnte sich in den Sitz zurück und sagte nichts mehr.

„Jake!"

Er rieb sich mit der Hand über die Stirn. „Sie sind vor ein paar Jahren bei einem Autounfall gestorben."

„Oh." Kaylies Herz sank einige Etagen tiefer. Sie wusste, wie es sich anfühlte, einen Elternteil zu verlieren. Aber gleich beide auf einen Schlag?

Ja, sie war nicht gerade gut auf ihren Dad zu sprechen, aber ebenso wenig wollte sie ihn tot sehen.

Das musste furchtbar sein.

„Denkst du gerade darüber nach, doch mit ihm auszugehen?"

Sie blinzelte und blickte auf. „Was? Nein. Blödsinn."

„Okay. Ich fände es auch komisch, wenn du was mit ihm anfangen würdest. Es könnte unsere platonische Freundschaft belasten, wenn er dir das Herz bricht."

Oh, wie süß. Jake sorgte sich um ihre Freundschaft. Warum konnte er nicht immer so lieb sein? Es würde ganz Amerika helfen, wenn er seine Idiotie ein wenig zurückschrauben könnte.

Sie tätschelte seinen Arm und stand auf. „Keine Sorge, Jake. Mir bricht niemand das Herz; ein Baseballspieler schon gar nicht und wir werden ewig platonische Freunde bleiben. Bis eines der Cheerleader dich umbringt, meine ich jetzt."

Jake zog eine Grimasse, die sie zum Lachen brachte, bevor sie in den Gang trat, um sich auf den Weg zu den Toiletten zu machen.

Kurz bevor sie am Ende desselben ankam, öffnete sich die Tür.

Dexter kam heraus und Kaylie verfluchte denjenigen, der eingeführt hatte, dass Spieler immer im Anzug zu reisen hatten. Ein Mann im Anzug hatte einfach etwas ... und dann *dieser* Mann im Anzug, dessen Haare dringend mal geschnitten werden müssten und auf dessen Weihnachtswunschliste ein Rasierapparat gehörte.

Er nickte ihr zu. „Hey."

„Hey."

War ihre Stimme immer in dieser Frequenzhöhe? Das konnte unmöglich gut für das Gehör von ihren Mitmenschen sein.

Dex hatte die Stirn gerunzelt. „Na, alles gut?"

„Alles gut."

„Wirklich?"

„Wirklich."

„Okay."

„Okay."

Sie starrten sich weiter an.

„Ähm, ich müsste mal ..." Sie nickte auf die Tür hinter ihm.

„Oh, natürlich.“ Er machte einen Schritt beiseite, aber sie musste sich immer noch umständlich an ihm vorbeiquetschen. Da war einfach zu viel ... heißer Mann im Weg.

Äh, Mann. Nur Mann. Ohne heiß.

Sie lief rot an und stand jetzt mit einem Fuß in der Toilettenkabine.

„Na dann“, nickte sie.

„Na dann.“

Sie schloss die Tür.

Schön, dass es überhaupt nicht merkwürdig zwischen ihnen war.

„Hab' ich dir eigentlich schon gesagt, wie froh ich bin, dass du jetzt für die Delphies arbeitest?“

„Nur für ein paar Wochen.“

„Ist in Ordnung, nehme ich“, sagte Emma fröhlich und schirmte ihr Gesicht mit der Hand vor der Sonne ab, damit sie eine bessere Sicht auf das Spielfeld hatte. „Ich bin mir hier alleine echt blöd vorgekommen. Leute denken immer, weil mein Freund Pitcher ist, verstünde ich etwas vom Spiel. Dabei habe ich letztens erst verstanden, was ein Out ist! Ich habe schon angefangen, einfach auf Deutsch drauf loszureden, wenn mir jemand eine Frage stellt und so zu tun, als würde ich die Sprache nicht sprechen. Aber das klappt auch nicht mehr, seitdem sie den blöden Fernsehbericht wiederholt haben, in dem ich Luke erst auf Englisch und dann auf Deutsch angeschrien habe.“

Kaylie verkniff sich ein Lächeln. Dieser blöde Fernsehbericht war eines der Highlights ihres Lebens! Ein

Baseballspieler, der in der Öffentlichkeit zur Sau gemacht wurde – was wollte man mehr?

„Hat Luke dir das Spiel nicht erklärt?"

Emma schnaubte und biss in die Brezel in ihrer Hand. „Doch, natürlich. Aber hast du Luke schon einmal dabei beobachtet, wenn er versucht, einem fachmännisch etwas zu erklären? Das ist so, wie wenn Männer anfangen darüber zu reden, warum ihr Grill toll ist. Ich fange an zu sabbern und von Schuhen zu fantasieren, damit es erträglich ist. Ich meine, ich unterstütze ihn ja gerne bei Auswärtsspielen, wenn die Arbeit das zulässt, aber ich bin fast immer alleine da. Haven hat die Kinder und Eve, die Frau von dem schwedischen Spieler, dessen Namen ich immer vergesse, hasst es zu fliegen. Und die anderen Kerle sind ja notorische Singles!"

Kaylie nickte. „Baseballer-Krankheit. Die haben alle keine Zeit sich jemanden zu suchen."

„Vielleicht."

Die Mannschaften liefen aufs Feld und dank ihrer hervorragenden Plätze, die ihnen vom Team gestellt worden waren, konnte Kaylie das Gesicht jedes einzelnen Spielers erkennen. Sie suchte die Nummern der Trikots ab, bis sie auf der Nummer Acht hängen blieb.

Rein zufällig, denn die Acht war eine schöne Zahl. Und der Mann mit der Nummer Acht war auch ganz nett anzusehen.

Kaylie ließ ihren Blick weiterschweifen, über das Spielfeld, die hohen Ränge und die Anzeigetafel.

Wie lange war sie schon nicht mehr bei einem Baseballspiel gewesen? Das musste jetzt mindestens zehn Jahre her sein. Ja, mit sechzehn, kurz bevor ihre Mutter erkrankt war, war sie das letzte Mal zu einem Spiel mitgeschleppt worden.

Merkwürdig, wieder in einem Stadion zu sitzen. Wo sie in Stadien praktisch groß geworden war. Sie bezweifelte, dass es ein Stadion in den Staaten oder dem Süden Kanadas gab, das sie nicht von innen kannte. Auch dieses hier, das Heim der Miami Marlins, kam ihr immer noch bekannt vor. Ihr Vater hatte hier nicht gerne gespielt, weil es in Florida so warm war.

Ihre Mutter hingegen hatte die Hitze geliebt und mit ihr des Öfteren die drei Stunden Fahrt von Miami nach Disney World in Orlando gemacht.

„Sind die Delphies jetzt in der Offensive oder Defensive?", riss Emma Kaylie aus den Gedanken. „Und warum brüllt der Trainer jetzt schon, obwohl es noch gar nicht richtig losgegangen ist? Sollte er nicht seine Stimme schonen? Und wieso bekommt nur derjenige hinter dem, der schlägt einen Sichtschutz? Der Ball ist voll hart! Jeder sollte so einen bekommen."

Kaylie lachte leise und schüttelte den Kopf. Sie hatte das deutsche Mädchen über die letzten Monate, seitdem Michelle, die Frau von Lukes Agenten und eine gemeinsame Freundin, sie einander vorgestellt hatte, wirklich lieb gewonnen. Aber von Baseball oder amerikanischem Sport insgesamt verstand sie so viel wie Kaylie von Weingummi-Abstinenz.

„Sie sind in der Offensive. Siehst du? Ein Spieler der Delphies steht am Schlagmal." Sie deutete auf den Platz, an dem ein Mann in blau-rot-weißer Uniform gerade Stellung bezog.

„Ach, richtig", nickte Emma. „Ohne dich wäre ich aufgeschmissen."

Kaylie grinste und drückte ihre Freundin an sich. „Das höre ich ständig."

Das Spiel begann und ein unerwartetes Kribbeln setzte in Kaylies Füßen und Händen ein.

Das hätte sie glatt mit Aufregung verwechseln können. Nur konnte das nicht sein. Sie hasste Baseball. Das war ein absolut langweiliges Spiel.

Aber das stimmte auch nicht ganz. Wenn sie genauer darüber nachdachte, dann hatte sie das Spiel an und für sich immer gemocht – die Stimmung im Stadion, die Fans.

Sie hatte aufgehört, zu den Spielen zu gehen, weil sie ihren Vater nicht mehr dabei hatte unterstützen wollen, seine Familie zu vernachlässigen. Nicht wegen des Sports.

Nach einer halben Stunde musste sie feststellen, dass sie mit schweißnassen Händen auf der Tribüne saß und den Umpire, den Schiedsrichter, anbrüllte, weil er Dinge sah, die einfach nicht stimmten.

„Ich gebe dir gleich ein Strike!", brüllte sie. „Hale hat richtig gesehen! Das war ein Ball!"

Emma, die leicht in der Sonne gedöst hatte, zuckte zusammen. „Ist was passiert? Haben wir gewonnen?"

„Wir sind noch im ersten Inning ... und dem Schiedsrichter steigt die Hitze jetzt schon zu Kopf!" Den letzten Satz schrie sie aufs Feld hinaus und für einen kurzen Moment glaubte sie fast, dass der Schiedsrichter sich tatsächlich zu ihr umdrehte.

„Wir sind erst im ersten Inning?", fragte Emma entsetzt und strich sich ein paar Brezelkrumen von der Bluse. „Ich muss meine Power-Naps wirklich länger halten ... und ich wusste gar nicht, dass du so ein Fan bist."

Abrupt ließ Kaylie sich auf ihren Platz sinken, von dem sie unbewusst aufgestanden war. „Bin ich nicht."

„Amerikaner brüllen also auch bei Spielen, von denen sie kein Fan sind? Ihr macht keine halben Sachen, oder? Oh, sieh mal." Sie richtete sich plötzlich in ihrem Sitz auf. „Dex ist dran. Kennst du Dex eigentlich?"

Kaylie hob die Wasserflasche an ihren Mund und gab sich Mühe, ihr Gesicht dahinter zu verstecken. „Ja, hab' ihn flüchtig kennengelernt." Seine Zunge auch.

„Bei ihm ist es echt eine Schande, dass er Single ist. Aber gut, dass ich das ändern werde. Ich werde ihn verkuppeln. Hab' sogar schon jemanden, der ihm gefallen könnte."

Kaylie verschluckte sich und fing an zu husten. „Tatsächlich?", röchelte sie.

Emma nickte und klopfte ihr abwesend auf dem Rücken. „Ja, eine süße Blondine, die ich von dem letzten Event kenne, das ich ausgerichtet habe. Sie ist Pharmavertreterin."

Mit hochrotem Kopf tauchte Kaylie aus der Versenkung auf. „Das ist ... schön. Da freut er sich bestimmt."

Ja, das war ... schön. Sehr gut sogar. Wenn er jemand anderen kennenlernte, dann würde er sie vielleicht in Ruhe lassen. Denn einen Baseballspieler, der sie küsste und versuchte, sie dazu zu überreden, mit ihm auszugehen ... den wollte sie wirklich überhaupt nicht.

Das wollte doch keine Frau. Gutaussehende, reiche Männer, die hinter einem her waren, waren einfach nur anstrengend.

Kapitel 9

Die Delphies gewannen zwei von drei Spielen, hatten am Reisetag Spielpause und zogen dann am Sonntag zuhause gegen die New York Mets ins Stadion.

Das Spiel zog sich bis tief in die Nacht und als Dexter nach Hause kam, lag Chloe ausnahmsweise schon einmal in ihrem Bett.

Er hatte sie die vergangene Woche kaum gesehen und sie hatte angefangen, ihr Portemonnaie zu verstecken, weswegen er es ihr nicht mehr hatte stehlen können. Chloe wurde Ende des Jahres fünfundzwanzig und dann würde er ihr das Geld, das ihre Eltern ihr hinterlassen hatten, nicht mehr vorenthalten können.

Sie würde höchstwahrscheinlich ausziehen und dann hätte er keine Chance mehr, sich um sie zu kümmern.

Seine Schwester hatte schon immer ihr eigenes Ding gemacht und er ging sich ja selbst damit auf den Geist, wie sehr er sie kontrollierte, aber verdammt noch mal – er hatte Angst um sie.

Sie war das Einzige, was er noch hatte und ihr derzeitiger Lebensstil war einfach nur unverantwortlich. Es war, als fordere sie es heraus, nachts von einem Verrückten umgebracht zu werden.

Wenn sie nur das College fertig machen, ihren Job hinwerfen und ihre derzeitigen Freunde in den Wind schießen würde, dann würde er sich gleich besser fühlen. War das zu viel verlangt?

Sie war unglücklich. Er wusste einfach, dass sie unglücklich war, auch wenn sie darüber kein Sterbenswörtchen verlor.

Genauso wie er wusste, dass eine bestimmte Physiotherapeutin ihm aus dem Weg ging.

Was bei Frauen, die er geküsst hatte, zugegebenermaßen nicht oft vorgekommen war.

Was redete er da – ‚nie' war das Wort, nach dem er gesucht hatte.

Er hatte Kaylie mehrfach in dem Hotel gesehen, in dem die Mannschaft in Miami untergebracht worden war. Aber immer, wenn er sich in ihre Richtung bewegt hatte, war sie in die entgegengesetzte davongestürzt. So als würde er versuchen sie umzubringen, anstatt mit ihr zu reden.

Obwohl er ehrlicherweise auch nicht allzu oft daran gedacht hatte, nur mit ihr zu reden. Er hatte da andere Stärken.

Als Physiotherapeutin war sie mittlerweile so beliebt, dass die Spieler sich darum stritten, einen Platz bei ihr zu bekommen. Der Coach hatte sie schon mehrfach lautstark angebrüllt, weil sie auf die Idee gekommen waren, die begehrten Plätze auf Kaylies Liege mit Armdrücken zu entscheiden. Als Hale, das Weichei, sich dabei beinahe seinen Bizeps gezerrt hatte, war Thompson so wütend gewesen, dass niemand der Spieler sich traute, es wieder zu probieren.

Dexter hatte nicht einmal die Möglichkeit gehabt zu versuchen, sich einen Platz zu verdienen, bevor sie dazu übergegangen waren, die Sache wie echte Männer zu regeln – mit Mario Kart.

Das einzige Spiel, bei dem er ausgesprochen schlecht war. Wer hätte gedacht, dass sein mangelndes Können, virtuelle Autos durch wahnwitzige Landschaften zu kurven, dazu führen könnte, dass er Kaylie immer noch nicht alleine zu fassen bekommen hatte?

Aber das würde sich morgen ändern. Für den Nachmittag hatte er einen Platz bei ihr sicher. Er war nicht stolz darauf, aber er hatte dem Coach vorgeschwindelt, dass sein Knie merkwürdige Geräusche von sich gab und er die bestmögliche Behandlung brauchte – was in diesem Fall seine Tochter war. Ja, er spielte nicht fair. Aber das hatte er auch nie behauptet.

„Das kann nicht dein Ernst sein, Braker. Weil du die Cheerleader bald durchhast, bändelst du mit dem Maskottchen an?"

Sam drückte dem jungen Spieler eine Zeitschrift ins Gesicht, was Dex und das restliche Team ziemlich amüsierte.

Sie befanden sich im Aufenthaltsraum. Das nächste Spiel würde erst in fünf Stunden losgehen und es war immer witzig, wenn Sam ihnen ausnahmsweise einen Besuch abstattete. Denn das bedeutete, dass irgendjemand den Pressegott verärgert und einen Shitstorm heraufbeschworen hatte.

Dex konnte das immer sehr genießen, weil er nie Ziel von Sams Tiraden war.

Sein bester Freund hielt ein strenges PR-Regiment und verstand keinen Spaß dabei, wenn schlechte Medienpräsenz das Team Beliebtheitspunkte und somit verkaufte Plätze und abspringende Sponsoren kostete.

Er schlug Jake mit der Zeitung ins Gesicht. „Ist dir eigentlich klar, dass es für das Team billiger wäre, dich kastrieren zu lassen, als deine Eskapaden weiter auszuhalten?", schrie Sam weiter und seine sonst so gehüteten Emotionen waren nun deutlich aus seinem Gesicht abzulesen. Die kalte Persönlichkeit, die ihm nachgesagt wurde, schien sich nur auf sein Privatleben zu beziehen.

„Meine Güte, bin ich froh, dass ich nicht mehr das Medienopfer bin. Sam ist ja schlimmer als eine Mutterhenne“, murmelte Luke aus den Mundwinkeln.

Nicht leise genug.

„Du hältst mal schön die Klappe!“, fuhr Sam ihn an. „Von dir steht auch ein schöner Artikel drin – du bist der Typ, der es mit seiner Freundin auf einer McDonald’s Toilette getrieben hat.“

Luke zuckte die Achseln, sich keiner Schuld bewusst.

„Es war nicht meine Idee, was kann ich dafür, dass meine bessere Hälfte kreativ ist? Und das ist ja wohl weniger schlimm als die Sache mit dem Maskottchen, das Jake eine Geschlechtskrankheit andichtet.“

„Finde ich auch“, meinte Dex. „Kastrieren wir weiter Jake.“

Der dritte Baseman konnte sich darüber nicht ganz so amüsieren wie der Rest der Gruppe.

„Es sollte doch wohl meine Sache sein, mit wem ich schlafe!“, versuchte er sich zu verteidigen. „Und wäre es nicht rassistisch von mir, mit jedem Cheerleader zu schlafen und dem Maskottchen einen Korb zu geben?“

„Ich glaub’, du hast das Konzept hinter Rassismus nicht verstanden, Jake“, mutmaßte Ryan, dessen Augen genauso dunkel wie seine Hautfarbe waren.

„Jake, du wirst dich bei jedem einzelnen Cheerleader – und dem Maskottchen – entschuldigen und hoffen, dass sie nicht alle zu Letterman oder einer anderen

Show gehen, um sich über deine sexuellen Gewohnheiten auszulassen! Du ..."

Sams Tirade wurde von seinem Handy unterbrochen, das angefangen hatte zu klingeln. Er zog es aus seiner Anzugtasche, starrte auf das Display, runzelte die Stirn und ließ es dann sinken. „Dein Glück, dass ich da dran muss", knurrte er mit einem letzten Fingerzeig auf Jake, bevor er den Raum verließ.

Es herrschte abrupte Stille – bevor die Tür mit einem Knall wieder aufgestoßen wurde.

„Auf deiner Stirn sollte ein Warnhinweis stehen!"

Das war Tyler Brady, der mit schmerzverzerrtem Gesicht in den Raum spaziert kam.

„Ich habe dich gewarnt, du Strüh! *Zweimal!*" Hinter ihm stürmte Kaylie hinein, die eine grimmige Miene aufgesetzt hatte, die Dexter einfach nur als süß bezeichnen konnte. Wie ein Koalabär, der versuchte böse auszusehen. Nur mit weniger Haaren.

„Das ist Körperverletzung!", rief Ty jetzt laut, die Arme in der Luft.

„Bei dir ist das seelische Verletzung!", feuerte Kay zurück. Heute gab es ja ein Drama nach dem anderen.

Dexter liebte es, Baseballspieler zu sein.

„Ich hab' dich Masseuse genannt, nicht Schlampe!"

„Und ich sagte dir, dass ich dir meine Nägel in den Rücken schlage, wenn du das wiederholst."

„Ich dachte, du machst Witze!"

Kaylie stemmte die Hände in die Seiten. „Na, so lustig bin ich dann auch nicht. Lasst euch das eine Lehre sein, Jungs!", setzte sie hinzu und sah düster in den Raum. Dex fiel auf, wie ihr Blick ihn geflissentlich übersprang.

„Jeder Strüh, der mich Masseuse nennt, bekommt ein hübsches Muster in den Rücken."

„Was ist ein *Strüh*?", fragte Ryan Hale verwirrt.

Ja, das würde Dex auch gerne wissen. Das Wort hatte sie schon letztens für ihn benutzt. Wenn er beschimpft wurde, wollte er zumindest wissen als was.

Kaylie setzte eine fachmännische Miene auf. „Ein Strüh ist ein multivalent einsetzbares Wort, das ..."

„Großer Gott, nicht das!", stöhnte Jake auf, der sich neben Dex auf die Couch hatte fallen lassen. „Sie hat das Wort erfunden und möchte es in Amerika verbreiten! Sie benutzt es *immer* und für *alles*."

Dex spürte wie seine Mundwinkel sich nach oben bogen. Sie wollte ein Wort in den Staaten verbreiten? Wenn das nicht mal ein bescheidenes Lebensziel war.

„Ich habe es nicht erfunden", stellte Kaylie klar, die Augen zu Schlitzen verengt. „Emma hat mir von dem Wort erzählt. Man benutzt es in Deutschland."

Sie blickte zu Luke, der entschuldigend die Achseln hob.

„Ich habe von dem Wort noch nie gehört. Das ist auf keinen Fall deutsch."

„Du lebst einfach schon zu lange in Amerika", sagte sie verärgert. „Frag deine Freundin, die wird es dir erklären. Wer ist der Nächste?"

„Ich." Dexter stand auf und jegliches Lächeln fiel von ihrem Gesicht.

Also, das kratzte doch etwas an seinem Ego.

„Natürlich", seufzte sie. *„Du."*

Kaylie hatte das harmlose Wort ‚Du' doch tatsächlich gerade zu einer Beleidigung gemacht.

Die Frau konnte talentiert mit Worten umgehen. Ob erfunden oder nicht.

***

Das hatte ihr gerade noch gefehlt.

Kaylies Tag war ohnehin schon sehr bescheiden gewesen, weil sie zweimal ihrem Vater hatte ausweichen müssen, der wieder einen seiner Annäherungsversuche gestartet hatte und sich dann in der Mittagspause mit Grace gestritten hatte.

Sie und ihre Mitbewohnerin stritten kaum. Aber wenn, dann richtig. Und meistens wegen persönlicher Dinge, die umso mehr wehtaten.

Sie hatte sich über ihren Vater beschwert, woraufhin Grace angemerkt hatte, dass Kaylie ihn doch zumindest anhören solle und beinahe zehn Jahre an Fast-Funkstille doch schon eine enorme Zeit seien. Das wiederum hatte Kaylie so wütend gemacht, dass sie angefangen hatte, ihre Freundin zu beschuldigen, ihre eigene Karriere zu sabotieren, was dazu geführt hatte, dass Grace vorausgesagt hatte, dass Kaylies Liste sie sehr unglücklich machen würde.

Es war sehr schnell sehr persönlich geworden, bis Grace einfach aufgestanden und gegangen war. Denn das sei das Einzige, was man tun könne, wenn Kaylie eine ihrer Launen habe.

Sobald Grace verschwunden war, hatte Kaylie auch schon ein schlechtes Gewissen bekommen. Sie wusste, dass sie bei bestimmten Punkten etwas empfindlich reagierte. Allen voran in puncto ihres Vaters, dicht gefolgt von ihrer Liste.

Grace und ihre Streitereien hielten nicht lange an und heute Abend würden sie sich wahrscheinlich mit Entschuldigungen überhäufen, aber vorerst konnte Kaylie nichts tun.

Nur den breiten Rücken vor ihr anstarren, die Tür schließen und hoffen, dass Dex für die nächste Stunde einfach still liegen und überhaupt nichts sagen würde.

„Du gehst mir aus dem Weg."

Sie hätte wissen sollen, dass ihre Hoffnung etwas zu optimistisch gewesen war.

„Ich habe einen engen Terminplan, also vielleicht könnten wir den Teil, wo du wieder irgendwelchen Blödsinn über Anziehungskraft redest und deinem Wunschdenken, bei dem ich dir aus dem Weg gegangen bin, nachhängst, einfach überspringen?"

Natürlich war sie ihm aus dem Weg gegangen. Dieser Mann war gemeingefährlich! Alles andere von ihr wäre Leichtsinn gewesen.

„Sicher", nickte er und zog sich sein T-Shirt über den Kopf. Kaylie machte automatisch einen Schritt nach hinten. So, als warne ihr Großhirn sie vor einer allzu großen Nähe.

Aber warum hatte es sie nicht vor Muskeln gewarnt?

Warum waren Muskeln eigentlich so anziehend?

Da war doch nichts dabei. Es waren einfach nur trainiertes Gewebe und Sehnen und ... ach, es war hoffnungslos.

Muskeln waren einfach toll – diese im Speziellen – und Kaylie musste ihren Blick in Dex' Gesicht zwingen. Vielleicht sollte sie mal zum Arzt gehen. Sie dachte zu viel über Muskeln nach.

„Tut deine Schulter wieder weh?"

„Nein, mein Knie macht mir aber etwas zu schaffen."

Verwirrt ließ sie ihren Blick wieder seinen nackten Oberkörper hinuntersinken.

„Warum hast du dann dein T-Shirt ausgezogen?"

Er grinste. „Nur für dich. Ich weiß doch vom letzten Mal, wie gerne du mich ansiehst."

Hitze stieg in ihre Wangen und ein Bild von seinem Mund auf ihrem blitzte ihr durch den Kopf.

Error. Error.

Aufgrund eines technischen Defekts kann der Kopf leider nicht mit dem Körper kommunizieren. Versuchen Sie es doch später noch einmal.

Kaylie schüttelte sich und suchte zwanghaft nach ihrer Rationalität.

„Ähm ..."

Wie wurde Rationalität gleich noch geschrieben? Und suchte sie nicht eher nach ihrer Professionalität als nach ihrer Rationalität? Sie wusste es nicht mehr.

„Leg dich einfach auf die Liege. Kopf nach unten."

Es würde sehr helfen, sein breites Lächeln nicht länger ertragen zu müssen. Das tat Dinge mit ihr.

„Alles klar." Dexter folgte ihrer Anweisung und jetzt konnte sie seinen ausgesprochen hübschen nackten Rücken betrachten.

Sie legte sich eine Hand über die Augen, während ihr Mund trocken wurde. Sie hatte den ganzen Tag halbnackte Kerle gesehen, aber bei keinem anderen Schwierigkeiten gehabt, professionell mit dieser Tatsache umzugehen.

Und dann kam Dexter O'Connor zur Tür herein und sie fragte sich, ob die Definition von ‚Behandlung' nicht etwas zu einseitig war.

„Wie willst du mich behandeln, wenn du nichts siehst?“

Abrupt ließ sie die Hand von ihrem Gesicht fallen. „Ich sagte: Kopf nach unten!“

Dexter lächelte wissend, drückte seinen Kopf aber in den Ring, der am einen Ende der Liege angebracht war.

„Hübsche Schuhe. Einer Altkleidersammlung gefallen die bestimmt.“

Sie starrte auf ihre beigen Sneakers, die tatsächlich schon bessere Tage erlebt hatten und einmal weiß gewesen waren.

„Es ist von essenzieller Wichtigkeit für deine Behandlung, dass du die nächste Stunde über schweigst – außer wenn ich dir Fragen stelle“, räusperte sie sich und stellte sich neben ihn.

„Also jetzt suchst du aber Strohhalme, nur damit du nicht mit mir reden musst.“

„Welches Knie tut weh?“, ignorierte sie ihn und starrte weiter auf seinen Rücken. Den angespannten Rücken.

„Das rechte.“

Sie nickte und betastete sein Bein, das nur in eine kurze Sport-Shorts gepackt war. „Hast du es überbelastet?“

„Ich bin Sportler. Ich belaste meinen kompletten Körper über.“

„Na ja, du spielst Baseball. Da steht ihr doch schon relativ viel herum.“

Dex schnaubte. „Ja, im Vergleich zu dir wahrscheinlich schon. Aber du bist auch schon beeindruckend viel rumgehüpft, um uns anzufeuern.“

Sie lief rot an und ließ sein Bein los.

Das hatte er gesehen? Aber ... bekamen Baseballspieler etwa mit, was auf den Rängen passierte? Das war überhaupt nicht gut.

„Für jemanden, der Baseball hasst, warst du ziemlich enthusiastisch dabei."

„Ich wollte nur meine Muskeln vom vielen Sitzen ausschütteln", räusperte sie sich und ging wieder an sein Knie.

„Und deine Stimmbänder wolltest du auch ausschütteln?"

„Ja. Und du solltest deine schonen."

„Reden ist für mich Schonen."

Sie ließ ihren Blick seinen Körper hochwandern und blieb wieder an Dexters Rücken hängen. Er schien immer noch unter Spannung zu stehen. Und das änderte sich auch die nächste halbe Stunde nicht.

„Dexter, warum entspannst du dich nicht?", fragte sie irgendwann verwirrt, als sie von seinem Knie abließ und über seine steifen Rückenmuskeln strich.

„Ich bin entspannt."

„Bist du nicht."

Sie drückte mit ihren Fingern in seine Schultern und er zuckte zusammen.

„Au! Solltest du Schmerz nicht bessermachen?"

„Du bist komplett verspannt! Warum?"

„Abgesehen davon, dass du mich anfasst?"

Sie verdrehte die Augen. „Deine Schultermuskeln sind nicht verspannt, nur weil ich dich anfasse." Dafür war es die falsche Gegend, die angespannt war. „Hast du eine Menge Stress? Druck?"

„Darf man vor einem Spiel nicht nervös sein?"

Als ob er das wäre! Nervosität war für ihn doch ein Fremdwort. „Du wirst doch eher nervös, wenn du kein Spiel hast, auf das du dich konzentrieren kannst."

„Du willst mich nicht kennenlernen, aber auf einmal bist du ein Experte?"

„Also die Art, wie du verspannt bist, deutet auf was ... Familiäres hin. Könnte das sein?"

Das war kompletter Blödsinn, aber seitdem sie von dem Tod seiner Eltern gehört hatte, war sie neugierig auf sein Leben geworden. Sie urteilte vielleicht etwas zu schnell über Sportler und es interessierte sie einfach, was Dexter für ein Mensch war.

So ganz objektiv, nur aus praktisch wissenschaftlichen Gründen.

„Ja, was Familiäres könnte die Verspannung erklären", fuhr sie fort, „Sorge ... Trauer ..."

Dexter seufzte und drückte sich auf die Ellenbogen, sodass ihre Hände von seinen Schultern fielen. „Du hast von meinen Eltern gehört."

„Na ja ... ja", sagte sie unangenehm berührt, die Hände ineinandergelegt. „Tut mir leid, ich ..."

Verwirrt zog er die Augenbrauen ins Gesicht. „Dafür musst du dich nicht entschuldigen. Das ist kein Geheimnis."

„Oh okay." Sie räusperte sich. „Weißt du, persönlicher Stress und Trauer ..."

„Es ist drei Jahre her. Versuch mir keinen emotionalen Scheiß anzudrehen, der meine Muskelprobleme erklärt!"

„Drei Jahre sind nicht so lang. Bei mir sind es schon neun Jahre und ..." Sie verstummte. Das hatte sie eigentlich nicht sagen wollen. „Ähm, machen wir weiter."

Ruckartig richtete er sich auf, sodass er auf der Liege saß. „Was meinst du damit, bei dir sind es schon neun Jahre?"

„Nichts. Leg dich wieder hin."

Sie hasste es, über ihre Mutter zu reden. Hasste das Mitleid und die Fragen nach der Krankheit. Hasste es, das Wort Krebs in den Mund zu nehmen.

Sein Gesicht war auf einmal sanft. „Kaylie ..."

Sie schüttelte den Kopf und bedeutete mit ihren Fingern, dass er sich wieder hinlegen sollte. „Wir reden gerade nicht über mich. Wir reden über dich. Über *deinen* persönlichen Stress."

„Ich habe keinen persönlichen ..."

„Muskeln lügen nicht, Dex!"

Langsam verschränkte er die Arme vor der Brust, was Kaylies Kreislauf überhaupt nicht guttat.

„Wenn ich dir was von meinem persönlichen Stress erzähle, erzählst du mir dann was von deinem?"

„Das stand aber nicht in meinem Vertrag, dass ich den Spielern persönliche Dinge von mir erzählen muss."

Sein Gesicht blieb ernst. „Du sollst sie ja auch nur mir erzählen."

„Warum?"

„Weil ich glaube, dass es das wert ist."

Seine grünen Augen huschten über ihre Züge und sie bekam eine Gänsehaut auf den Armen.

Sie wollte ihm nichts von sich erzählen, aber sie wollte etwas über ihn hören.

Sie nickte steif. „Okay. Du zuerst. Für medizinische Zwecke muss man manchmal Opfer bringen."

Er zog einen Mundwinkel hoch und sein Fuß streifte ihr Bein. „Natürlich."

Sie machte einen Schritt zurück und lehnte sich gegen die Wand. „So ist es. Also?"

Dexter atmete langsam und dehnend aus, bevor er sich mit der Hand im Nacken kratzte. „Schön. Meine Schwester saß damals mit im Auto und ist ohne einen blauen Fleck davongekommen. Aber seitdem lebt sie ihr Leben, als hätte sie kein Morgen mehr – was dazu führt, dass ich sie täglich daran erinnere, dass sie sich um ihr Morgen zu kümmern hat. Und das ist bei Chloe durchaus stressig."

„Chloe?" Kaylie schaute abrupt auf und versuchte das eben Gesagte zu begreifen. Sie hatte nicht erwartet, dass er ihr etwas dermaßen Persönliches erzählte. Und ganz sicher hatte sie nicht damit gerechnet, dass die Frau vom Parkplatz seine Schwester war.

Aber jetzt ergab es Sinn. Sie sahen sich ähnlich. Dieselben Augen. Aber Moment, das hieß ja, dass er derjenige war, der ihr Portemonnaie geklaut hatte!

„Ja, Chloe. Sie ist vierundzwanzig und wohnt bei mir. Jetzt du."

Kaylie schüttelte den Kopf. Oh nein, mit dem Thema waren sie noch nicht durch.

„Du fühlst dich für sie verantwortlich", stellte sie fest.

Dex verengte seine Augen. „Versuchst du jetzt, mich zu analysieren? Ich warne dich, das könnte deinen Kopf zum Platzen bringen. Ich bin äußerst vielschichtig."

Sie lachte. „Das glaube ich sofort, aber ... nun ja, ich bin überzeugt davon, dass du entspannter wirst und besser spielst, wenn du über deine Probleme reden würdest, also ... fühlst du dich für sie verantwortlich?"

„Natürlich fühle ich mich für sie verantwortlich! Sie ist meine kleine Schwester."

„Aber sie ist erwachsen."

„Aber so verhält sie sich nicht!"

Kaylie dachte an die junge Frau vom Parkplatz und musste ihm Unrecht geben. Sie hatte sich wie jeder andere Erwachsene verhalten – ihre echten Gefühle heruntergeschluckt und sie niemandem gezeigt.

„Ich glaube, du würdest ihr mehr helfen, wenn du sie nicht mit deiner Sorge und deinem Misstrauen erstickst und sie ihre eigenen Fehler machen lässt."

Ungläubig und jetzt eindeutig genervt sah er sie an. „Ihre eigenen Fehler machen lassen? So, wie sich von einem Straßenmusiker schwängern zu lassen und ihr Leben zu zerstören?"

„Na ja, das erscheint mir dann doch etwas drastisch ... aber du weißt, wie ich es meine."

Er schüttelte den Kopf. „Du kennst sie nicht."

Kaylie glaubte, doch einen relativ guten Eindruck von ihr gewonnen zu haben.

„Ich kenne sie nicht", sagte sie langsam, „ja. Aber ich weiß, wie wenig es mir gebracht hat, dass meine Mutter mich mit ihrer Sorge erstickt hat und wie verloren ich war, als ich plötzlich auf mich allein gestellt war." Er verengte die Augen. „Vergleichst du mich gerade mit deiner Mutter? Denn dann geht das Ganze zwischen uns wirklich in eine falsche Richtung."

Die Aussage ignorierte sie. „Du stresst dich wegen etwas, über das du keine Macht hast, Dex. Du bist so unglaublich angespannt wegen etwas, dass du überhaupt nicht lenken solltest. Das Einzige, was du für sie tun kannst, ist für sie da zu sein."

Das wäre es gewesen, was ihr Vater hätte tun müssen.

„Mehr kannst du ihr nicht geben ... mehr solltest du ihr nicht geben. Nur das Angebot deiner Hilfe. Wenn sie sie nicht von allein annimmt, wird sie ihr auch nicht helfen. Man darf sich selbst nicht für andere Leute ändern. Man muss es für sich tun."

Dexter starrte sie an.

Es schien eine Ewigkeit zu vergehen, in der er sie einfach nur anblickte. Dann sagte er: „Seit wann sind Physiotherapeuten auch Psychologen?"

Sie lächelte matt. „Seit Baseballspieler Tiefgang haben."

„Man ist Waise und schon hat man Tiefgang?"

„Nein. Man sorgt sich so sehr um seine Schwester, dass man seinen Rücken kaputt macht und verrät einer praktisch Fremden sehr intime Dinge über sich – und schon hat man Tiefgang."

„Du bist keine Fremde", murmelte er.

Nein, so fühlte sie sich auch nicht.

„Weißt du, ich glaube, sie ist dir sehr dankbar dafür, dass du für sie da sein willst", sagte sie leise, sich nun fast an die Wand drückend. Sie hatte das Gefühl, er war ihr nähergekommen, ohne dass er sich bewegt hatte. „Ihr fällt es gerade wahrscheinlich nur schwer, es zu zeigen."

„Ach ja? Woher nimmst du diese Weisheit?"

Von einem öffentlichen Parkplatz.

„Ich weiß es einfach. Die Frage ist ... weiß sie auch, dass sie jederzeit mit dir reden kann?"

„Natürlich weiß sie das!"

„Also hast du es ihr gesagt?"

Dexter runzelte die Stirn. „Na ja, nein ... aber das ist doch wohl klar."

„Vielleicht muss sie es ja trotzdem hören, Dex. Manchmal weiß man Dinge, muss sie aber trotzdem noch einmal gesagt bekommen."

Dexter rutschte langsam von der Liege hinunter. „So wie ich weiß, dass du auf mich stehst – ich das aber wirklich gerne gesagt bekommen würde?"

Sie musste lachen, auch wenn Dex gerade überhaupt nicht aussah, als würde er Spaß machen.

„In deinen Träumen."

„Ja, in meinen Träumen. Sehr lebhafte Träume. Ich kann dir gerne von ihnen erzählen."

Oh, sie hatte eine ungefähre Vorstellung davon, wie diese Träume aussahen und dieses Bild konnte sie gerade überhaupt nicht gebrauchen. Wo Dexter doch schon halb ausgezogen war. Und näherkam.

Kaylie war sonst wirklich nicht klaustrophobisch, aber wenn dieser Mann noch mehr Raum einnahm, würde sie in Panik ausbrechen.

„Ich glaube, für heute sind wir hier fertig", sagte sie schnell und wollte an ihm vorbeihuschen.

Doch sie kam nicht weit. Seine Finger legten sich um ihr Handgelenk und zogen sie zurück.

„Oh nein. Du schuldest mir noch etwas Persönliches von dir."

Waren ihre Lippen persönlich genug? Denn die war sie gerade gerne bereit zu geben und ... nein.

Sie war stärker als eine wahnwitzige Anziehungskraft, die er ihr doch erst in den Kopf gesetzt hatte.

Sie blickte auf seine Hand, die um ihre geschlungen war und sah dann mit gerecktem Kinn in sein Gesicht.

„Meine Mutter ist an Lungenkrebs gestorben und mein Vater ist ein Feigling. Fertig."

Er reagierte nicht. Er blickte ihr einfach in die Augen – oh Gott, diese Augen – und schüttelte langsam den Kopf.

„Ich musste dir mein Inneres herauskehren und du speist mich damit ab?"

Sie musste lachen. Hatte sie gerade Angst davor gehabt, er könne Mitleid mit ihr haben?

„Du hast nur die Information gewollt, nicht gesagt, dass ich dir auch noch erzählen muss, wie ich mich damit fühle."

„Ich weiß, wie du dich damit fühlst. Eltern zu verlieren ist schlimm."

Er zog sie noch einen Schritt näher zu sich heran. „Auf deinen Vater werden wir später nochmal zurückkommen ... jetzt gerade interessiert mich viel mehr, was genau du für mich fühlst. Es würde mir und meinem Ego sehr helfen, wenn du einfach sagst, dass du auf mich stehst."

Seine eine Hand strich ihr eine Haarsträhne aus dem Gesicht, während die andere immer noch ihre festhielt. So als fürchte er, sie könne versuchen wegzulaufen.

Was sie mehrmals in Erwägung gezogen hatte.

Es war viel zu warm hier. Sie brauchte Luft. Oder einen Eimer mit Eiswasser. Oder Chloroform.

Wenn sie ohnmächtig wäre, dann könnte sie seinen Atem nicht mehr über ihre Haut streichen spüren. Wenn sie ohnmächtig wäre, dann hätte ihre Hand nicht mehr das Verlangen, sich auf seine Brust zu legen. Wenn sie ohnmächtig wäre, dann würde sie nicht mehr auf seine Lippen starren, die schon wieder viel zu nah waren. Sie würde sich nicht mehr daran erinnern, wie es war, von ihm gegen eine Wand gepresst zu werden und ...

„Ich glaub', dein Ego braucht keine Bestätigung", murmelte sie. „Und wenn du jetzt auf die Idee kommen solltest, mich zu küssen, dann ... dann ... lass es bei der Idee."

Seine Finger strichen über ihren Nacken und jetzt ließ seine andere Hand von ihrem Gelenk ab und legte sich um ihre Taille. „Ich glaube, du sagst sehr oft Dinge, die du nicht so meinst", stellte er fest. „Woher soll ein Mann da wissen, ob das gerade eine Einladung dafür war, dich zu küssen oder nicht?"

„War es nicht", sagte sie und wusste, dass sie sich ihm jetzt einfach entwinden könnte. Sie war nicht an die Wand gedrängt. Er hielt sie nicht fest. Sie könnte jetzt gehen.

Aber sie bewegte sich nicht.

„Dex. Die Liste. Ich meine die Liste wirklich ernst."

Er nickte und sein Blick verließ ihren nicht. „Ich weiß. Verrate mir nur eins: Wenn ich kein Baseballspieler wäre, würdest du dann mit mir ausgehen?"

„Aber du bist ein Baseballspieler."

„Du hast meine Frage nicht beantwortet."

„Das werde ich auch nicht."

„Das ist auch eine Antwort", stellte er lächelnd fest, zog sie auf die Zehenspitzen und küsste sie.

Erst sanft, als wolle er schauen, ob sie sich wehrte, aber Kaylie hätte sich nicht wehren können und hinge ihr eigenes Leben davon ab.

Denn seine Lippen waren weich und hart zugleich und sein Körper ... nun, der war nur hart und warm und ... *mehr fühlen, weniger denken.*

Ihre Hände glitten seine Brust hinauf, gruben sich in seine Schultern, während sein Arm sie vom Boden abhob, damit er seinen Kopf nicht so neigen musste. Er drehte sich, ließ sie auf ihre Liege sinken und trat zwischen ihre Beine.

Seine Bartstoppeln kratzten über ihren Hals, als er sie hinters Ohr küsste und ihr ganzer Körper brach in eine Gänsehaut aus.

„Das ist eine so dumme Idee“, murmelte sie, während sie ihre Beine nutzte, um ihn näher an sich heranzuziehen.

„Ich liebe dumme Ideen.“

Seine Hände glitten ihren Brustkorb hinauf, fuhren in ihre Haare, um ihr Gesicht, wieder hinunter, während sie ihre in seinen warmen Rücken krallte. Sie wollte schließlich seine Verspannung lösen. Es war Haut auf Haut. Weich auf hart. Seine Lippen fanden wieder ihre und –

Es hämmerte an die Tür.

„O'Connor! Horte unsere beste Physiotherapeutin nicht! Ich bin dran!“

Schockiert ließ sie ihre Hände fallen und schubste ihn weg. Was tat sie hier? Wie hatte sie schon wieder alles um sich herum vergessen können?

Hastig sprang sie von der Liege und versuchte ihre Haare zu ordnen, die ihr in Albert-Einstein-Manier vom Kopf abstanden.

„Die Tür ist nicht abgeschlossen!“, zischte sie zu Dex, der sich kein bisschen bewegt hatte.

„Das können wir ändern“, nickte er, ging zur Tür und drehte den Schlüssel im Schloss.

Die Augen verdrehend, lief sie ihm nach, schubste seine Hand weg und drehte den Schlüssel wieder um.

„Wir werden nicht ... wir ... was würden denn dann die anderen denken!?"

Verständnislos sah er sie an. „Was interessiert mich, was die anderen denken würden? Ich würde sehr gerne da weitermachen, wo ..."

„Was tuschelt ihr denn da?", drang die Stimme durch die Tür. „Ist auch egal. Ich komm' jetzt einfach rein."

Dexter stöhnte laut, legte sich den Kopf in den Nacken und drückte mit der flachen Hand gegen das Holz, sodass sich die Klinke zwar bewegte, aber nichts anderes passierte.

„Hey, was soll das?"

„Wir sind noch nicht fertig!", sagte er ernst und deutete mit dem Finger auf sie, bevor er losließ, einen Schritt zurückmachte und Ryan hereinstolperte.

Er blickte von Kaylies gerötetem Gesicht zu Dexters grimmiger Miene.

„Störe ich?"

„Überhaupt nicht", sagte Kaylie hastig, weil Dex den Mund aufgemacht hatte und aussah, als wolle er genau sagen, wobei der Catcher gerade gestört hatte.

„Wirklich?" Ryan sah wieder zu Dex. „Ich dachte, du hast was am Knie. Warum hast du dann kein T-Shirt an?"

„Dexter weiß nicht, wo das Knie liegt", stellte Kaylie fest, sammelte sein Shirt vom Boden auf und reichte es ihm. „Anatomie ist nicht seine Stärke."

Ryan grinste. „Ich dachte, das würde sich nur auf die weibliche Anatomie beschränken."

Wieder öffnete Dex den Mund und diesmal schubste Kaylie ihn aus der Tür, bevor er etwas erwidern konnte.

„Schönes Spiel heute“, sagte sie und schloss sie.

Dann wandte sie sich lächelnd an Ryan. „Was kann ich für dich tun?“

Ryans Grinsen wurde immer breiter. „Kann ich die gleiche Behandlung haben wie er?“

Kapitel 10

Dexter war unkonzentriert und spielte eines der schlechtesten Spiele seines Lebens. Von wegen es half seinem Spiel, wenn er über persönliche Dinge redete. Es war ein Wunder, dass die Delphies nur um drei Punkte verloren.

Er würde die Abgelenktheit gerne darauf schieben, dass er dabei unterbrochen worden war, Kaylie davon zu überzeugen, dass sie beide zusammen eine doch äußerst brillante Idee waren, aber größtenteils lag es an dem, was Kaylie über seine Schwester gesagt hatte.

Und dass ein Kuss von ihr genügte, um ihn darüber nachdenken zu lassen, doch kurzerhand zu kündigen, nur damit sie mit ihm ausging und andere schöne Dinge mit ihm tat.

Aber größtenteils seine Schwester.

Kaylie hatte recht damit, dass er in letzter Zeit mehr als angespannt war. Vielleicht hatte sie auch damit recht, dass es nichts nützte, Chloe seine Hilfe aufdrängen zu wollen. Dass sie ihn selbst darum bitten musste. Er wusste nur verdammt nochmal nicht, wie er das anstellen sollte!

Der Tag, an dem seine Eltern gestorben waren, war der schlimmste seines Lebens gewesen. Und dennoch nur halb so schlimm wie es für Chloe gewesen war. Er war einfach nur so unglaublich froh gewesen, dass es ihr gut ging, dass er nicht alle Familienmitglieder verloren hatte. Während sie seit dem Tag ihr Leben behandelte, als sei es ein Geschenk und ein Fluch zugleich.

Er hatte eine so unglaubliche Angst, sie ebenfalls zu verlieren, dass es stimmen mochte, dass er sie mit seiner Sorge erstickte. Doch er wusste sich nicht zu helfen.

Es war seine Aufgabe, auf sie aufzupassen und wenn er darin versagte, würde er sich das nie mehr verzeihen. Schlimm genug, dass er am Tag des Autounfalls nicht da gewesen war. Er wusste, dass es Blödsinn war, sich deswegen Vorwürfe zu machen. Er hätte unmöglich wissen können, was an dem Tag passierte, aber nichtdestotrotz – manchmal fühlte man Dinge, von denen man wusste, dass sie ungerechtfertigt waren.

„Alter", war alles, was Luke kopfschüttelnd sagte, als sie in die Umkleiden liefen.

„Ich weiß."

„Alter!" Das war Tyler.

„Ich weiß!"

„Alter ..."

„Halt die Klappe Jake, ich weiß, dass ich scheiße war!"

Der junge Baseman nickte. „Wollte nur sichergehen."

Sie zogen sich schweigend um und als der Coach in die Umkleide kam, schüttelte er nur den Kopf, klopfte Dex auf die Schulter und sagte: „Komm drüber hinweg."

Dexter fragte sich, ob er genauso reagiert hätte, wenn ihm bewusst gewesen wäre, was er heute Mittag mit seiner Tochter auf der Behandlungsliege getan hatte. Oder eher nicht getan hatte.

Und dann fragte er sich, was genau der Coach verbrochen hatte, um sich die Verachtung seiner Tochter zu verdienen.

Eine so tiefgehende Verachtung, dass sie Baseballspielern bis heute nicht über den Weg traute.

Na, das würde er schon noch herausfinden.

Zuerst musste er mit seiner Schwester reden. Aber bevor er nach Hause fuhr, machte er noch kurz Halt bei einer Drogerie.

Chloe lag auf der Couch ausgestreckt und las ein Buch, als er zur Wohnungstür hineinkam. Sie hatte eine Tüte Popcorn in der Hand, aber von dem Zeug schien mehr auf dem Sofa gelandet zu sein als in ihrem Mund.

Sie wohnte erst seit einem Jahr bei ihm – erst seitdem ihr das Geld ausgegangen war – und sie würde es wahrscheinlich nicht zugeben, aber sie hasste es, von ihm abhängig zu sein. Was er gut nachvollziehen konnte, aber im Moment als einen immensen Vorteil sah.

„Arbeitest du heute nicht?"

Sie schüttelte den Kopf, das Gesicht auf das Buch gerichtet. „Nein. Und das, was du heute abgeliefert hast, kann man auch keine Arbeit nennen."

Sie hatte das Spiel also gesehen. „Ich war abgelenkt."

Sie richtete sich auf dem Sofa auf und sah zu ihm hinüber. „Von einer Frau?"

„Sowas in der Art", murmelte er und warf die Tüte der Drogerie auf den Tresen seiner Küche, bevor er zurück in den Flur ging, um seine Schuhe auszuziehen.

Als er wieder in die Küche zurückkehrte, lehnte Chloe am Tresen und hielt den Inhalt seiner Tüte in den Händen.

„Warum brauchst du denn Kondome, Dex?“, fragte sie, die Augenbrauen gehoben. „Du hast doch sowieso niemanden, der mit dir schläft.“

Feingefühl lag bei ihnen in der Familie.

„Oder gibt es etwa wirklich eine mysteriöse Frau?“, hakte sie weiter nach.

Gab es, aber für die waren sie nicht bestimmt. Obwohl das gar keine dumme Idee war.

Dex seufzte und lehnte sich mit den Unterarmen auf das Holz. „Sie sind für dich.“

Chloe sah ihn ungläubig an. „Sie sind ...was? Woher weht denn jetzt der Wind?“

Er stöhnte leise. Dieses Gespräch gefiel ihm nicht. „Ich habe eingesehen, dass ich nicht ändern kann, dass du ... dass du ...“

„Sex hast?“

„Ja, das!“, sagte er unwirsch. „Da dachte ich, dass es so besser ist als ohne. Und ich habe dir deins schließlich geklaut.“

„Danke“, grinste sie und schnappte sich die Packung. „Kondome sind wirklich teuer! Hättest du sie mir nicht gegeben, hätte ich wohl komplett auf Sex verzichtet.“

Stöhnend ließ er seinen Kopf auf die Anrichte sinken. „Ich weiß, du nimmst mich auf den Arm, aber das macht es irgendwie nicht besser.“

Sie tätschelte seinen Hinterkopf. „Manchmal denke ich, du vergisst, dass ich vierundzwanzig bin.“

Ja, manchmal tat er das wirklich. „Sprich einfach nie wieder mit mir über Sex. Egal, wie alt du bist.“

„Abgemacht“, lachte sie. Ein ehrliches Lachen. Das war bei ihr zur Seltenheit geworden. „Kommen wir nun noch einmal zur mysteriösen Frau, die dich ablenkt ..."

Er schüttelte den Kopf, die Stirn noch immer auf der Anrichte. „Da gibt es noch nichts zu erzählen."

„Erzählst du es mir denn, wenn es etwas zu erzählen gibt?"

„Nein."

„Bitte, Dex! Dann schlafe ich auch mit keinem deiner Mitspieler."

Ruckartig fuhr er mit seinem Kopf in die Höhe. „Baseballspieler sind alle Idioten, Chloe. Merk dir das."

„Das brauchst du mir nicht zu sagen. Ich bin mit dir aufgewachsen, schon vergessen? Aber manchmal, da sind Idioten einfach besser im Bett als ..."

Er wusste, dass sie ihn absichtlich auf die Schippe nahm, dennoch ...

„Gott, bitte! Ich kauf' dir noch eine Packung Kondome, wenn du jetzt still bist."

„Deal! Danke dafür." Sie wedelte mit der Packung vor seinem Gesicht herum „Ich glaub', ich gehe schlafen."

„Du gehst heute nicht aus?"

„Nein."

Dann würde er ja vielleicht ausnahmsweise mal zur Ruhe kommen. „Okay."

Sie wandte sich um und wollte zur Treppe gehen, die zu den Schlafzimmern führte – Dexter hatte vier Stück – da rief er sie noch einmal zurück. „Hey, Chloe."

Sie hob die Augenbrauen. „Hmh?"

„Du weißt, dass ich dich gerne hier habe, oder? Und dass ich dich lieb habe? Und du immer mit mir reden kannst?"

Seine Schwester biss sich auf ihre Unterlippe, blieb einige Sekunden still und nickte dann.

Glänzten ihre Augen etwa?

„Ich weiß“, flüsterte sie. „Danke. Ich hab’ dich auch lieb.“

Und bevor er bemerken konnte, dass seine toughe Schwester Tränen in den Augen hatte, drehte sie ihm den Rücken zu und stieg die Treppen hinauf.

Kaylie hatte recht behalten.

Manche Dinge mussten einfach nochmal ausgesprochen werden.

***

„Hab’ ich gesagt, dass es mir leidtut?“

„Nein, mir tut es leid! Du hast ja recht.“

„Nein, du hast recht. Ich verkaufe mich unter Wert. Ich trau’ mich nicht, mich bei großen Zeitungen oder Agenturen zu bewerben, weil ich dann ein kleiner Fisch im großen Meer wäre. Aber das werde ich bald ändern.“

„Es tut mir leid, dass ich das so gesagt habe! Lass dir Zeit. Du kannst ja auch erstmal ein großer Fisch im kleinen Teich sein. Und du hast recht damit, dass ich meinem Vater keine Chance gebe, aber ... es ist so unglaublich schwer ...“

„Leute, ihr seid echt süß. Aber auch echt deprimierend“, unterbrach Michelle sie und stürzte ihren Cocktail hinunter. „Ich dachte, wir treffen uns, um aus Kay herauszupressen, welcher Baseballer den heißesten Körper hat, stattdessen sülzt ihr zwei euch die ganze Zeit mit Entschuldigungen voll.“

„Ich weiß, wer den heißesten Körper hat!“, meldete sich Emma strahlend.

Ja, Kaylie auch. Und es war nicht derselbe Mann, den Emma meinte.

Sie saßen zu viert in einer Cocktailbar in der Philadelphia Innenstadt und Kaylie hatte versucht, nicht allzu viel von dem Trauerspiel, das die Delphies heute abgeliefert hatten, mitzubekommen.

Das schien aber fast unmöglich, da Emma alle paar Minuten seufzte und meinte: „Oh, Luke wird heute Abend schlecht gelaunt sein. Ich sollte mich abschießen.“ Sie hielt Wort und war bereits bei ihrem dritten Cocktail.

„Warum bin ich eigentlich die Einzige, die sich dafür interessiert, wie es ist, die Hände auf all die Muskeln zu legen, wo ich auch die Einzige bin, die verlobt ist?“, wollte Michelle wissen.

Sie war mit Wesley, Lukes Agenten, zusammen und seit mehr als einem halben Jahr verlobt. Einen Termin hatten sie immer noch nicht festgesetzt.

„Das ist die Frage, die du dir selbst stellen solltest“, sagte Grace weise und drückte Kaylie von der Seite an sich.

Nach einem Streit brauchten sie immer doppelt so viel Körperkontakt als sonst.

Vielleicht sollte sie einfach Grace heiraten! Sie würden eine wunderbare Ehe führen.

Sie musste an den Kuss von heute Mittag denken.

Nein, das würde wohl nichts werden.

„Habt ihr eigentlich mal einen Termin ausgemacht?“, fragte Emma, rhythmisch zur Musik an ihrem

Strohhalm saugend. „Ich weiß, wieviel Wes verdient – ihr könntet euch eine Hochzeit leisten."

Michelle grinste. „Ja, schon. Aber wir warten noch. Wir wollen erst noch einige Verlobungspartys schmeißen, bevor wir heiraten."

„Klingt sehr gut", nickte Grace und winkte mit ihrem leeren Glas dem Kellner zu. „Sag' mal, von wem ist eigentlich der Knutschfleck an deinem Hals, Kay?"

Kaylie zuckte zusammen und schlug automatisch eine Hand an ihren Hals. „Was?"

„Oh mein Gott, da ist tatsächlich ein Knutschfleck!", sagte Emma mit großen Augen.

Kaylie hatte offensichtlich die falsche Seite ihres Halses mit der Hand bedeckt.

„Wann hast du den denn bekommen? Ich habe dich doch heute Mittag noch gesehen."

Kaylie wurde so pink wie ihr Cocktail. „Das ist kein Knutschfleck. Da hat sich ... mein Staubsauger festgesaugt."

Die Mädchen fingen an zu kichern. „Die Story muss gut sein, wenn sie sie nicht erzählen will."

„Wer ist der Typ?", drängte jetzt auch Emma.

„Ist es der Steuerberater?", fragte Grace.

„Gott, nein! Für den schuldest du mir was, Grace!"

„Wer ist es denn dann?", wollte ihre beste Freundin verwirrt wissen.

„Oh, ich weiß!", lachte sie dann. „Der Fleck kommt von einem Spieler, in den du verknallt bist, der aber absolut nicht in deine Liste passt. Deshalb debattierst du in deinem Kopf, ob du trotzdem was mit ihm anfangen solltest."

Kaylie klappte die Kinnlade herunter.

Grace' Kinnlade tat es ihrer gleich. „Oh mein Gott, ich habe recht! Das sollte ein Witz sein! Aber ich habe sowas von recht – wer ist es?"

„Niemand!", sagte sie hastig. „Du hast überhaupt nicht recht. Der Fleck ist von ..."

Verdammt, warum fiel es ihr ausgerechnet jetzt so schwer zu lügen?

„Oh mein Gott!" Grace deutete mit dem Finger auf sie. „Es ist die Nummer Acht! Deswegen hast du von ihm die Kappe bei uns zuhause! Ich habe mich schon gewundert."

„Du hast was mit Dex!?" Emma schrie diesen Satz fast heraus, was einerseits an den drei Cocktails, andererseits an ehrlicher Entrüstung liegen konnte.

„Du hast keine Ahnung von Baseball! Wie kann es sein, dass du ausgerechnet seine Nummer kennst?", fragte Kay jammernd.

„Weil ich sie mal benutzt habe, um Luke zu bestrafen und ... ist egal. Warum hast du denn nichts gesagt? Warum hast du nicht erzählt, dass du was mit ihm hast?"

„Weil ich nichts mit ihm habe!"

„Was mach' ich denn jetzt mit der süßen Pharma-Vertreterin, die ich für ihn rausgesucht hatte?", überlegte Emma enttäuscht.

„Beruhige dich! Die kannst du ihm immer noch vorstellen. Wir haben uns einmal geküsst." Gut, es waren zwei Male.

„Mehr war da nicht. Und mehr wird da auch nicht kommen. Ich will was Ernstes und das kann er mir nicht geben."

Emma hatte die Stirn in tiefe Falten gelegt. „Warum nicht? Dex ist kein Aufreißer, Kay. Er sucht immer was

Ernstes. Auch wenn er das nie zu finden scheint. Aber er ist echt ein netter Kerl. Er hat mir hier am Anfang geholfen und er ist süß und ..."

„Aber er ist Baseballer und ein Strüh!", platzte Kaylie heraus.

Grace legte eine Hand auf ihre Stirn. „Jetzt geht das wieder los."

„Strüh?", fragte Michelle verwirrt.

Auch Emma runzelte die Stirn. „Was soll denn ein Strüh sein?"

Ungläubig sah Kaylie sie an. „Aber das Wort habe ich doch von dir!"

Emma leerte ihren Cocktail und blickte sie verständnislos an. „Von mir?"

„Du hast mir von dem Wort erzählt! Auf Deutsch bedeutet es Vollidiot oder Blödmann oder auch niedlicher Typ ..."

„Strüh? Also ich glaube, das ist ein kölsches Wort für Stroh, aber ... mhm. Meinst du ‚Strohkopf'? Das habe ich vielleicht mal verwendet. Aber niedlicher Typ bedeutet das auch nicht ..."

Das konnte doch unmöglich sein! Wo hatte Kaylie das Wort denn dann her?

Na ja, eigentlich war es auch egal. Sie hatte es schon sehr lieb gewonnen und würde es nicht wieder gehen lassen.

Strohkopf ... Deutsch war eine wirklich merkwürdige Sprache.

„Ist ja auch egal", seufzte sie. „Auf jeden Fall ist da nichts mit Dexter und es wird auch in Zukunft nichts geben."

„Weißt du, wie du dich anhörst?", lachte Michelle.

„Wie höre ich mich an?“

„Wie Emma! Als sie sich eingeredet hat, dass Luke nur ihr Schein-Freund ist.“

„Stimmt!“, meinte Emma und klatschte in die Hände. „Oh, das wird toll. Euch beide zu verkuppeln, macht bestimmt noch viel mehr Spaß.“

Na klasse.

Jetzt musste sie nicht mehr nur sich selbst davon überzeugen, dass sie nichts mit Dexter anfangen wollte – sondern auch ihre drei Freundinnen.

Das könnte ein Fulltime-Job werden.

Kapitel 11

Die nächsten zehn Tage waren die reinste Tortur. Die Delphies waren permanent unterwegs, verloren die Hälfte ihrer Spiele und Kaylie schaffte es doch tatsächlich, jeden zu behandeln – außer Dex.

Wenn Dexter es nicht besser gewusst hätte, hätte er gesagt, sie hatte Angst vor ihm. Oder eher gesagt Angst davor, mit ihm allein in einem Raum zu sein.

Er konnte das ein wenig verstehen, denn er hatte definitiv vor, das fortzusetzen, was er angefangen hatte.

Aber er war ein geduldiger Mann.

Nein, das war Schwachsinn, er war alles andere als geduldig und der Gedanke, dass sie jedem seiner verdammten Spielerkollegen die Hände auf den Rücken legte, sich aber weigerte, mit ihm auch nur zu reden, machte ihn verrückt.

Er hatte nur zwei Worte mit ihr gewechselt: im Flugzeug, als er ihr ihre Tasche aus dem Gepäckfach geholt hatte.

Das Gespräch hatte lediglich ein Danke und ein Bitte beinhaltet.

Er hatte fast das Gefühl, mit allem, was sie tat oder trug, machte sie sich über ihn lustig.

Kaylie war keine der Frauen, die gerne hohe Schuhe anzogen – so wie seine Schwester, die ansonsten herumlief, als schliefe sie auf einer Müllkippe und nicht in einem zweistöckigen, Zwei Millionen Dollar-Penthouse mit Dachterrasse. Aber Kaylie war eine Frau, die es verstand, genau die richtigen Dinge hinter Stoff zu verstecken oder frei zu lassen, um ihn wahnsinnig zu machen.

Ihre Kleidung war nicht formlos, aber auch nicht eng. Sie trug enge Jeans, aber dazu weite Oberteile oder weite Röcke und dazu enge Tops. Dexter hatte sich schon so oft vorgestellt, was sie unter ihren Anziehsachen trug, dass er aufgehört hatte zu zählen. Er fand es sehr unfair, dass sie ihn schon zweimal mit freiem Oberkörper gesehen hatte, für ihn aber nicht das gleiche Recht galt. Er war sich fast sicher, dass ihr Oberkörper eindrucksvoller war als seiner.

Aber die Tatsache, dass sie ihm schon wieder aus dem Weg ging, regte ihn nur halb so sehr auf wie die Tatsache, dass Jake immer an ihrer Seite zu sein schien. Ihm war egal, wie oft der Kleine betont hatte, dass sie seine erste platonische Freundin war – das änderte nichts daran, dass er ihm gerne platonisch in die Fresse schlagen würde.

Jake war der Arsch des Teams. Darüber wurden keine Debatten mehr geführt. Es war eine einstimmig beschlossene Sache. Er war frauenverachtend, großmäulig und so selbstsüchtig, dass er eigentlich als Droge gemeldet werden musste.

Warum also saß Kaylie bei jeden Flug neben ihm? Wollte sie sein Mentor werden oder was?

„Soll ich dir 'nen Beißring kaufen? Oder einen Knochen?"

„Was?" Verwirrt blickte Dex von seinem Teller zu Sam auf, der neben ihm saß.

„Keine Ahnung. Hab' mich nur gefragt, was ich tun muss, damit du aufhörst zu knurren", amüsierte sich Sam weiter.

„Du bist ein unglaublich witziges Kerlchen, oder?“

„Ja, intelligent auch. Aber ich steh’ auf Frauen – tut mir leid.“

„Sam. Halt die Klappe.“

Dex ließ seinen Blick wieder über das weiße Tischtuch schweifen und blieb wie automatisiert auf Kaylie hängen, die auf der anderen Seite, am anderen Ende des Tisches saß.

Die Delphies hatten heute ein vergleichsweise frühes Spiel gegen die Chicago Cubs und würden erst morgen Mittag, an ihrem ersten spielfreien Tag seit zehn Tagen, wieder nach Philadelphia zurückfliegen. Der Coach hatte es für eine gute und teamfördernde Idee gehalten, die Spieler und die Lakaien – hieß, das Management, Angestellte und PR – sich zum gemeinsamen Abendessen versammeln zu lassen. Jetzt saßen sie hier oben im Panoramageschoss ihres Hotels, mit Blick auf den Lake Michigan, und ‚dinierten‘. Denn anders konnte man das Essen des Dreigänge-Menüs, gepaart mit zu Schwänen gefalteten Servietten, nicht nennen.

„Das erinnert mich ans College“, sprach Sam weiter. „Nur dass Kaylie keine Frau, sondern eine gute Note ist, die du sehnsüchtig anstarrst, aber nie dein Eigen wirst nennen können.“

„Sam, ich fange an, mir zu wünschen, dass in deinem Fisch eine Menge Gräten sind.“

„Ich habe Steak, Mann.“

Wirklich? Was aß er selbst eigentlich gerade?

„Dich hat’s echt hart getroffen, oder?“

„Ich habe keine Ahnung, wovon du redest.“

„Natürlich nicht. Deine schlechten Noten haben mich schon immer vermuten lassen, dass du etwas zurückgeblieben bist."

Schnaubend wandte Dex seinen Blick von Kaylie, die gerade über irgendetwas lachte, was Jake gesagt hatte.

„Hast du nicht irgendein wichtiges Telefonat, das du führen musst? Irgendwen anderen, der sich freut, wenn du ihn nervst?"

Wie auf Kommando klingelte Sams Telefon. Er schlief bestimmt auch mit dem Ding.

Sam blickte auf das Display, rieb sich mit Daumen und Zeigefinger über die Nase und schob seinen Stuhl zurück. „Ich muss da kurz drangehen. Aber Gott sei Dank bin *ich* intelligent genug, um mich gleich noch daran erinnern zu können, über was wir geredet haben."

Dexter hoffte sehr, dass das nicht stimmte.

Er sah auf seinem Teller – er hatte auch Steak – und fragte sich, ob er so erbärmlich aussah wie er sich fühlte.

Ach, zur Hölle damit! Dann würde er sie eben weiter anstarren bis sie zurückblickte. Was war schon dabei? Das war romantisch und nicht komisch!

Er wollte gerade den Kopf heben, als Sams Stuhl zurückgezogen wurde und Coach Thompson sich neben ihm niederließ.

„Na, O'Connor, hast du dich von deiner Durststrecke erholt?"

Abrupt richtete er sich auf.

Was? Aber er hatte doch gar nicht mit ihr geschlafen.

„Dein Spiel", sagte der Coach. „Hast du dich von deinem lausigen Spiel erholt?"

Ach, er redete von Baseball. Sowas musste man ihm doch sagen!

„Ja, hab' ich", sagte er und war einfach nur verdammt froh, dass der Coach keine Gedanken lesen konnte. „War nur ein zeitweiliges Blackout."

Thompson nickte, als verstünde er genau, wovon Dexter sprach. Was er wahrscheinlich tat. Er hatte ja selbst zwanzig Jahre auf dem Spielfeld gestanden und war einer der besten Spieler, die die MLB je zutage gefördert hatte.

„Wie geht's dem Knie?"

„Dem Knie?" Ach, richtig. „Ja, besser. Deine Tochter hat da eine echte Begabung."

Das Gesicht des Coachs hellte sich auf. „Ja, ich weiß. Bin ziemlich stolz. Wie geht es denn deiner Schwester? Chloe hieß sie doch?"

Das war etwas, dass Dex immer sehr am Coach zu schätzen gewusst hatte. Er interessierte sich für das Privatleben seiner Spieler und versuchte sich jeden Namen der Verwandten, Freundinnen und Kinder zu merken.

Dexter nickte. „Die kommt zurecht."

Tatsächlich hatte er das Gefühl, dass sie in der letzten Woche entspannter gewesen war als sonst. Was daran liegen könnte, dass er aufgehört hatte, ihr ihre Sachen zu klauen. Oder einfach daran, dass sie möglicherweise etwas mehr zu ihrer alten Form zurückfand.

„Sucht sie immer noch einen Job?"

Sie hatte einen Job. Ihm wäre es dennoch lieber, wenn sie sich einen neuen suchen würde.

„Wenn sie nichts findet, werden die Delphies sicherlich einen Platz für sie freimachen können", sprach der

Coach weiter. „Man sollte ... die Familie nah dran behalten."

Diesmal war nicht Dex es, der Kaylie anstarrte.

Was zur Hölle war da zwischen Vater und Tochter vorgefallen? Der Coach war der netteste Typ, den es gab. Außer, wenn seine Spieler Mist anstellten. Er konnte sehr ungehalten werden, wenn sie nicht nach seiner Pfeife tanzten.

„Ich werde ihr das mal vorschlagen."

Aber Chloe würde sich nie bereit erklären, einen Job bei den Delphies anzunehmen. Nicht, wenn sie ihn nur bekam, weil Dexter dort spielte. Was ihren Stolz betraf, waren sie sich gar nicht so unähnlich.

„Mach das", meinte Thompson, „was meine Tochter angeht: Hier geht das Gerücht um, dass du hinter ihr her bist."

Dex verschluckte sich an seinem Bier. „Was?"

Der Coach lachte. „Brauchst nicht so ängstlich auszusehen. Ich habe mein Recht, mich in ihr Privatleben einzumischen, schon lange verloren. Aber du bist ein vernünftiger Kerl, du würdest ihr nicht wehtun."

Es war als Aussage formuliert, doch Dex bekam die dezente Warnung, die hinter den Worten lag, durchaus mit.

„Würde ich nicht", bestätigte er, sich räuspernd. Er hätte vielleicht nicht damit hausieren gehen sollen, dass Kaylie ihm gehörte. Aber seine Affen von Kollegen brauchten eine klare Ansage, sonst verstanden sie nicht, dass sie die Finger von ihr lassen sollten.

„Gut", lächelte Thompson, klopfte ihm auf die Schulter und erhob sich, als Sams Schatten auf ihn fiel.

„Parker“, nickte er ihm zu. „Hast du dich um das Team-Foto gekümmert?“

Sam nickte. „Jap, hab’ die Spieler angewiesen, Samstag gekämmt zum Teampicknick zu erscheinen. Ein Typ von der *SportIn* mitsamt Fotograf kommt auch.“

Ja, mit dem Foto würde Sam kein Glück haben. Die Delphies waren sich einig, dass Fotos nicht zu dem Soll eines Sportlers gehörten. Und Teampicknick? Zu dem würde wahrscheinlich auch keiner kommen.

„Dann ist ja alles gut“, sagte Thompson und lief wieder zu seinem Platz am Kopf des Tisches.

Sam ließ das Handy in die Innentasche seines Anzugs gleiten und setzte sich wieder an den Tisch.

Dex hob eine Augenbraue. „Und? Wer brauchte deine Aufmerksamkeit? Die mysteriöse Frau, mit der du geschlafen hast?“

Sam runzelte die Stirn. „Was? Nein. Was ... Familiäres.“

„Aha. Gehst du nochmal mit ihr aus?“

„Mit wem?“

„Mit der Frau, mit der du geschlafen hast.“

„Ja, nächste Woche Montag.“

Sieh mal einer an. „Warum weiß ich davon nichts?“

„Bist du meine Zofe, oder was? Willst du jetzt meine Haare flechten, Dex?“

„Klugscheißer. Würde mich nur für dich freuen, wenn du wen findest.“

„Jaja. Keine Ahnung. Sie ist Balletttänzerin. Kommt aus gutem Haus. Sehr diszipliniert.“

„Also deine Traumfrau“, grinste Dex.

Sam hatte sich schon immer distinguierte Freundinnen gesucht, die Klasse hatten. Wahrscheinlich eine

Überkompensation dafür, dass er in armen Verhältnissen aufgewachsen war.

Status war wichtig für ihn – Dex verstand das. Aber die meisten von Sams Eroberungen schienen etwas kühl und reserviert. So, wie Sam selbst von allen gesehen wurde.

Nun, das war nicht seine Angelegenheit. „Wird das was Ernstes?"

Sam zuckte die Schultern und aß den letzten Rest von seinem bestimmt mittlerweile kalten Steak. „Ich leg' mich da nicht fest."

Nein, das tat er nie.

Dex aber bis jetzt auch nicht, also würde er dagegen nichts sagen.

„Es ging um was Familiäres vorhin?", fing er das vorherige Gespräch wieder auf.

„Ja, nichts Wichtiges."

„Wie geht's deiner Mutter und deinem Bruder denn?"

Sam schüttelte nur den Kopf. „Reden wir nicht drüber. Reden wir lieber über die Physiotherapeutin, die du den ganzen Abend anstarrst."

Besagte Physiotherapeutin saß mittlerweile alleine – ohne Jake –

da und starrte auf den Kellner, der den Nachtisch brachte.

„Ich würde lieber mit ihr reden als über sie", stellte Dex fest und stand auf. In der Öffentlichkeit konnte sie wenigstens nicht vor ihm weglaufen.

Hoffte er.

***

Kaylie war fasziniert.

Eine Stunde dauerte das Essen nun schon, sie hatte sich mit mindestens fünf Baseballern unterhalten – und keines ihrer Gespräche hatte sich um den Sport gedreht.

Mit Ryan hatte sie übers Kochen geredet – der Shortstop war der Meinung, dass er in zehn Minuten einen besseren Krabbencocktail zubereiten könnte als der Koch dieses Fünf-Sterne-Hotels. Tyler hatte ihr erzählt, dass er größtenteils wegen seines Sohnes das Team gewechselt habe, der zusammen mit seiner Mutter hier lebe und Ray hatte ihr ein Video von seinen Kindern auf dem Trampolin gezeigt. Dass sein jüngstes Mädchen mehr mit dem Gesicht als mit den Füßen sprang, fand er höchst amüsant. Seine Frau jedoch nicht, wie er beichtete.

Alles in allem hatte sie sich wirklich gut unterhalten. Sie hatte sogar kurz mit ihrem Vater gesprochen.

Na ja, sie hatte ihn gefragt, wo die Toiletten waren und er hatte geantwortet – aber kleine Schritte.

Wenn der Nachtisch sie jetzt nicht enttäuschte, dann könnte dieser Abend als voller Erfolg gewertet werden.

Ihr Nacken prickelte.

Oh nein.

„Hey."

Sie musste nicht aufsehen, um zu wissen, dass Dexter sich gerade neben sie gesetzt hatte. Da waren der Geruch und die Stimme und das Prickeln, das nun ihre Wirbelsäule hinunterkletterte. Mehr Ankündigung brauchte sie nicht.

„Hey", sagte sie und warf ihm einen kurzen Blick zu. Tyler saß genau auf ihrer anderen Seite. Sie hatte keine Ausrede, nicht mit Dex zu reden. Warum sollte sie auch nicht? Reden war unverfänglich. „Mit deiner Schulter alles okay?"

„Nein, ich glaub', ich muss bald nochmal von dir behandelt werden."

Natürlich musste er das. „Klar ... wenn ich einen Termin frei habe."

„Du scheinst in letzter Zeit nie einen Termin frei zu haben ...", murmelte er an ihrem Ohr. Sein Bein streifte ihres.

Ihr nacktes Bein. Sie hätte wissen müssen, dass es ein Fehler sein würde, einen Rock anzuziehen.

Warum hatte Jake gehen müssen? Der Blödmann hatte gemeint, er wolle früh schlafen gehen. Was Code dafür war, dass er die süße Rezeptionistin verführen wollte.

Sie drückte die Beine enger zusammen und rückte so weit wie möglich von Dexter ab.

Das waren ungefähr zwei Handbreit. Wenn sie nicht in Tylers Schoß krabbeln wollte, musste sie so sitzen bleiben.

„Ich bin viel beschäftigt", sagte sie entschuldigend und schob ihren Stuhl näher an den Tisch, sodass die Tischdecke nun über ihre Oberschenkel fiel.

„Ja, das wundert mich nicht. Du bist die beste Physiotherapeutin, die wir je hatten", meinte Dex beiläufig und sie spürte, wie ihre Wangen bei dem Kompliment rosa wurden.

„Danke." Sie hob den Blick, doch sobald sie seinen grünen Augen begegnete, wandte sie ihn wieder ab. Sie durfte doch nicht gleich komplett ins Wasser springen! Sie musste erst die Zehen eintauchen. Hatte sie denn in den letzten Wochen nichts gelernt?

„Gerne."

Starrte er sie immer noch an?

Meine Güte, dieses Gespräch war so hölzern, dass es genauso gut von Pinocchio hätte geführt werden können.

„Was denkst du gerade?", fragte Dexter leise. „Jedes Mal, wenn ich dich ansehe, will ich wissen, was du gerade denkst."

„Ich frage mich, ob ich den Nachtisch mögen werde."

„Es gibt Crème brulée", wandte sich Tyler an sie. „Siehst du?"

Er nickte zum Kopf des Tisches, an dem die ersten Schälchen verteilt wurden. Alle saßen mittlerweile wieder und die ersten Löffel wurden gezückt.

„Oh."

„Magst du keine Crème brulée?", wollte Tyler wissen, während die Kellner auch zu ihrem Part des Tisches kamen.

Sie zuckte die Schultern. „Doch, ist schon okay."

Sie hätte lieber eine Tüte Weingummi.

„Lass mich raten", raunte Dexter ihr ins Ohr. „Du hättest gerne eine Torte aus Weingummi."

Sie lächelte breit. „Ja. Das hört sich tatsächlich gut an. Hast du eine dabei?" Woher wusste er, dass sie Weingummi mochte?

„Ich habe meine Letzte gestern gegessen", meinte Dex entschuldigend, während er seine Crème vom Kellner entgegennahm und auch ihre vor ihr abstellte.

„Eine Schande", seufzte sie. „Was für einen Nachtisch hättest *du* denn gerne?", räusperte sie sich, in dem Versuch, unverfänglichen Smalltalk zu führen, und griff nach ihrem Wein.

Dex lehnte sich nach hinten und seine Lippen strichen über ihr Ohr. „Dich."

Sie verschluckte sich und fing an zu husten.

Dexter klopfte ihr unschuldig auf den Rücken. „Du solltest langsamer trinken", meinte er tadelnd.

Kaylie hielt sich die Hand vor den Mund, als nun auch Tyler ihr auf den Rücken klopfte.

Gott, das war die billigste, bescheuertste Anmache überhaupt! Warum wurde ihr trotzdem heiß?

Vielleicht lag es ja an der Hand, die auf ihrem Oberschenkel lag.

Moment ... was???

Warum lag da eine ... oh mein Gott, das konnte er doch nicht ... er konnte doch nicht ...

Ruckartig wandte sie ihr Gesicht zu ihm um, doch er sah sie nur unschuldig an. „Ich bin eher so der Käsekuchen-Typ. Tyler, wie sieht das mit dir aus?"

Tyler antwortete etwas, doch sie verstand kein Wort, denn Dex' Zeigerfinger hatte angefangen Kreise über die Innenseite ihres Oberschenkels zu ziehen und diese Kreise brachten sie auf ganz ganz unpassende Gedanken.

Gedanken, die man nicht an einem Tisch mit dreißig anderen Leuten haben sollte.

Sie sollte einfach aufstehen und gehen.

Aber der Nachtisch war der beste Teil des Dinners. Sie konnte sich doch nicht die Kür des Abends entgehen lassen, nur weil sie nicht dazu hingerissen werden wollte, mit dem Typen, der neben ihr saß, zu schlafen.

Zu was für einer Person würde sie das machen?

Einem Weichei. Einem Weichei ohne Selbstbeherrschung. Noch dazu einem Weichei ohne Selbstbeherrschung und ohne Nachtisch. Das war inakzeptabel.

Und wie hoch seine Hand jetzt rutschte war auch nicht akzeptabel. Vor allem gesellschaftlich nicht.

Sie nahm mit der einen Hand den Löffel und nickte zu dem, was Tyler sagte, während sie mit der anderen versuchte, Dex' Finger von ihrem Bein zu schälen. Aber wie sich herausstellte, besaß er wortwörtlich mehr Muskeln in seinem kleinen Finger als sie in ihrem gesamten Körper.

Und sie war sportlich, verdammt!

Sie verfluchte und dankte Gott dafür, dass die Tischdecke so lang war und niemand sehen konnte, wo Dexters Hand da genau war.

Seine Schulter streifte ihre und jetzt waren seine Lippen erneut an ihrem Ohr. „Du wirkst angespannt. Kann ich dir da irgendwie helfen?"

Wenn es nicht zu viel Aufmerksamkeit erregt hätte, hätte sie ihn vermutlich geschlagen. Oder geküsst.

Oder beides. Gleichzeitig.

Sie presste ihre Knie zusammen und sah ihn wütend an. „Das ist sexuelle Belästigung", zischte sie, während sie besonders laut mit ihrem Löffel klapperte.

„Es ist nur Belästigung, wenn es der andere nicht will."

„Ich will nicht ..."

Er lächelte breit. „Willst du mich jetzt wieder anlügen? Du hältst nämlich gerade quasi Händchen mit mir."

Sie hielt inne, schluckte und ließ seine Hand los. Ihre Finger hatten sich mit seinen verschränkt – ohne dass sie etwas davon mitbekommen hatte.

Mist. Sie steckte in Schwierigkeiten.

„Alles okay mit dir, Kay?" Ray, der ihr gegenübersaß, beugte sich besorgt über den Tisch. „Du siehst etwas fiebrig aus."

„Ich ..."

Dexters Finger zogen immer noch Kreise.

„Ich glaub', ich sollte besser gehen", sagte sie und schob ihren Stuhl zurück, sodass Dex sie gezwungenermaßen loslassen musste. „Ich fühl' mich tatsächlich nicht so gut und morgen ist ein langer Tag ..."

Ihre Wangen waren so heiß, dass sie fürchtete, ihr Kopf könnte gleich in Flammen aufgehen.

„Ich bringe dich noch zum Zimmer", sagte Dexter und stand ebenfalls auf.

„Äh ... das musst du nicht."

„Nachher fällst du im Aufzug noch in Ohnmacht. Du siehst wirklich nicht gesund aus. Da solltest du nicht alleine gehen."

Oh dieser Bastard!

„So schlecht geht es mir auch wieder nicht ..."

„Geh lieber mit, Dexter", brummte Ray. „Wenn ihr was passiert, wird der Coach das nicht lustig finden." Der Coach würde ebenso wenig Gefallen daran finden, was Dex gerade getan hatte ...

Sie öffnete ihren Mund, um erneut zu widersprechen, doch Dex legte ihr eine warme Hand in den Rücken und schob sie voran.

„Gute Idee zu gehen", flüsterte er in ihr Ohr. „Ich bin sowieso lieber mit dir allein."

„Ich wollte nicht, ich ..."

„Ich weiß", lachte er leise. „Und du bist echt unglaublich süß, wenn dir etwas peinlich ist."

Sie war nicht süß! Sie war sauer!

„Wird es dir nicht langsam langweilig, mich zu stalken?"

„Nein. Weil ich glaube, dass es das wert ist."

„Du sagst immer wieder, dass ich es wert sei, dabei kennst du mich doch gar nicht!"

„Da gibst du dich einem Irrglauben hin."

Was sollte das denn jetzt schon wieder heißen?

Sie waren an der Tür der Panorama-Etage angelangt, die zu den Aufzügen führte und stolperten geradewegs in Luke, der im Eingangsbereich stand, das Telefon am Ohr.

Er nickte ihnen kurz zu und zeigte ihnen dann seinen Rücken.

„Emma, hör auf, ganze Torten zu kaufen!", konnte Kaylie ihn mit gedämpfter Stimme fluchen hören, während Dex auf den Aufzugknopf drückte.

„... nein, du kannst mir nicht erzählen, dass du kompensieren musst, dass ich weg bin. Immer kaufst du den totalen Mist, während ich auf Auswärtsspielen bin und meinst, du würdest ihn essen. Und am Ende zwingst du mich dazu, ihn dir abzunehmen, damit du nicht fett wirst ..."

Oh, Luke.

„Nein, ich habe nicht gesagt, dass du fett bist!"

Kaylie musste lachen, doch als Dex sie in den Fahrstuhl bugsierte und sich die Türen schlossen, blieb ihr das Lachen im Halse stecken.

Dex' Hand lag immer noch warm in ihrem Rücken und sie wusste schon, warum sie es vermieden hatte, alleine mit ihm in engen Räumen zu stehen.

Da war sein Geruch, der den ganzen Raum zu erfüllen schien, nach Holz und aus einem unerfindlichen Grund nach Weingummi. Und dann war da immer noch seine Hand, die nun zu ihrer Taille wanderte ... und innerhalb von Sekunden wurde ihr Kopf mit einem dichten weißen Nebel gefüllt.

Sie wollte einen Schritt zurückmachen, doch Dex hielt sie sanft aber bestimmt fest. „Denkst du nicht, dass du aufhören solltest, vor mir wegzulaufen?"

Nein, das dachte sie nicht. Sie beide waren eine dumme Idee. Er war der absolut falsche Mann für sie.

„Ich ... laufe nicht weg."

„Doch. Du läufst weg", murmelte er leise und seine freie Hand legte sich um ihren Hals und drückte mit dem Daumen ihr Kinn nach oben, sodass sie ihn ansehen musste.

„Warum läufst du weg? Doch nicht nur, weil ich Baseball spiele."

Nein. Nicht nur.

Auch weil er der erste Mann seit einer Ewigkeit war, den sie wirklich wollte. Und er ein Mann war, der dafür bestimmt war, sie zu enttäuschen.

„Du bist falsch für mich", flüsterte sie. „So falsch."

„Nur weil du mir nicht die Möglichkeit gibst, richtig zu sein."

Sie starrte ihn an, ließ ihren Blick zu seinen Lippen wandern, spürte die Wärme seiner Finger durch den Stoff ihrer Bluse und schwieg.

Was sollte sie dazu auch sagen?

Sein Daumen strich sacht über ihre Wange. „Alles, was ich brauche, ist eine Chance, Kay. Mehr will ich gar nicht."

Sie schluckte. „Das ist ... du bist ... ich ..."

Doch es machte keinen Sinn. Es würde ja doch nichts Vernünftiges aus ihrem Mund herauszukommen.

Dex lächelte, so als könne er ihre Gedanken lesen, und jetzt waren seine Lippen nur noch einen Fingerbreit entfernt.

„Kaylie, ich werde dich jetzt küssen."

„Oh."

„Wenn ich dich *nicht* küssen soll, dann schrei in drei ... zwei ..."

Sie ließ ihn nicht bis eins kommen.

Sie stellte sich auf die Zehen, ließ ihre Hände seine Brust hinauf, über seine Schultern, um seinen Hals gleiten und als ihre Lippen sanft die seinen berührten, fühlte sich das Wort ‚falsch' auf einmal sehr falsch an.

Denn wenn das nicht richtig war, wie sich ihr Körper an seinen schmiegte, wie Funken von seiner Haut zu ihrer überzuspringen schienen – was war es dann?

Was im Leben machte Sinn, wenn nicht dieser Moment, in dem die Welt um sie herum zu einem Dunst aus bunten Farben zusammenzulaufen schien?

Dex hatte die eine Hand in ihrem Nacken, die andere immer noch an ihrer Taille und schob sie zurück, bis ihr Rücken an die Glasfront des Fahrstuhls traf. Der Kuss ging in unter zwei Sekunden von sanft zu heiß über.

Plötzlich waren ihre Hände unter seinem Hemd und die obersten Knöpfe ihrer Bluse waren offen, während seine Bartstoppeln über ihren Hals kratzten. Sie stöhne leise auf und hakte ihr Bein über seine Hüfte, während er ihren Rock hochschob, ein Kuss hungriger als der andere.

Aber sie hatten schließlich auch keinen Nachtisch gehabt.

Seine Finger hinterließen heiße Schlieren auf ihrer Haut und ihr wurde schwindelig. Es war möglich, dass sie vergessen hatte zu atmen. Aber wer benötigte Sauerstoff, wenn er Dexter haben konnte?

Dex zog die Bluse aus ihrem Rock, stützte sich mit der einen Hand neben ihrem Kopf ab und ...

Der Fahrtstuhl machte PING und die Türen öffneten sich.

„Leute!"

Kaylie stieß Dexter so heftig von sich, dass er nach hinten stolperte.

Luke blickte kopfschüttelnd in die Kammer. „Ihr habt ein Zimmer, sonst würde ich euch sagen, dass ihr euch eins nehmen sollt."

Sie kiekste laut, riss sich den Rock nach unten und schlug dann auf den Fahrstuhlknopf für ihre Etage, den sie vorher vergessen hatten zu drücken.

Sie konnte Luke lachen hören, bis die Türen vollkommen geschlossen waren.

„Scheiße", fluchte sie und hielt sich eine Hand an ihre erhitzte Stirn.

„Heiß. Nicht scheiße", korrigierte Dex sie.

„Oh Gott. Oh Gott, oh Gott, oh Gott ..."

„Bekommst du eine Panikattacke? Ich wollte nämlich schon immer mal sehen, wie eine aussieht."

„Ich dachte, du wärst der Einzige, der rumläuft als wäre er einem Liebesroman entsprungen", fuhr sie ihn an und stopfte hastig die Bluse zurück in den Rock.

„Ich bin wie aus einem ... was?"

„Aber jetzt bin ich selbst so!", fuhr sie fort, ohne ihn zu beachten. „Noch schlimmer: Ich bin aus *Fifty Shades of Grey*! Nur ohne all das Zeug, das wehtut und absurd ist! Warum sind Fahrstühle eigentlich noch erlaubt!? Sie sind eng und romantisch ..."

„Fahrstühle sind romantisch?"

„Na ja ... das Licht ist gedimmt und meistens wird Jazz-Musik gespielt, oder nicht?"

Er starrte sie an – und fing leise an zu lachen. „Ich werde es mir merken. Bei unserem ersten Date führe ich dich in einen Fahrstuhl aus. Mehr brauchst du offensichtlich nicht, um Romantik zu fühlen."

Stöhnend schlug sie ihren Kopf gegen das Spiegelglas. „Dumme, dumme Idee!"

„Du hast recht. Du verdienst ein besseres erstes Date."

„Davon spreche ich nicht!"

Er grinste. Der Bastard. Er wusste genau, worüber sie sprach!

„Kaylie, beruhige dich. Luke wird niemandem was erzählen, wenn es das ist, worüber du dir Sorgen machst ..."

Nein, das war es nicht, worüber sie sich Sorgen machte! Es war ihr eigener Geisteszustand, den sie gerade anzweifelte.

Es war das dritte Mal! Das dritte Mal, dass sie ihn geküsst hatte. Wie hieß es noch gleich? Das erste Mal war Glück, das zweite Mal war Zufall, das dritte Mal war ... Absicht? Nein, eigentlich hieß es Können – und Gott ja,

Dexter hatte Können bewiesen! Aber das war nicht der Punkt.

„Ich kann hören, wie du denkst. Das ist ungesund."

„Denken ist nicht ungesund!", fauchte sie und deutete mit dem Zeigefinger auf ihn.

„So wie du es tust schon. Es sieht aus, als würde dein hübsches Köpfchen gleich platzen."

Der Fahrstuhl kam zum Stehen und mit den Armen in der Luft lief sie in den Hotelgang hinaus.

Natürlich folgte er ihr.

„Ich bringe dich noch zum Zimmer."

„Das musst du nicht." Das sollte er besser nicht.

„Ich weiß, dass ich es nicht muss. Aber ich tue es."

Sie lief bis zu ihrer Tür, blieb dann abrupt stehen und wandte sich zu ihm um.

„Dex", sagte sie ruhig, ihre Stimme beinahe erschöpft. „Wir sind eine dumme Idee. Das kann ich nur immer aufs Neue wiederholen. Das könnte nie gutgehen. Wir sind grundverschiedene Menschen. Und das, was ich suche ... das bist du einfach nicht."

Er hatte die Brauen tief ins Gesicht gezogen und zuckte nach einer Weile mit den Schultern. „Wir werden uns wohl darauf einigen müssen, uneinig zu sein. Erstens: Ich halte uns für eine brillante Idee, was die Szene gerade im Aufzug meiner Meinung nach mehr als beweist. Zweitens: So verschieden sind wir gar nicht. Schließlich sind wir beide der Hammer! Und drittens: Warum springst du direkt zum Ende, Kay, wo wir doch nicht einmal angefangen haben?"

Weil das Ende das war, was zählte.

Sie wusste, dass sie einen unglaublichen Anfang haben würden. Sie konnte es in dem Kribbeln ihrer Zehen und dem Klopfen ihres Herzens spüren. Es war das, was nach dem Anfang kam, was ihr eine solche Angst machte.

Dexter O'Connor war ein atemberaubender Anfang, vielleicht sogar eine schöne Mitte – aber er war ein desaströses Ende. Und davon hatte sie in ihrem Leben einfach schon genug gehabt.

Nur was war, wenn sie diesen Teil einfach übersprang?

Aber das konnte sie nicht.

Nein. So ein Mädchen war sie nicht.

Sie streckte die Schultern durch, steckte ihre Schlüsselkarte, die sie vorsorglich in ihrem BH versteckt hatte, in die Tür und lauschte dem Klicken.

„Danke fürs Bringen, Dex", sagte sie förmlich. „Wir sehen uns morgen."

Dex sagte nichts. Starrte sie an, während sie die Tür vor seinem Gesicht schloss.

Kaylie streifte ihre Schuhe ab und seufzte leise.

Der Teppich fühlte sich angenehm zwischen ihren Zehen an und ... ach, zur Hölle damit! Sie lebte im einundzwanzigsten Jahrhundert. Natürlich konnte sie so ein Mädchen sein!

Sie *wollte* so ein Mädchen sein. Sie könnte nur den Anfang haben. Nur den Anfang, ohne Ende. Mehr brauchte sie nicht.

Hastig wandte sie sich wieder um und riss die Tür auf, um Dexter den Gang entlang nachzueilen.

Sie prallte beinahe gegen seine breite Brust.

Er hatte sich keinen Millimeter bewegt.

„Na Gott sei Dank", seufzte er und fuhr sich mit einer Hand durch die Haare. „Wärst du nicht zurückgekommen, hätte ich ziemlich albern ausgesehen."

Sie lachte und schüttelte gleichzeitig den Kopf. Dann hob sie einen Finger in die Höhe.

„Vorschlag: Eine Nacht. Eine. Und dann reden wir nie wieder drüber."

Er verengte die Augen. „Ich habe keine Affären, Kaylie."

„Dann wird das eben eine sehr kurze Beziehung."

Dexter legte den Kopf schief, die Hände zu beiden Seiten gegen den Türrahmen gepresst. Seine Augen waren dunkelgrün.

„Wir werden sehen", stellte er heiser fest – und nahm Kaylie die Möglichkeit zu antworten.

Denn ihr Mund war mit anderen Dingen beschäftigt.

Kapitel 12

„So fühlt es sich also an, keine Jungfrau mehr zu sein."

„Was?"

Sie lachte. „Na, du wolltest doch wissen, wie sich eine Panikattacke anfühlt. Bitte sehr."

Dexter sank zurück gegen das Kopfteil des Bettes und schüttelte seufzend den Kopf. „Es wäre vollkommen okay gewesen, wenn du Jungfrau gewesen wärst."

Skeptisch hob sie eine Augenbraue. Sie lag auf dem Rücken, parallel zum Fußende, ihr Kopf auf seinem Oberschenkel, die Beine angezogen, sodass das Bettlaken immer wieder an ihnen hinunterrutschte.

„Es hätte dich nicht ein wenig ... verklemmter gemacht?"

„Nein, ich hätte damit kein Problem gehabt. Im Gegenteil: Ich wäre schwer beeindruckt gewesen. Was würde ein Naturtalent wie du dann mit mir anstellen können, wenn es ein wenig Übung hätte?"

Wieder lachte sie.

Er liebte ihr Lachen. Sie schien vollkommen entspannt zu sein, wenn sie lachte. Mit sich und der Welt im Reinen. Als hätte sie vergessen, dass sie vor sechzig Minuten noch gemeint hatte, sie wären eine dumme Idee.

Jetzt musste sie es doch besser wissen. Nach der letzten Stunde musste sie doch einsehen, was er schon längst wusste: Sie waren die verdammt beste Idee, die er in den letzten Jahren gehabt hatte!

Und das schloss mit ein, dass er angefangen hatte, sich selbst Milchshakes zu machen.

„Tut mir leid, dich enttäuschen zu müssen, ich hatte doch schon ein wenig Übung“, sagte sie lächelnd.

„Wieviel Übung?“

Ihre Augen wurden groß. „So etwas kannst du eine Lady doch nicht fragen.“

„Du warst in der letzten Stunde dabei, oder?“, fragte er stirnrunzelnd. „Du bist keine Lady – Gott sei Dank! Ich weiß nicht, was ich mit Ladies anfangen sollte. Die wollen immer sauber und korrekt bleiben und ich ... ich mag meine Frauen lieber dreckig.“ Kays Kopf lief augenblicklich rot an, was ihn ehrlich verwirrte. Es gab nichts an dieser Frau, für das sie sich schämen müsste. Nichts.

„Wie viel Übung hast du denn?“, wollte sie wissen.

„Keine Chance. Ich habe zuerst gefragt.“

„Was ist das für eine Regel, dass derjenige, der zuerst dran ist, seinen Willen bekommt? Das ist äußerst unamerikanisch! In unserer Kultur drängelt sich jeder vor. Und da ich ja keine Lady bin, mache ich jetzt genau das.“

„Du drängelst dich mit deiner Frage vor?“

Sie nickte und ihr Haar kitzelte seine Haut, als sie sich aufrichtete und neben ihn an den Kopf des Bettes lehnte. „Ja. Also: Wie viel Übung hattest du?“

Er verzog das Gesicht. Frauen stellten immer diese Fragen, von denen sie die Antwort nicht hören wollten. „Reicht es nicht, wenn ich dir sage, dass ich seit einem halben Jahr nicht mehr geübt habe ... und dass ich ganz sicher nicht so viel geübt habe wie Luke?“

Irritiert blinzelte sie ihn an. „Was interessiert mich, mit wie vielen Frauen Luke geschlafen hat?“

„Keine Ahnung. Aber im letzten halben Jahr schienen da eine Menge Leute dran interessiert zu sein. Ich dachte, du gehörst vielleicht dazu."

„Gehöre ich nicht." Sie ließ ihren Kopf auf seine Schulter sinken. Gott, er hatte das vermisst. Die Nähe, die man nur mit einer Frau haben konnte. Einer Frau, mit der man nicht verwandt war, wohlbemerkt. Von dieser Art Nähe hatte er zurzeit wahrlich genug.

Er konnte sehen, wie sie auf ihrer Unterlippe kaute, bevor sie wieder zu ihm aufsah. „Du hast ein halbes Jahr lang keinen Sex mehr gehabt?"

Er nickte. „Jap."

Und es hatte sich verdammt nochmal gelohnt, für das hier zu warten.

„Mhm."

Stöhnend ließ er seinen Hinterkopf gegen die Wand sinken. „Ich hasse das! Wenn Frauen bedeutungsschwer ‚mhm' machen und uns Männern nicht verraten, worum es bei diesem Geräusch gerade ging."
„Es war ein ‚Wer hätte das gedacht'-Mhm."

„Gedacht, dass ich so lange alleine war?", fragte er mit verengten Augen.

Sie schüttelte den Kopf. „Nein. Wer hätte gedacht, dass du allen erzählst, dass du kein Aufreißer bist – und ich das tatsächlich glauben soll."

„Natürlich sollst du mir glauben", sagte er leicht wütend. „Dieses typische Bild der Sportler, die alles aufreißen, was einen Rock trägt, geht mir langsam echt gegen den Strich. Sicher gibt es eine Menge davon, aber das kann man doch nicht so einfach verallgemeinern. Du willst doch auch nicht zur Masseuse degradiert werden, nur weil du halbnackte Männer mit deinen

Händen bearbeitest. Warum sollte für mich was anderes gelten?“

Langsam hob sie den Kopf von seiner Schulter und legte ihn nachdenklich zur Seite. Sie betrachtete sein Gesicht, als würde sie Dinge darin lesen können, die ihr vorher verborgen geblieben waren.

„Okay“, sagte sie leise. „Tut mir leid. Du hast recht. Vielleicht urteilen Leute zu schnell.“

Ja, das taten sie. Auch wenn er zugeben musste, dass Spieler wie Jake und Luke – wobei Luke ja jetzt auf dem Pfad der monogamen Tugend wanderte – auch nicht gerade Gutes für den Ruf der Baseballer taten.

„Das beschäftigt dich wirklich, oder?“, fragte sie verblüfft und strich mit ihren Fingern über seine Augenbrauen, die er tief ins Gesicht gezogen hatte.

Sofort entspannten sich seine Züge. „Ich bin ein Spieler mit Tiefgang, schon vergessen?“

Sie lächelte nicht. Sie schüttelte nur langsam den Kopf. „Nein. Habe ich nicht. Aber Dex ... du erinnerst dich auch, dass ich eine Nacht gesagt habe, oder?“

Stand da Panik in ihrem Blick?

„Ich erinnere mich.“ Mehr würde er ihr dazu nicht sagen.

„Okay.“ Erleichtert ließ sie sich wieder hinab auf die Matratze sinken.

Ein unbestimmtes Gefühl setzte in Dex’ Brust ein. Er konnte es nicht genau benennen. Es war eng und unangenehm.

Ihm gefiel nicht, dass sie erleichtert war, dass sie nur für eine Nacht das Abkommen geschlossen hatte. Es war, als hätte sie bereits einen Fuß aus der Tür, dabei hatte er doch gerade mal angeklopft.

Aber darum würde er sich später kümmern.

Kaylie seufzte und zeichnete mit ihren Fingern Kreise auf seinen Bauch. „Du hast mir immer noch nicht gesagt, wie viel Übung du hast."

„Du mir auch nicht."

„Mhm. Es sind mehr als zwei, aber weniger als fünf."

Damit konnte er leben. Er würde ihr trotzdem keine Zahl nennen. „Wieviel, Dex?"

„Auch mehr als zwei."

Sie schnaubte und schlug gegen seinen Bauch.

Er lachte leise und hielt ihre Hand fest. „Gott, ich steh' auf deine Hände."

„Willst du jetzt vom Thema ablenken?"

Ja. Und er stand wirklich auf ihre Hände. „Du hast unglaubliche Hände, Kay", murmelte er.

„Wirklich?" Sie reckte ihren Arm in die Höhe und drehte ihr Handgelenk. „Ja, ich verstehe, was du meinst. Sie haben alles, was Hände so haben müssen. Finger. Einen opponierten Daumen. Gelenke."

Er lachte wieder, rutschte tiefer auf die Matratze und zog ihre Hand hinunter, sodass sie nun auf seiner Brust, über seinem Herzen lag. „Du bist so eine Klugscheißerin."

„Die einzige Gemeinsamkeit, die wir haben." Auch da war sich Dex nicht so sicher. Aber er sagte nichts, denn Kay hatte die Augen geschlossen und ihr Kopf war auf seine Brust gesunken, ihr Arm über seinen Bauch gelegt.

„Du solltest gehen", murmelte sie.

„Natürlich." Er strich ihr sanft die Haare aus dem Gesicht.

„Wirklich, Dex. Du solltest ..."

Der Rest des Satzes wurde von einem Gähnen verschluckt. Sie sagte wohl wieder ‚gehen' aber das war wirklich nicht mehr zu verstehen. Deswegen hörte Dex ‚bleiben'.

***

Etwas hämmerte gegen ihren Kopf.

Nein, das war nicht in ihrem Kopf. Es kam von woanders.

Sie seufzte und kuschelte sich tiefer in das Kissen. Und an den Mann, der neben ihr lag.

Moment, was?

Sie schlug die Augen auf und starrte in Dexters Halsbeuge.

Langsam atmete sie ein und konnte sich nur mühsam davon abhalten zu stöhnen. Was tat er noch hier? Und warum roch er immer noch so gut? Er sollte nach Schweiß stinken und nicht nach Weingummi und warmem Mann riechen.

Wieder war da dieses Klopfen und dann fragte jemand dumpf: „Kaylie? Bist du noch nicht wach?"

Abrupt saß sie kerzengerade im Bett.

Oh mein Gott, das war die Stimme ihres Vaters! Ihr Vater stand vor der Tür und ... Dexter O'Connor lag nackt in ihrem Bett.

„Dex!", zischte sie und rüttelte an seinem Arm. „Dex!"

„Kaylie, es ist schon nach neun und du hättest dich gestern nicht gut gefühlt, meinten die Spieler ..."

Ihr Vater klang besorgt.

Ihr Herz zog sich zusammen und dehnte sich dann aus.

„Alles gut!“, rief sie zurück und endlich fing Dexter an, sich zu bewegen. Meine Güte, was für einen tiefen Schlaf hatte er?

„Ich habe verschlafen!“, rief sie laut, bevor sie leise zischte: „Dex, es ist nach neun!“

Sie sprang aus dem Bett, um in ihre Anziehsachen zu schlüpfen, die aus unerfindlichen Gründen überall im Zimmer verteilt zu sein schienen.

Dex gähnte laut und richtete sich ebenfalls auf.

Das Laken rutschte von seinem Oberkörper und seine dunkelblonden Haare standen von allen Seiten ab. Sein Fünf-Uhr-Schatten war zu einem Dreitagebart herangereift und er sah zum Anbeißen aus.

Ich will mehr.

Ruhe da unten!

„Okay, ich habe mir nur Sorgen gemacht, weil du sonst so verlässlich bist …“, sprach ihr Vater weiter, während sie in den Rock von gestern schlüpfte und eine neue Bluse aus ihrem Koffer kramte.

Dex hatte sich an den Kopfteil des Bettes gelehnt, die Arme im Nacken verschränkt und sah ihr dabei zu. „So möchte ich immer aufwachen.“

Sie warf ihm einen wütenden Blick zu. „Was machst du überhaupt hier? Ich hatte dir gesagt, du sollst gehen.“

„Ja, so charmant deine Aufforderung auch war: Du hast mich quasi festgehalten. Mit Armen und Beinen. Du warst einfach zu stark für mich.“

„Kaylie, ist wirklich alles in Ordnung? Du hörst dich kurzatmig an.“

Stöhnend legte sie den Kopf in den Nacken. Die Kurzatmigkeit hatte keine gesundheitlichen Gründe.

Obwohl: Ein zweifelhafter Geisteszustand konnte als Gesundheitsproblem bewertet werden.

„Bitte, Dex", flehte sie und knöpfte sich die Bluse zu. „Steh auf und zieh dich an ... und dann versteck dich im Schrank."

„Kaylie, mach bitte die Tür auf. Du würdest auch sagen, dass es dir gut geht, wenn du gerade einen Schlaganfall hättest."

Das stimmte. Und dennoch: Warum war ihr Vater immer noch hier?

Zehn Jahre fast herrschte Funkstille und jetzt wollte er plötzlich nicht gehen?

„Hast du gerade gesagt, ich soll mich im Schrank verstecken?", fragte Dex ungläubig, der jetzt langsam die Arme sinken ließ.

„Warum bist du immer noch im Bett?", fluchte sie leise.

„Weil meine Aussicht unglaublich gut ist."

„Dex!"

Er lachte leise und stieg gemächlich von der Matratze. Splitterfasernackt.

„Redest du mit jemanden, Kaylie?"

„Nein!", rief sie sofort zurück. „Dad, alles ist gut, du kannst gehen."

„Ich dachte ... wir könnten gemeinsam frühstücken."

Was? Was war nur los mit ihrem Vater? Er schien es wirklich ernst damit zu meinen, dass er mehr an ihrem Leben teilhaben wollte – aber damit konnte Kay im Moment überhaupt nicht umgehen.

„Dad ..."

„Ich kann warten, kein Problem."

Verdammt! Sie hatte ihren Sturkopf von ihm.

Dexter war mittlerweile in seine Jeans gestiegen und fuhr sich mit der Hand durch die Haare – als wären sie nicht schon durcheinander genug.

„Versteck dich, Dex, damit ich die Tür aufmachen und meinen Vater abwimmeln kann!"

Er zeigte ihr den Vogel. Das sollte albern oder kindisch aussehen – aber irgendwie konnte dieser Mann, wenn er kein T-Shirt anhatte, nicht albern aussehen. Und kindisch schon gar nicht.

„Ich verstecke mich doch nicht! Ich habe mich in meinem ganzen Leben noch nicht versteckt."

„Wirklich nicht? Du siehst aus, als wärst du schon in diverse Schränke von Pfarrerstöchtern gesprungen."

Er schnaubte. „Meine Mutter hätte mir mit einem Kochlöffel auf den Kopf gehauen, wenn ich bei einem Mädchen im Schrank gelandet wäre."

Sie lächelte matt. „Deine Mutter hört sich nach einer Person an, die ich gemocht hätte."

„Das hättest du."

Es klopfte erneut. „Kaylie? Ist wirklich alles in Ordnung? Halluzinierst du?"

Ihr Arm fuhr automatisch zum Bad. „Geh da rein. Sofort", zischte sie. „Da kannst du dich selbst beschäftigten, indem du ... in den Spiegel siehst oder so! Dann ist es fast nicht, als würdest du dich verstecken."

Ungläubig öffnete er den Mund. „Das kann nicht ..."

„Bitte, Dex!", sagte sie flehentlich. „Die Situation zwischen mir und meinem Vater ist ohnehin kompliziert. Da muss ich sie nicht noch schlimmer machen."

Er starrte sie einen Moment ausdruckslos an, seufzte dann schwer und lief ins Bad. „Du schuldest mir was.

Und ich fordere diese Schulden irgendwann ein, glaub mir", murmelte er, bevor er die Tür schloss.

Oh Gott. Sie fürchtete sich schon jetzt davor.

Fahrig fuhr sie sich mit den Fingern durch die Haare und versuchte sie zu glätten, bevor sie mit den Handkanten unter den Augen entlangfuhr, um mögliche Mascara-Reste wegzuwischen. Erst dann lief sie zur Tür und öffnete sie.

Ihr Vater stand direkt davor, die Faust zum erneuten Klopfen gehoben. „Da bist du ja", sagte er ruhig und die Erleichterung war ihm deutlich anzusehen. „Ich hatte wirklich angefangen, mir Sorgen zu machen."

Kaylie konnte nicht sagen warum, aber die Tatsache, dass er sich Sorgen machte – dass er sich jetzt Sorgen machte, zehn Jahre zu spät – machte sie wütend.

„Das brauchtest du nicht", sagte sie gefasst, doch ihre Worte kamen kälter aus ihrem Mund, als sie beabsichtigt hatte.

Ihr Vater suchte mit seinem Blick ihr Gesicht ab, als erwarte er, irgendetwas von großer Bedeutung dort zu finden. „Ich weiß, nur bist du gestern abrupt vom Dinner verschwunden und die Jungs meinten, dir sei schwindelig gewesen ..."

„Dad, es ist alles in Ordnung", sagte sie scharf und mit jedem sorgenvollen Blick, den er ihr zuwarf, wuchs ihre Wut weiter an. Er hatte nicht das Recht, sich jetzt darüber Gedanken zu machen, wie es ihr ging. „Ich bin mein Leben lang ohne deine Sorge klargekommen – daran wird sich nicht plötzlich etwas ändern, nur weil du dein Vater-Gen entdeckt zu haben scheinst."

John Thompson machte einen Schritt zurück und eine Emotion huschte über seine Züge, die Kaylie einen Kloß in den Hals trieb.

„Natürlich, ich weiß. Aber ich hatte gehofft, dass wir ..."

„Dass wir was? Intime Tochter-Vater Gespräche führen könnten? Wir einfach vergessen könnten, was nie ausgesprochen wurde?"

John senkte das Kinn und Kaylie konnte sich nicht daran erinnern, dass der große John Thompson jemals so klein ausgesehen hatte.

„... dass wir frühstücken könnten", sagte er ruhig.

Der Kloß fiel von ihrer Kehle in ihren Magen. „Nein, danke. Ich bin nicht wirklich hungrig."

„In Ordnung. Schön, dass es dir besser geht. Vielleicht könnten wir das Frühstück ein anderes Mal nachholen. Ich würde ... wirklich gerne mit dir reden."

Steif erwiderte sie sein Nicken. „Ja, vielleicht können wir das."

„Gut. Wir sehen uns dann spätestens im Flugzeug."

„Ja."

Ihr Vater lächelte schwach, bevor er den Gang zum Fahrstuhl hinunterschritt.

Sie ließ die Tür zufallen und starrte auf das Holz. Der Stein in ihrem Magen verflüssigte sich und schwappte bitter durch ihre Adern.

Sie war doch im Recht gewesen. Oder? Natürlich war sie im Recht gewesen. So mit ihrem Vater zu reden würde immer richtig sein. Und dennoch fühlte es sich falsch an.

Sie hörte, wie die Badezimmertür aufging. „Ist alles okay?"

Sie straffte ihre Schultern und wandte sich zu Dex um. „Klar ist alles okay. Was sollte nicht okay sein?“

Er lehnte sich in den Rahmen und hob eine Augenbraue. „Du warst ganz schön ... hart.“

Sie verengte die Augen. „Ich war nicht hart.“

„Du hast ihn absichtlich verletzt, Kay.“

„Ich habe ihn nicht verletzt“, spuckte sie aus. „Ich habe gar nicht die Macht, ihn zu verletzen.“

„Du weißt, dass das nicht stimmt.“

„Dex“, sagte sie im leise warnenden Ton, „halt dich da raus. Du hast keine Ahnung, wovon du da sprichst.“

Er rieb sich mit der flachen Hand die Schläfe und musterte nachdenklich die Falten, die Muster in ihre Stirn malten. „Ich weiß nicht, was genau zwischen euch vorgefallen ist. Doch ich weiß, dass es jetzt schon einige Zeit zurückliegt. Und ich glaube ... ich glaube, dein Vater ist nicht mehr die Person, die du denkst zu kennen.“

Kaylie presste die Lippen aufeinander und sie konnte das bittere Gefühl, das ihr Blut durch ihren Körper zu pumpen schien, auf ihrer Zunge schmecken. Was erlaubte er sich?

„Und du kennst ihn besser als ich, ja? Du, der ihn nur vom Spielfeld aus kennt, der nur den Baseballspieler John Thompson kennt, weißt besser, was für eine Art von Person er als Vater war?“

„Kaylie ...“

„Nein!“, fuhr sie ihm dazwischen, die Hände zu Fäusten geballt. „Du urteilst, Dex. Dabei hast du keine Ahnung! Du hast *absolut* keine Ahnung! Und eine Nacht mit mir gibt dir sicherlich nicht das Recht, mir einen

Vortrag über mein Leben und die Beziehung zu meinem Vater zu halten."

„Dann erzähl mir, was passiert ist. Erklär mir, was dein Vater für eine Person ist. Damit ich es verstehen kann."

„Du musst es nicht verstehen!", schnaubte sie und lief an ihm vorbei ins Zimmer hinein. „Es sollte dich gar nicht interessieren, es zu verstehen!"

„Aber das tut es."

„Es geht dich aber nichts an!" Ihre Stimme war so laut geworden, dass sie von den Wänden widerhallte. „Mein Leben geht dich überhaupt nichts an. Ich bin nicht deine Schwester, Dex! Du musst mir nicht helfen. Dich nicht in alles einmischen. Das gestern? Das war die eine Nacht, die ich bereit war zu geben. Mehr nicht."

„Das höre ich. Klar und deutlich", sagte er scharf. „Und glaube mir, mir ist mehr als bewusst, dass du nicht meine Schwester bist, danke! Aber vielleicht solltest du anfangen, das, was du seit deinem halben Leben zu wissen glaubst, zu hinterfragen. Neue Informationen zu sammeln. Denn Dinge ändern sich, Kay. Menschen ändern sich. Du hältst an deinem gelernten Klischee fest. Und du vergeudest Zeit, wenn du nicht anfängst, Chancen zu geben."

„Redest du jetzt von dir oder meinem Vater?", blaffte sie ihn an.

„Von uns beiden."

Ihr Kiefer tat weh, weil sie die Zähne so fest aufeinanderpresste. „Dann muss ich dich enttäuschen, Dex. Denn Chancen zu geben bedeutet Risiken einzugehen. Und manche Risiken sind es einfach nicht wert, in Erwägung gezogen zu werden."

„Jedes Risiko ist es wert, in Erwägung gezogen zu werden!"

Sie lachte bitter auf. „Es ist schön, dass du das denkst, Dexter. Aber das ist deine Meinung – und mir herzlich egal."

Dex machte einen Schritt auf sie zu und seine Miene war so düster geworden, dass sie den Raum zu verdunkeln schien. „So ist das also, ja? Du verteilst fröhlich deine Ratschläge und erzählst mir, wie ich mit meinen Problemen umgehen soll – aber auf das, was andere sagen, gibst du rein gar nichts?"

„Ja."

„Du machst einen Fehler, Kay", murmelte er und sein Kopf war nun so nah, dass sie seine Bartstoppeln zählen konnte. „Du hältst an deiner Liste fest, an deinem Fragebogen und an dem, was du über Menschen zu wissen glaubst – und das wird dich nicht glücklich machen."

„Sind wir jetzt wieder zurück beim Abend in der Bar, oder was? Du weißt natürlich, was mich glücklich machen wird? *Dir* ist klar, was richtig für mich ist?"

„Nicht, was dich glücklich machen wird, nein. Das weiß ich nicht. Aber was dich unglücklich machen wird. Das weiß ich."

Der Kloß war wieder da und ihre Augen hatten angefangen zu brennen.

„Du weißt nichts über mich, Dex."

„Bild dir das nur weiter ein."

„Hör auf damit, so etwas zu sagen!"

„Hör du auf, dich selbst zu belügen."

Abrupt machte sie einen Schritt nach hinten. Mit offenem Mund starrte sie ihn an – dann lief sie an ihm vorbei.

Es war zu viel.

Sie hätte nicht … er … es war zu viel.

Es war zu schnell und zu real und zu viel.

„Du weißt, wo die Tür ist“, murmelte sie, bevor sie im Bad verschwand.

Kapitel 13

„Was soll das heißen, du kannst *auch* nicht zum Picknick kommen?" Coach Thompsons Miene war so düster, dass Ryan unter seinem Blick um zwanzig Zentimeter zu schrumpfen schien. „Wer kann denn noch nicht zum Picknick kommen?"

Betretenes Schweigen.

Sie saßen am Frühstückstisch und Dexters Gedanken waren zugegebenermaßen noch woanders. Er war in sein Zimmer gegangen, hatte geduscht und sich gefragt, an welchem Punkt alles den Bach runtergegangen war.

Ach verdammt. Vielleicht war er zu weit gegangen, aber ... Kaylie verrannte sich da in etwas – in ihre eigenen Regeln.

Und wenn diese Regeln vorsahen, dass sie nicht mit ihm ausgehen und sich letzte Nacht nicht wiederholen würde – dann würde er verdammt nochmal versuchen, sie dazu zu bringen, diese über Bord zu werfen. Denn das zwischen ihm und ihr ... das könnte was werden. Dex wollte sich nicht festlegen, denn wenn er genauer hinterfragte, was er bereits für sie empfand, würde er möglicherweise in eine sehr unmännliche Panik ausbrechen. Aber da war etwas. Etwas, das es verdiente, näher betrachtet zu werden. Und sie spürte es genauso. Das wusste er. Sie hatte nur zu große Angst.

Er blickte zu Coach Thompson und wieder fragte er sich, was dazu geführt hatte, dass Baseballspieler auf Kaylies schwarzer Liste standen.

„Hände hoch, wer Samstag früh nicht zum Picknick kommt", blaffte der Coach jetzt, seine Stimme das komplette Gegenteil von dem, was Dex noch vor einer halben Stunde durch die Badezimmertür hatte hören können.

Die Spieler sahen sich an, rutschten unangenehm berührt auf ihren Plätzen herum und dann gingen nach und nach Hände hoch. Alle Hände. Ausnahmslos.

Sogar Sam, der neben Dex saß und das Fotoshooting, das dort stattfinden sollte, organisiert hatte, hielt den Arm in die Luft.

„Nein." Die Stimme des Coachs war leise, aber jeder an der langen Tafel konnte ihn verstehen. „Das ist inakzeptabel. Es reicht mir jetzt. Ich weiß, dass ihr diese Team-Dates alle albern findet, aber wir sind ein Team, verdammt! Und zu diesem Team gehören nicht nur die Spieler. Wir sind eine Wand, wir ziehen an einem Strang und ihr könnt mir erzählen, was ihr wollt: Je besser ihr euch außerhalb des Spielfelds versteht, desto besser versteht ihr euch auch auf dem Feld! Und verdammt nochmal, die Delphies sind eine Familie und *alle* werden zum Familientreffen erscheinen."

„Ich habe ein Date am Samstagmorgen", sagte Ryan. „Ich ..."

„Dann bring das Date mit!", unterbrach ihn Thompson harsch. „Ich wiederhole mich: *Alle* werden Samstagmorgen da sein! Jeder einzelne wird morgen zu dem Picknick erscheinen. Mit Familie, Freundin oder sonst wem! Und dazu gehören auch die Mitglieder der Delphies-Familie, die nicht auf dem Feld stehen", warf er Sam einen düsteren Blick zu. „Jeder bringt mit, wen er als Familie erachtet, habt ihr verstanden? Das ist Pflichtprogramm. Jeder, der nicht erscheint, kriegt für das nächste Spiel Spielverbot. Und mir ist egal, wenn wir gegen die Mets dann nur mit halben Kader antanzen, verstanden?"

Schockierte Stille.

„Habt ihr verstanden?", brüllte er.

Es wurde einstimmig ‚Ja' gemurmelt.

„Gut. Dann esst zu Ende und ab in die Eingangshalle, wo wir gleich abgeholt werden."

Mit diesen Worten stand der Coach auf und verschwand in Richtung Rezeption.

Alle starrten ihm hinterher.

„Mann, Mann, Mann ..." Sam ließ die Gabel fallen, mit der er bis vor wenigen Momenten Rührei gegessen hatte. „Der Coach ist wohl mit dem falschen Fuß aufgestanden."

„Hey, ist doch cool", sagte Dex. „Dann kannst du deine Balletttänzerin mitbringen."

„Bestimmt nicht. Sie ist nicht gerade der extrovertierte Typ. Einen Blick auf die Mannschaft und sie rennt in die entgegengesetzte Richtung."

„Mir ist aufgefallen, dass ich deine Freundinnen nie kennenlerne", stellte Dex nachdenklich fest.

Sam klopfte ihm freundschaftlich auf die Schulter. „Ja, warum wohl?"

„Weil du Angst hast, dass sie bei meinem Anblick merken, was für ein hässlicher Typ du bist?"

„Du siehst eindeutig nicht in den Spiegel."

„Warum denn dann?"

„Weil du an allen meinen Freundinnen was auszusetzen hast. Du bist der reinste Beziehungskiller!"

Er dachte an den Streit mit Kaylie. Da war was Wahres dran.

„Schön. Stell sie mir erst vor, wenn es ernst wird. Ansonsten ist es bei dir sowieso Zeitverschwendung." Er stand auf. „Ich geh' meinen Koffer packen."

Sam runzelte die Stirn. „Warum hast du nicht gestern alles zusammengepackt?"

„War beschäftigt."

Eine bessere Erklärung würde er nicht liefern.

Er durchquerte den Speisesaal und kam genau dann an den Fahrstühlen an, als eine der Türen sich öffnete und Kaylie heraustrat.

Sie blickte ihn an und erstarrte. Wie ein Reh im Scheinwerferlicht.

Was für ein verdammt süßes, dickköpfiges Reh.

Die Türen hinter ihr schlossen sich wieder und sie sagte immer noch nichts.

„Denkst du gerade über einen Fluchtplan nach?", wollte Dex wissen.

„Ähm ... nein."

So ein verdammt süßes, dickköpfiges, schlecht lügendes Reh.

Sie seufzte schwer und legte sich eine Hand an die Stirn. „Bist du sauer auf mich?"

„Kommt auf deine nächsten Worte an."

„Ich weiß nicht, was du von mir erwartest."

Das wusste er auch nicht. Das war die Frage gewesen, die ihn beim Frühstück verfolgt hatte. Was wollte er von ihr?

Mehr.

Das war das Wort, das sich immer wieder in seinen Kopf drängte. Er wollte mehr als sie zu geben bereit war.

„Dex", flüsterte sie und senkte kurz den Blick, bevor sie ihn wieder ansah, „ich möchte nicht, dass gestern alles ändert. Wir waren doch fast an einem Punkt, wo wir ..." Sie brach ab. Vielleicht, weil sie selbst bemerkte, dass sie vor gestern an überhaupt keinem Punkt gewesen waren. Außer an dem, an dem sie vor ihm weggelaufen war und so wenig mit ihm gesprochen hatte wie möglich. „Ich möchte nicht, dass das alles ändert", wiederholte sie daher.

Etwas zu spät dafür, befand Dex.

„Und wegen gerade ... können wir einfach so tun, als hätte es den Streit nicht gegeben? Am besten wir tun so, als wäre überhaupt nichts gewesen. Du hast mich gestern zum Zimmer gebracht und das war's. Wir könnten einfach Freunde sein."

Dex verschränkte die Arme vor der Brust. „Nein."

„Nein?", echote sie überrascht.

„Nein. Wir können nicht so tun, als hätte es gestern nicht gegeben. Ich will nicht so tun, als hätte es den Streit und letzte Nacht nicht gegeben und ich will ganz bestimmt nicht einfach nur dein Freund sein. Tut mir leid. Dinge unter den Teppich zu kehren, steht auf *meiner* schwarzen Liste."

Sie verengte die Augen. „Was ist es dann, das du willst?"

Ihm kamen da gleich ein paar Ideen. Aber das hier war ein öffentlicher Ort.

„Dass du ehrlich bist."

Und mehr. Es war eine Ewigkeit her, dass er mehr von einer Frau gewollt hatte, aber hier stand er und sah sie an – und er wusste, dass er nie lediglich ihr Freund sein könnte.

Sie schnaubte und betrachtete einen Punkt über seiner Schulter. „Womit soll ich ehrlich sein?"

„Mit dir, Kay."

„Ich bin ehrlich ... und es tut mir leid, dass ich dich so angefahren habe, aber du hattest kein Recht dich einzumischen."

Dex bekam das vage Gefühl, dass sie niemandem dieses Recht geben würde. Er wusste nur, dass er sich dieses Recht verdienen wollte.

„Ich bleibe dabei, Kay", sagte er ruhig. „Du solltest Chancen geben. Und du solltest bei mir damit anfangen."

Er konnte sie schlucken sehen und er war versucht, seine Hand auszustrecken. Ihr über den Hals zu streichen, es leichter für sie zu machen. Denn verdammt nochmal, wieso war es für sie so schwer, jemanden an sich heranzulassen?

„Was willst du von mir hören, Dex?"

„Dass du wenigstens darüber nachdenkst, mir mehr zu geben als gestern Nacht. Dass dir sehr wohl bewusst ist, dass wir nicht nur Freunde sein können."

Sie lachte auf, hoch und falsch. „Wir waren uns einig, dass ..."

„Wir waren uns überhaupt nicht einig. Du sagtest ‚eine Nacht' und ich sagte, ‚wir werden sehen'. Und ich habe gesehen. Und ich will mehr."

Mit offenem Mund starrte sie ihn an. „Mehr ... Sex?"

Er lachte leise und kratzte sich mit der Hand am Hinterkopf. „Ja, davon auch. Aber ich meinte eigentlich mehr von dir."

Sie schüttelte den Kopf. Schüttelte den Kopf, bevor sie darüber nachdachte. „Du willst ... ausgehen? Eine Beziehung anfangen? Ist es das?"

War es das? Er konnte nicht verhindern, dass ihm bei dem Wort *Beziehung* ein wenig der Schweiß auf die Stirn getrieben wurde. Aber das war es doch, was er haben wollte, oder nicht? Eine echte Beziehung.

Nur vielleicht nicht jetzt sofort. Da war immer noch die Sache mit Chloe und sein Leben musste sich erst beruhigen, bevor er die Worte *ernst* und *Beziehung* in einen Satz packte. Aber das Wort *versuchen* fand er äußerst sympathisch.

„Ich will ausgehen. Die Sache mit der Beziehung ... über das reden wir dann irgendwann anders."

„Ich dachte, du hast keine Affären."

„Hab' ich auch nicht. Ich würde das mit uns eher als sexuell, emotionales Experiment sehen."

Sie schnaubte wieder und fuhr sich fahrig durch die Haare. „Ich halte das für keine besonders gute Idee."

Ja, das wunderte ihn nicht. „Es ist eine verdammt gute Idee", widersprach er.

Er konnte sie erneut schlucken sehen und jetzt schüttelte sie den Kopf. „Warum tust du das? Warum machst du es so kompliziert?"

„Weil ich dich mag. Ganz einfach."

„Nein, ich ... nein, tut mir leid. Ich kann das nicht. Nicht als Experiment oder als echte ..." Sie konnte das Wort *Beziehung* nicht einmal aussprechen. „Nein. Ich kann nicht den gleichen Fehler machen, ich ... nein."

Sie wollte sich an ihm vorbeidrängen, doch er hielt sie an der Schulter fest. „Du kannst Menschen nicht in dein Leben holen und dann wieder ausschließen wie es

dir gefällt, Kay. So funktioniert das nicht."
„Natürlich funktioniert es so", sagte sie ruhig. „Menschen kommen und gehen. Das haben sie immer und das werden sie immer tun. So ist es nun einmal."

„Lass es mich anders formulieren: Du kannst mich nicht in dein Leben holen und dann wieder ausschließen wie es dir gefällt."

„Ich habe dich nicht in mein Leben geholt, Dex."

„Oh doch, das hast du, Kay", sagte er. „Überleg es dir einfach." Dann ließ er sie los und trat in den Fahrstuhl.

***

Das war alles falsch.

Sie war durcheinander. Ihr hatte noch nie ein Mann ins Gesicht gesehen und einfach so gesagt, dass er sie mochte. Dass er mehr wollte.

Nicht was dich glücklich machen wird, nein. Das weiß ich nicht. Aber was dich unglücklich machen wird. Das weiß ich.

Dass du ehrlich bist.

Überleg es dir einfach.

Sie war ehrlich!

Nicht zu anderen Menschen, nein, aber zu sich selbst. Sie war immer ehrlich zu sich selbst. Wie konnte er das anzweifeln?

Ja, sie mochte ihn und ja, wenn sie an gestern Nacht dachte, wurde sie tiefrot und wäre vollkommen zufrieden damit, den Rest des Tages damit zu verbringen, die Stunden einfach noch einmal zu durchleben. Aber das reichte nicht für mehr. Das änderte nicht, dass er ein Baseballspieler war. Dass er besessen war von dem Spiel.

Er war zu weit gegangen. Mit allem. Er hatte eine Grenze überschritten. Ja, sie war empfindlich was ihren Vater anging, aber Dex war – wieso war sie es jetzt, die sich schuldig fühlte?

Das war genau der Grund, warum sie von vorneherein nichts mit ihm hatte anfangen wollen. Jetzt hatten sie miteinander geschlafen, sich gestritten und Dex wollte mit ihr ausgehen und mehr – was immer das bedeuten mochte – und es fühlte sich seltsam zwischen ihnen an.

Verdammt, warum fühlte sie sich so furchtbar? Es war doch nicht so, als hätte sie ihm ein Versprechen gegeben.

Wie konnte er über Nacht die Regeln ändern?

Ich habe keine Affären, Kay.

Aber warum denn nicht? Mit einer Affäre wäre sie vielleicht zurechtgekommen. Aber nicht mit einem Mann, der ihr geradeheraus ins Gesicht sagte, dass er sie mochte! Dass er Zeit mit ihr verbringen wollte. Obwohl er sich auch nicht auf eine Beziehung hatte festlegen wollen. Daran sollte sie sich vielleicht klammern.

Auch wenn sie sich viel lieber an *ihn* klammern würde.

Dex war ein Bad Boy! Er war ein Klischee! Er hatte die Ausstrahlung, das Aussehen ... wie konnte er es wagen, sich plötzlich als etwas ganz anderes herauszustellen? Bad Boys verlangten nicht plötzlich mehr von einer Frau.

Sie konnte ihm nicht mehr geben. Sie konnte es nicht riskieren. Nicht denselben Fehler wie ihre Mutter machen.

Stöhnend ließ sie ihren Kopf zurückfallen, der mit einem lauten Klonk gegen die Wand fiel.

Grace steckte den Kopf ins Wohnzimmer. Sie trug ein übergroßes T-Shirt, das mit Farbklecksen bespritzt war. Grace war eine Person mit so unglaublich vielen Talenten, dass sie sich nicht auf eines festlegen konnte. Sie fotografierte, malte, musizierte und Sorgen machen konnte sie sich auch noch.

„Ist alles in Ordnung?", fragte sie langsam. „Du gibst schon den ganzen Abend die merkwürdigsten Töne von dir."

Kaylie kaute auf ihrem Daumennagel herum. „Ich hab' mit Dex geschlafen."

„Oh mein Gott, das ist doch gut!"

„Das ist nicht gut!"

Grace saß so schnell neben ihr, dass Kaylie nicht einmal Zeit blieb zu blinzeln. „Natürlich ist das gut! Die Frage ist, warum du so zickig bist. Sollte Sex nicht den gegenteiligen Effekt haben? Oder ...", sie machte große Augen, „... oder war er so schlecht?"

„Er war nicht schlecht", verdrehte Kaylie die Augen. „Er war sogar ..." Sie seufzte schwer. „Er war ... aiaiaiai."

Grace grinste. „Er war Spanisch?"

„Ja, er war Spanisch." Sie ließ die Stirn auf ihr Knie fallen.

„Was ist denn dann dein Problem?"

„Na ja, es könnte sein, dass ich danach etwas ... etwas ... böse war."

„Böse? Du bist nie böse. Du bist wie ein Gummibär. Reinster Zucker."

„Mein Vater war an der Tür ..."

„Oh, verstehe. Also hast du dich unnötig über deinen Vater und dann über Dexter aufgeregt?"

„Nein! Ich ..."

„Kay ..."

„Es war nicht unnötig!", verteidigte sie sich. „Aber möglicherweise überzogen."

„Okay ..." Grace schüttelte den Kopf. „Ich verstehe dein Problem immer noch nicht."

„Wir haben uns gestritten und er meinte, dass er mich mag."

„Dieses Arschloch."

„Du verstehst das nicht, Grace!", fluchte sie laut. „Ich habe ihm gesagt, dass ich ihm diese eine Nacht gebe und er meinte, das reiche ihm nicht. Er meinte, dass ich ihm eine Chance geben solle."

„Bastard."

„Hör auf, mich so sarkastisch anzusehen!"

„Hörst du dir selbst zu?"

„Ja! Aber er will ausgehen. Und er ist Baseballer ..."

Grace seufzte schwer und schüttelte den Kopf. „Du weißt, was ich von deiner Liste halte, Kay."

„Sie ist ..."

„Du hast Angst. Ich verstehe das", unterbrach Grace sie. „Wirklich. Aber du machst es dir zu kompliziert. Entschuldige dich bei ihm, Kay, und dann fängst du was mit ihm an und schaust, wohin es dich führt. Ganz einfach."

Ungläubig sah sie ihre Freundin an. „Ganz einfach?"

„Jap. Geh hin und sag: Sorry Dex, könnten wir einfach erstmal noch etwas miteinander schlafen? Einfach so? Und schon ist alles gut."

Kaylie starrte sie mit offenem Mund an. „Hat dir schon einmal jemand gesagt, dass du die Fähigkeit hast, Dinge auf das Nötigste zu reduzieren?"

„Es ist eine Gabe und ein Fluch!"

„Aber er meint, er hat keine Affären."

„Na ja, es wäre keine Affäre ... es wäre ein Experiment."

Du meine Güte, jetzt hörte sich Grace an wie Dex. „Wenn wir ausgehen und miteinander schlafen, dann ist das eine Beziehung, Grace!"

Sie zuckte die Achseln. „Nur, wenn du dich in ihn verliebst. Ansonsten hättet ihr eine Affäre und würdet es anders nennen, weil der liebe Herr Baseballer ja keine Affären hat. Also verlieb dich einfach nicht in ihn."

Kaylie legte den Kopf schief. Grace hatte recht. Vor was hatte sie eigentlich Angst? Solange sie sich nicht in ihn verliebte, wäre alles in Ordnung. Und das konnte sie ausgezeichnet. Sich nicht verlieben. Und er war Baseballer. Sie hatte sich ihr ganzes Leben lang darauf konzentriert, sich nicht in einen Baseballer zu verlieben. Ihr Herz wurde leichter und machte mehrere kleine Hüpfer. Und schon allein für den Sex wäre es das wert ...

„Du denkst gerade an gestern Nacht, oder?", grinste Grace. „Du hast glasige Augen bekommen."

„Was?"

„Oh, ich will Details! Wie war der spanische Sex?"

Aiaiaiaiaiai.

***

Dexter war erschöpft, als er Donnerstagabend nach dem Flug in seinem Penthouse ankam. Er hatte den ganzen Flug wieder einmal nur Kaylies Hinterkopf betrachten können und fragte sich, ob er es versaut hatte.

Er und seine blöden Richtlinien. Warum hatte er nicht einfach sagen können: Ja, lass uns eine Affäre haben. Er hatte letztendlich doch genau das beschrieben.

Aber er wollte keiner dieser Männer sein. Und er mochte Kaylie aufrichtig. Er konnte sich vormachen, was er wollte. Er mochte sie und er wollte sie nicht zu einer Affäre degradieren. Gab es eine Zwischenform von Affäre und Beziehung? Das hätte er gerne gehabt.

Er schloss die Tür auf und lief durch den Flur, nur um überrascht festzustellen, dass Chloe am Herd stand und kochte. Zumindest rührte sie in einem Topf herum.

„Gehst du jetzt unter die Hausfrauen?"

Sie kiekste, zuckte zusammen und fuhr zu ihm herum. „Gott, hast du mich erschreckt", keuchte sie, eine Hand aufs Herz gelegt.

„Sorry", er ließ seine Tasche neben die Tür fallen und sein Blick wanderte über die Ablageflächen, auf denen sich Töpfe und Müll stapelten. „Kannst du auch kochen, ohne ein Schlachtfeld zu hinterlassen?"

„Da ist aber jemand schlecht gelaunt", sagte sie und wandte ihm wieder den Rücken zu.

„Ich dachte, schlechte Laune wäre bei dir die Normalität. Wie kannst du sie dann noch bemerken?"

Chloe lachte und zog den Topf, in dem sie gerührt hatte, vom Herd. „Wow, da ist ja jemand mehr als schlecht gelaunt. Geht es um deine ... Lady?"

Ein Bild von Kaylie, wie sie ihm in die Schulter biss und ... nein. Keine Lady.

„Was kochst du da?"

„Es geht also um deine Lady! Ist jetzt der Moment gekommen, in dem du mir von ihr erzählst und mich um Hilfe bittest?"

Er lief zum Kühlschrank, holte sich ein Bier heraus und öffnete es, bevor er damit zur Couch ging und auf das Polster sank.

„Vierundzwanzig Jahre und du weißt immer noch nicht, dass Ignorieren bei mir nichts bringt?"

Er antwortete nicht.

„Gut, dann werde ich also einfach raten", seufzte sie betont theatralisch. „Du hast zuerst mit ihr und dann mit ihrer Mutter geschlafen und weißt jetzt nicht, wie du ihr das beichten sollst?"

Er schnaubte laut. „Chloe, lass es einfach ruhen."

„Du kennst mich besser, Dex."

Ja, leider. Chloe stocherte in Löchern herum, bis die Wespen auf sie zugeflogen kamen. Und dann schlug sie danach.

„Ihre Mutter ist es also nicht", folgerte sie langsam und lief um die Kücheninsel herum. „Ihre Schwester dann?"

Er nahm einen Schluck Bier und verengte die Augen. „Chloe, was für ein genaues Bild hast du von mir?"

Sie ließ sich auf den Couchtisch vor ihm sinken. „Ein Kreatives?"

„Ich werde nicht mit dir über Frauenkram reden."

„Aber warum denn nicht?" Sie schien beinahe beleidigt. „Ich kann bestimmt helfen. Ich kann mich in Frauen hineinversetzen, denn manchmal, da bin ich eine."

„Entschuldige, aber du verstehst von Beziehungen noch weniger als ich."

Chloes Augen waren jetzt nur noch Schlitze. Die erste Warnung. „Entschuldige Dex, aber das, was du Beziehung nennst, nennen andere nicht einmal Affäre. Du tust so, als hättest du Freundinnen, dabei hast du nur weibliche Bekannte, die, wenn du Glück hast, mit dir schlafen."

Er leerte sein Bier in einem Zug und stand auf. Eine Standpauke seiner Schwester über sein Liebesleben war das Letzte, was er jetzt nötig hatte. Sie hörte sich schon an wie Sam.

„Bei ihr ist es was anderes."

„Interessant. Du gibst also zu, dass ich recht habe?"

„Einen Dreck tue ich und was zur Hölle kochst du da? In Schwefel eingelegte Steine?"

Er war zum Herd gelaufen, hatte einen Blick in den Topf geworfen und sich von den Dämpfen, die hinaufstiegen, beinahe das Gesicht verätzt.

Chloe sprang auf und stellte den Topf in die Spüle. „Es sollten Tortellini werden, aber ich glaube, ich habe was falsch gemacht."

Sie ließ Wasser in den Topf laufen und blickte ihn dann nach einigen stummen Momenten an. „Sie ist also anders, ja?"

Er legte sich eine Hand in den Nacken und nickte langsam. „Ja, sie ... ist anders." Ihm wollte kein besseres Wort dafür einfallen.

Chloe lächelte und für einen Moment sah sie wie die sorglose Einundzwanzigjährige aus, die sie vor dem Unfall gewesen war.

„Das freut mich, Dex. Wirklich. Du hast jemanden verdient, der anders ist. Und dann habe ich tatsächlich nur einen Tipp: Versau es nicht. Denn du hast noch nie eine Frau als *anders* beschrieben."

Als ob er das nicht wüsste. Aber es war möglicherweise schon zu spät. Er hatte es versaut.

„Werde ich mir merken", meinte er und lehnte sich an die Anrichte, während Chloe die Reste ihrer Tortellini aus dem Topf kratzte. „Ach hey, bevor ich es vergesse: Am Samstag gibt es ein Team-Picknick und die Familie der Spieler ist herzlich eingeladen zu kommen."

Sie verzog das Gesicht und sah zu ihm auf. „Ist sie das, ja?"

„Jap. Und du bist meine Familie."

Sie schüttelte den Kopf. „Wenn es um so etwas geht, bin ich Einzelkind."

„Komm schon, du hast Samstag früh nichts vor."

„Doch, habe ich. Meinen Rausch ausschlafen."

„Chloe ..."

„Sorry." Sie gab auf, die Tortellini aus dem Topf zu kratzen und ließ ihn einfach in die Spüle fallen. „Vielleicht ein anderes Mal."

Entschuldigend hob sie die Schultern und lief zur Treppe.

„Hey Chloe", rief er sie noch einmal zurück, als sie den Fuß bereits auf die erste Stufe stellte.

„Was?"

„Ich habe mich gefragt ... mische ich mich zu sehr in Dinge ein?"

Seine Schwester lachte. „Natürlich mischst du dich zu sehr ein! Aber das ist eine deiner besten Eigenschaften."

Im nächsten Moment war sie verschwunden.

Dex sah ihr nach und sank gegen die Anrichte. Das war eine gute Antwort gewesen. Dennoch war er leicht enttäuscht. Weil sie schon wieder nicht zu einem der Team-Treffen gehen wollte. Er hatte nicht erwartet, dass sie Ja sagte, trotzdem – sie war nun einmal die einzige Familie, die er hatte. Auch wenn es manchmal so wirkte, als hätte sie lieber gar keine Familie.

***

Am nächsten Morgen ging Kaylie mit einem Schwarm Moskitos im Magen zur Arbeit. Die Viecher flatterten und stachen zu gleichen Teilen. Sie würde mit Dex reden. Ihm sagen, dass es doch möglicherweise eine ganz gute Idee war, noch ein wenig miteinander zu schlafen. Denn wem machte sie etwas vor – sie wollte ihn. Er war wie eine Packung Weingummi, die ihr vor der Nase hing, aber die sie sich selbst verboten hatte zu öffnen. Dabei hatte sie sich doch geschworen, Weingummi nie zu entsagen. Sie folgte also sozusagen nur ihren eigenen Regeln.

Ja, sie würde mit ihm reden. Als sie jedoch nach ihrem letzten Patienten auf dem Weg zum Parkplatz war und Dex' Stimme vernahm, entschied sie: nicht jetzt.

Mit einem Quietschen, das so nur eine Gummiente von sich geben konnte, blieb sie stehen und stürzte in die Tür zu ihrer Rechten.

Was für eine gemütliche Besenkammer. Mit einer sehr dünnen Tür.

„Du machst dir zu viele Sorgen, Dex. Du musst ihr Zeit geben."

„Ich gebe ihr seit drei Jahren Zeit! Ich weiß, es scheint ihr besser zu gehen, aber es gibt Momente, da zieht sie sich vollkommen zurück und ich habe keine Ahnung, was in ihr vorgeht,"

Der andere Mann lachte. „Man weiß nie, was in Chloes Kopf vorgeht. Das war auch schon vor dem Unfall so."

Eine kurze Stille folgte, dann: „Seit wann interessiert dich, was in Chloes Kopf vorgeht? Tut mir leid, dir das sagen zu müssen Sam, aber sie mag dich nicht besonders."

Der andere Mann, dessen Stimme Kaylie vage bekannt vorkam, schnaubte laut. Sie schienen jetzt direkt vor der Tür zu sein. „Tut es nicht. Und das ist es doch. Ich ... habe keine Ahnung, warum sie mich nicht mag."

„Na, weil sie dich für einen kalten Eisblock hält."

Kaylie runzelte die Stirn und zog sich weiter in den Schrank zurück. Sam. Der PR-Mann. Der Mann vom Parkplatz. Sie hatte das unbestimmte Gefühl, dass Sam gerade nicht ganz die Wahrheit gesagt hatte. Frauen versteckten sich nicht grundlos vor Männern. Und ganz sicher warfen sie sich nicht hinter Autos, nur weil sie jemanden unsympathisch fanden.

„Ja, danke dafür", meinte Sam trocken und die Stimmen entfernten sich wieder, während er fortfuhr: „Was ich sagen wollte, ist, dass die Tatsache, dass sie nicht zum Team-Picknick kommen will nicht bedeutet, dass sie wieder auf dem absteigenden Ast ist."

„Ja, du hast vermutlich recht. Keine Ahnung, ich hätte sie nur gerne da. Ich dachte, es wäre mal gut, wenn sie sich mit ein paar normalen Leuten trifft."

Sams Schnauben wurde durchs Schlüsselloch getragen. „Normal? Wie in Baseballer?"

„Du weißt, was ich meine. Nette Menschen eben ... und Jake."

Die Stimmen verblassten, bis es wieder vollkommen still war.

Das Team-Picknick! Oh Gott, das hatte sie vollkommen verdrängt. Aber es war Pflichtprogramm, das hatte das Management mehr als deutlich gemacht.

Sie würde also hingehen und ... vielleicht würde sie da mit Dex reden. Bestimmt. Möglicherweise.

Seufzend öffnete sie die Tür einen Spaltbreit und lugte hindurch. Der Gang war leer. Ihre Hosen Gott sei Dank auch noch.

Es war ein sonniger Tag und als sie das Stadion verließ, musste sie die Augen vor dem Licht zusammenkneifen. Die Arbeit hatte Spaß gemacht und normalerweise war sie nach einem erfolgreichen Tag immer sehr entspannt, aber sie hatte das Gefühl, dass sie die letzten Wochen über gar nicht mehr dazu in der Lage gewesen war Ruhe zu finden. Ständig musste sie auf Zehenspitzen herumlaufen und das war äußerst anstrengend. Aber das würde bald aufhören. Wenn sie mit Dex geredet hatte, Regeln festgelegt hatte, dann würde sie mit ihrem Vater ... ach, Mist. Es würde wohl doch nicht so bald aufhören.

Sie lief den Weg hinab, überquerte die Straße und betrat in genau dem Moment den Parkplatz, als eine ihr bekannte große Brünette aus einem zerbeulten Ford stieg, der in Fachkreisen wohl Schrott genannt werden würde. Er war hellblau und die Frau in High Heels brauchte drei Anläufe, bis sie die Fahrertür ins Schloss gedrückt bekam. Kaylie war sich sicher, dass es im Autohimmel bereits einen Platz mit dem Namen dieses Wagens gab und wunderte sich, dass Dex seine

Schwester mit einer solchen Rostlaube fahren ließ. Andererseits: Möglicherweise hatte sie sich dieses Auto auch nur gekauft, um ihn auf die Palme zu bringen. Was vielleicht einer der Gründe dafür war, warum Kaylie ihr eine solche Sympathie entgegenbrachte.

Die jüngere Frau schloss leise fluchend den Wagen ab und schob ihre Handtasche höher auf die Schulter. Es war merkwürdig, wie ein Mensch die Sichtweise auf einen anderen nur durch eine kleine Information ändern konnte. Mit dem Hintergrund, dass Chloe Dex' Schwester war und dem, was er ihr über sie erzählt hatte, konnte Kaylies Herz nicht anders, als sich zusammenzuziehen. Es war furchtbar, die Eltern zu verlieren, aber noch schlimmer musste es sein, ihnen beim Sterben zuzusehen.

Sie fragte sich, ob Chloe bei Bewusstsein gewesen war oder ob sie überhaupt nichts mitbekommen hatte.

Keine Frage, die man auf einem Parkplatz stellte. Wenn sie darüber nachdachte: Keine Frage, die man überhaupt jemandem fast völlig Fremdem stellte. Ihrer Erfahrung nach sprachen Menschen nicht gern über Dinge wie Tod oder Gefühle. Sie selbst gehörte definitiv dazu. Von ihren Freunden wusste nur Grace, dass in drei Wochen der Todestag ihrer Mutter war. Sie war sich nicht einmal sicher, ob ihr Vater sich das Datum gemerkt hatte.

Chloe hatte den Kampf gegen ihr Auto gewonnen und lächelte, als sie Kaylie erkannte. „Ich sagte doch, wir werden uns wiedersehen."

„Ich habe keine Sekunde daran gezweifelt. Hat dein Bruder wieder dein Portemonnaie geklaut?" Irgendwie war es süß, dass Dex so versuchte, seine Schwester zu schützen. Und dumm. Es war süß und dumm.

„Nein“, seufzte Chloe, „diesmal führt meine eigene Blödheit mich her. Ich habe mich ausgeschlossen. Zum zweiten Mal diesen Monat. Als bräuchte Dex noch einen Grund, um zu glauben, dass ich durcheinander bin.“

„Und? Bist du?“

„Was?“

„Durcheinander.“

„Ich würde nicht sagen ‚durcheinander‘. Eher ‚gesund chaotisch‘. Außerdem sind Schlüssel doch dafür da, um vergessen zu werden. Warum sonst hat man sie nicht mindestens so groß wie die eigene Hand gemacht?“

Da war auch etwas Wahres dran. „Ich mag deine Philosophie.“

„Ich auch“, grinste Chloe.

„Eigentlich ist es echt witzig, dass ich dich hier treffe. Ich habe gerade ...“

Zwei Leute dabei belauscht, wie sie über dich geredet haben.

„... ähm ... gerade an dich gedacht.“

Chloe hob fragend eine Augenbraue. Sie war vollkommen ungeschminkt, fiel Kaylie auf.

„Hast du? Also ich weiß, dass ich eine wunderbare Ausstrahlung habe, aber wir haben uns nur einmal gesehen ... und tut mir sehr leid, ich bin hetero. Versteh mich nicht falsch, die Betonung liegt auf *sehr* leid, denn ohne die Männer wäre ich definitiv besser dran – und du bist wirklich hübsch –, aber Brüste tuns einfach nicht für mich.“

Kaylie musste laut lachen. „Ähm danke, aber sorry, ich wollte dich nicht anmachen. Bin leider auch hetero. Aber wäre ich es nicht, würde ich dich wahrscheinlich stalken. Ich hab' trotzdem nur auf eine sehr unschuldige Art und Weise an dich gedacht. Eigentlich habe ich mich nur gefragt, ob du morgen zum Picknick kommst."

„Picknick? Was für ein Picknick?"

„Das Team-Picknick der Delphies. Soweit ich weiß, sind Familien auch eingeladen und du bist doch die Schwester eines Spielers, richtig?"

„Ach *dieses* Picknick ..." Chloe nickte langsam und kratzte sich am Kopf. „Ja, nein, da gehe ich nicht hin. Auf dem Boden sitzen und ... Menschen sind nicht so mein Ding."

Kaylie nickte. „Ach so, schade, wäre schön, ein bekanntes Gesicht zu sehen."

„Bekanntere Gesichter als die von den Delphies findest du hier nicht", lächelte die Brünette.

„Ja, aber ich würde gerne ein bekanntes Gesicht sehen, das mich nicht mit seinen Rückenschmerzen vollheult."

„Ja, Sportler sind nur halb so harte Kerle wie sie vorgeben zu sein, nicht wahr?"

Das konnte sie laut sagen. Jake war eben kurz davor gewesen zu weinen, als sie ihm eine Dehnübung für den Oberschenkel gezeigt hatte. Es war wirklich gut, dass die Frauen die Kinder bekamen.

„Na gut, dann sehe ich dich wohl erst das nächste Mal auf dem Parkplatz wieder."

„Wahrscheinlich", lachte Chloe, hob die Hand und lief an ihr vorbei.

Kaylie blickte ihr nach und dachte dann an Dex. Ihm schien es wirklich wichtig, Chloe dabeizuhaben.

„Chloe, warte nochmal kurz."

Die junge Frau wandte sich überrascht um. „Ja?"

Kaylie rieb sich mit der Hand über die Schläfe und fragte sich, ob das, was sie jetzt tun würde, als Eingriff in die Privatsphäre anderer gewertet werden konnte.

Sie suchte angestrengt nach Worten. „Weißt du noch, als du mich hinters Auto geschubst hast?"

Chloe runzelte die Stirn. „Ja. Was ist damit?"

„Würdest du sagen, dass du mir dafür einen Gefallen schuldig bist?"

„Kommt auf den Gefallen an."

Kaylie trat von einem Bein aufs andere. „Komm zum Team-Picknick."

Verblüfft machte Chloe einen Schritt zurück. „Was interessiert es dich, ob ich zum Picknick komme?"

„Nun, die Frauen sind immer in der Unterzahl und ..." Sie räusperte sich. „Und ich glaube, deinem Bruder wäre es wichtig."

„Dex? Woher kennst du Dex?"

„Er ist ... einer meiner Patienten. Ich bin Physiotherapeutin bei den Delphies."

Chloe verengte die Augen, blickte auf Kaylies Wangen, die immer dunkler anliefen und dann huschte etwas über ihr Gesicht. Sie konnte es nicht ganz deuten, aber konnte es Erkenntnis sein?

„Du meinst wirklich, es wäre ihm wichtig?"

Sie nickte. „Ja. Sehr."

„Und dir ist es wichtig, weil es ihm wichtig ist?"

Darauf wollte sie wirklich nicht antworten. „Ich denke einfach, er würde sich freuen."

„Okay. Dann ...", Chloe runzelte die Stirn, „ ... dann komme ich."

„Wirklich?"

„Ja ... solange das heißt, dass ich dich jetzt so oft hinters Auto schubsen darf, wie ich will."

„Deal." Kaylie streckte die Hand aus und Chloe schüttelte sie.

„Weißt du, das ist schön", murmelte Chloe.

„Was?"

„Dass mal jemand auf ihn achtgibt. Und nicht andersherum."

„Oh, ich gebe nicht ..."

„Natürlich nicht. Bis morgen, Kaylie." Sie nickte ihr ein letztes Mal zu, hob einen Mundwinkel und lief dann zum Stadion. Warum sah sie aus, als wüsste sie mehr als sie selbst?

Kapitel 14

Dex war in seinem Leben auf drei Picknicks gewesen.

Das Erste war im Kindergarten, bei dem er Macy Roland davon überzeugt hatte, dass Ameisen wie Schokoladenpudding schmeckten. Das Zweite war mit seinen Eltern gewesen, hatte aber vorzeitig abgebrochen werden müssen. Chloe war gegen einen Baum gerannt und hatte eine leichte Gehirnerschütterung davongetragen. Na gut, sie hatten Fangen gespielt und er hatte es lustig gefunden, ihr dabei die Augen zuzubinden. Das dritte Picknick war in der High School gewesen. Er erinnerte sich allerdings nicht mehr genau daran, was der Anlass gewesen war. Was an seinem damaligen Alkoholpegel gelegen haben könnte.

Alle Picknicks hatten jedoch eins gemeinsam: Man saß auf einem kalten, harten Boden und stopfte Essen in sich hinein, das qualitativ in etwa so hochwertig wie der Wahrheitsgehalt eines Klatschmagazins war.

Woran er sich nicht erinnern konnte war, dass zu einem Picknick drei Chromgrills mit dem dazugehörigen Grillmeister, Tische mit den dazugehörigen Bänken und Geschirr mit den dazugehörigen Spitzenservietten gehörten.

Das musste eine Bildungslücke sein.

Aber er wollte sich nicht beschweren. Der Umstand, dass sie nicht auf dem Boden würden sitzen müssen, hob die Stimmung ungemein. Vielleicht war es aber auch die Aussicht auf ein Fünf-Sterne-Steak, die die Laune der Spieler positiv beeinflusste.

Dexter interessierte es auch nicht. Er war zu sehr damit beschäftigt, nach Kaylie Ausschau zu halten. Er wollte mit ihr reden. Er wusste auch schon genau, was er sagen würde: Hallo. Weiter hatte er nicht geplant. Aber ihm würde schon was einfallen.

„Alle mal herhören, wir machen das Foto zuerst."

Sam winkte die Spieler zu sich und der vorausgegangenen Euphorie wurde ein Dämpfer versetzt.

Dexter verstand nicht, warum alles, was die Mannschaft tat, für die Nachwelt festgehalten werden musste. Die Menschen hatten doch genug eigene Probleme, als dass sie Zeit haben sollten, sich für dämliche Sachen wie ein Familienpicknick der Delphies zu interessieren. Der Fotograf und der Journalist der *SportsIn* sahen das offenbar anders.

Sie liefen aufgeregt hin und her und stellten jedem Spieler, der nicht schnell genug war, dämliche persönliche Fragen. Dexter hatte bereits die Ehre gehabt, Ryans Lieblingsfarbe und seine Präferenz, was Boxershorts oder Männerslips anging, zu erfahren. Außerdem wusste er jetzt auch, was Tyler frühstückte und warum der Panda der Beste aus der Gruppe der Bären war.

„Meine Güte", murmelte Emma, die neben ihm stand und einem verdrießlich schauendem Luke den Arm tätschelte. „Es gibt doch so viel besseres unnützes Wissen, mit dem man den Kopf füllen kann. Wusstet ihr zum Beispiel, dass das Wort Vagina von Vanille abgeleitet ist?"

Dexter verschluckte sich an dem Bier, an dem er genippt hatte, während Luke leise lachte und ihr die Hand in den Nacken legte.

„Gott ich liebe dich, Emma."

Sie machte eine abwinkende Handbewegung. „Jaja, ich weiß. Aber mal ehrlich, ich möchte meine kostbaren Gehirnkapazitäten doch nicht mit den Lieblings-Bären der Delphies füllen. Abgesehen davon, dass noch niemand den Gummibären genannt hat – was mir wirklich falsch erscheint: Bei mir sind ohnehin schon zu viele Zellen dabei draufgegangen, Baseball überhaupt zu verstehen. Ich brauche den Rest für wichtige Dinge. Wie ... den Kalorien-Gehalt eines Joghurts. Und Lukes Terminplan."

„Leute, das Foto! Jetzt stellt euch auf, damit wir das Foto machen können."

Sie beachteten Sam nicht.

„Weißt du Schatz, warum gehst du nicht einfach rüber und sagst dem Reporter genau das? Vergiss nicht, auch das mit der Vagina zu erwähnen."

Emma grinste und lehnte sich an seine Seite. „Vielleicht nachher. Nachdem ich Dex ausgehorcht habe."

Dex zuckte zusammen. Er war vollauf damit zufrieden gewesen, ihnen zuzuhören und sich gleichzeitig über Sam lustig zu machen, der zum ersten Mal in seinem Leben seine Autorität einbüßte. Sein bester Freund hatte sonst nie Probleme damit, Leute dazu zu bringen, das zu tun, was er wollte.

„Was ist mit mir?"

Emma wandte sich ihm zu und legte den Kopf in den Nacken. „Na ja, ich hab' gehört, dass ich dich gar nicht mehr verkuppeln muss. Dass du mit Freundinnen von mir in Aufzügen rummachst."

Er blickte zu Luke. „Alter."

Der zuckte nur die Schultern. „Sie war am Telefon, als ich euch gesehen habe! Natürlich habe ich es ihr da gesagt."

„Ist doch schön", sagte Emma mit einer Begeisterung, die Dex die Nackenhaare aufstellte. „Obwohl ich wirklich Spaß dabei gehabt hätte, dir jemanden zu suchen."

„Ich habe nie gesagt, dass du mir jemanden suchen sollst."

„Doch, deine Blicke haben mit mir gesprochen."

Er schnaubte. „Und was sagt dir mein Blick jetzt?"

„Dass die Sonne sehr hell scheint?" Sie lachte laut. „Reg dich nicht auf, Dex. Ich wäre es dir einfach schuldig gewesen. Dafür, dass du mir damals verraten hast, wer berühmt ist und wer nicht. Und dafür, dass du versucht hast mir auszureden, mich in Luke zu verlieben."

Lukes Kopf fuhr herum. „Moment, was?"

„Er meinte es gut."

„Eben, ich meinte es gut", grinste Dex.

Luke blickte düster zwischen ihnen hin und her. „Muss ich dir jetzt den Umgang mit ihm verbieten?"

„Weißt du noch, was das letzte Mal passiert ist, als wir uns wegen Dexter gestritten haben?", fragte Emma süßlich. „Daran, wie ich dazu gezwungen wurde, ein absolut hübsches Trikot mit einem Edding und einer Acht zu schänden?"

„Öhm ..." Luke kratzte sich schuldbewusst am Kopf. „Vage."

„Was hältst du davon, wenn wir jetzt zum Foto gehen?", schlug Dexter vor.

„Brillante Idee", seufzte Luke erleichtert. „Sorry, Emma. So gerne ich diese Unterhaltung auch fortführen würde ..."

Emma verdrehte die Augen. „Jaja, schon klar.“ An Dexter gewandt fragte sie: „Und Kaylie kommt doch heute, oder?“

Er zuckte die Schultern. Das hoffte er. „Keine Ahnung.“

„Aber wieso hast du keine Ahnung?“

„Weil wir kein Paar sind.“

„Aber ...“

„Süße, gönn dem Armen ein wenig Privatsphäre“, murmelte Luke und gab ihr einen Kuss. „Bis gleich.“

Sie liefen an den Tischen vorbei auf die Grünfläche, die von mehreren Baumgruppen eingekesselt war und auf der Sam es tatsächlich geschafft hatte, einige Spieler zu versammeln.

„Danke“, murmelte Dex.

„Jaja, kein Ding ... aber warum seid ihr kein Paar?“

Es dauerte eine gefühlte Ewigkeit, bis der *SportsIn* Fotograf sie genau so positioniert hatte, wie er es wollte. Das Team stand in einer völlig ungezwungenen Pose mit völlig ungezwungenem Lächeln beieinander. Der Fotograf war entzückt. Das Team nicht besonders.

„Ich hasse Fotos“, murrte Ryan Hale. „Mein Gesicht fühlt sich danach immer an, als hätte mir der Joker mit ’nem Messer ein Lächeln hineingeschnitzt.“

„So sieht es auch aus“, bemerkte Dex und klopfte ihm auf die Schulter.

„Pass auf, was du sagst O’Connor, sonst mach ich mich heute doch aus Spaß an deine Schwester ran.“

„Dein Pech, Hale. Chloe kommt heute gar nicht.“

„Wirklich? Und wer ist das dann bei deiner Lieblingsphysiotherapeutin?“

Stirnrunzelnd folgte Dex Ryans Blick.

Was zum Teufel …?

Tatsächlich – vor dem unverwechselbaren hellblauen Ford, den Chloe sich nur gekauft hatte, um ihn zur Weißglut zu bringen, stand Kaylie und unterhielt sich mit seiner Schwester.

Er wusste nicht, ob ihm das gefallen sollte. Chloe wusste da einige Dinge, die nie jemand erfahren sollte. Allen voran nicht Kaylie.

Und was tat seine Schwester eigentlich hier? Sie hatte nicht kommen wollen. Und Chloe änderte ihre Meinung nie. Den Sturkopf hatte sie mit ihm gemein.

Er sollte wohl hinübergehen. Nur zur Sicherheit. Er hatte doch ohnehin mit Kaylie plaudern wollen.

***

„Die Delphies wissen, wie man picknickt“, murmelte Chloe und kaute auf ihrem Daumennagel herum. Ihr Blick glitt immer wieder zur Wiese und Kaylie wurde das Gefühl nicht los, dass sie nervös war. Vielleicht hatte es ja noch einen anderen Grund dafür gegeben, dass Chloe nicht hatte kommen wollen als den, dass sie keine Lust hatte.

„Die Delphies wissen, wie man *angibt*“, korrigierte Kaylie sie und sah sich selbst auf dem Grundstück um. Große lange Holztafeln mit rot-weiß karierten Tischdecken waren aufgestellt worden und die Grills mussten nach dem sehr männlichen Motto *je größer desto besser* ausgewählt worden sein. Die rohen Steaks, die auf Tellern daneben gestapelt wurden, wohl auch.

Sie blickte auf eine weite Grasfläche, die von Bäumen gesäumt wurde, und zu ihrer Rechten konnte sie Emma erkennen, die mit den Armen wild gestikulierend mit einem Reporter diskutierte, der ein Notizbuch gezückt hatte und zweifelnde Blicke mit dem Fotografen wechselte.

„Meintest du nicht, dass Dex sich freuen würde, wenn ich komme?"

Überrascht wandte Kaylie ihren Kopf. „Ja."

„Mhm. Irgendwie sieht er nicht sehr glücklich aus."

„Was?"

Dex hatte sie schon entdeckt? Sie brauchte Zeit, um sich vorzubereiten!

„Woher kennt *ihr* beiden euch denn?"

Zu spät.

„Die richtige Frage ist, warum habe ich deine Freundin hier nicht schon früher kennengelernt?", stellte Chloe die Gegenfrage.

Kaylie bekam große Augen und lief rosa an. „Ich habe ihr nicht gesagt, dass ich deine Freundin wäre!", sagte sie leicht panisch. „Ich bin nämlich wirklich nicht seine Freundin!", fügte sie hastig an Chloe gewandt hinzu.

Chloes Lächeln wurde breiter. „Ja, er hat schon durchblicken lassen, dass er es versaut hat. Was genau hat er denn getan?"

Dexter stöhnte und schüttelte den Kopf. „Lass dich von ihr nicht verrückt machen, Kay. Sie lebt dafür, Chaos zu verbreiten."

„Sorry, Kaylie", nickte Chloe ernst, „du musst mir natürlich nicht sagen, was genau er getan hat. Du kannst es mir auch aufschreiben und per Post schicken."

„Chloe ...", sagte Dex warnend.

„Was denn?", fragte sie unschuldig. „Ich möchte deine mysteriöse Lady nur kennenlernen."

„Mysteriöse Lady?“, wiederholte Kaylie mit einer gehobenen Augenbraue. Was genau hatte Dexter seiner Schwester erzählt?

„Warum genau bist du hier, Chloe?“

„Wegen Kaylie.“

Dex Blick landete in Kaylies Gesicht. „Deinetwegen?“

Sie hob beide Hände in die Höhe. „Nein, sie ... sie ...“

Sie beendete ihren Satz nicht. Sie hatte ohnehin nicht gewusst, worauf sie hinaus wollte.

„Ich sehe schon, bei euch besteht Redebedarf“, stellte Chloe augenverdrehend fest. „Ich geh’ mir schon einmal ein Steak sichern.“ Sie hob die Hand und lief auf die Wiese.

Kaylie sah ihr nach, während die leichte Angst in ihr zur fundierten Panik wurde.

Ja, sie hatte mit ihm reden wollen, aber nicht vor der ganzen Mannschaft, die sie anzustarren schien. Gut, das bildete sie sich wahrscheinlich ein, weil die Spieler angefangen hatten sich zu setzen, aber-

Verdammt. Es war einfach, dass Dexter ihr unter die Haut ging. Die Dinge, die er gesagt hatte, wie er sie angesehen hatte, berührt hatte, sie hatten sich in ihr festgesetzt.

Dieser Blick allein, mit dem er suchend ihr Gesicht abtastete, stellte ihre Nackenhaare auf. Warum hatte sie nur das Gefühl, er sah mehr als nur ihre Augen?

„Ist okay. Du brauchst dich nicht zu entschuldigen“, murmelte er und ein Lächeln kräuselte seine Mundwinkel. „Ich habe mich eingemischt. Es tut mir leid, dass das Ganze zu intensiv wurde.“

Sie sah hoch und legte den Kopf schief. „Aber dir tut es nicht leid, dass du dich grundsätzlich eingemischt hast."

Er verzog das Gesicht. „Ich ..."

„Hey Dex, die ersten Steaks sind fertig", rief jemand, doch Dexter wandte sich nicht einmal um. Leise fluchend schüttelte er den Kopf, nahm Kaylie an der Hand und zog sie von dem asphaltieren Stück, auf dem die Autos standen, nach links.

„Dex ... wo willst du hin?"

Er ignorierte sie und blieb erst stehen, als sie in dem kleinen Waldstück angelangt und von Bäumen umgeben waren. Die Stimmen und das Gelächter der anderen waren nun nur noch gedämpft zu hören.

Er ließ ihre Hand los und fuhr sich durch die Haare, den Rücken an einem Baumstamm gelehnt. „Ja, mir tut es nicht leid, dass ich mich eingemischt habe. So wie dir wahrscheinlich nicht leidtut, dass du dich ebenfalls eingemischt hast."

„Aber das kannst du doch nicht vergleichen! Du ..."

Verwirrt runzelte er die Stirn. „Wieso kann man das nicht vergleichen? Du hast mir gesagt, wie ich mit meiner Schwester umzugehen habe und ich habe dir gesagt, dass du möglicherweise etwas zu hart zu deinem Vater bist. Dein Rat war gut, vielleicht ist es meiner ja auch."

Sie öffnete den Mund um zu widersprechen, doch er ließ sie nicht zu Wort kommen.

„Wir drehen uns im Kreis", seufzte er. „Ich habe mir das irgendwie einfacher vorgestellt."

Sie nicht. Mit dem Mann zu reden, mit dem man wider besseren Wissens geschlafen hatte, war nie einfach.

Das war eine universelle Regel. Stand das nicht sogar in der Bibel? Wenn nicht, dann sollte das dringend nachgetragen werden.

„Und was hat Chloe damit gemeint, sie sei wegen dir hier?"

Sie räusperte sich und starrte konzentriert auf eine der Baumwurzeln, die sich den Weg durch die Erde geschlagen hatte. „Ich habe sie auf dem Parkplatz getroffen und gefragt ob sie kommt, keine große Sache."

Dexter stieß sich vom Baum ab. „Bei Chloe ist alles eine große Sache. Das ist Teil ihres Charmes. Ich habe sie hundertmal gefragt, ob sie zu einer Delphies-Veranstaltung kommen will."

Kaylie zuckte die Schultern. „Vielleicht fragst du falsch."

Er lachte laut und es war, als würde sein Lachen einen Teil ihrer Anspannung nehmen. Allerdings kam eine neue Anspannung hinzu, denn er stand wieder viel zu nah bei ihr. Alles, wo sie nur die Arme ausstrecken musste, um ihn zu berühren, war ihr zu nah.

„Nein, jetzt ernsthaft. Wie hast du das gemacht? Sie will nie zu solchen Veranstaltungen kommen. Und du kennst sie doch noch nicht einmal."

„Wir haben uns nett unterhalten ..."

„Wie hast du das gemacht?"

„Magie."

Sein Lächeln wurde breiter, bevor er sie auf die Zehen zog und küsste. „Danke."

Die Gänsehaut begann in ihrem Nacken und zog sich über den Rest ihres Körpers. Etwas atemlos kam sie mit den Füßen wieder auf dem Boden an. „Was ...?"

„Nein“, unterbrach er sie wieder, seine Finger in ihrem Nacken. „Wir lassen das unkommentiert. Weißt du, ich dachte, wir müssten reden, aber ich glaube, der richtige Weg für uns ist, es auszuschweigen.“

„Es ist niemals der richtige Weg zu schweigen!“

„Ja, man merkt, dass das dein Lebensmantra ist, aber ich sehe das anders. Das letzte Mal, als wir geredet haben, hat es in einem Desaster geendet. Wohingegen das letzte Mal, wo wir geschwiegen haben ...“, er grinste anzüglich, „fantastisch war. Dreimal. Das spricht also für sich.“

Kaylies Lippen prickelten immer noch und sie hätte sich gerne mit der Hand darauf geschlagen, aber das wäre vielleicht zu auffällig gewesen. Daher verschränkte sie die Arme vor dem Körper.

„Du findest also, wir sollten nicht darüber reden, was zwischen uns los ist? Und was du gesagt hast? Und was ich gesagt habe?“

Er nickte. „Jap. Ich dachte erst, wir sollten darüber reden, aber ich bin nicht unfehlbar.“

„Wow. Ich bin zutiefst schockiert.“

Er lachte.

Dexter O’Connors Lachen tat etwas mit ihrem Körper, das biblische Ausmaße annahm. Er ließ langsam die Hand von ihrem Nacken sinken, auch wenn dieser Weg ihn merkwürdigerweise über ihre nackten Arme und ihre Taille führte.

„Kay, ich glaube, du hast die Eigenschaft, dich in Dinge hineinzusteigern. Beim Küssen finde ich diese Fähigkeit sehr lobenswert, aber wenn es ums Reden geht, ist das doch eher hinderlich.“

„Ich steigere mich in überhaupt nichts rein!“

„Außer in deine Liste.“

„Die Liste ...“

Erneut zog er sie auf die Zehenspitzen und hielt sie effektiv davon ab zu sprechen.

Er küsste sie so lange, bis Kaylie sich nicht mehr sicher war, wie ihr eigener Name geschrieben wurde.

„Siehst du“, murmelte er an ihren Lippen. „Schweigen. Funktioniert besser.“

Nein, im Moment schien gar nichts in ihrem Körper zu funktionieren. Da war wieder die Stimme in ihrem Kopf, die *Error* schrie. Vielleicht sollte sie sich wirklich einfach mal herunterfahren.

Dex war einfach verdammt gut im Schweigen.

Langsam nickte sie. „Okay. Wir reden nicht drüber. Vorerst.“ Vorerst war sehr dehnbar.

„Gut.“ Dexters Hände waren wieder an ominösen Stellen an ihrem Körper. „Dann habe ich nur noch eine Frage ...“

Seine Fußspitzen berührten ihre. „Dass wir einfach nicht darüber reden – vorerst – heißt das, dass ich noch ein wenig mit dir rummachen darf, bevor wir zurückgehen?“

Sie verdrehte die Augen, musste aber lachen.

„Ist das ein Ja?“

Sie hob eine Schulter an. „Vielleicht ein wenig.“

Und auch *ein wenig* war sehr dehnbar.

***

Es war unglaublich warm. Und das lag nicht an der Sonne, sondern an der Hitze der Riesen-Grills, die die Luft flimmern ließ. Kaylie trug nur ein Sommerkleid, das ihr nach wenigen Minuten bereits am Körper klebte.

Sie saß an einem Tisch im Schatten neben Emma und Chloe, die bereits das zweite Steak hinunterschlang. Gegenüber von ihnen saßen Dex, Jake und Luke, die Chloe alle fasziniert beim Essen zusahen.

„Was denn?", beschwerte sie sich. „Ich habe Hunger. Außerdem kann ich nicht kochen, ich muss es ausnutzen, wenn ich was Vernünftiges bekomme."

Die Köpfe wandten sich zu Dexter.

„Alter, fütterst du deine Schwester nicht richtig?", fragte Jake grinsend.

„Sie wird bald fünfundzwanzig. Sie sollte sich selbst füttern können."

„Ich könnte mich selbst füttern", stellte Chloe mit erhobenem Zeigefinger klar. „Ich entscheide nur meistens, es nicht zu tun. Um das Haus nicht abzufackeln."

„Jeden Tag beweist du Güte", stellte Dex trocken fest.

„Ich weiß", seufzte Chloe melodramatisch. „Ich kann einfach nicht aus meiner Haut."

Kaylie sah zwischen den Geschwistern hin und her und es war so offensichtlich, dass sie sich nahestanden, dass sie sich augenblicklich wünschte, sie wäre kein Einzelkind.

Ein süßliches Ziehen setzte in ihrer Brust ein, als sie bemerkte, wie Dexter stumm lächelnd zu Chloe hinüberblickte und hastig wandte sie das Gesicht ab.

Wenn sie nicht mit Dex darüber redete, was sie waren, dann würde sie auch nicht mit sich selbst darüber reden, beschloss sie.

„Hey, wusstet ihr, dass Tyler auf Opern steht?", bemerkte Emma.

„Nein“, meinte Dex, „und das ist mein Bein, Em, nicht Lukes.“

„Oh.“ Sie lief tiefrot an und setzte sich gerader hin.

„Na, auf jeden Fall hat mir das der Reporter gerade erzählt, als er mich gefragt hat, ob Luke nicht ein peinliches Hobby hat.“

Luke saß auf einmal kerzengerade. „Was hast du ihm erzählt?“

„Auf jeden Fall nicht, dass du Kinderüberraschungsei-Prinzessinnen sammelst“, grinste Emma.

Das Schöne bei Emma war, dass man nie wusste, ob sie gerade wirklich nur Spaß machte. Das schätze Kaylie sehr an ihr.

Sie wüsste gerne, ob Dex auch ein peinliches Hobby hatte. Sie würde Chloe nachher fragen.

„Ich verstehe nicht, was Leute an Opern, Klassik und Ballett finden“, murrte Jake. „Als Einschlafhilfe, okay, aber sonst?“

„Du solltest Sam fragen“, sagte Dex und nickte zu dem braunhaarigen Mann, der gerade auf sie zukam. „Er kann dir zumindest sagen, was gut an Ballett ist.“

„Ich kann was sagen?“

Sam, der Kaylie noch nie offiziell vorgestellt worden war, sah zu ihnen hinunter und ließ sich schließlich neben Dex auf die Bank sinken.

Dex klopfte ihm auf die Schulter. „Was an Ballett gut ist. Du musst das doch unglaublich faszinierend finden, wenn du schon mit einer Balletttänzerin ernst machst.“

Neben Kaylie bekam Chloe einen Hustenanfall. Kaylie blickte zu ihr hinüber und schlug ihr auf den Rücken.

„Alles okay?“, murmelte sie leise.

Chloe nickte nur mit rotem Kopf und betrachtete die Überreste ihres Steaks. „Zuviel Fleisch."

„Jake versteht doch viel mehr von Tänzerinnen", meinte Sam und sah den Baseman an. Es war merkwürdig – Sams Blick änderte sich nicht. Wurde nicht düster oder sonstiges und dennoch war klar, dass er wütend war.

„Cheerleader sind nicht automatisch Tänzerinnen", belehrte sie Jake.

„Du hast recht, Jake", stimmte Kaylie zu. „So wie Baseballspieler nicht alle Idioten sind. Aber es ist doch der vorherrschende Standard, oder?"

„Du musst Kaylie sein", sagte Sam und reichte ihr die Hand, die sie ergriff. „Ich mag dich schon jetzt."

Chloe schnaubte hörbar und Sam fixierte sie mit seinem Blick. „Problem?"

„Überhaupt nicht", lächelte Chloe zuckersüß. „Ich finde dich in Verbindung mit Mögen nur immer äußerst amüsant."

Sam hob eine Augenbraue und wandte sich dann einfach ab. „Ich wollte eigentlich nur Bescheid geben, dass das Softball-Spiel gleich losgeht."

„Softball?" Emma verzog das Gesicht. „Ich habe mich darauf vorbereitet zu essen, nicht mich zu bewegen. Ich fühle mich, als wäre ich im Ferienlager."

„Tut mir leid, Emma", meinte Sam, doch Kaylie konnte das Lächeln sehen, das um seine Mundwinkel spielte. „Der Coach hätte auch gerne, dass alle mitmachen."

Emma stöhnte laut. „Ich verstehe nicht, wieso ihr auch noch in eurer Freizeit Baseball spielen müsst."

„Softball."

„Ist doch das Gleiche in weich.“

„Es ist überhaupt nicht das Gleiche“, entrüstete sich Jake sofort.

„Es gibt kleine Unterschiede, Emma“, meinte Kaylie schulterzuckend. „Der Pitcher steht nicht so weit weg, nur acht Meter, keine dreizehn, der Ball ist größer und weicher und darf nur von unten geworfen werden und das Feld ist kleiner – aber ansonsten ist es gleich“, flüsterte sie den letzten Satz, so dass alle sie noch gut verstehen konnten.

Als sie aufblickte, merkte sie, dass sie angestarrt wurde.

„Was denn? Ich bin genauso Amerikanerin wie ihr. Natürlich weiß ich, was der Unterschied zwischen Softball und Baseball ist.“ Außerdem hatte sie im College in der Mannschaft gespielt.

„Du bist immer wieder für eine Überraschung gut, Kay“, grinste Dex.

Sie war versucht, ihm die Zunge herauszustrecken.

„Tja, das ist mein zweiter Vorname: Kaylie *Überraschung* Thompson.“

Die irgendwem gleich in den Hintern treten würde. Dex mochte es noch nicht wissen, aber ihr Vater hatte ihr doch tatsächlich etwas vererbt: sportlichen Ehrgeiz. Und die Fähigkeit, mit einem Hölzchen auf einen Ball einzudreschen.

„Gehen wir Softball spielen“, beschloss Chloe, stand auf, zog sich die High Heels von den Füßen und lief auf die Wiese. Sams Blick flackerte für eine Sekunde hinter ihr her.

Interessant. Sie würde Chloe mal nach der Geschichte fragen müssen. Am besten, wenn Dexter weit weg war.

„Emma? Könntest du aufhören mich anzustarren?"

„Aber ich bin so neugierig. Ich will doch nur wissen, was zwischen Dex und dir läuft."

„Gäbe es etwas zu erzählen, würde ich es dir sagen."

„So wie du mir erzählt hast, dass du mit ihm im Aufzug rumgemacht hast?"

„Egal was Luke erzählt hat, er war betrunken!"

Emma lachte. „Natürlich."

Sie standen auf der Wiese und sahen zu Luke und Kaylies Vater, die dazu bestimmt worden waren, Teams zu wählen. Tatsächlich machten fast alle mit. Wenn auch mit unterschiedlichem Maß an Euphorie.

Chloe zum Beispiel lag auf dem Boden, die Hände hinter dem Kopf verschränkt, die Beine an den Knöcheln überkreuzt.

„Stehst du auf, wenn dich jemand wählt?", fragte Kaylie grinsend.

„Hab' mich noch nicht entschieden. Es dauert ohnehin noch, bis angefangen wird, Frauen zu wählen. Sie werden erstmal das komplette Team unter sich aufteilen und dann geht es ans gemeine Volk."

Sie behielt recht.

Luke und ihr Vater wählten zuerst die Spieler und erst dann wurden andere Mitarbeiter wie Sam oder die Hilfstrainer beachtet. Frauen wurden nicht einmal angesehen.

„Mhm", machte Emma und legte den Kopf schief, als Luke Rays Sohn wählte. Er war zehn. „Ich bekomme das Gefühl, mein Freund will mich nicht in seinem Team haben."

„Ach was“, meinte Kaylie kopfschüttelnd, „das stimmt doch nicht.“

„Doch, ich bin schlecht“, sagte sie fröhlich. „Und Luke kann nicht verlieren. Natürlich will er mich nicht in seinem Team haben. Warte mal.“

Sie legte die Hand um ihren Mund und rief: „Hey Lucky, willst du mich nicht in deinem Team haben, weil ich schlecht bin?“

Luke sah zu ihr herüber und selbst aus der Entfernung konnte Kaylie erkennen, wie eine leichte Röte seinen Hals hinaufkroch. „Äh ... nein“, rief er zurück. „Ich möchte nur dem anderen Team auch eine Chance geben, dich als Verstärkung in ihren Reihen zu wissen.“

Emma prustete. „Gott, er ist so ein schlechter Lügner. Was irgendwie beruhigend ist“, stellte sie fest, bevor sie mit lauter Stimme sagte: „Ich merk' mir alles, Süßer!“

Luke kratzte sich unbeholfen im Nacken, während Emma zu Kaylie flüsterte: „Weißt du, mir ist das eigentlich wirklich egal. Ich besiege ihm beim Billard und Kicker. Aber wenn er Schuldgefühle hat, bringt das nur Vorteile für mich.“

Kaylie fing an zu lachen, als ihr Vater ihren Namen aufrief.

„Du kommst zu mir ins Team, Emma“, versprach sie und lief zu den Leuten, die sich um Coach Thompson positioniert hatten. Unter anderem waren das Jake, Tyler und Ryan.

Ihr Vater betrachtete sie mit gerunzelter Stirn und meinte: „Du kannst doch noch spielen, oder?“

Sie verdrehte die Augen. Baseballer und ihre Egos.

„Natürlich kann ich noch spielen. Und wenn ich du wäre, würde ich als nächstes Emma wählen.“

Ihr Vater verzog das Gesicht und Jake stöhnte leise auf. „Sie ist furchtbar!“, murrte er.

Kaylie ignorierte ihn. „Wähl Emma, Dad.“

Ihr Vater mochte zurzeit nicht ihr Ansehen genießen, aber bei Sport waren sie schon immer auf Augenhöhe gewesen.

John Thompson sah sie unglücklich an. „Emma ist wirklich nicht ...“

„Wenn Luke pitcht, dann kann es nur von Vorteil sein, Emma auf dem Schlagmal zu haben“, stellte sie fest.

Verstand denn hier niemand was von Strategie?

„Sie hat die Macht ihn abzulenken und bei ihm ein schlechtes Gewissen zu verursachen.“

Ihr Vater schien zu verstehen und nickte beeindruckt. „Das strategische Denken hast du von mir ... Emma, du kommst zu uns!“

Das handelte dem Coach einen mehr als verwirrten Blick von Luke ein, während seine Freundin mit gerecktem Kinn zu ihrem Team lief.

„Und als Nächstes wählst du Tiffany, Rays Tochter“, sagte Kaylie leise.

„Aber sie ist sieben!“

„Ja und ihre Mutter macht den Schiedsrichter und ihr Vater ist im anderen Team.“

„Oh.“

„Und dann wählst du Chloe.“

„Weil Dex ihr Bruder ist?“

„Nein. Sie hat lange Beine.“ Und hübsche noch dazu.

***

„Versteht irgendjemand von euch, was der Coach da veranstaltet?“

Dexter schüttelte den Kopf. „Keinen Schimmer.“

Das gegnerische Team hatte die Köpfe zusammengesteckt und tuschelte. Ja, sie hatten Tyler, Ryan und Jake, aber der Rest? Emma traf keinen Ball, wenn ihr Leben davon abhing und Rays siebenjährige Tochter war so klein, dass sie bestimmt eine halbe Stunde brauchte, um ums Spielfeld herumzurennen.

Und trotzdem warf Kaylie ihm jetzt einen süffisanten Blick zu. Als Mann gefiel ihm das. Als Teil des gegnerischen Teams nicht so sehr.

Seit sie beschlossen hatten, dass sie einfach nicht darüber reden würden, was sie waren, fühlte er sich um mehrere Tonnen leichter. Ja, es war feige, aber wenn Feigheit bedeutete, dass er noch mal mit Kaylie schlafen konnte, dann nahm er die Bürde gerne auf sich.

„Schicken die Emma als erste Schlägerin vor?“, fragte Ray verwirrt, als die Blondine auf den Punkt trat, den sie zuvor als Schlagmal festgelegt hatten.

„Sieht so aus ...“

„Oh nein“, murmelte Sam und nickte zu Luke, der sich wie selbstverständlich als Pitcher aufgestellt hatte. Er trat unwohl von einem Bein aufs andere.

„Ach, Luke lässt sich doch bestimmt nicht davon beeinflussen, dass seine Freundin da steht“, meinte Dex.

„Genau. Er lässt sich bestimmt nicht mit Sex manipulieren“, erwiderte Sam trocken.

„Du musst ihm mehr zutrauen. Wir konzentrieren uns nur auf das Spiel. Ich würde meine Spielweise doch auch nie für eine Frau ändern.“

„Ich glaub' dir kein Wort", sagte Sam und lief zur ersten Base.

Luke nahm ebenfalls Position ein, während Emma den Schläger über ihre Schulter legte.

Der Starpitcher der Delphies – der für seine legendären Fast Balls bekannt war, warf in atemberaubender Langsamkeit und Vorsicht den Ball. Emma schlug zu und verfehlte.

„Strike One!"

„Du musst deinen Ellenbogen weiter nach oben nehmen, Süße."

Gab Luke seiner Freundin gerade wirklich Tipps, wie sie seine Mannschaft besser schlagen konnte?

Emma veränderte ihre Armhaltung. „Etwa so?"

„Viel besser!"

Luke warf, Emma schlug. Fünf Sekunden zu spät.

„Strike Two."

„Leute, ihr müsst wirklich nicht meine Schläge zählen", sagte Emma augenverdrehend.

Luke pitchte erneut, Emma schlug – als der Ball Lukes Hand kaum verlassen hatte.

„Oh, das war zu früh."

„Strike Three", sagte Luke entschuldigend. „Du bist out, Emma."

Die Blondine ließ den Schläger sinken. „Ich bin was?"

„Out."

„Aber wie kann das sein? Ich steh' doch erst seit drei Sekunden hier."

„Schatz", seufzte Luke. „Wir hatten das doch schon hundert Mal. Du hast dreimal geschlagen, dreimal nicht getroffen – du bist out."

„Ich bin angepisst. Aber bestimmt nicht out."

„Doch, du bist out Emma", sagte jetzt auch Haven, Rays Frau, die heute Schiedsrichterin mimte.

„Das sehe ich anders. Er hat doch bestimmt mal 'nen Ball geworfen, der nicht richtig war."

„Süße, dann hättest du nicht schlagen dürfen."

„Nenn mich nicht Süße, Luke! Ich will noch 'ne Chance!"

„Es gibt keine zweite Chance. Du bist out, Emma."

„*Du* bist out, Luke!"

„Emma. Du bist out, du ..."

„Wenn du noch einmal dieses Wort in den Mund nimmst, Luke, ich schwöre dir ..."

„Meine Güte!", fluchte Luke, eine Hand in den Haaren. „Dann geh einfach auf die erste Base."

„Was?", rief das Team entsetzt.

Emma hob die Schultern. „Also, ich möchte jetzt auch keine Almosen annehmen ..."

„Emma, geh auf die First Base", seufzte Haven und gestikulierte aufs Feld.

„Was?", war erneut der einstimmige Chor von Lukes Team.

„Wollt ihr euch das etwa noch eine halbe Stunde anhören?", fragte Haven interessiert.

Das wollte keiner und im nächsten Moment lief Emma zur ersten Base. Aber nicht, ohne Kaylie vorher anzugrinsen.

Dexter ahnte Böses. Er stand im Infield und konnte jetzt sehen, wie Kaylie sich zu Tiffany, Rays Tochter, hinunterbeugte und ihr etwas zumurmelte. Coach Thompsons Lächeln wurde immer breiter und Ray lief von seinem Posten der Second Base zu Luke.

„Hey, sie ist sieben und sie wird ganz laut weinen, wenn sie den Ball nicht trifft. So richtig laut."

„Ich werde schon nett werfen", nickte Luke.

„Nein, du wirst mehr als nett werfen! Du wirst so werfen, dass sie den Ball auf jeden Fall bekommt!"

„Ist ja schon gut!"

Jemand stöhnte. Nein, alle stöhnten.

Drei Minuten später hatte Tiffany den Ball ins Aus katapultiert, war jedoch so enthusiastisch losgelaufen, dass es keiner übers Herz brachte ihr zu sagen, dass der Schlag ungültig war. Emma war wie selbstverständlich zur zweiten Base spaziert – da keine zwei Spieler auf einer stehen durften – und Chloe stellte sich zum Schlagen auf.

Dexters Schwester war gar nicht schlecht im Baseball. Sie war fast fünf Jahre jünger als er, doch immer wenn ihm langweilig gewesen war, hatte er mit ihr ein paar Bälle geworfen oder Schlagübungen gemacht. Dennoch sollte sie natürlich eine faire Chance bekommen.

Und genau das sagte er Luke.

„Wisst ihr was? Ich habe keinen Bock mehr zu werfen, wenn alle hier Anforderungen an mich stellen!", sagte er genervt und reichte ihm den Ball. „Hier, du wurdest gerade zum Pitcher befördert."

„Luke! Sei keine Diva", rief Emma fröhlich.

„Ich geb' dir heute Abend Diva", knurrte er und lief vom Wurfmal ins Infield, wo Dex gerade noch gestanden hatte.

„Wirf einfach, Dex", sagte Sam laut, die Hand an der Stirn. „Und erinnere mich daran, dass wir das nächste Mal Völkerball spielen."

Er sah zu Chloe, die breit lächelte und geräuschvoll gähnte. „Wird das noch was? Es wird Zeit, dass du aufhörst Angst vor deiner kleinen Schwester zu haben.“

Etwas zog sich in Dexter zusammen. Chloe sah aus, als hätte sie ehrlich Spaß. Sie wurde von den Mitgliedern ihres Teams angefeuert und ihr Lächeln wurde immer breiter. Dex konnte nicht anders, als ihr den leichtesten Pitch der Weltgeschichte zu geben, den sie prompt ausnutzte.

Sie schlug, alle fingen an zu rennen und plötzlich stand an jeder Base ein Mitglied des gegnerischen Teams.

Oh Gott, wenn sie jetzt Tyler, Ryan oder Jake vorschickten, dann konnte es sein, dass vier Punkte auf einmal gemacht wurden.

Doch zu Dex’ Verwunderung war es Kaylie, die den Schläger aufhob, den Chloe kurz zuvor hatte fallen lassen.

Sie betrachtete das Stück Holz, ließ es noch einmal sinken und streckte dann ihre Arme über den Kopf, um sich zu dehnen. Oder Dexter verrückt zu machen. Er vermutete stark Letzteres.

Sie reckte ihren Oberkörper nach links und rechts, während sich das enganliegende Oberteil ihres Kleides über ihre Brüste spannte.

Eindeutig Absicht!

Sie hob den Schläger wieder an, legte ihn über die Schulter und blickte dann zu Ryan, Jake und Tyler. „Mache ich das so richtig?“

Alle schüttelten den Kopf.

„Nein. Aber ich kann dir zeigen, wie du ihn halten solltest“, bot Ryan sofort an.

Einen Scheiß würde er tun!

Bevor Dex wusste was er tat, hatte er seinen Platz verlassen und stand neben Kaylie.

„Du musst ein wenig in die Knie gehen, lockerer stehen ...", murmelte er an ihrem Ohr. „Und aufhören, deine Teammitglieder dazu anzustiften, uns von vorne bis hinten zu manipulieren."

Unschuldig sah Kaylie zu ihm auf. Zu unschuldig.

„So besser? Und ich habe keine Ahnung, wovon du sprichst. Wer hätte denn ahnen sollen, dass Luke und Emma sich streiten?"

Sie lächelte und roch verdammt gut. Warum rochen Frauen nur immer so gut?

Er legte eine Hand auf ihren Ellenbogen und zog ihn ein wenig nach oben. „Du musst gar nicht versuchen, mir einzureden, dass du unschuldig bist", flüsterte er. „Ich weiß, dass du keine Lady bist."

„Dex, kann man dir irgendwie helfen?", fragte Jake laut. „Vielleicht deinen Sabber entfernen?"

Er seufzte und ließ von ihr ab.

„Sei nett zu mir, Dex", murmelte sie und ihre Finger strichen über sein Handgelenk. „Ich bin der totale Anfänger."

Und mehr brauchte es offensichtlich gar nicht. Eine Berührung an seinem Handgelenk – und er stand auf dem Wurfmal und konnte nicht anders, als ihr einen leichten Ball zuzuwerfen.

Der Ball drehte sich gemächlich um sich selbst, während er sah, wie Kaylie ihm mit ihrem Blick folgte, ausholte und zuschlug.

Mit einem Knall traf der Schläger auf den Ball, der hoch in die Luft katapultiert wurde und weit hinten auf der Wiese landete. Dort, wo niemand mehr stand, weil sich die Mannschaft nach vorne verlagert hatte, nachdem Kaylie äußerst überzeugend die Ahnungslose gemimt hatte.

Das Team von Coach Thompson brach in Jubelschreie aus, als alle anfingen zu rennen.

„Lauf, Kaylie“, brüllte der Coach, als Ray lossprintete, um den Ball von hinten zu holen. Alle anderen starrten sich nur mit offenen Mündern an, als zuerst Emma, dann Tiffany, schließlich Chloe und Kaylie die Homebase erreichten und sich kreischend abklatschten.

Ray machte sich nicht einmal die Mühe, den Ball nach vorne zu werfen.

„Der totale Anfänger, ja?“, rief Dex ungläubig.

Kaylie hob den Kopf und ihre bernsteinfarbenen Augen funkelten. „Ja, Anfängerglück.“

Das waren die ersten fünfzehn Minuten von zwei Stunden Anfängerglück.

***

Kaylie hätte nicht gedacht, dass sie heute so viel Spaß haben würde. Das gegnerische Team eine so erbärmliche Niederlage einstecken zu sehen, war äußerst amüsant. Sogar mit ihrem Vater verstand sie sich ausgesprochen gut und am Ende des Spiels drückte sie ihn, wie den Rest der Mannschaft, in einer kurzen Umarmung an sich.

Manche Dinge verband sie dann eben doch.

„Du sagtest, du hasst Baseball!“

Sie fing an zu lachen, als sie Dexter mit düsterer Miene auf sich zukommen sah. Er tat ihr fast ein bisschen leid, weil sie ihn von vorne bis hinten manipuliert hatte.

„Ja, ich hasse Baseball. Aber das heißt doch nicht, dass ich es nicht kann, oder? Nur weil ihr spielt wie ein Haufen Strühs …“

Kopfschüttelnd sah er sie an, doch sein rechter Mundwinkel hob sich. Seine Finger strichen ihren Arm hinauf, während er leise an ihrem Ohr flüsterte: „Ich freu' mich schon auf die nächsten Überraschungen von dir.“

Wieso hörte sich das nicht nach einer Feststellung, sondern nach einem Versprechen an?

„Äh, ich glaube, das war es jetzt an Überraschungen. Mehr kommt da nicht.“

„Das wage ich anzuzweifeln.“

„Hey, Kaylie“, rief Chloe laut und stellte sich zu ihnen, einen Arm um ihre Schulter. „Du weißt schon, dass du viel zu gut für Dexter bist, oder?“

„Danke Chloe“, bemerkte Dex trocken.

Sie legte sich die Hand auf die Brust. „Es ist meine Pflicht als Frau ihr zu erklären, auf was sie sich einlässt.“

Zum gefühlt hundertsten Mal an diesem Tag lief Kaylie rot an. „Nun, wir sind aber nicht …“

„Natürlich nicht“, unterbrach Chloe sie augenverdrehend. „Niemand ist irgendetwas. Nie.“

Ja, genau. Niemand war irgendetwas.

Nie.

Kapitel 15

Am nächsten Morgen lag Kaylie in ihrem Bett und wurde von einem Klingeln geweckt. Sie brauchte einige Zeit, um zu verstehen, dass der Ton nicht von ihrem Handy, sondern von der Haustür herrührte. Sie schaute auf ihre Display-Anzeige. Es war kurz nach neun. Das war einfach zu früh. Sie drehte sich auf die andere Seite und schloss wieder die Augen. Grace würde sich darum kümmern.

Wieder klingelte es und diesmal folgte ein Fluchen aus dem Nachbarzimmer und wütende Fußschritte.

Grace kümmerte sich.

Eine Tür wurde geöffnet, dann war einige Zeit Stille, bevor gedämpfte Stimmen durch die Wand drangen. Im nächsten Moment wurde ihre Zimmertür aufgerissen.

„Es ist für dich", sagte Grace, die sich genauso müde anhörte wie Kaylie sich fühlte.

Widerwillig hob sie den Kopf aus ihrem Kissen. „Für mich?"

„Ja. Steh auf."

„Aber es ist neun Uhr."

„Ich weiß."

„An einem Sonntag!"

„Ich weiß. Steh einfach auf, Kaylie." Mit diesen Worten ließ ihre Mitbewohnerin die Tür wieder ins Schloss fallen.

Missmutig schwang sie die Beine aus dem Bett und tapste barfüßig in den Flur. Die Haustür war nur angelehnt und seufzend zog sie sie weiter auf. „Ja?"

„Kein Morgenmensch, das muss ich mir merken."

Ihre Augen wurden groß und automatisch stolperte sie einen Schritt zurück. Dexter stand vor der Tür. Und im Gegensatz zu ihr war er angezogen.

Sein Lächeln wurde breiter und er sah an ihrem Sleepshirt hinab, das ihr bis zur Hälfte des Oberschenkels fiel und auf dessen Front das Krümelmonster prangte.

„Süß."

„Oh Gott", stöhnte sie, eine Hand über die Augen gelegt. Sie war zu müde, um peinlich berührt zu sein.

„Du darfst mich gerne Dex nennen."

„Ich werde dich weiterhin Klugscheißer nennen: Was tust du hier?"

„Ich hole dich ab."

„Du ...", sie runzelte die Stirn und schüttelte den Kopf, „du tust was?"

„Ich hole dich ab", wiederholte er und schob sich in den Flur hinein. „Immer wenn ich dich frage, ob du mit mir ausgehen willst, sagst du Nein. Deswegen habe ich eine simple Lösung gefunden."

„Tatsächlich?"

„Ja. Ich frage dich einfach nicht mehr, ich hole dich einfach ab."

Sie ließ die Hand von ihrer Stirn sinken. „Du bist verrückt."

„Nein. Ich bin hartnäckig. Und charmant. Und gutaussehend. Nicht zu vergessen reich ..."

„... bescheiden ..."

„... und intelligent. Also, willst du dir was anziehen oder sollen wir gleich zum Ende dieses Tages springen?"

„Woher hast du meine Adresse?“

„Aus deiner Personalakte, woher sonst?“

„Aber das ist illegal.“

„Ach, heutzutage nimmt das mit den Daten doch ohnehin keiner ernst.“

„Aber ...“

Wieso funktionierte ihr Gehirn nur nicht?

„Es ist neun Uhr. Und Sonntag“, quengelte sie.

„Ich weiß und heute ist ausnahmsweise spielfrei. Das muss ich ausnutzen. Wie waren wir jetzt mit dem Anziehen verblieben? Soll ich dir dabei vielleicht helfen?“

Sie fuhr sich mit einer Hand in die Haare und war immer noch sprachlos.

„Wie groß ist die Chance, dass du jetzt einfach wieder gehst und ich mich zurück ins Bett legen kann?“

„Ich habe kein Problem damit, wenn du zurück ins Bett wolltest. Du wärst diesmal nur nicht allein.“

Sie lief rot an und verschränkte die Arme über ihrem Oberkörper. „Nenn mir einen guten Grund, warum ich mitgehen sollte.“

Dex’ Lächeln wurde diebisch. „Erinnerst du dich daran, dass du mich dazu gezwungen hast, mich in deinem Badezimmer zu verstecken und ich meinte, dass du mir etwas schuldest? Hiermit fordere ich diese Schulden ein.“

Kaylie starrte ihn einige Sekunden lang reglos an. Schließlich seufzte sie schwer. „Geh ins Wohnzimmer. Ich zieh mir etwas an.“

Zwanzig Minuten später hatte sie geduscht und Jeans und T-Shirt angezogen. Sie wollte nicht so wirken, als hätte sie sich extra für ihn hübsch gemacht. Schließlich hatte er sie überfallen und dafür sollte er wirklich nicht belohnt werden!

Auch wenn es irgendwie süß war. Und jetzt, wo sie festgelegt hatten, einfach nicht darüber zu reden was sie waren, fühlte sich ihr Herz merkwürdig leicht bei dem Gedanken an, heute den Tag mit ihm zu verbringen.

Dexter war witzig. Man konnte Spaß mit ihm haben. Was war schon dabei, sich heute eine unbedachte Zeit zu gönnen?

Ihr fiel nichts ein, was dagegensprach.

„Schön, ich komme mit", sagte sie, als sie ins Wohnzimmer ging.

„Ich habe nie daran gezweifelt", lächelte Dex und stand von der Couch auf. „Hübsche Wohnung habt ihr hier."

„Äh, danke ... wo willst du denn mit mir hin?"

„Das verrate ich nicht", meinte er kopfschüttelnd. „Aber nimm deinen Fragebogen mit."

Sie runzelte verwirrt die Stirn. „Was?"

„Deine Liste."

„Aber ..."

„Hey, ich will doch eine reelle Chance auf ein zweites Treffen haben, da musst du wohl oder übel deine Liste an mir ausprobieren."

„Aber ..."

„Sagst du jetzt einfach nur aus Prinzip aber?"

Ja, irgendwie schon.

„Schön", gab sie auf. „Du hast es so gewollt." Sie lief in ihr Zimmer, steckte die Liste ein und schulterte ihre Handtasche. Dex wartete bereits im Flur.

„Wo genau sagtest du noch, gehen wir hin?“, fragte sie beiläufig.

Er lachte leise. „Netter Versuch. Du wirst es schon noch früh genug erfahren.“

„Weißt du, dieses Vorurteil, dass alle Frauen Überraschungen mögen, ist falsch.“

„Halt die Luft an und freu dich einfach. Du wirst es mögen.“

Augenverdrehend tat sie ihm den Gefallen. Sauerstoff wurde ohnehin überbewertet. In Dex’ Gegenwart zumindest.

„Bist du nervös?“

„Nein.“

„Warum rutscht du dann so in deinem Sitz hin und her?“

„Tue ich nicht, du fährst nur sehr ruckelig Auto.“

Was natürlich gelogen war. Das Auto fuhr so leise und glatt, dass Kaylie das Gefühl hatte zu fliegen.

„Wieso mache ich dich nervös? Ich habe dich doch schon nackt gesehen und da gibt es wirklich nichts, weswegen du jetzt rot anlaufen müsstest.“

Sie stöhnte leise. „Du weißt wirklich, wie man eine Situation auflockert, oder?“

„Ist meine Spezialität“, lächelte er und bog auf die Arch Street ab.

„Du überraschst mich mal wieder“, fuhr er fort. „Ich dachte eigentlich, dass es fast nichts gibt, was dir peinlich wäre.“

Oh, da hatte er sich aber geirrt. „Es gibt eine Unmenge an Dingen, die mir peinlich sind“, lachte sie. „Die meisten liegen nur mindestens acht Jahre hinter mir.“

Sie hielten an einer Ampel und Dex sah sie von der Seite an. „Was denn, hast du dir deine Haare selbst geschnitten? Bist dabei erwischt worden, wie du mit dem Football-Captain hinter der Tribüne herumgemacht hast?“

Lachend schüttelte sie den Kopf. „Nein, meine Frisur war immer makellos. Ich glaube, es ist eher allgemein meine Kindheit, ich war …“, sie holte tief Luft, „… ein sehr verwöhntes Kind.“

Dex runzelte die Stirn und fuhr an, als die Ampel auf Grün sprang.

„Inwiefern verwöhnt?“

„Nun, was glaubst du? Mein Vater war ein berühmter Baseballspieler. Ich bin auf Privatschulen gegangen, hatte diverse Hausmädchen und kannte mehr berühmte Leute als gleichaltrige.“

„Das erfindest du doch gerade.“

Sie schüttelte den Kopf. „Nein. Ich wünschte, es wäre so. Meine Mutter hat mich komplett verzogen. Ich liebe sie, wirklich, sie hat ihr Bestes gegeben, aber sie hat mich machen lassen, was ich wollte. Das war nicht gut. Als ich dann alleine dastand …“

Sie hielt inne und räusperte sich. „Nun, sagen wir einfach, ich musste auf die harte Tour lernen, dass einem das Leben nicht immer gibt, was man will. Aber es hat mich stärker und … besser gemacht. Es ist also okay.“

Für einige kurze Momente herrschte Stille, dann murmelte Dex: „Ich denke nicht, dass das okay ist, aber ich weiß es besser und bohre nicht weiter nach.“

Er lernte also dazu. Nicht schlecht.

„Wie sah das bei dir aus, Dex?“, fragte sie, scharf darauf, über etwas anderes als sich selbst zu reden.

„Ob ich verwöhnt war?"

„Ja. Oder ob dir irgendetwas peinlich an deiner Kindheit ist."

Er kratzte sich am Kinn und hielt abermals an einer Ampel. „Meine Eltern waren beide Lehrer, das war mir als Schüler natürlich extrem peinlich. Aber verwöhnt ... nun ja, ich war etwas verwöhnt vom Erfolg, aber mein Dad hat mir immer verboten, zuhause über Baseball zu reden." Er lachte leise.

„Sie haben mir gratuliert und so, aber sobald die Tür zufiel, durfte ich nicht weiter darüber sprechen. Und immer, wenn ich mit meinem Können angegeben habe, hat meine Mutter mich mit einem Kochlöffel geschlagen und mir gesagt, dass ich auf den Boden der Tatsachen zurückkommen solle."

„Und was war dieser Boden?"

Er lächelte sie an. „Dass ich ein verdammtes Glück habe, etwas gefunden zu haben, was ich liebe, Baseball zu spielen aber nicht mehr wert sei als beispielsweise Kranke zu pflegen oder zu unterrichten. Und nur weil ich einen Haufen Geld verdiene, mache mich das nicht zu einem besseren Menschen. Ein besserer Mensch zu werden, mache mich zu einem besseren Menschen."

Kaylie lächelte und etwas Schweres und Süßes zugleich ließ sich auf ihrem Herzen nieder.

„Hört sich nach einer sehr weisen Frau an."

„Das war sie ... und sehr bestimmend. Das hat sie wohl an Chloe weitergegeben. Die Weisheit ist da auf der Strecke geblieben."

„Ich mag Chloe. Sie ist sehr lebendig. Das sind die wenigsten Menschen."

„Ja, mich würde es nur freuen, wenn sie auf dem College lebendig wäre."

Sie fuhren weiter die Straße hinunter, bis Kaylie ein großes Schild zu ihrer Rechten erkannte. Wie automatisch fuhr ihre Hand zu Dex' Oberarm. „Oh mein Gott! Bitte sag mir, dass wir zu Readings Terminal Market gehen."

„Ich habe doch gesagt, es wird dir gefallen."

Und ob es ihr gefiel! Reading Terminal Market war eine Lagerhalle, die über und über mit Essensständen gefüllt war. Den Markt gab es bereits seit 1680 und er war von historischer Bedeutung, doch Kaylie liebte ihn deshalb, weil man hinter jeder Ecke etwas Neues fand, das den Magen knurren ließ.

Von Fisch und Fleisch zu Schokolade und Eiscreme gab es alles.

„Das war die beste Idee, die du haben konntest", sagte Kaylie fröhlich.

„Ja", murmelte Dex und sah sie an. „Das glaube ich auch."

Kaylie Sinne wurden mit Gerüchen, Geschmäckern und Geräuschen überschwemmt, als sie die große Lagerhalle betraten, an dessen Oberseite immer noch rostige Rohre entlangführten. Der Raum wurde von runden Lampen mit roten Schirmen erhellt, die in regelmäßigen Abständen von der Decke hingen und überall priesen Neon-Schilder die jeweilig zu kaufenden Delikatessen an.

Dex und Kaylie schlenderten durch die verschiedenen Gänge, kauften hier und da etwas und zum ersten Mal seit Tagen fühlte sie sich vollkommen entspannt.

Die Zeit flog so schnell dahin, dass sie regelrecht zusammenzuckte, als sie auf die Uhr sah und es bereits nach eins war.

„Mittagessen?“, schlug Dex vor und sie nickte.

Auch wenn ihre Taschen mit Kleinigkeiten gefüllt waren, so hatte sie noch gar nichts gegessen. Die Schwierigkeit war nur, sich zu entscheiden.

Dex machte sich über sie lustig, weil sie eine halbe Stunde zwischen zwei verschiedenen Ständen hin und herpendelte und immer noch nicht wusste, was sie essen wollte.

„Kaylie, Baseballer um dich herum sterben vor Hunger. Was willst du?“

Sie legte den Kopf schief und trommelte mit ihren Fingerkuppen auf ihre Wange.

„Mhm ... ich glaube, ich habe mich entschieden. Ich probiere den veganen Burger.“

Gequält sah er sie an. „Bitte sag, dass du Witze machst.“

„Ich mache Witze“, grinste sie. „Ich nehme den vegetarischen.“

Er schnaubte. „Wirklich, ich habe nichts gegen Vegetarier oder Veganer – aber sobald eine Frau anfängt, mir meinen Burger aus der Hand zu schlagen, hört der Spaß auf.“

„Ich bin kein Vegetarier! Und ich würde dir nie dein Essen aus der Hand schlagen – ich würde dir langsam aber sicher ein schlechtes Gewissen einreden.“

„Ah, so eine bist du. Du ...“

Doch er wurde unterbrochen. Eine hochgewachsene blonde Frau, deren Wangen vor Aufregung rot verfärbt waren, trat an sie heran, beide Hände auf ihre Brust gelegt. Hinter ihr stand eine Rothaarige, die ebenso nervös war, aber wohl zu schüchtern, um zu nah heranzukommen.

„Entschuldigen Sie“, sagte die Blonde mit lieblicher hoher Stimme und berührte seinen Arm. „Meine Freundin und ich haben uns gefragt, ob Sie ...“, sie kicherte, „ob Sie Dexter O’Connor sind. Wir sind Riesen-Baseballfans und es würde uns so freuen, wenn wir ein Foto mit Ihnen machen könnten.“

Dex hatte eine Augenbraue gehoben, doch bevor er den Mund aufmachen konnte, war Kaylie bereits vorgetreten.

„Jetzt geht das schon wieder los“, seufzte sie laut. „Ich hasse es, Schatz, dass du immer mit diesem Vollpfosten verwechselt wirst! Das kommt einer Diskriminierung gleich.“

An die Frauen gewandt, sagte sie: „Alle verwechseln ihn immer mit diesem Blödmann O’Connor! Der ’nen Ball nicht von ’ner Melone unterscheiden kann. Das ist wirklich beleidigend.“

Die Frauen machten große Augen und sahen zwischen ihr und Dex hin und her. „Er ist nicht Dexter O’Connor?“

„Nein! Mein Freund hat Anstand. Er läuft nicht den ganzen Tag auf einem Feld herum und jagt einem Ball hinterher. Dauernd wird er verwechselt. Er ist Versicherungskaufmann, kein Baseballspieler! Ich meine, sehen Sie ihn sich an.“

Sie deutete mit ihrer Hand auf seine verwaschene Jeans und das verblichene T-Shirt. „Würde so jemand rumlaufen, der achtundzwanzig Millionen Dollar im Jahr verdient?“

Die Frauen wirkten verunsichert. „Nun, nein, wahrscheinlich nicht ... aber sein Gesicht ..."

Kaylie schnappte empört nach Luft. „Ja, ich weiß, dass mein Freund nicht das attraktivste Gesicht hat – aber ich finde es wirklich unhöflich von Ihnen, ihn auch noch darauf hinzuweisen. Er hat andere Qualitäten."

Die Frauen liefen noch roter an. „Äh, wir wollten sicherlich nicht ..."

„Ja, das hoffe ich doch sehr für Sie!"

„Tut uns leid", stammelte die Blondine, „kommt nicht wieder vor." Und weg waren sie.

Sie wandte sich zu Dex um. „Also ... vegetarischer Burger?"

Dex hatte eine Faust an seine Stirn gelegt und sah sie entgeistert an. „Hast du dich gerade für mein Gesicht entschuldigt?"

„Nein, ich habe dich vor zwei Fan-Huren gerettet."

Belustigt hob er eine Augenbraue. „Fan-Huren? Ist das wie Strüh? Ein Wort, das du dir ausgedacht hast?"

„Nein, Fan-Huren sind ein tatsächliches Problem", sagte sie ernst. „Sie tun so, als würden sie Baseball mögen, dabei gucken sie den Sport nur, um Männer in engen Hosen zu sehen. Dagegen muss etwas unternommen werden, findest du nicht? Würdest du eine Petition unterschreiben?"

„Und von was genau für *anderen* Qualitäten hast du gesprochen", fragte Dex interessiert. „All die Qualitäten, die ein aufregender Versicherungskaufmann so braucht? Wie ... Leuten Blödsinn andrehen? Das ist dann doch eher deine Stärke, oder nicht?"

Sie lachte. „Du solltest mir dankbar sein!", stellte sie fest. „Man könnte fast sagen, ich habe dich gerettet."

„Ist das so?“, fragte er leise und seine Hand legte sich in ihren Nacken.

Sie schluckte, nickte aber. „Ja. Mein Superhelden-Cape liegt allerdings zuhause.“

„Schade. Das würde ich wirklich gern mal sehen“, murmelte er, bevor er sie sanft küsste.

Es war merkwürdig. Seine Lippen berührten ihre kaum und dennoch ging ihr der Kuss durch Mark und Bein, ließ ihre Zehen kribbeln und ihr Herz seufzen. Mehr, als es jeder Zungenkuss je bei ihr gekonnt hatte.

„Es ist übrigens sehr interessant, dass du die exakte Summe kennst, die ich im letzten Jahr verdient habe.“

Sie ließ ihre Stirn kurz an seine Brust sinken, dann musste sie ihn nicht ansehen.

„Glücklich geraten, würde ich sagen.“

Außerdem hatte ihr Vater es mal erwähnt. Verdammt sei ihr gutes Zahlengedächtnis! Durch dieses kannte sie auch die ein oder andere Schlagstatistik von Dex. Ja, sie redete kaum mit ihrem Vater – jedenfalls bis vor gar nicht langer Zeit – aber immer, wenn sie mit ihm geredet hatte, dann war das Gespräch irgendwann zu Baseball gewandert. Das war sicheres Terrain. Und gelegentlich sah sie auch ein Spiel im Fernsehen. Wenn es nichts Besseres gab.

Und heutzutage flimmerte wirklich eine Menge Blödsinn über den Bildschirm.

„Ähm“, räusperte sie sich, „sollen wir dann etwas essen?“

„Lauter Überraschungen“, murmelte Dex und verschränkte wie selbstverständlich mit ihr die Finger. „Ich frage mich, was ich heute noch über dich lerne ...“

***

Dexter lernte innerhalb der nächsten Stunden eines: Kaylie war eine verdammt schlechte Verliererin – aber eine noch schlechtere Gewinnerin.

„Ich habe gewonnen, ich habe gewonnen …", sang sie und wedelte mit ihren Händen rhythmisch über ihrem Kopf hin und her.

Dexter lachte leise und musste feststellen, dass sie selbst dann, wenn sie gerade ein schlechter Mensch war, hinreißend wirkte.

„Was lachst du so?", wollte sie ebenfalls lächelnd wissen. „Du hast gerade die größte Niederlage der Geschichte eingesteckt."

Dexter machte sich eine mentale Notiz, nie wieder mit Kaylie Mini-Golfen zu gehen. Sie war unglaublich ehrgeizig und ihr Wetteifer erinnerte schon fast an einen, nun ja, Sportler.

Als ihr Ball von einem auf der Minigolf-Bahn liegenden Blatt aufgehalten worden war, hatte sie sich so sehr aufgeregt, dass ihr Kopf rot angelaufen war und diverse Adern gedroht hatten zu platzen.

Er sollte den Gedanken, nie wieder mit ihr zu spielen, streichen. Er sollte das jeden Tag machen! Wie sie sich die Haare gerauft hatte, als ein kleiner Junge vor ihnen einen sicheren Schuss vergeben hatte, war das Süßeste, was er je in seinem Leben sehen würde! Da war er sich sicher.

„Warum lachst du?", wiederholte Kaylie mit einem immer breiter werdenden Lächeln. „Wenn ich darüber nachdenke, dann kommst du überraschend gut damit klar, dass du verloren hast."

Er hob die Schultern und öffnete ihr die Autotür. „Ich habe kein Problem damit zu verlieren. So ist das Leben."

Man konnte nicht immer gewinnen. Wenn er eins im Baseball gelernt hatte, dann das. Ein Spiel war ein Spiel. Mehr nicht. Verlieren war scheiße, aber damit musste man sich arrangieren. Es war schließlich nur ein Job.

Kaylie nickte ernst. „Sehr weise von dir, nur ... ich habe gewonnen und du hast verloren", sang sie.

Er legte die Hände aufs Autodach und küsste sie.

Einfach, weil er es konnte. Und er sie so zum Schweigen brachte.

„Du bist eine unglaublich schlechte Gewinnerin", stellte er leise fest, als sie sich wieder voneinander lösten.

Sie nickte, ihre Hände auf seiner Brust. „Ja, bin ich. Aber es macht auch einfach so unglaublich viel Spaß, eine schlechte Gewinnerin zu sein."

Und wer war er, ihr diesen Spaß zu vermiesen?

Es dämmerte bereits, als sie wieder auf dem Highway waren, und das Licht der Straßenlaternen tauchte den Asphalt in einen orangenen Glanz. Die Wolkendecke hatte sich zugezogen, doch die Wärme des Tages speicherte sich noch im Boden.

Dex konnte Kaylies Blick auf sich spüren und eine überraschende Ruhe legte sich über ihn.

Er hatte einen Tag mit ihr verbracht und es schienen so unglaublich viele Gefühle in seinem Körper herumzuschwirren, dass er es eigentlich mit der Angst zu tun bekommen sollte. Aber das tat er nicht.

Da waren nur Kaylie und diese Ruhe, die er nicht ganz beschreiben konnte, er aber jede Sekunde genoss.

„Fährst du mich jetzt wieder nach Hause?“, fragte Kaylie in die Stille hinein.

Er schüttelte den Kopf. „Nein, noch nicht.“

„Oh, wohin fahren wir dann?“

Kaylie kam wirklich nicht mit Überraschungen klar. „Wir müssen doch noch die ganzen Sachen essen, die wir heute Morgen gekauft haben.“

„Das könnten wir auch bei mir Zuhause“, bemerkte sie.

Ja, könnten sie. Aber Dex hatte da einen anderen Ort im Sinn. „Da wo wir hinfahren, ist es besser.“

„Wir fahren also nach Disney World?“, fragte sie gespielt begeistert.

Dex lachte. „Nein. Und ich fand Disney World immer schrecklich. All die Stofftiere, die einen umarmen wollen, haben mich wirklich fertig gemacht.“

Prustend ließ Kaylie ihren Kopf gegen die Stütze hinter sich sinken. „Ich habe Disney World geliebt. Meine Mom hat mich immer mit hingenommen. Überall hat es nach Zuckerwatte gerochen und man konnte sich als Cinderella schminken ...“

„Ja, das war auch immer das Erste, was ich gemacht habe. Aber ich war Schneewittchen.“

Kays lautes Lachen erfüllte den gesamten Innenraum des Wagens. „Schneewittchen ist blöd! Ich bitte dich, jeder weiß, dass man von einer hässlichen alten Frau keinen abnormal roten Apfel entgegennimmt und dann einfach so hineinbeißt. Sie hätte den Tod verdient und ... fahren wir zum Stadion?“

Im Gegensatz zu Schneewittchen, war Kaylie nicht blöd.

„Jap."

„Aber warum?" Sie klang mehr als empört. „Dort willst du essen?"

„Genau das will ich. Wir werden ein Picknick machen."

Skeptisch hob Kaylie die Augenbrauen. „Bist du seit gestern auf den Geschmack gekommen, oder was?"

„Weißt du, da du Baseball so hasst, dachte ich, es wäre ganz gut, dir noch etwas anderes zu geben, was du mit dem Stadion verbinden kannst", erklärte er.

„Und da dachtest du, ein Picknick auf einem harten Boden, mit Flutlicht auf einen gerichtet, wäre da der richtige Weg?"

Er *wusste,* dass es der richtige Weg war. „Jap. Nur ohne das Flutlicht."

Sie schnaubte, offensichtlich nicht überzeugt. „Du hast eines vergessen, Sherlock. Das Stadion hat heute geschlossen. Wir kommen gar nicht rein."

„Ich habe einen Schlüssel."

„Woher hast du den Schlüssel?"

„Von Luke."

„Woher hat Luke den Schlüssel?"

Er zuckte die Schultern. „Keine Ahnung. Aber hätte ich nachgefragt, wäre ich ja Teil seiner kriminellen Machenschaften geworden. Das stand also nicht zur Debatte."

Wieder schnaubte sie. „Hältst du das für romantisch? Ein Picknick im Stadion?"

„Ja."

„Du irrst dich, Dex. Das kann unmöglich romantisch sein."

„Nein", sagte er lächelnd. „*Du* irrst dich."

***

Kaylie irrte sich.

Ein Picknick im Stadion konnte romantisch sein.

Der Bastard hatte Kerzen dabei. Und Musik. Eines wäre ja schon zu viel gewesen, aber beides? Was sollte eine Frau dagegen tun? Wobei Dex auch noch Geschmack hatte! Er hatte keine schnulzigen Lieder ausgesucht, aber auch keine zu schnellen. Die Kerzen waren gerade hell genug, damit sie im Dunkeln etwas sehen konnten, aber nicht zu hell, um die Stimmung kaputt zu machen. Und woher zum Teufel hätte Kaylie wissen sollen, dass es im Philadelphia Nachthimmel tatsächlich Sterne gab? Die meisten waren zwar zurzeit von dunklen Wolken verdeckt, aber sie waren immer noch da.

Das war ihr bis jetzt noch nie aufgefallen.

Es war so unglaublich romantisch, dass sie es fast nicht ertrug. Der ganze Tag war einfach perfekt gewesen. Alles. Und das Essen war noch perfekter als perfekt. Sie hatten da wirklich ein paar feine Dinge ausgesucht.

Sie aßen und redeten über die verschiedensten Dinge. Eigentlich sprachen sie über alles. Über alles außer Baseball.

Als sie mit dem Hauptgang fertig waren, wischte Dex sich die Hände an einer Serviette ab – er hatte sogar an Servietten gedacht, war das zu fassen? – und winkte sie mit einer Hand heran. „Okay, her damit."

„Was?" Hatte er vorher schon etwas gesagt? Sie war etwas von seinen Lippen abgelenkt gewesen. Sie hatten sich bewegt.

„Die Liste oder der Fragebogen oder die Urkunde deiner Verrücktheit, wie immer du es auch nennen möchtest."

Sie lachte. „Hohe Wissenschaft. Das ist der richtige Ausdruck."

„Von mir aus auch das."

„Du willst wirklich, dass ich sie an dir ausprobiere?", fragte sie, immer noch nicht sicher, ob er sich nur über sie lustig machte.

„Natürlich! Das ist es doch, was du auf ersten Dates tust, oder?"

„Nun ... ja, aber ..."

„Also los! Stell mir die erste Frage."

„Schön, schön", sagte sie abwehrend und kramte das eng beschriebene Blatt Papier hervor. *„Was sind deine Arbeitszeiten?"*

„Flexibel."

„Das stimmt doch gar nicht! *Unmöglich*, das ist die einzig richtige Antwort."

Er schüttelte den Kopf. „Ich finde, flexibel beschreibt es ganz gut. Nächste Frage."

Sie seufzte, tat ihm jedoch den Gefallen. *„Wie würdest du die Prioritäten deines Lebens beschreiben? a) familiär orientiert b) karrierelastig oder c) der Kunst verschrieben?"*

„Ich nehme *d) Sex*. Das scheint mir gerade richtig."

Sie fing an zu lachen. „Du schummelst, Dex."

„Tue ich überhaupt nicht! Du hast nie gesagt, dass man seine Antwortmöglichkeiten nicht nach Eigenbedarf erweitern darf."

„Das war impliziert!"

„Ist kompliziert nicht vielleicht eher das Wort, nachdem du suchst?", fragte er betont langsam.

Sie schlug ihm gegen die Beine, die er lang ausgestreckt hatte und die ihre Knie streiften, auf denen sie saß. „Du beantwortest die Fragen absichtlich falsch!"

„Nein. Ich beantworte die Fragen so, wie sie beantwortet werden sollten. Also weiter."

„Überleben Pflanzen bei dir? Wenn ja, wie lange?"

„Ich habe viele Pflanzen und sie werden ewig überleben, denn sie sind aus Plastik."

Sie schnaubte. *„Hast du Zeit zu kochen?"*

„Fast jeden Tag."

Überrascht hielt sie inne. „Wirklich?"

Er nickte. „Ich steh' nicht so auf Fertiggerichte."

„Oh, okay."

Sie starrte auf die nächsten Punkte und ein kleiner Kloß bildete sich in ihrem Hals. „Ähm ... *Willst du Kinder?"*

„Ja, aber frag mich nicht wie viele, so weit bin ich noch nicht."

Mit offenem Mund starrte sie ihn an. Er hatte nicht einmal darüber nachgedacht!

„Alles okay, Kay?", fragte er, seine grünen Augen durchdringend auf ihr, als sie mehrere Sekunden lang nichts sagte.

Sie räusperte sich und nickte hastig. „Ähm. Klar. *Würdest du dich als fürsorglich und treu beschreiben?"*

„Fürsorglich? Hast du das mit meinen sehr lebendigen Plastikpflanzen etwa überhört? Und ich habe in meinem ganzen Leben noch keine Frau betrogen."

„Wirklich?", rutschte es ihr heraus.

„Wirklich", sagte er und zum ersten Mal an diesem Abend, war sein Gesicht todernst.

Der Kloß in ihrem Hals wurde dicker und das beunruhigte sie. Denn es war kein schlimmer Kloß. Eher ein Kloß, der warm und flauschig war und zwischen ihrer Kehle und ihrem Herzen hin- und hersprang. „Okay. *Captain America oder Thor?*"

„Immer noch *Iron Man. Hawkeye* ist und bleibt eine Wurst."

Sie lachte, etwas, dass sie heute verdächtig oft getan hatte. „Ich lasse das mal unkommentiert." *Hawkeye* war der Beste! „Kommen wir zum wichtigsten Punkt: *Wie stehst du zu Sport? Siehst du gerne Sport? Machst du gerne Sport?*"

Dex sah sie feierlich an, beugte sich nach vorne und umschloss ihre Hände mit seinen. „Ich hasse Sport. Ich finde, jeder Mensch sollte auf einer Couch herumgetragen werden. Am besten auf einer Couch aus Bier. Am schlimmsten ist Baseball. Bis auf die Cheerleader ist dieses Spiel für die Tonne."

Kaylie konnte sich nur schwer davon abhalten, in einen weiteren Lachanfall auszubrechen.

„Darf ich fragen, was du von Beruf machst?", fragte sie grinsend.

„Ich bin Versicherungskaufmann", sagte er ohne mit der Wimper zu zucken. „Ich bin zwar hässlich, aber keine Sorge, meine Freundin sagt, ich hätte andere Qualitäten."

Ihre Wangen taten weh, so sehr musste sie sich davon abhalten, nicht vor Gekicher zusammenzubrechen. Sie drehte ihre Hände unter seinen, sodass sie nun Handfläche auf Handfläche lagen und fragte betont langsam: „Und was für Qualitäten sollen das sein?"

„Ich bin froh, dass du das fragst", sagte er und seine rauen Finger strichen über ihr Handgelenk.

„Nun, eine meiner Qualitäten hast du bereits kennengelernt." Sein Lächeln war nun mehr als anzüglich und Kaylie spürte, wie ihr das Blut in den Kopf stieg.

„Ich weiß nicht, was du meinst", hüstelte sie.

„So eine hübsche Lügnerin", murmelte er kopfschüttelnd und ließ ihre Hände los, um in den Korb zu greifen, aus dem er bereits die Kerzen und Servietten gezaubert hatte.

In der Ferne konnte Kaylie einen Donnerschlag hören und sie meinte, erste kleine Regentropfen in ihrem Nacken zu spüren, doch sie achtete nicht darauf.

Er holte einen Teller daraus hervor, auf dem etwas lag, das sie beim besten Willen nicht erkennen konnte. Es war ein bunter Haufen von Etwas, das mit Zuckerguss überzogen worden zu sein schien. Dexter überreichte ihr das hässliche Kunstwerk und skeptisch betrachtete Kaylie es von allen Seiten – bis der Groschen fiel.

„Oh, ein ... Klumpen Weingummi", sagte sie gespielt euphorisch. „Den habe ich mir schon immer gewünscht!"

Dex lachte leise. „Es sollte eigentlich eine Weingummi-Torte werden, aber der Zuckerguss ist dauernd zerlaufen. Und Chloe wollte mir nicht helfen. Sie meinte, wenn ich romantisch sein will, müsste ich das allein idiotisieren."

Kaylie starrte ihn an, unfähig zu sprechen. Der Kloß war zurück und wurde immer größer, schien sich bis auf ihr Herz auszuweiten. „Du hast mir eine Weingummi-Torte gebacken."

„Na ja, ich habe es versucht, ich ..."

Sie ließ ihn nicht zu Ende sprechen. Bevor sie wusste, was sie da eigentlich tat, hatte sie den Teller fallen lassen, die Hände um sein Gesicht gelegt und ihn geküsst.

Es war nicht so, dass sie ihn küssen wollte, sie *musste* ihn küssen. Sie wäre im Boden zerlaufen, wenn sie ihn jetzt nicht geküsst hätte.

Dex schien da voll und ganz auf ihrer Seite zu sein, denn seine Arme zogen sie so eng an sich, dass er ihr gar nicht die Wahl ließ jetzt aufzuhören.

„Ich sollte dir jeden Tag eine Weingummi-Torte backen", murmelte er an ihrem Mund.

Sie nickte, während ein erneuter Donnerschlag die Stille der Nacht zerschnitt und die Kerzen durch den Wind oder durch die dicker werdenden Regentropfen erloschen. Auf einmal war es stockdunkel – doch das interessierte Kaylie nicht.

Der Regen durchnässte sie – doch auch das interessierte sie nicht. Ihr war nicht kalt.

Sie konnte Regentropfen nicht mehr von Dex' Fingern unterscheiden und ehe sie sich versah, hatte sie kein T-Shirt mehr an und spürte keine Regentropfen mehr, weil Dex über ihr lag.

„Hast du es eilig?", lachte sie.

„Nein. Du solltest nur ganz schnell aus den nassen Sachen raus, ich will nicht, dass du dich erkältest."

„Du Held."
„Das liegt einfach in meiner Natur."
„Dex, es regnet ganz schön. Wir sollten vielleicht besser gehen ..." Ihre Hände lagen unter seinem T-Shirt, an seiner warmen Haut.
„Natürlich. Wir gehen sofort."
Sie gingen nicht sofort.

Als Dexter sie schließlich vor der Haustür absetzte, war es nach drei. Als er damit fertig war, ihr einen Gute-Nacht-Kuss zu geben, war es nach vier.

Kaylie wusste nicht, wie sie die Treppen meisterte, ihr Kopf schwirrte so sehr, dass es sie nicht gewundert hätte, wäre sie einfach umgefallen. Als sie schließlich im Flur stand, hörte sie Geräusche aus der Küche. Grace stand vorm Herd und kochte sich etwas. Sie hatte noch nicht einmal einen Schlafanzug an.

„Hey", sagte Kaylie, ihre Stimme merkwürdig ruhig und sanft. Vielleicht lag das ja daran, dass sie tiefenentspannt war.

Grace wandte sich zu ihr um, ein breites Grinsen auf dem Gesicht. „Du bist pitschnass!"

Kaylie sah an sich hinunter. „Oh. Ja. Warum bist du noch wach?"

„Warum hast du so ein dümmliches Grinsen auf dem Gesicht?"

Kaylie versuchte es abzustellen – doch sie konnte nicht. „Nur so", sagte sie unschuldig.

Lachend goss Grace ihre Nudeln ab. „Ich hätte auch gerne mal wieder ‚nur so' ", sagte sie amüsiert. „Also, du und der Baseballer ... seid ihr jetzt ein Paar?"

„Nein."

„Also habt ihr eine Affäre?“

„Nein.“

„Was zum Teufel seid ihr dann?“

Kaylie zuckte mit den Achseln. „Gar nichts. Wir haben beschlossen, dass wir einfach nicht darüber reden.“

Grace starrte sie an. „Aha.“

„Ja.“

„Kaylie?“

„Ja?“

„Das wird nie im Leben funktionieren.“

„Natürlich wird es das.“

Grace trat auf sie zu und legte beide Hände auf ihre Schulter. „Kaylie?“

„Was?“

„Du bist eine Idiotin. Und das sage ich in aller Liebe.“

„Bin ich nicht!“

„Doch. Einfach nicht darüber zu reden, ist eine schwachsinnige Idee.“

„Ist es nicht. Es ist brillant! Und ich bin keine Idiotin.“

Grace ließ sie los. „Doch. Aber das ist schon okay. Genieße es, solange es anhält.“

Das würde sie.

Kapitel 16

Die nächsten Wochen vergingen wir im Flug.

Dex hatte angefangen bei Kaylie vorbeizusehen – und einfach nicht mehr damit aufgehört. Warum sollte er auch? Die vergangenen Tage waren die besten seines Lebens gewesen. Er hatte nie besser gespielt und war auf Auswärtsspielen kaum mehr allein in seinem Zimmer. Es war Ende August und die Delphies hatten eine reelle Chance den Division Title zu gewinnen und so in die Playoffs vorzurücken.

Er hatte seine private Masseuse – auch wenn er sich natürlich davor hütete, das Wort laut zu sagen – und Chloe hatte seit Wochen keinen Kerl mehr nach Hause gebracht. Das war mehr als er sich zu wünschen gewagt hatte.

Wenn man die Frage nach dem „was man war" vom Tisch nahm, dann wurde die Beziehung zu einer Frau plötzlich unglaublich unkompliziert. Oder vielleicht war es auch Kaylie, die unkompliziert war. Was auch immer: Es war genial.

Als Dex an einem Abend an einer Hotelbar in Boston stand, wo sie zuvor gegen die Red Sox gewonnen hatten, glaubte er, dass sein Leben nicht besser werden könnte.

Das war, bevor Jake einen Anfall bekam und sich dieser Gedanke als Irrglaube herausstellte.

„Was soll das heißen, dann bekomme ich Spielverbot?", keifte der junge Spieler und starrte Sam entgeistert an. „Du bist PR-Clown! Seit wann darfst du entscheiden, wer aufgestellt wird und wer nicht?“

„Seitdem du dem Ruf des Teams schadest“, sagte Sam, das Gesicht regungslos. „Ich habe mit dem Coach und dem Team-Manager gesprochen und sie waren beide meiner Meinung: Noch ein Cheerleader oder irgendwer, der im Entferntesten mit diesem Team zu tun hat, und du bekommst für zwei Wochen Spielverbot.“

„Willst du mich verarschen!?“ Jakes Gebrüll hallte von der Decke wider und die Bierflasche, die er in der Hand hielt, wackelte bedrohlich.

„So ein witziger Kerl bin ich nicht.“

„Kann ich bestätigen“, unterstützte Dex seinen besten Freund. „Sam verarscht nicht, dafür fehlt ihm das Gen.“

„Was mischst du dich denn jetzt ein?“, brüllte Jake, auf dessen Stirn die Adern hervorstachen.

Dexter hob die Hände, es gelang ihm aber nicht ganz, sein Grinsen zurückzuhalten. „Don't hate the player, Jake. Hate the game.“

„Was soll der Scheiß“, wandte der Baseman sich wieder an Sam. „Ich werde ungerecht behandelt! Luke hat auch mit allem geschlafen, was sich bewegt hat.“

„Aber Luke hat mit niemandem geschlafen, der zu der Delphie-Organisation gehört“, sagte Sam betont langsam. „Wegen Luke kamen innerhalb der letzten zwei Monate nicht zehn Beschwerden rein. Es ist mir egal, mit wem du was hast, Jake. Solange sie – oder er – nichts mit dem Team zu tun hat!“

Mit einem harten Klirrgeräusch ließ Jake sein Bier auf die Anrichte knallen.

„Und was ist mit ihm?“ Wie ein Geschoss fuhr sein Arm aus und deutete auf Dex. „Er schläft doch auch mit jemandem aus der Organisation! Wieso ist das bei ihm okay? Er müsste das gleiche Verbot bekommen. Wieso dürfen alle rumvögeln, nur ich nicht?“

Dex verschränkte die Arme vor der Brust und lehnte sich gegen die Theke. „Pass auf, was du sagst, Jake“, sagte er leise. „Sonst mache ich einen auf Luke und haue dir eine runter.“

„Nein, das ist doch Mist!“, regte er sich weiter auf. „Ich ...“

„Ist bei den Herren alles in Ordnung?“

Eine kleine Blondine, die die Farben des Hotels trug, war zu ihnen getreten, ganz offensichtlich von Jakes Geschrei angelockt.

„Ja, es ist alles in Ordnung“, herrschte Jake sie an und wandte sich wieder an Sam, um weiter auf ihn einzureden.

Die Blondine jedoch blieb, ihr Blick jetzt auf Dex. „Kann ich wirklich nichts für Sie tun?“, fragte sie, den einen Mundwinkel verheißungsvoll gehoben.

Großer Gott, dazu hatte Dex jetzt wirklich keinen Nerv.

„Vielleicht noch etwas zu trinken oder ... meine Telefonnummer?“

Er seufzte. Er hatte keine Lust auf die fremde Frau. Er war bedient! Er wollte weiter dabei zusehen, wie Jake zusammengestaucht wurde.

„Wissen Sie“, säuselte sie weiter und ihre Hand landete auf seinem Oberarm, „meine Schicht ist in fünf Minuten vorbei ...“

***

Jakes zartes Stimmchen war schon von Weitem zu vernehmen und Kaylie, die bereits auf dem Weg zu den Aufzügen gewesen war, machte mitten im Schritt halt, drehte sich um und lief in die entgegengesetzte Richtung. Jake war ein Hitzkopf und sie wusste nicht, warum es so war, aber manchmal fühlte sie sich für ihn verantwortlich. Als wäre er ein Hündchen, das ihr zugelaufen war und sie jetzt nicht aufhören konnte zu füttern.

Es war nur so, dass niemand Jake richtig anpacken konnte. Er war ein wirklich liebenswürdiger Kerl, der nur oft zu wenig darüber nachdachte, was seine Worte und Taten für eine Wirkung haben könnten.

Sie lief die große ausgeleuchtete Steinhalle entlang, immer noch in der Jeans, die sie zum Spiel getragen hatte, und steuerte auf die Bar zu. Da waren Jake und Sam und ...

Abrupt hielt sie inne.

Dex stand auch da. Und eine Frau hing an seinem Arm. Das war nichts Ungewöhnliches für einen Baseballspieler und eigentlich ging es sie ja nichts an ... aber könnte dieses Flittchen bitte ihre dreckigen Pfoten von Dex nehmen?

Jake setzte zu einer neuen Fluch-Tirade an und Kaylie riss sich zusammen. Sie war es doch gewesen, die sich mit Dex nicht hatte festlegen wollen. Da konnte sie jetzt nicht anfangen eifersüchtig zu werden.

Mit schnellen Schritten ging sie auf die Streitenden zu, doch bevor sie den Mund aufmachen und Jake zurechtweisen konnte, kam ihr jemand zuvor.

„Jake! Schluss jetzt."

Kaylie machte einen verblüfften Schritt zurück. Sie hatte gar nicht bemerkt, dass ihr Vater zur Tür hineingekommen war.

„Was glaubst du eigentlich, was du hier tust?“, fuhr ihn Coach Thompson an. „Du bist ein erwachsener Mann und nichts rechtfertigt, dass du hier herumschreist.“

„Aber ihr habt euch untereinander besprochen, ohne mir Bescheid zu sagen!“

Ihr Vater sah ihn ruhig und ernst an. „Natürlich haben wir das. Ich bin der Coach. Ich spreche andauernd über euch, ohne dass ihr es wisst. Und die Sache mit den Cheerleadern geht zu weit, Jake. So verhält sich kein anständiger Kerl.“

Kaylie konnte von der Seite aus sehen, wie sich Jakes Kiefer verhärtete. „Es geht mir so auf den Sack, dass alle denken, sie müssten mir erklären, wie man anständig ist! Wenn mir mit Spielverbot gedroht wird, nur weil die Frauen auf mich fliegen, dann ...“

Kaylie machte die letzten Schritte nach vorne und berührte ihn sacht am Arm. „Jake“, sagte sie leise, als er zu ihr herumfuhr. „Kann ich mal mit dir sprechen?“

Ihr Freund war dunkelrot angelaufen und man sah ihm deutlich an, dass er sich schönere Dinge vorstellen konnte, als mit ihr zu reden.

„Ich werde nicht ...“

„Entweder du redest mit ihr oder du redest mit mir“, stellte ihr Vater trocken fest.

Kaylie war etwas verblüfft über das Vertrauen, das er offensichtlich in sie steckte, nickte aber.

„Schön!“, fluchte Jake. „Auch, wenn es nichts zu besprechen gibt!“

Kaylie fing Dex' Blick auf, der sie mit gehobenem Mundwinkel betrachtete. Ihr lief es warm den Rücken hinunter und im nächsten Moment hatte sie schon mit gefletschten Zähnen die Blondine fixiert, die immer noch erfolglos versuchte, Dex' Aufmerksamkeit zu erregen. „Dies ist eine persönliche Unterredung", sagte sie scharf. „Sie haben hier nichts zu suchen."

Vor den Kopf gestoßen wich die Frau zurück, während Kaylie Jake am Ellenbogen packte und weiter in den Raum dirigierte. „Musst du dich immer in allen Kram einmischen?", murrte er, als sie außer Hörweite waren.

„Ja, weil es offenbar sonst keiner bei dir tut."

Er schnaubte und wich ihrem Blick aus. „Ich kann auf mich selbst aufpassen."

Sie nickte. „Ich weiß, dass du es kannst. Die Frage ist, warum du es nicht tust."

Das sicherte ihr seine Aufmerksamkeit. „Was soll das heißen?", fragte er mit verengten Augen. „Dass die Tatsache, das ich mit vielen Frauen schlafe, bedeutet, dass ich nicht auf mich achtgebe?"

Sie seufzte. Sie hätte ahnen sollen, dass das nicht leicht werden würde. „Du forderst es heraus, Jake", sagte sie vorsichtig. „Es ist, als würdest du wollen, dass die Organisation sich aufregt. Du magst die Cheerleader doch noch nicht einmal!"

„Es gibt da zwölf Mädchen, die dir etwas anderes erzählen können."

Sie verdrehte die Augen. „Du bist ein unglaublich guter Spieler, Jake. Du bist der Wahnsinn auf dem Feld. Warum fällt es dir so schwer zu zeigen, dass du auch der Wahnsinn außerhalb des Stadions bist? Dass du nicht nur ein guter Spieler, sondern auch ein guter Mensch bist?“

Jake lehnte sich auf seine Fersen zurück. „Machst du mich gerade an, Kaylie? Ich dachte, wir wären so gut als platonische Freunde.“

Sie schlug ihm feste auf den Arm und drückte ihren Zeigefinger in sein Gesicht. „Hör mir mal zu, Freundchen. Ich habe keine Ahnung, wieso du das immer wieder tust. Versuchst, ernste Gespräche, mit deinen dummen Sprüchen zu lösen und schlecht zu machen. Vielleicht benimmst du dich auch einfach vor allen außer mir wie ein Arsch, weil du nicht willst, dass jemand Erwartungen an dich stellt. Ich habe keinen Schimmer. Aber was immer in deinem Leben schiefgegangen ist und dich davon abhält, ein guter Mensch und stolz darauf zu sein – lass es nicht deine Karriere versauen. Nicht wegen etwas Dummem wie die Frauen, mit denen du schläfst! Du bist besser als das, Jake! Du lässt dich nicht von dummen Sprüchen und Maßnahmen provozieren – weil du weißt, dass sie alle falsch sind.“

Jake starrte sie tonlos an und ein verbissener Zug war um seinen Mund herum erschienen. „Woher nimmst du dein Vertrauen in mich? Woher willst du wissen, dass ich nicht genau der bin, den alle in mir sehen?“

Sie lächelte. „Weil du zu sehr ein Arschloch sein willst, als dass du es wirklich sein könntest.“

Er schnaubte. „Also, was ist dein Rat?“

„Geh einfach“, sagte sie. „Steigere dich nicht rein, sondern geh einfach. Und hör auf, mit Leuten aus der Organisation zu schlafen.“

Er hob die Augenbrauen. „Da könnte ich dir das Gleiche raten, oder?“

Ihre Wangen liefen pink an. „Ich weiß überhaupt nicht, was du meinst."

Wieder schnaubte er. Diesmal lauter. „Dafür, dass du Baseballspieler hasst, hängst du sehr viel und sehr gerne mit ihnen rum."

„Tue ich nicht! Es ist ein Job, ich ..."

„Dex bezahlt dich also?", fragte er interessiert.

„Halt die Klappe, Jake."

Er kratzte sich am Kopf und nickte langsam. Schließlich murmelte er: „Verrenn dich nur nicht in deinen Regeln, okay?"

„Ich ..."

„Danke, Kay", flüsterte er, bevor er in Richtung der Fahrstühle verschwand.

Sie sah ihm nach und seufzte. Irgendwann würde er erwachsen sein und seine gute Seite würde sich durchsetzen. Da war sie sich sicher. Auf einen genauen Zeitpunkt wollte sie sich nicht festlegen.

Sie ging zu den anderen zurück und ihr Herz hüpfte freudig auf, als Dex sie anlächelte – ohne Blondine neben ihm. Ihr Vater stand stattdessen dort. Sam war nicht mehr zu sehen. Hing wahrscheinlich irgendwo an seinem Telefon, mit dem er eine sehr innige Beziehung führte.

„Danke, Kaylie", sagte John Thompson und berührte sie sacht an der Schulter. „Du hast wirklich die Fähigkeit, Leute zu beruhigen."

Sie spürte, wie Röte ihren Hals hinaufkroch. „Oh, danke."

Ihr Vater nickte und deutete auf Dexter. „Behandel sie anständig, O'Connor!"

Dexter grinste. „Wüsste gar nicht, wie es anders geht."

„Gut so."

Dann ließ ihr Vater Kaylie perplex zurück. Sie fuhr mit dem Kopf zu Dex herum.

„Was genau weiß mein Dad?"

Er zuckte nur die Schultern. „Das, was alle im Team wissen."

Oh Gott.

„Wieso wissen denn alle davon?", fragte sie mit leidendem Blick.

Er zuckte die Schultern. „Sie haben mich gefragt und ich wollte nicht lügen."

Ungläubig sah sie ihn an. Wie konnte er nur alles so leicht nehmen?

„Schon einmal was von Diskretion gehört?"

„Ich lüge nicht gerne, Kaylie", sagte er schlicht und stieß sich vom Tresen ab. „Also, was hast du zu Jake gesagt?"

„Ich wiederhole mich: Schon einmal was von Diskretion gehört?"

Dex sah nicht zufrieden aus. „Das sah sehr ... innig aus, was ihr da besprochen habt."

„Eifersüchtig?"

Er schnaubte laut. „Bitte. Es ist Jake."

Sie verengte die Augen und verschränkte die Arme unter ihren Brüsten. „Ihr geht manchmal zu weit bei ihm", sagte sie scharf. „Ich weiß, dass ihr euch absichtlich nervt und piesackt, aber manchmal geht es einfach zu weit."

Dex öffnete den Mund, doch sie ließ ihn nicht zu Wort kommen. „Nein! Du hast unrecht, ich habe recht. Ihr Männer seid nicht so unsensibel, wie ihr immer vorgebt zu sein ..."

„Ich habe nie gesagt, dass ich ...“

„Und Jake hat sicherlich das Gefühl, dass er sich beweisen muss, also könntest du mir einfach einen Gefallen tun und ab und zu von ihm ablassen? Er ist ein guter Mann, ihr gebt ihm nur nie die Chance, sich zu beweisen.“

„Okay.“

Sie blinzelte verwirrt. „Okay?“

„Ja, es stimmt. Wir sind manchmal etwas hart zu ihm. Da habe ich noch nicht drüber nachgedacht.“

Dieser Mann verblüffte sie immer wieder. „Du bist wirklich ein guter Verlierer, oder?“

Er schmunzelte. „Ja, was nicht heißt, dass ich es genieße. Und ich habe das Gefühl, dass man gegen dich sehr häufig verliert.“

Sie lachte und strich mit ihrer Hand seine Wange hinab. So, als würde sie das immer tun. Dann warf sie einen Blick zur Rezeption. Die Blondine stand dort und sah immer noch zu ihnen herüber.

„Dex, willst du mit hochkommen und gewinnen?“

Er folgte ihrem Blick und lachte leise. „Willst du sichergehen, dass sie keinen zweiten Versuch startet?“

„Nein!“ Ja!

„Du bist eifersüchtig.“

„Nein!“ Ja!

„Kaylie ...“, wisperte er und sein Daumen fuhr ihre Unterlippe entlang. „Ich sagte doch: Ich habe noch keine meiner Freundinnen betrogen.“

„Ich bin aber nicht deine Freundin.“

Etwas blitzte in seinen Augen und er räusperte sich. „Nein. Aber mit einer anderen etwas anzufangen, würde sich trotzdem anfühlen, als würde ich dich betrügen."

„Oh, okay." Sie schluckte. „Also ... willst du jetzt ...?" Sie nickte zu den Aufzügen.

Er lachte leise und küsste sie auf die Stirn. „Wenn mich eine schöne Frau schon so dezent darum bittet ..."

Kaylie wusste nicht, was sie geweckt hatte. Vielleicht war es die Bewegung, die Dex verursachte, während er auf einen Block schrieb, der auf seinen angezogenen Beinen lag. Vielleicht das Licht des Fernsehers, das durch den Raum flackerte. Vielleicht der bereits abgekühlte Sommerwind, der durch die offenstehende Balkontür ihres Hotelzimmers wehte.

Sie blinzelte, warf einen kurzen Blick auf ihre Handyuhr – es war nach drei – und richtete sich etwas auf, sodass ihr Kopf nun auf Dex' Schulterhöhe war.

Sie wunderte sich nicht, dass er noch da war. Dex ging nie, wenn sie die Nacht gemeinsam verbrachten. Was sie zugegebenermaßen nur taten, wenn sie unterwegs waren, dafür hatte Kaylie gesorgt. Vielleicht hatte die Tatsache, dass er nachts nicht einfach verschwand, etwas mit seiner „Ich-habe-keine-Affären"-Einstellung zu tun. Es war auch egal. Wenn sie ehrlich war, dann genoss sie es aufzuwachen und ihn neben sich zu spüren. Das war beruhigender als jedes Meeresgeräusch.

„Dex", murmelte sie verschlafen und lehnte ihren Kopf an seine Seite. „Was tust du? Warum schnarchst du nicht vor dich hin?"

„Ich konnte nicht schlafen. Und ich schnarche nicht."

Er schnarchte. Wenn auch leise und irgendwie putzig. „Was guckst du?“, fragte sie neugierig und zwang sich dazu, ihre Augen wieder zu öffnen.

Dex starrte immer noch auf den Bildschirm und kritzelte auf dem Papier herum. „Ich gucke mir die Aufzeichnung der Cubs-Spiele an, um zu sehen, wie wir sie übermorgen schlagen können.“

Kaylie rieb sich über die Augen und fixierte den Fernseher. Tatsächlich. Das Baseball Team aus Chicago war mit seinem rot-weiß-blauen Logo zu erkennen.

Sie gähnte und betrachtete für eine Weile das Spiel, immer noch eng an Dexters Seite gepresst. Jetzt war er schon einmal hier, warum es nicht ausnutzen?

Die Cubs wechselten in die Offense Position und der Spieler mit der Nummer Dreizehn stellte sich zum Schlag auf.

„Luke darf Rodriguez keinen Fastball werfen“, murmelte sie. „Er hat Probleme mit dem Curve, so könnt ihr in drankriegen. Und Ryan muss besser auf Zazum und die Nummer Zehn, von dem ich den Namen nicht aussprechen kann, aufpassen. Die beiden haben so viele Bases in dieser Saison gestohlen wie niemand anderes. Er als Catcher muss bei ihnen besonders aufmerksam sein. Dein Short Hop ist gut, aber du hast es als Second Baseman schwerer als andere, weil du Linkshänder bist. Aber schnell genug bist du trotzdem. Dein Problem ist es eher, dass du bei deinen Sprüngen, die du in der Luft hinlegst, um den Ball zu fangen, wie ein Stuntman wirken willst, anstatt deine Bewegungen effizient zu machen. Ich glaube, du könntest einige Sekunden sparen, wenn du nicht versuchen würdest, die Ladies in der ersten Reihe zu beeindrucken.“

Stille.

Sie hob ihren Kopf von Dex Schulter und sah ihn an.

Er starrte wortlos zurück.

„Was denn!“, verteidigte sie sich sofort. „Ist doch so. Deinen waghalsigen Sprüngen verdankst du, dass du einmal die Woche mindestens mit einem anderen Spieler kollidierst und dass so viele Frauen gerne ihre Nummer in deiner Unterwäsche hinterlassen würden.“

„Du würdest gerne deine Nummer in meine Unterwäsche schreiben?“, fragte er mit einer gehobenen Augenbraue. „Tu dir keinen Zwang an, wirklich.“

„Ich sagte: *viele* Frauen. Nicht ich.“

Er lächelte und verflocht seine Finger mit ihren. „Was sagst du zu Sanberg, dem Pitcher der Cubs?“

„Superleicht zu durchschauen.“

„Tatsächlich?“

Sie nickte. „Sein kleiner Finger zuckt, bevor er einen Curve wirft, siehst du?“ Sie deutete auf den Bildschirm, „Ich glaub’, er kann es nicht mal kontrollieren.“

Wieder starrte Dex sie an.

„Was ist denn?“, fragte sie leicht verunsichert.

Dexter nahm die Fernbedienung und schaltete den Fernseher aus. Dann legte er die freie Hand an ihren Hals und strich mit seinem Daumen über ihren schneller werdenden Puls.

„Kaylie. Ich sage dir jetzt etwas, dass du nicht hören wollen willst.“

Ihre Kehle wurde eng. „Dann sag es nicht.“

Natürlich ignorierte er das. „Kaylie ... du liebst Baseball.“

Sie hatte mit einer Menge gerechnet, aber nicht damit. Verwirrt versuchte sie ihren Kopf zurückzuziehen, doch er hielt sie an Ort und Stelle.

„Was? Nein! Ich hasse Baseball."

Er schüttelte den Kopf. „Nein. Du liebst es. Niemand kann so viel von dem Spiel verstehen, so genau auf jede einzelne Bewegung achten, wenn er das Spiel nicht lieben würde. Du willst es nicht mögen, weil du deinem Vater eins reindrücken willst – aber du liebst es!"

Protestierend öffnete sie ihren Mund. „Ich ..."

„Weißt du, es ist keine Schande, Baseball zu lieben", flüsterte er verschmitzt und sein Daumen fuhr über ihren Wangenknochen. „Ich tue das auch. Aber es ist eine Schande, sich ausreden zu wollen, dass einen das Spiel begeistert."

„Es begeistert mich nicht", sagte sie mit zusammengepressten Zähnen. „Und ich liebe es auch nicht. Denn Baseball liebt einen nicht zurück, Dex. Was hat man also davon?"

Das Lächeln verschwand langsam aus seinem Gesicht, doch sein Griff um ihres wurde fester. Sanft, aber sehr bestimmt. So, als wüsste er, dass sie am liebsten aus dem Bett springen und weglaufen würde.

„Warum regt dich das so auf, Kay? Dass du Baseball magst. Da ist doch nichts dabei."

Sie schluckte den Kloß hinunter. „Du sagtest, dass ich Baseball *liebe*", flüsterte sie und hasste ihre Stimme dafür, dass sie zitterte. „Und das tue ich nicht. Niemand sollte Baseball oder irgendeine andere Sportart *lieben*. Schon gar nicht mehr als einen Menschen."

Dex hob nun auch die andere Hand an ihr Gesicht und sein Blick war so intensiv, dass sie am liebsten die Augen geschlossen hätte.

„Kaylie. Glaub' mir, wenn ich dir sage, dass niemand der Spieler Baseball mehr als die Menschen in seinem Leben liebt. Zumindest niemand den ich kenne."

Sie lachte bitter auf. „Das kannst du nicht wissen, Dex."

„Doch, das kann ich", sagte er fest. „Und ebenso weiß ich, dass dein Vater ..."

„Du weißt es nicht, Dex", sagte sie gepresst und ihre Augen fingen an zu brennen. „Und du solltest es besser wissen als wieder damit anzufangen."

„Kaylie", flüsterte er und jedes Mal, wenn er ihren Namen sagte, wurde ihre Kehle noch ein Stückchen enger. „Was ist zwischen dir und deinem Vater passiert?"

„Es ist nichts passiert, Dex. Das war ja das Problem."

Eine Träne löste sich aus ihrem Augenwinkel, ob aus Wut oder Schmerz konnte sie nicht sagen, doch bevor sie an ihrem Kinn hinabtropfen konnte, wischte Dexter sie sacht weg.

„Weißt du, Krebs ist keine schöne Art zu sterben, Dex. Daran hat mein Vater wohl nicht gedacht, als er meiner Mutter versprochen hatte, in guten wie in schlechten Tagen bei ihr zu sein. Die Lebenserwartung bei einem kleinzelligen Bronchialkarzinom variiert zwischen acht und zwölf Monaten. Meine Mutter hat es vierzehn durchgehalten, sah am Ende aber durch die Chemo und Operationen so ausgezehrt aus, dass mein Vater sie nicht einmal mehr ansehen konnte. Weißt du, wie oft er sie zur Chemo begleitet hat? Zweimal. Was hätte er auch tun sollen? Es war Saison. Er hatte keine Zeit. Er musste ja Baseball spielen! Denn John Thompson *liebt* Baseball, Dex. Er *liebt* es. Mehr als alles andere. Meine Mutter lag im Sterben … und mein Vater … mein Vater schlug den vierten Homerun der Saison."

Dex schwieg. Sah sie an. Ruhig und stark. Er wischte die Tränen weg, die ihr vereinzelt von den Wimpern tropften und sagte nichts.

Und sie war dankbar dafür. Dankbar, dass er ihr nicht versicherte, dass alles gut werden würde oder dass ihr Vater sich geändert habe. Dankbar dafür, dass er einfach nur da war, wie ein Fels, an den sie sich klammern konnte. Denn mehr brauchte sie nicht. Sie brauchte keine Worte des Trostes, keine Lügengeschichten. Einfach nur Nähe und Wärme.

Und als er sie sacht küsste, erst die Tränen von ihren Wangen und dann ihre Lippen, war sie einfach nur dankbar dafür, dass Dexter O'Connor heute Nacht in ihrem Bett war.

Kapitel 17

„Bah! Hör auf damit! Das ist ja ekelig."

Dex hob eine Augenbraue und wendete die Spiegeleier in der Pfanne.

„Was ist ekelig?"

„Dein Lächeln", sagte Chloe angewidert. „Das geht jetzt schon seit Wochen so! Ja, wir haben es alle verstanden, du wirst flachgelegt, da musst du es mit diesem Blick nicht auch noch in die Welt hinausposaunen!"

Selbst der Ausbruch seiner Schwester konnte seine Laune nicht verderben.

Kaylie war es für ihn. Das wusste er mit einer beängstigenden Sicherheit, die es ihm schwermachte, nicht fünfzehn Stunden am Tag zu lächeln. Warum war er so blöd gewesen und hatte der ganzen Sache keinen Stempel aufgedrückt?

Weil Kaylie nicht mit einem Baseballspieler zusammen sein wollte und es der einzige Weg gewesen war, sich ihr überhaupt zu nähern.

Da hatte er es! Er hatte eine einfache Frau haben wollen und war bei Miss Komplizierter-Geht-Es-Nicht gelandet. Aber seit letzter Woche hatte er das Gefühl, dass sie einen unglaublichen Schritt nach vorne gemacht hatten.

„Hörst du mir überhaupt zu, Dex?"

Er blickte auf. „Was?"

„Hallo? Wenn ich dir erzähle, wie ekelig du bist, dann hörst du gefälligst zu! Das gebietet einem der Anstand." Chloe lächelte so breit, während sie das sagte, dass Dex gleich noch ein wenig zufriedener wurde. Dieses

Gefühl verschwand bei Chloes nächsten Worten jedoch sofort.

„Sag mal, bist du heute Abend zuhause?"

Misstrauisch stellte er den Herd aus. „Wieso?"

„Na ja, ich werde ausgehen und wir haben einen Ort gesucht, an dem wir vorher schon etwas trinken können."

„Wir? Sind das du und deine *Freunde*?"

Er mochte keinen einzigen von den Leuten, mit denen Chloe sich in den letzten Jahren angefreundet hatte. Es waren allesamt Vollidioten, deren Ziel im Leben die nächste Party war. Er verstand, dass Chloe sich anfangs hatte ablenken wollen. Aber das tat sie mittlerweile seit drei Jahren! Sie wurde jetzt fünfundzwanzig. Es wurde Zeit, erwachsen zu werden.

„Ja, ich und meine *Freunde*", sagte sie gereizt. „Problem damit?"

„Ja, Problem damit. Die Leute, mit denen du rumhängst, sind allesamt sche..."

„Es sind meine Freunde, Dexter!"

„Es sind nicht deine Freunde! Du kennst sie doch kaum. Du gehst nur mit ihnen feiern."

Chloe presste ihre Lippen so fest aufeinander, dass sie weiß wurden.

„Vielen Dank, Dex. Ich habe also keine Freunde, nur Saufkumpanen. Gute Leistung." Im nächsten Moment fiel die Wohnungstür hinter ihr ins Schloss.

Scheiße.

Er hatte sie nicht aufregen wollen, aber ... sie war so verdammt leicht aufzuregen!

Er nahm die Pfanne vom Herd und seufzte schwer. Es war Mitte September. In den nächsten Wochen würde sich entscheiden, ob sie in die Playoffs einzogen. Und dann, nach Weihnachten, hatte Chloe Geburtstag und würde mit neunzigprozentiger Wahrscheinlichkeit ausziehen. Denn dann hätte sie das Geld dafür.

Dex schlang die Eier herunter und holte sein Handy hervor. Er hatte heute wieder einen freien Tag und sich so daran gewöhnt, diesen mit Kaylie zu verbringen, dass er gar nicht darüber nachdachte, sondern einfach ihre Nummer wählte.

Doch sie ging nicht ans Handy. Nach dem ersten Klingeln schaltete sich ihre Mailbox ein.

Stirnrunzelnd wählte er auch die Nummer von ihrem Festnetzanschluss.

„Hallo", meldete sich eine Stimme, die etwas außer Atem klang. Das war Grace, die er bis jetzt nur gesehen hatte, als er Kaylie abgeholt hatte.

„Hey, hier ist Dexter. Ist Kay da?"

Stille.

„Nein. Ich dachte eigentlich, sie wäre bei dir."

„Ist sie nicht."

„Oh. Aber sie arbeitet heute doch nicht, oder?"

Nicht dass er wüsste. „Ich glaube nicht."

„Aber ... warum ist sie dann nicht bei dir?"

Ein erneutes Lächeln zog an Dexters Mundwinkeln. Ja, das wusste er auch nicht. „Hat sie nichts gesagt?"

„Nein, sie ... oh Mist!" Panik schien durch den Hörer zu schwappen. „Was ist heute für ein Datum?"

„Der dreizehnte September."

„Scheiße! Ich habe es vergessen. Oh Gott, nein. Wie konnte ich es vergessen? Und sie ist ganz allein ..."

„Grace", unterbrach Dex sie ungeduldig. „Was hast du vergessen?"

***

Der Kies knirschte unter Kaylies Füßen und sie kniff die Augen vor der Sonne zusammen, die Verstecken mit ein paar Wolken spielte. Die letzten drei Tage hatte es geregnet, aber heute – heute schien natürlich die Sonne.

Sie lief den Weg entlang und beachtete die lieblos gesetzten Steine, die ihn säumten, nicht weiter. Ein schwacher Dunst schien über dem Boden zu hängen und ihre Knöchel zu umspielen. Vielleicht die Überreste der vielen Tränen, die an diesem Ort vergossen worden waren.

Sie blieb stehen, schloss für ein paar Momente die Augen und ließ die Sonne durch ihre Lider brennen. Als sie sie wieder öffnete, war der Dunst verschwunden und sie konnte weiterlaufen.

Kaylie trug kein Schwarz, ihre Mutter hatte Schwarz gehasst. Es sei die Farbe der alten Jungfern, die keine schöne Figur haben, hatte sie gesagt. Kaylie musste schmunzeln. Ihre Mutter hatte allerlei Weisheiten von sich gegeben. Keine davon weise.

Sie bog nach rechts und betrachtete die Namen, die an ihr vorbeiflogen. Die Daten, die Blumen, die Kerzen.

Wie konnte es sein, dass ein Mensch irgendwann auf nichts weiter reduziert wurde als auf eine Zahlenreihe?

Zwei Daten, die die Existenz einer Person darstellten.

Geboren. Gestorben.

Aber jeder Anfang musste ein Ende haben, war es nicht so? Man konnte keinen Punkt überspringen. Nur die Mitte abkürzen.

Ihre Augen brannten und es fiel ihr schwer zu schlucken. Der Dunst war wieder da, doch sie blinzelte ihn weg. Es war still hier. Angenehm ruhig.

Sie machte eine letzte Wende und blieb stehen.

Der Stein ihrer Mutter war weiß, vielleicht, weil man ihre Unschuld hatte heucheln wollen. Kaylie bückte sich, steckte die mitgebrachten Blumen in die noch feuchte Erde und ließ sich im Schneidersitz davor nieder. Der Boden war kalt und der Kies stach ihr in die Haut, doch es kümmerte sie nicht.

Sie saß einfach da, das Kinn in die Hand gestützt und starrte auf das Grab.

Sie fühlte keinen direkten Schmerz. Sie fühlte sich schlichtweg verloren. Als würde ihr Herz in der Schwebe hängen und darauf warten, dass es jemand wieder an seinen angestammten Platz stellte.

„Hey, Mama", flüsterte sie. „Ich war letztens in einer Sportbar, kannst du dir das vorstellen?"

Ihre Stimme schien direkt neben ihrem Herzen hängenzubleiben. „Und ich schlafe mit einem Baseballer", fuhr sie fort und musste beinahe lachen. „Du wärst wirklich sehr stolz auf mich. Ich bin in letzter Zeit äußerst unvernünftig. Das hätte dir gefallen. Er ..."

Fußschritte knirschten hinter ihr und überrascht wandte sie sich nach dem Geräusch um. Sie starrte den Mann vor sich an und der Kloß in ihrem Hals wurde immer größer.

„Hey ... Dad."

Ihr Vater blickte sie an und lächelte leicht. Er sagte nichts, legte seine Blumen neben ihre – Lilien, die hatte ihre Mutter am liebsten gehabt – und ließ sich dann ohne großes Federlesen neben sie auf den Boden sinken.

John Thompson starrte auf den Grabstein und Kaylie dachte, dass sein jetziges Gesicht sie ein wenig an ihres erinnerte.

Für endlos stumme Momente saßen sie einfach nur da und blickten auf das, was von Maria Thompson übriggeblieben war. Aber es war eine angenehme Stille. Eine tröstende Stille.

Schließlich legte ihr Vater ihr sacht einen Arm um die Schulter und drückte sie kurz an sich.

„Ich vermisse sie jeden Tag, Kay. So wie ich dich jeden Tag vermisse."

Sie fuhr sich mit der Hand unter den Augen entlang und ließ sich in seine Umarmung sinken, war für den Moment einfach seine Tochter. Die Tochter, die sie gewesen war, bevor alles so schrecklich schiefgelaufen war.

„Warum warst du dann nicht für sie da?", wisperte sie. „Warum warst du dann nicht für *mich* da?" „Ich glaube, weil ich fürchtete, keine große Hilfe zu sein", murmelte er. „Meine unglaubliche Angst um sie, Angst darum, was ich ohne sie tun würde ... ich dachte, es würde alles nur noch schlimmer machen."

„Das hätte es nicht", sagte sie und löste sich wieder von ihm. „Deine Anwesenheit allein hätte es ... erträglicher gemacht."

„Das weiß ich jetzt auch."

Seine Augen glänzten und Kaylie fiel auf, dass sie ihren Vater noch nie hatte weinen sehen.

„Aber damals war ich zu feige, um es einzusehen. Und das kann ich nicht mehr ändern."

„Nein", bestätigte sie leise, „das kannst du nicht."

Sie stand auf und berührte ihn leicht an der Schulter. „Doch ich wünschte, du könntest es ..."

Sie wandte ihm den Rücken zu, die Kieselsteine stachen in ihre Fußsohlen, doch als sie hörte, wie auch ihr Vater sich erhob, hielt sie noch einmal inne. „Danke, dass du hier warst, Dad."

„Ich war jedes Jahr hier."

Sie nickte und senkte den Kopf. „Ja ... aber nie mit mir."

Ihr Vater seufzte und er sah auf einmal so müde und alt aus, dass es ihr Herz zusammenzog.

„Kaylie ...", sagte er ruhig. „Ich kann meine Fehler nicht mehr an den Fingern abzählen, aber ... lass sie sich nicht auf dein Leben auswirken. Projizier nicht mein Versagen auf andere Leute."

Sein Blick schweifte über ihre Schulter.

„Was meinst du?", fragte sie verwirrt und folgte seinen Augen.

Keine zehn Meter entfernt stand Dexter. Die Hände in seinen Taschen vergraben.

„Dexter ist ein guter Kerl, Kay. Er ist nicht ich. Ich mag keine Chance mehr verdient haben ... aber er hat sie verdient."

Kaylie führte eine Hand an ihre Stirn und neue Tränen stiegen in ihr hoch.

Dex war für sie gekommen. Natürlich war er das.

„Die Sache ist die, Dad ..." Ihre Stimme verflüchtigte sich in der warmen Luft. „Ich glaube, auch du hättest eine Chance verdient. Nur ... ich bin noch nicht bereit, sie dir zu geben."

„Sag mir, wenn es soweit ist. Ich werde da sein."

Sie nickte. „Okay."

Und dann lief sie den Weg entlang und ließ sich gegen Dexters Brust sinken. Er schloss die Arme um sie und drückte seine Wange auf ihren Kopf. Ein Käfig – bestehend aus seinem Körper – und ihr Herz fiel an seinen angestammten Platz.

***

Dex hatte bleiben wollen. Es hatte ihm körperlich zugesetzt, Tränen in Kaylies Augen zu sehen.

Er hatte dem Coach zugenickt und war mit ihr zum Parkplatz gegangen, wo sie eine Stunde stumm in seinen Armen gelegen hatte – das Beste, was ihm heute passiert war – sich dann bei ihm bedankt, jedoch gemeint hatte, dass sie gerne noch ein wenig allein sein würde – das Schlimmste, was ihm heute passiert war.

Auf seinen Einwand hin, dass er nicht fand, dass sie allein sein sollte, hatte sie geschmunzelt und ihn geküsst. Und war dann gefahren.

Überraschungen. Eine Frau, die aus lauter Überraschungen bestand.

Er verstand ja, dass man bei solchen Dingen manchmal gerne Einsamkeit genoss, aber er wollte nicht, dass Kaylie einsam war. Es war schwer, an sie heranzukommen und sie hatte die Angewohnheit sich zurückzuziehen, sobald es emotional wurde. Er hatte nur gehofft, dass sie bei ihm möglicherweise eine Ausnahme machte.

Weil er den Tag nicht alleine hatte verbringen wollen, war er kurzerhand zum Delphies Stadion gefahren und hatte Sam im Büro besucht. Alles, damit er sich nicht die ganze Zeit fragen musste, ob Kaylie gerade unglücklich war.

„Großer Gott, wird das jetzt immer so laufen?", hatte sich sein Freund beschwert. „Sobald du einsam bist, belästigst du mich?"

„Ich habe dich auch lieb, Sam."

„Hau ab hier, Dexter! Ich muss arbeiten."

Dexter hatte theatralisch „Immer musst du arbeiten. Dabei hast du versprochen, mich zu lieben und zu ehren ... und dass du nach dem dritten Kind zurückschraubst" geseufzt, was dazu geführt hatte, dass Sam ihn schnaubend aus dem engen Raum geschubst hatte.

Stattdessen war er also in den Fitnessraum gegangen, wo er auf Luke getroffen war.

„Emma hat mich rausgeworfen und gemeint, ich störe sie in ihrer Konzentration. Nur weil sie so eine blöde Gala ausrichten muss und immer noch keine eigenen Räumlichkeiten hat."

„Und hast du?"

„Was?"

„Sie in ihrer Konzentration gestört."

Unschuldig hatte Luke sich am Kinn gekratzt. „Es ist mein freier Tag. Darf ich da nicht einmal mehr meine eigene Freundin anmachen?"

Das hatte Dex' Laune ein wenig verbessert. Andere Kerle waren genauso arm dran wie er. Nach zwei Stunden Ausdauer-Training hatten sie die zweisame Runde in die Sportbar gegenüber verlegt.

Dexter trank keinen Alkohol, vielleicht weil er hoffte, dass Kaylie anrief und es sich anders überlegt hatte. Luke trank keinen Alkohol, weil ...

„Weil mich Emma, wenn ich betrunken nach Hause komme, immer filmt und es mir am nächsten Morgen zeigt und mich dann auslacht."

Dex grinste in sein alkoholfreies Bier – das kleinere Übel.

„Ich bin doch sehr zufrieden damit, dass Emma meinen Rat nicht angenommen hat und sich trotzdem in dich verliebt hat. Das verspricht ein lebenslanger Spaß zu werden."

Luke sah ihn düster an. „Ja, dafür schuldest du mir eigentlich einen Drink!"

„Neee, du schuldest mir einen Drink, weil ich sie dir nicht weggeschnappt habe."

Luke prustete. „Du bist gar nicht Manns genug für Emma!"

„Sagt der Mann, der an einer Rhabarberschorle nippt."

„Die Teile sind verdammt lecker", stellte sein Freund fest und prostete ihm zu.

Er kam nicht mehr dazu, das Glas an die Lippen zu setzen, weil in diesem Moment zwei Frauen, Dexter schätzte sie auf unter seiner Würde, an sie herantraten.

„Hallo, ihr Süßen", zwinkerte die Rechte. „Seid ihr nicht Spieler der Delphies?"

Dexter und Luke sahen sich an und schüttelten zeitgleich den Kopf.

„Nein", meinte Dex. „Ich bin Versicherungskaufmann."

„Ich auch", stimmte Luke zu. „Aber ich bin der Bessere von uns beiden."

Die Mädchen fingen an zu kichern. Entweder, weil sie ihnen nicht glaubten oder weil sie entschieden, dass sie es trotzdem wert waren, angemacht zu werden. „Können wir euch einen Drink spendieren?“ Wann genau war das eigentlich passiert, dass Frauen angefangen hatten, Männern Drinks auszugeben? Dex wollte sich nicht beschweren, aber er hätte gerne den genauen Zeitpunkt gewusst, an dem die Emanzipation diesen Punkt erreicht hatte.

„Sorry, ich bin vergeben“, sagten Dex und Luke unisono.

Lukes Kopf fuhr sofort zu ihm herum. „Ach, wann kam denn die Entwicklung?“

Offiziell noch gar nicht. Aber vergebener konnte sein Herz nicht sein. Blöd nur, dass die Person, an die er vergeben war, es nicht wusste. Doch das würde er ändern. Demnächst. Wenn Kaylie nicht mehr ganz so panisch war. Morgen vielleicht.

Die Mädchen, die offenbar nicht zufrieden mit der mangelnden Aufmerksamkeit waren, zogen weiter und Luke sah immer noch äußerst interessiert in Dexters Richtung. „War der letzte Stand nicht, dass ihr nicht drüber redet?“

Wie war das denn an die Öffentlichkeit geraten? Ach ja, Luke war mit Emma zusammen. Frauen redeten.

„Wir reden ja auch nicht darüber“, meinte Dex vage.

„Oh, ist das süß. Aber du würdest gerne darüber reden!“

Dex seufzte schwer und stürzte sein Bier herunter. „Ich muss los“, stellte er fest und stand auf.

„Aber Schnucki!“, rief Luke ihm lachend hinterher. „Männer dürfen auch über ihre Gefühle reden!“

Ganz sicher nicht.

Kapitel 18

Dex trat in die kühle Nachtluft und lief zu seinem Wagen. Sein Handy sagte, dass es nach elf war und er keinen Anruf bekommen hatte. Wenn sie sich bis jetzt nicht gemeldet hatte, dann würde sie das auch nicht mehr tun. Er wollte gerade das Telefon wieder einstecken, als es anfing zu klingeln.

Doch es war nicht Kaylies Nummer, die ihm entgegenblinkte.

„Chloe?“, hob er ab. „Alles okay?“

Es herrschte kurz Stille am anderen Ende, dann: „Ähm, nein ... nicht wirklich. Kannst du vorbeikommen und mich abholen?“

Dex überfuhr drei rote Ampeln. Er fühlte sich, als hätte er schon wieder so einen Anruf bekommen. Einen Anruf, bei dem er gefragt wurde, ob er Dexter O'Connor, der Sohn von Clarice und Don O'Connor, Bruder von Chloe, sei. Einen Anruf, bei dem ihm das Blut laut im Kopf rauschte und er die Worte, die der andere sagte, nicht mehr verstehen konnte.

Chloe hatte behauptet, dass es ihr gut ging, dass es keine große Sache sei, doch das glaubte er erst, als er sie tatsächlich unversehrt am Straßenrand fand. An einem dunklen, abgelegenen Straßenrand, vor einem Haus, dessen Fenster mit Brettern vernagelt war.

Das war das reinste Bild aus einem Horrorfilm.

Wut und Angst vermischten sich dickflüssig in seinem Blut, wurden zu einem bitteren Geschmack in seinem Mund, der ihn seine Hände zu Fäusten ballen ließ.

Chloe stand allein da, mitten in der Nacht, an einer Ecke, die nach Vergewaltigung schrie. Wo waren ihre Freunde? Was zum Teufel war nur los mit ihr?

Er hielt abrupt vor ihr an und wurde in seinem Sitz nach vorne geschleudert. Im nächsten Moment hatte Chloe auch schon die Tür geöffnet und sich neben ihn fallen lassen.

„Hey“, sagte sie mit belegter Stimme und starrte durch die Windschutzscheibe in die Nacht. „Danke. Ich wollte ein Taxi rufen, aber die meinten, das könnte einige Zeit dauern, bis sie kommen und ...“

„Was zum Teufel ist passiert, Chloe?“, knurrte er.

Sie wich seinem Blick aus und zog sich das kurze goldene Kleid, das sie trug, über ihre Oberschenkel. Doch es rutschte immer wieder zurück.

„Können wir bitte fahren?“, fragte sie leise.

„Chloe ...“

„Bitte Dex, können wir einfach fahren?“

Er legte den ersten Gang ein und startete den Motor. Doch er schwieg nicht lange.

„Was ist passiert?“, beharrte er gepresst, als sie wieder auf dem Highway waren.

„Nichts.“

„Chloe. Wo sind deine *Freunde*?“

Sie atmete tief ein und aus. „Weg, Dex.“

„Wohin weg?“

Sein Blut war so heiß, dass es seine Adern zu verbrennen schien. Er musste sich Mühe geben, damit vor Wut nicht die Straße vor seinen Augen verschwamm.

„Wohin weg, Chloe?“, wiederholte er lauter.

„Keine Ahnung. Weg eben.“

„Sie haben dich einfach am Straßenrand gelassen!?“

Er sah aus den Augenwinkeln, wie seine Schwester die Lippen fest aufeinanderpresste.

„Chloe, komm schon, was ist passiert?"

Sie schwieg.

„Hat dich jemand angefasst!?" Er würde die kleinen Scheißer überfahren! Niemand würde ihre Leichen finden und ...

„Gott nein! Nein, Dex!", sagte sie hastig, die Hände erhoben. „Was dann?"

Chloe legte Zeigefinger und Daumen an ihre Nasenwurzel. „Sie wollten sich möglicherweise etwas spritzen und als ich ‚Nein danke' gesagt habe, war ich plötzlich unbeliebt."

„Diese miesen Penner. Wo sind sie hin? Ich werde ..."

„Nein Dex, ist schon in Ordnung", sagte Chloe kleinlaut und berührte ihn sacht am Arm, bevor er den Wagen gegen die nächste Leitplanke lenken konnte.

„Sie haben mich zu nichts gezwungen oder so. Ich habe gesagt, ich will aussteigen und sie haben mich aussteigen lassen. Mehr ist da gar nicht."

„Mehr ist da gar nicht?!" Er hatte das Gefühl, sein Kopf würde gleich explodieren.

„*Mehr ist da gar nicht!?* Was, wenn sie dich zu etwas gezwungen hätten? Was, wenn die schäbige Ecke, an der sie dich aus dem Auto geworfen haben, nicht ganz so einsam gewesen wäre? Was, wenn ..."

„Es ist aber nichts passiert, Dexter", sagte sie mit einer Stimme, die ihn wohl beruhigen sollte, aber genau das Gegenteil bewirkte.

Sie verstand es einfach nicht.

Sie verstand einfach nicht, dass er sie nicht auch noch verlieren konnte!

„Es hätte aber was passieren können!“, brüllte er und fuhr geistesgegenwärtig an den Fahrbahnrand. Er sollte so nicht hinter dem Steuer sitzen.

„Es war verantwortungslos von dir!“, schrie er und riss seine Hände vom Lenkrad. „Es war verantwortungslos von dir, dich überhaupt mit ihnen in ein Auto zu setzen und dumm, dich überhaupt mir ihnen ...“

„Ich bin kein Kind mehr, Dex!“, blaffte sie zurück und ihre Augen funkelten jetzt. „Ich weiß, ich habe Scheiße gebaut, ich weiß ...“

„Du bist kein Kind mehr? Seit wann das? Du benimmst dich nämlich seit ein paar Jahren so! Seitdem du deinen Total-Ausfall hattest ...“

„Halt die Klappe, Dex!“, zischte sie und ihre Miene war schlagartig so steinern geworden, dass es ihn eigentlich zurückwerfen sollte.

Aber das tat es nicht.

Er konnte das nicht mehr. Nicht ständig Angst um sie haben!

„Nein, ich habe genug davon, Chloe!“, sagte er, sich zur Ruhe zwingend. „Du musst dich endlich zusammenreißen. Das geht so nicht weiter. Dein Lebensstil ist verdammt ungesund ich habe keinen Nerv mehr dazu, mir ständig Sorgen zu machen! Dein „Armes Waisenkind“-Bonus ist vorbei. Dein Verhalten ist selbstsüchtig, verantwortungslos und dumm. Das, was du tust, kann man nicht mehr Trauern nennen. Das, was du tust, ist Selbstzerstörung! Du hast aufgegeben. Und das werde ich nicht länger akzeptieren. Du reißt dich jetzt verdammt nochmal zusammen! Du kannst Mom und Dads Tod nicht länger wie ein Schild vor deinem Körper tragen. Du ...“

„Wenigstens trauere ich auf meine Art und Weise, Dex!“, rief sie wütend, die Hände zu Fäusten geballt auf ihre Knie gelegt. „Wenigstens zeige ich, dass ich was fühle! Wenigstens tue ich nicht so wie du, als wäre alles beim Alten. Als würde es für mich nichts ändern, dass sie tot sind!“

„Es ist drei Jahre her, Chloe!“

„Ja, drei Jahre Dex! Und du hast keine einzige Träne vergossen. Keine einzige in den verdammten letzten drei Jahren!“

„Irgendwer musste doch einen kühlen Kopf bewahren!“, fuhr er sie an. „Irgendwer musste es doch alles zusammenhalten. Du hattest den totalen Zusammenbruch und ich war das Einzige, was du noch hattest.“

So wie sie die Einzige war, die er noch hatte.

„Nein! Nein! Versuch das nicht auf mich abzuwälzen!“

„Abzuwälzen!?“ Er verlor die komplette Beherrschung.

„Du warst eine beschissene ganze Woche nicht ansprechbar, Chloe! Du hast alles hingeworfen! Du bist ein Jahr kaum aus dem Haus gegangen. Du hättest alles verloren, wenn ich nicht ...“

„Ja, du bist ein verdammter Held, Dex!“, schrie sie. „Du hast mich gerettet. Du hast den bitteren Rest, der von dieser Familie übriggeblieben ist, vom Boden gekratzt. Gratulation! Du musstest keine Emotionen zeigen, nicht trauern, denn du hast deinen Teil der Arbeit ja getan.“

„Ja, das habe ich!“, fluchte er. „Was wäre denn meine Wahl gewesen? Ich hatte keine Zeit, um zu trauern.“

Verbissen sah sie ihn an, ihr ganzer Körper steif.

„Weißt du, Dex“, sagte sie schließlich, ihre Stimme jetzt nur noch ein Flüstern, „du tust so, als hättest du den harten Weg gewählt. Aber das hast du nicht. Du hast dir eingeredet, dass es das Ritterliche, Mutige war, deine Gefühle zu verdrängen und alles zusammenzuhalten. Aber wenn du mal genau hinsiehst, dann war es der einfachste, schmerzfreieste Weg, den du hättest wählen können."

Sie stieß die Autotür auf und trat auf den Bürgersteig. „Ich laufe die letzten zwei Blocks. Wir sehen uns in *deinem* Zuhause, Dex."

Doch er fuhr nicht nach Hause. Er sah ihr hinterher, bis er in der Ferne erkennen konnte, wie sie in das hohe Gebäude ging, in dem das Penthouse lag. Dann startete er den Motor und fuhr in die entgegengesetzte Richtung.

***

Kaylie hatte doch gar nicht so viel getrunken. Warum hämmerte ihr Kopf dann so?

Stöhnend drehte sie sich auf die andere Seite, doch das Hämmern hörte nicht auf.

„Ich mach' diesmal ganz bestimmt nicht auf. Es ist sicher für dich", schrie Grace durch die Wand.

Aufmachen?

Oh, das Hämmern kam von der Tür.

Kaylie öffnete ein Auge und tastete nach ihrem Handy. Es war nach eins! Sie würde doch nicht nach eins die Tür öffnen!

„Kaylie, mach, dass es aufhört!", quengelte Grace.

Seufzend schwang sie die Beine aus dem Bett. „Wenn ich jetzt auf der Türschwelle ermordet werde, dann ist das deine Schuld!", rief sie.

„Ja ja, buhu."

Sie strich sich die Haare aus der Stirn und tapste zur Tür. Auf ihren Zehenspitzen lugte sie durch den Spion.

Es war Dexter.

Sie öffnete die Tür. „Dex, was ..."

Er stürmte an ihr vorbei in den Flur.

„Ähm ... komm doch rein", sagte sie zu dem leeren Rahmen.

Was tat er hier?

Sie hatte doch gesagt, dass sie allein sein wollte.

Sie hatte gehen müssen. Abstand gebraucht. Ihr Herz war in Dexters Gegenwart zu leicht gewesen. Das hatte ihr eine solche Angst eingejagt, dass sich beim erneuten Gedanken daran Schweiß in ihrem Nacken bildete.

Sie folgte ihm ins Wohnzimmer, in das er wie selbstverständlich verschwunden war. Dexter stand vor dem Sofa und raufte sich die Haare. Er sah mitgenommen aus. Aufgebracht. Und Kaylie bekam die Ahnung, dass er nicht hier war, damit es *ihr* besser ging. Vielleicht brauchte er zur Abwechslung einmal sie.

Ihr masochistisches Herz wurde leichter und dann, als sie sah, wie verspannt sein Kiefer war, wieder schwerer. Was zum Teufel war passiert?

All die Arbeit, die sie investiert hatte, damit sich seine Muskeln entspannten – alles für die Katz!

„Bist du verrückt, nachts einem Typen aufzumachen, der an deine Tür hämmert?", fuhr er sie an.

„Ich mache nur den süßen Typen auf, die an meine Tür hämmern. Und normalerweise frage ich, ob sie eine Waffe haben."

„Das ist nicht lustig, Kaylie!"

Er war offenbar nicht in Stimmung für Scherze. Er tigerte auf und ab und sie konnte seine Zähne hören, die gegeneinander schabten.

„Bist du in dem Zustand gefahren?“, wollte sie wissen.

„In welchem Zustand?“

„In dem ‚Ich-bin-möglicherweise-ein-Serienkiller‘-Zustand.“

„Willst du mir jetzt auch noch Vorwürfe machen?“ Seine Halsschlagader trat deutlich hervor.

„Weißt du, ich habe echt die Schnauze voll! Ich bin ein verdammt guter Kerl! Ich habe mich um alles gekümmert, ich habe mein Leben pausiert, damit ich ihr helfen kann, ich habe *alles* versucht, damit es ihr besser geht und jetzt?“

Kaylie hatte die Vermutung, dass er nicht mehr über sie sprach.

„Und jetzt will sie mir vorwerfen, dass ich nicht genug gelitten habe? Als wäre es nicht schwer für mich gewesen? Als wäre es ein Spaziergang gewesen, plötzlich für alles die Verantwortung tragen zu müssen und alleine dazustehen? Als wären es nicht auch *meine* Eltern gewesen?“

Er sah so aufgewühlt aus, dass Kaylies Herz mit jedem seiner Worte eine Etage tiefer rutschte.

„Geht es um Chloe?“

„Natürlich geht es um Chloe! So wie es die vergangenen drei Jahre immer nur um sie ging!“

„Dex“, sagte sie leise und legte ihre Hand auf seine, die zur Faust geballt an ihm hinabhing, „ich weiß nicht, was genau vorgefallen ist, aber ich glaube, Chloe hat nichts von dem, was sie gesagt hat, so gemeint.“

„Natürlich hat sie es so gemeint! Solche Worte fallen einem nicht plötzlich ein. Solche Worte trägt man mit sich herum, bis sie sich zu sehr aufgestaut haben, als dass man sie noch zurückhalten könnte."

„Was genau ist passiert, Dex?"

„Und sie ist so verantwortungslos!", ignorierte er ihre Frage. „Sie denkt einfach nicht an die Konsequenzen. Sie denkt nur daran, wie es *ihr* mit dem geht, was sie tut. In einem Moment ist das Leben das Beste, was es gibt und im nächsten verflucht sie es! Gott ..."

Er legte sich eine Hand an die Stirn und sie konnte sehen, wie seine Finger sich in seine Haut gruben.

Es tat weh. Es tat ihr weh, ihn so zu sehen.

„Dexter", sagte sie sanft und zog ihm die Hand vom Gesicht, bevor sie ihre Finger mit seinen verflocht. „Du hast recht. Du bist ein guter Kerl. Und das weiß sie. Ich weiß nicht, was Chloe gesagt hat und ich bin mir sicher, dass sie viele Dinge wahrscheinlich nicht hätte sagen sollen. Aber wenn sie nur halb so wütend war wie du es jetzt bist ... dann macht sich die Zunge selbstständig."

Er schüttelte den Kopf und sah über Kaylies Schulter. „Weißt du, wie oft sie in den letzten Monaten hätte sterben können? Einfach, weil sie nicht gut genug auf sich achtgibt?"

„Du hast Angst um sie."

„Natürlich habe ich Angst um sie! Ich weiß, sie ist erwachsen, aber ... nur, weil sie heute ‚Nein' zu den Drogen gesagt hat, heißt das doch nicht, dass das morgen noch genauso ist! Das kann man bei ihr nicht wissen."

Drogen?

Was zum Teufel war passiert?

Sie drückte sanft auf seine Schultern und zu ihrer Überraschung ließ er sich ihrer Geste folgend auf die Couch sinken. Es war viel leichter mit ihm zu reden, wenn sie sich nicht ihren Nacken ausrenken musste.

„Ich glaube, dass Chloe im Moment nicht weiß, wo sie hin will. Aber sie hat ein gutes Herz und ist intelligent und sie wird es noch herausfinden."

„Woher weißt du das?"

„Weil sie dich hat."

Er lachte hohl. „Sie will mich aber nicht haben."

„Das stimmt nicht", widersprach Kaylie und strich ihm die Haare aus der Stirn. „Sie will dich nicht *brauchen*, aber sie will dich haben. Sie braucht Zeit. Ich weiß, das willst du nicht hören, aber ... wenn ich einen Bruder wie dich gehabt hätte, wäre ich sehr dankbar gewesen."

Sein Griff um ihre Hand wurde stärker und jetzt sah er sie an. „Kaylie? Stell dir mich nie wieder als deinen Bruder vor."

Sie lächelte. Darüber brauchte er sich wirklich keine Sorgen machen.

Er seufzte schwer. Seine Lippen bildeten eine weiße Linie und er verlagerte den Blick auf den schwarzen Bildschirm des Fernsehers.

„Ich habe nicht den einfachen Weg gewählt", sagte er leise. „Ich habe getrauert und ich habe *nicht* den einfachen Weg gewählt."

„Ich weiß", flüsterte sie und strich mit ihrem Daumen seine raue Wange entlang.

„Sie hat gesagt, ich hätte zu wenig geweint. Als ob das irgendetwas aussagen würde! Als ob die Anzahl der Tränen einen Wert hätte!"

„Das hat sie nicht", murmelte Kaylie. „Menschen trauern einfach verschieden ... vermisst du sie, Dex?"

„Natürlich vermisse ich sie! Sie waren meine Eltern." Er fuhr sich mit der flachen Hand übers Gesicht. „Gott, Mom wüsste, wie sie mit Chloe reden müsste. Sie hatte nie ein Problem damit, ihre Stimmungsschwankungen zu verstehen. Sie hat sie sogar vorhergesehen!"

„Weißt du, das mit den Stimmungsschwankungen ist wirklich nicht Chloe-spezifisch", murmelte sie. „Das ist bei allen Frauen so. Und ihr Männer solltet das akzeptieren, weil wir es sind, die die Kinder bekommen müssen."

Er lächelte matt. „Ich habe das Gefühl, dass ihr Frauen damit eine Ausrede für alles habt."

„Das ist korrekt", nickte sie. „Komm." Sie streckte die Hand nach seiner aus.

„Was?", fragte er skeptisch.

„Ich bin müde und du siehst auch erschöpft aus. Wir gehen schlafen."

„Ich will nicht ..."

„Komm", wiederholte sie und umfasste sein Gesicht mit beiden Händen. „Wir gehen jetzt schlafen. Und morgen, wenn du dich beruhigt hast, kannst du wieder klar denken."

Sie küsste ihn sanft auf die Lippen und konnte spüren, wie sein Kiefer sich entspannte. Wie seine Schultern zurückfielen und sein Atem ruhiger wurde.

„Okay", murmelte er.

Ihr Herz steckte in großen Schwierigkeiten.

Sie würde mit ihm ein ernstes Wort wechseln und ihm möglicherweise Hausarrest geben müssen. Sonst flog es ja ständig hin, wo es wollte! Nein, sie musste es zurückpfeifen, aber ganz schnell.

Sie lehnte sich an den Türrahmen. Es war nur ... Dex lag in ihrem Bett, seine gebräunte Haut hob sich von den weißen Laken ab und ihr Puls beschleunigte sich, so als wolle er möglichst schnell ans Ziel kommen.

Dexter murmelte etwas im Schlaf und schob einen Arm unter seinen Kopf. Seine Rückenmuskeln veranstalteten eine La Ola-Welle.

Gott, sie würde gerne ihre Fahne auf ihm hissen. Dann würde er ihr gehören. So hatten die Amerikaner es gelernt.

Seufzend schob sie die Tür ins Schloss und schlurfte in die Küche.

Es war noch früh, vor acht, und sie wollte ihn so lange wie möglich schlafen lassen. Er hatte gestern eine Menge durchmachen müssen. Erst hatte er sie am Todestag ihrer Mutter trösten, dann anscheinend seine Schwester vor irgendwelchen Drogenleuten schützen und sich schließlich von ihr beschimpfen lassen müssen.

Dafür hatte er es wirklich gut überstanden.

Sie setzte Kaffee auf und stellte den Herd an. Dann kramte sie Eier aus dem Kühlschrank und vermischte sie mit Milch und einigen Gewürzen. Gerade, als sie sie in die heiße Pfanne geben wollte, trat eine verschlafene Grace durch die Tür.

Sie gähnte herzhaft, streckte sich und ließ sich auf einen Stuhl sinken, die Füße auf den Sitz gehoben.

„Ich hab' Kaffee gerochen", sagte sie und streckte eine Hand aus. „Füttere mich!"

Kaylie lachte leise und schenkte ihr eine Tasse ein, die Grace prompt mit einer Mischung aus Zucker, Süßstoff und Anis verseuchte.

„Deine Geschmacksknospen sollten unbedingt mal untersucht werden“, schmunzelte Kaylie.

„Nein, die aller anderen sollten unters Mikroskop. Mit meinen ist alles in Ordnung.“ Genüsslich nippte sie an der Tasse.

„So ... und du machst also Frühstück für deinen Hoppelhasen?“, fragte sie, durch den Kaffee offenbar unter die Lebenden zurückgekehrt.

Kaylie verdrehte die Augen und steckte Brot in den Toaster. „Tu mir einen Gefallen und benutz dieses Wort nie wieder.“

„Was? Hoppelhase? Ich mag es. Das werde ich jetzt immer benutzen, wenn du Strüh sagst.“

„Du bist so ein Strüh, Grace“, grinste sie.

„Ich weiß, mein Hoppelhase! Also ... habt ihr schon drüber geredet?“

Verwirrt lehnte sie sich gegen die Anrichte. „Wer soll worüber geredet haben?“

„Na, du und Dex darüber, dass ihr jetzt doch ein echtes Paar seid.“

Empört öffnete Kaylie den Mund. „Wir ...“

Grace hob einen Finger, um sie zum Schweigen zu bringen. „Solange es sich im Hotelzimmer abspielt, ist es eine Affäre, aber wenn du ihn mit nach Hause bringst ...“

„Ich habe ihn nicht mitgebracht! Er ist zu mir gekommen.“

„Ein und dasselbe. Er liegt in deinem Bett, während du Frühstück machst.“

„Er hatte einen harten Abend, ich möchte ihm nur etwas Gutes tun."

„Kay, ich gebe dir einen Tipp: Tu *dir* etwas Gutes und belüg dich nicht selbst. Empfindest du etwas für ihn?"

Verbissen presste sie die Lippen aufeinander.

„Natürlich empfinde ich was für ihn", zischte sie. Man musste blind, taub, stumm und bescheuert sein, um nichts für ihn zu empfinden. „Aber ..." Ihr Blick blieb an der Kühlschranktür hängen, an die ihr Fragebogen gepinnt war.

„Aber er ist Baseballer?", fragte Grace entgeistert. „Ich bitte dich! Das ist immer noch deine Ausrede?"

Die Dielen knarrten und Kaylie zuckte zusammen. Sie riss die Augen auf und legte einen Zeigefinger an die Lippen, was ihre Freundin nur mit einem ausdrucksstarken Augenverdrehen würdigte.

Die Tür glitt auf und Dex erschien im Rahmen. Mit nichts anderem bekleidet als Boxershorts.

Aiaiaiaiai.

„Guten Morgen", murmelte er verschlafen, eine Hand im Nacken.

Gott er war süß und heiß zugleich! Wie ein Hot-Brownie! Ein Kerl durfte doch nicht wie ein Hot-Brownie sein! Ja, er war nicht aus Weingummi, aber ... er war ein Hot-Brownie! Das war gemeingefährlich.

Grace stand auf und klopfte ihr auf die Schulter. „Er steht definitiv nicht auf deiner Liste", wisperte sie ihr ins Ohr. „Aber er sollte. Er sollte auf der Liste von jeder Frau stehen!"

Kapitel 19

Als Dex gegen Mittag nach Hause fuhr, um noch zu duschen und sich umzuziehen, bevor er zum Stadion musste, gab es nur eine brennende Frage, die er sich stellte: Gab es ein Buch, in dem die verschiedenen Arten des Kicherns einer Frau beschrieben, analysiert und erklärt wurden?

Wenn ja, dann war es sicherlich ein Bestseller und schon längst im Handel vergriffen, denn Millionen von Männern auf der ganzen Welt mussten sich dieselbe Frage stellen!

Grace und Kaylie – wenn auch vor allem Grace – hatten ihn und dann sich einander während des ganzen Frühstücks angesehen und dann einen Anfall bekommen.

Was war da bloß vor sich gegangen? Er hielt sich an den meisten Tagen für einen relativ witzigen Typen. Aber er mochte es, wenn er wusste, warum sein Gegenüber lachte!

Frauen!

Wenn er Kaylie gefragt hätte, was denn so witzig sei, hätte sie ihm sicherlich erklärt, dass es Frauen erlaubt war, Geheimnisse für sich zu behalten – weil sie die Kinder bekamen!

Er schloss die Tür auf und erwischte sich dabei, wie er schmunzelte. Sie hatte recht gehabt. Er hatte eine Nacht über den Streit schlafen müssen, um einen klaren Kopf zu bekommen. Chloe und er waren wieder in alte Muster gefallen. Muster, in denen er versuchte, sie zu bevormunden und sie anfing, auf seine wunden Punkte zu drücken.

Wie konnte Kaylie bei allem so einen kühlen Kopf bewahren, außer wenn es um ihre blöde Liste ging?

Er würde mit ihr reden müssen. Bald.

Er ließ die Tür ins Schloss fallen und stellte überrascht fest, dass Chloe in der Küche stand und offenbar auf ihn wartete.

„Hey", sagte sie und man konnte ihr das schlechte Gewissen aus fünf Meilen Entfernung ansehen.

„Hey", sagte er und blieb im Türrahmen stehen.

„Du bist nicht nach Hause gekommen."

Dex wusste, dass Chloe erwachsen war. Aber als er sie ansah, schien er immer noch seine kleine Schwester zu sehen, die geweint hatte, weil sie sich vor den Funken einer Wunderkerze erschreckt hatte. Er fragte sich, ob sich das je ändern würde.

„Ja", seufzte er. „Ich musste mich etwas abkühlen." Sie nickte steif. „Ich verstehe ... Dex, es tut mir leid."

Sie sagte die Worte schnell, so als würden sie dann nicht so wehtun. „Ich ... ich will mein Leben ja auf die Reihe bekommen. Wirklich. Und meine Freunde habe ich in den Wind geschossen, falls es dich interessiert."

Dex musterte sie und nickte schließlich. „Okay."

„Und ..." Sie holte Luft. „Ich hätte das gestern nicht so sagen sollen. Ich war wütend, vor allem auf mich selbst, weil ich ... weil ich im Moment nichts richtig machen kann und ..."

Dex nickte erneut, machte einen Schritt nach vorne und nahm sie in die Arme.

Er konnte hören, wie sie erleichtert ausatmete und ihn drückte. „Danke", sagte sie, ihre Stimme erstickt.

Er wusste nicht, wofür sie sich bedankte. Dafür, dass er für sie da war. Dafür, dass er ihr den leichten Ausweg gab. Dafür, dass er nicht darauf herumritt. Es war ihm auch egal.

„Chloe, ich habe getrauert", murmelte er.

„Natürlich, ich weiß. Du trauerst anders als ich. Auch das ist mir klar. Ich frage mich nur ... ob ich so schwach bin? Ob ich schwächer bin als die meisten, weil es drei Jahre hinter mir liegt und ich trotzdem noch ..."

„Du bist nicht schwach. Es ist völlig normal. Du hast im Auto gesessen, Chloe. Vielleicht wäre es mir genauso gegangen. Nur ... sie waren tot. Und du hast gelebt. Sie waren fort, ich konnte sie nicht mehr zurückholen. Ihnen konnte ich nicht mehr helfen. Aber dir? Dir konnte ich helfen. Also ... natürlich warst du wichtiger. Herrgott, ich will gar nicht daran denken, was Mom gesagt hätte, wenn ich zusammengebrochen wäre."

„Sie hätte dich wahrscheinlich mit ihrem Kochlöffel verprügelt und dir gesagt, dass du dich zusammenreißen sollst", lachte Chloe dumpf.

„Ja. Und Mom war sehr treffsicher. Manchmal denke ich, dass ich meinen Schlag von ihr und nicht von Dad habe."

„Das hast du." Chloe löste sich und lächelte wacklig. „Und wenn Mom wüsste, was ich gestern Dummes fabriziert habe ..."

„Dann hätte sie dich kopfschüttelnd angesehen und dir gesagt, dass du all deine bisherigen Fehler aufschreiben sollst, damit du aus ihnen lernen kannst. Und Dad hätte versucht, dich zu verteidigen."

Sie lachte. „Ja, ich war Dads Lieblingskind. Ich glaube, dich fand er nur okay. Wenn ich zuerst gekommen wäre, hätten sie mit dem Kinderkriegen wahrscheinlich komplett aufgehört. Weil ich schon genug gewesen wäre!"

Dexter grinste. Das war die alte Chloe. „Mit Sicherheit. Weißt du, wie sauer er war, als ich dich in den Ameisenhaufen hinterm Haus geschickt habe? Ich glaube, das war das einzige Mal, wo ich ihn habe schreien hören."

„Nein, das stimmt nicht. Er hat auch geschrien, als ich mit dem Bauchnabel-Piercing vom Einkaufen wiederkam."

„Ach richtig. Da war ich schon aus dem Haus."

Chloe lächelte und ließ sich gegen den Herd sinken.

„Wo warst du heute Nacht eigentlich? Bei Sam? Oder bei Kay?"

Er schwieg.

„Also bei Kaylie ... wird das was Ernstes?"

Er schwieg.

„*Ist* es etwa schon was Ernstes?" Ihre Stimme wurde ganz aufgeregt, das gefiel Dexter gar nicht. „Oh mein Gott, es ist was Ernstes! Weiß sie das auch?"

Er seufzte und fuhr sich mit der Hand durch die Haare. „Ich arbeite daran."

„Was soll das denn bedeuten?"

„Na ja, ich hatte mir vorgenommen, ihr erst zu sagen wie ich fühle, wenn ich alle anderen Aspekte meines Lebens auf die Reihe bekommen habe."

Chloe runzelte die Stirn. „Alle anderen Aspekte deines Lebens? Was gibt es denn da noch für Aspekte, die nicht in der Reihe sind? Du hast deinen Traumberuf, du bist reich, du ..."

Sie hielt inne und der Schatten der Erkenntnis fuhr über ihr Gesicht. Ihr klappte die Kinnlade herunter.

„Du meinst *mich*?“ Sie hörte sich an, als habe er nicht mehr alle Tassen im Schrank. „*Ich* bin der Aspekt in deinem Leben, der noch nicht in der Reihe ist? Das ist ja das Bescheuertste, was ich heute gehört habe. Und die Zeugen Jehovas waren schon an der Tür!“

„Chloe“, seufzte er, „ich wollte ...“

„Sag ja oder nein, Dex“, unterbrach sie ihn. „Hast du allen Ernstes *mich* als Grund vorgeschoben, dich nicht auf eine ernste Beziehung einlassen zu müssen?“

„Ich ... nein! Natürlich nicht, ich ...“

„Doch, das hast du! Ich fasse es nicht. Ich fühle mich so ... benutzt.“ Belustigt hob sie eine Augenbraue.

Er schnaubte. „Chloe, halt die Klappe, ich habe dich nicht ...“

„Du bist so ein Feigling! Versteckst dich hinter meinen Problemen! Du bist nicht für mich verantwortlich, Dexter! Ich weiß, ich kann eine echte Nervensäge sein und ja, zugegeben, meine Laune hält sich in letzter Zeit in Grenzen, aber das ist doch nicht dein Problem! Meine Güte, du liebst sie, also hol sie dir. Und schieb mir nicht in die Schuhe, dass du Schiss hast, ihr zu sagen, was du fühlst.“

Stöhnend fuhr er sich mit den Händen durch die Haare. Sie hatte recht. Er hatte es als Ausrede benutzt.

„Ich rede mir ihr“, sagte er.

„Gut, das freut mich, Dex. So richtig.“

Chloes Lächeln war so ehrlich, dass ein ganzer Stein von seinem Herzen zu fallen schien. Ihr ehrliches Lächeln war ein rares Gut. „Sie ist was Besonderes.“

Er nickte. Ja, das wusste er. Jetzt musste er sie nur noch davon überzeugen, dass sie zusammen auch etwas Besonderes waren.

***

Jake stöhnte laut auf und krümmte sich auf ihrer Liege. „Ich habe Schmerzen!"

„Ja, ich auch. Ich muss mir dein Gejammer anhören."

„Du bist herzlos!"

„Das ist mein Job, dafür werde ich bezahlt. Jake, hör auf rumzuzappeln!" Sie ließ seufzend seinen Arm los, den er ihr versuchte zu entwinden.

„Du bohrst deine Fingernägel durch meine Haut! Das kann unmöglich richtig sein."

Sie hielt ihre Hände hoch. „Ich habe keine Fingernägel, siehst du? Die Schmerzen kommen von deinen verspannten Muskeln und verklebten Sehnen, die sich eng umarmen und nicht loslassen wollen, dabei muss ich sie trennen."

Jake sah skeptisch zu ihr auf und in diesem Moment erinnerte er sie an ein dreijähriges Kind. „Lass sie doch zusammen. Du kannst doch nicht einfach so eine Beziehung zerstören."

„Jake", sagte sie in sanftem Tonfall. „Weißt du, wie lange es dauert, bis eine Sehnenscheidenentzündung verheilt?"

„Nein."

„Wochen. Vielleicht Monate. Monate, in denen du nicht spielen kannst. Wie viele Spiele müsst ihr noch gewinnen, um den Division Title zu sichern und so in die Playoffs einzuziehen?"

Grimmig sah er sie an. „Vier. Vielleicht fünf. Je nachdem, wie die Mets spielen."

„Vier, vielleicht fünf ... und das alles entscheidet sich in den nächsten zwei Wochen ... hm, willst du eine komplette Sehnenscheidenentzündung bekommen?"

„Nein!"

„Dann hör auf zu weinen und reiß sich zusammen. Ich muss deine verklebten Sehnen auseinanderziehen. Und du musst dich verdammt nochmal besser dehnen!"

Grummelnd legte er sich wieder hin, den Arm in ihre Richtung auf die Liege platzierend.

„Sehr schön. Das könnte jetzt etwas ... ziepen."

Sie grub ihre Finger zwischen seine Elle und Speiche und massierte seine leicht angeschwollenen Sehnen.

Jake fluchte laut, ließ seinen Arm jedoch wo er war. Sie wusste, wie schmerzhaft das war, doch es war nötig.

„Du bist sehr tapfer. Wenn du brav bist, bekommst du am Ende einen Lutscher."

„Darauf bestehe ich auch ... und sag' mal, weißt du eigentlich, wie lange du noch bleibst?"

„Was?" Sie hielt automatisch inne.

„Ich dachte, das Ganze hier wäre nur zeitweilig und die Regular Season ist nun bald vorbei – und du bist immer noch hier."

„Oh ja." Sie strich sich die Haare hinter die Ohren.

Das Ganze war nur zeitweilig. Vielleicht müsste sie da mal nachfragen. Sie war davon ausgegangen, dass man ihr Bescheid geben würde, sollten sie einen Ersatz gefunden haben. Aber jetzt war sie schon über zwei Monate hier und niemand hatte ihr etwas gesagt. Sie wollte sich nicht beschweren, die Bezahlung war wirklich gut und sie mochte es, mit dem Team umherzureisen, aber ... wie schwer konnte es sein, einen Physiotherapeuten zu finden?

„Ich weiß nicht. Ich werde die Tage mal jemanden suchen und nachfragen. Mein Vertrag wurde für einen unbestimmten Zeitraum festgelegt.“ Sie zuckte die Schultern. „Ich werde sehen.“

***

Dexter lief den betonierten Gang entlang und rieb sich mit der Hand über die Augen. Er war erschöpft. Auf eine gute Art und Weise, die gar nichts mit fehlendem Schlaf zu tun hatte.

Er konnte sich an keinen Zeitpunkt in seinem Leben erinnern, an dem er so viel gefühlt hatte.

Positive Dinge gefühlt hatte.

Die Delphies waren auf dem besten Weg in die Playoffs. Er glaubte Chloe, wenn sie sagte, dass sie ihr Leben auf Vordermann bringen wolle. Er war reich. Und ... Kaylie.

Sie stand an erster und letzter Stelle auf seiner Liste. Das Problem war nur, dass er überhaupt nicht auf *ihrer* Liste stand. Da stand der Versicherungskaufmann, der keinen Humor hatte und einen Baseball nicht von einer Melone unterscheiden konnte.

Kaylie hatte doch alle Schrauben locker, wenn sie immer noch daran festhielt. Nein, er war sich fast sicher, dass sie ihre Meinung geändert hatte.

Sie musste einfach!

Er blieb vor der Tür zu ihrem Behandlungszimmer stehen, in dem er gleich einen Termin bei ihr hatte – ja, Dexter musste sich immer noch einen Termin bei ihr besorgen – und blickte auf seine Uhr.

Sie sollte in fünf Minuten mit ihrem letzten Patienten fertig sein.

Er lehnte sich gegen den Türrahmen und ... was war das für ein Geräusch?

Stöhnte da jemand im Raum?

„Oh GoooootT ...“

War das Jake?

„Oh Gott, oh Gott, oh Goooooott.“

Bevor Dexter wusste was er tat, hatte er auch schon die Tür aufgestoßen.

Sie knallte gegen die dahinterliegende Wand und mehrere Personen fluchten zugleich. Dex, weil ihm danach war, Kaylie, weil sie vom Hocker gefallen war und Jake, weil er sich seinen Kopf an der Kante der Liege gestoßen hatte.

Wider Dex' Erwarten trieben Kaylie und Jake es nicht gerade im Behandlungsraum. Jake lag vollkommen angezogen auf der Liege und Kaylie lag vollkommen angezogen ... nun ja, vor ihm auf dem Boden.

„Autsch!“, sagte sie laut und rappelte sich hoch, über eine Stelle an ihrem Hinterkopf reibend.

„Meine Güte, was soll das, Dex? Ich habe mich zur Tode erschreckt!“

Dexter kam sich auf einmal ziemlich dumm vor. Aber es hatte sich nun einmal so angehört ... obwohl, wenn er darüber nachdachte: Kaylie war sehr leise gewesen. Und sie war nie leise.

„Ich habe einen Termin“, sagte er beiläufig, so als hätte er nicht gerade den Saal gestürmt.

„Aber doch erst in fünf Minuten!“

Jake wuchtete sich von der Liege und rieb sich den rechten Unterarm.

„Kaylie, wo ist mein Lutscher? Du hast gesagt, ich bekomme einen Lutscher, wenn ich leise leide."

„Wenn du *leise leidest*?", fragte sie ungläubig. „Du hast die ganze Zeit laut gestöhnt!"

„Oh ja, das hat er ...", murmelte Dex bestätigend.

Kaylies Kopf wandte sich ruckartig zu ihm um. „Hat man das draußen etwa gehört?"

„Öhm ..." Er kratze sich am Hinterkopf. „Möglicherweise."

Sie verengte die Augen und verschränkte gemächlich die Arme vor der Brust.

„Mooooment", sagte sie mit langgezogenen Silben. „Bist du deswegen hier hereingestürmt? Weil du ihn stöhnen gehört hast?"

„Blödsinn. Ich habe mir Sorgen um den Schwachkopf gemacht." Er nickte zu Jake, der angefangen hatte breit zu grinsen.

„Ist der kleine Dexter da unsicher geworden?", feixte er. „Hatte er Angst, dass er eine Frau nicht halten kann?"

„Halt die Klappe, Braker."

„Hey, *ich* bin nicht der eifersüchtige Idiot hier im Raum."

Kaylies Blick glitt zwischen ihnen beiden hin und her, bis er mit großen Augen auf Dexters Gesicht zum Stehen kam.

„Du bist ... eifersüchtig?"

„Ja, verdammt!", knurrte er. „Und könnte der Penner jetzt bitte gehen?"

„Du bist eifersüchtig", wiederholte sie, vollkommen irritiert. So als hielte sie es für unmöglich, dass er ihretwegen eifersüchtig sein könnte.

„Kannst du bitte aufhören, das zu wiederholen?“

„Aber ... eifersüchtig auf Jake?“ Diese Frage war nicht gerade schmeichelhaft für den jungen Baseman. Das bekam dieser natürlich auch mit.

„Hey!“, rief Jake und sprang von der Liege. „Ich bin immer noch hier.“

„Ich weiß, deswegen wiederhole ich: Auf Jake?“

„Wo ist mein Lutscher? Ich will meinen Lutscher haben, damit ich gehen kann.“

„Bitte!“, prustete Kaylie. „Es gab Kinder, die weniger geweint haben als du. Dafür bekommst du nicht einmal einen Smartie.“

„Schön!“, sagte Jake eingeschnappt. „Viel Spaß dir, Dexter. Ich hoffe, deinen Sehnen geht es gut!“

„Meinen Sehnen ...?“ Verwirrt blickte er ihm nach, doch Jake hatte bereits die Tür zugezogen.

„Er ist so ein Baby“, sagte Kaylie, die Augen verdrehend.

Dexter musste zugeben, dass jedes ihrer Worte, das Jake als ein Kind darstellte, dessen Zunge an einem Brückengeländer festgefroren war, äußerst beruhigend auf sein Inneres wirkte.

„Also“, sagte sie lächelnd, „hast du mit Chloe geredet?“

„Ja, ich habe mit ihr geredet“, nickte er, „sie ...“

Er hielt inne, blickte ihr in die Augen, die so warm waren, dass das Braun zu Karamell zu schmelzen schien.

„Kay, das geht so nicht mehr“, seufzte er und rieb sich mit der flachen Hand über die Stirn. „Ich will nicht dauernd eifersüchtig sein müssen, weil ich mich frage, ob du zu mir gehörst oder nicht. Wir ...“ Er holte tief Luft. „Wir müssen darüber reden, was wir sind. Sonst werde ich noch verrückt.“

Verblüfft blickte sie zu ihm auf. Für einige Momente schwieg sie einfach, bis sie schließlich langsam nickte. „Ähm ... okay."

Hatte er sich jetzt verhört?

„Okay?", fragte er verblüfft.

Ein kleines Lächeln zierte ihre Mundwinkel und sie biss auf ihre Unterlippe. „Ja, okay."

Unglaublich. Endlich fingen die Frauen wieder an, ‚Ja' zu ihm zu sagen!

„Gut." Er war so erleichtert, dass er sie spontan auf die Zehen zog und küsste. „Ähm, vielleicht bei einem Abendessen?"

„Okay."

„Heute geht nicht, wir spielen. Morgen auch, aber ... Donnerstag? Um sieben?"

„Okay."

Gott, er liebte dieses Wort! Jetzt musste sie am Donnerstag nur noch auch okay sagen!

„Ich hol' dich ab", sagte er und küsste sie gleich noch einmal.

„Okay", lachte sie und schob ihn von sich weg. „Und jetzt sag mir, wo es wehtut."

„Mein Mund tut weh. Du solltest ihn besser küssen."

Sie schnaubte und klopfte auf die Liege. „Noch vier Spiele bis zum Ticket in die Playoffs, O'Connor. Ich möchte nicht dafür verantwortlich sein, dass du nicht schlagen kannst."

Dex seufzte, legte sich jedoch hin.

Donnerstag. Donnerstag würde sich alles zum Besten wenden.

Kapitel 20

„Dexter ... soll ich dir einen kalten Waschlappen auf die Stirn drücken und deine Hand halten?“

„Halt die Klappe, Sam.“

„Ich meine ja nur. Du tigerst hier herum, als würdest du gleich zu deiner eigenen Hinrichtung gehen.“

„Mach so weiter und es wird *deine* Hinrichtung.“

Sam sah wieder auf seinen Bildschirm. „Ja ja, leere Worte.“

„Sam, kannst du mir sagen, warum ich hier bin?“, fragte Dexter ungeduldig. „Ich bin verabredet.“

Sein Freund seufzte und sah ihn wieder an. „Es wird gleich eine Pressekonferenz mit Jake geben, der sich öffentlich bei den ganzen Cheerleadern entschuldigen wird.“

Dex schnaubte. „Wie habt ihr ihn denn dazu überredet?“

„Indem wir die Drohung mit dem Spielverbot aufgehoben haben.“

„Schön“, seufzte er. „Und was habe ich damit zu tun?“

„Na ja, es wäre vielleicht gar nicht blöd, einen anderen Spieler da zu haben, der bezeugen kann, was für ein guter Mensch unser lieber Jake ist und dass die Cheerleader übertreiben.“

„Aber sie übertreiben nicht.“

„Ich weiß das auch, aber davon muss die Presse ja keinen Wind kriegen.“

Dexter stützte die Hände auf die Lehne des Gästestuhls und lachte laut. „Ja, natürlich.“

Sams Blick blieb ernst.

„Gott, Sam! Zieh mich nicht in deinen Dreck rein."

„Es ist Jakes Dreck. Ich muss ihn nur wieder saubermachen."

„Ja, das schaffst du schon alleine. Ich habe vollstes Vertrauen in dich." Er hob die Hand und wandte sich zum Gehen.

„Dex, sieh es doch mal so", rief Sam ihn zurück. „Kaylie liegt etwas an Jake und dir liegt etwas an Kaylie, folglich ..."

„Folglich laberst du totalen Mist."

„Sie würde sich sicher freuen, wenn du ihr erzählen könntest, dass du ihrem Adoptiv-Bruder geholfen hast ..."

Verdammt, Sam war gut.

Dex stöhne und blickte auf seine Uhr. Sechs. Das würde er schaffen. „Alles klar. Ein Statement für die Presse. Ein einziges. Weil du es bist."

„Du bist so liebreizend, Dex", bemerkte Sam trocken, stand auf und schob ihn aus seinem Büro.

***

„Für mich ziehst du dich nie so schick an."

„Mit dir möchte ich auch nicht schlafen, Grace."

Ihre Freundin legte gespielt verletzt eine Hand auf die Brust. „Möchtest du nicht? Ich bin nur mit dir zusammengezogen, weil ich dachte, dass das zu etwas führt!"

„Tut mir leid, dich enttäuschen zu müssen. Aber du siehst selbst nicht schlecht aus." Sie nickte anerkennend zu Grace' eng anliegendem schwarzen Kleid.

„Ich weiß, du bist nicht die Einzige mit einem Date. Wann kommt Dex?"

Kaylie sah auf die Uhr über dem Kühlschrank. Es war fünf nach sieben. „Er müsste jede Minute hier sein. Mit wem genau triffst du dich eigentlich?"

Sie winkte ab. „Mit einem Typen, den ich fotografiert habe. Er war süß und hat gefragt und ... ich werde sehen."

„Na dann, viel Spaß."

Grace nickte und Kaylie folgte ihr in den Flur, wo sie sich die Jacke überwarf.

„Und Dex und du, ihr redet heute über eure Beziehung." Grace wackelte mit den Augenbrauen.

„Noch haben wir keine Beziehung."

„Jaja, noch seid ihr Kinder, die in Sünde leben", lachte ihre Freundin und umarmte sie spontan. „Ich wünsche dir, dass das klappt", flüsterte sie, bevor sie aus der Tür ging.

Ja, das hoffte Kaylie auch.

Nervös zupfte sie am Saum ihres Kleides und lief ins Wohnzimmer, um sich zu setzen. Alles würde gut werden. Sie wollten reden. Nichts weiter. Sie konnte reden. Sehr gut und sehr viel sogar.

Sie ließ sich auf die Couch sinken und wartete.

Und wartete.

Und wartete.

Alle fünf Minuten blickte sie auf ihr Handy. Gut, es war eher alle paar Sekunden.

Um halb acht wurde sie wütend.

Um viertel vor acht rief sie auf seinem Handy an. Sie wurde direkt zur Mailbox weitergeleitet.

Um zwanzig nach acht machte sie sich ernsthafte Sorgen.

Was, wenn ihm etwas passiert war?

Sie lief im Wohnzimmer auf und ab und presste ihre feuchten Handflächen aneinander.

Um kurz nach neun bekam sie eine kleine Panikattacke und war kurz davor, im Krankenhaus anzurufen. Warum meldete er sich nicht?

Als es schließlich um drei vor zehn an der Tür klingelte, hetzte sie angespannt in den Flur und öffnete.

Dex stand da. Und er war nicht blutüberströmt.

„Geht es dir gut?", fragte Kaylie, ihr Herz schlug bis zum Hals. „Ist was passiert?"

Dex sah sie an und seufzte tief.

„Es tut mir unglaublich leid, Kaylie. Ich hatte heute eigentlich frei, doch Sam hat mich gebeten vorbeizuschauen. Ich wollte auch nur einen kurzen Stopp machen, aber dann ist die Hölle losgebrochen und ..."

Er sprach weiter, doch Kaylie hörte nicht mehr zu. Ganz langsam sackte ihr Blutdruck ab, während sich ihr Herz mit jedem Schlag zusammenzog.

Sie hatte Angst um ihn gehabt. Sie hatte sich die schlimmsten Szenarien ausgemalt und er ... er war im Stadion gewesen und hatte gearbeitet?

„Es war ... Arbeit?", unterbrach sie ihn hölzern, die Hände langsam zu Fäusten ballend. „Du bist drei Stunden zu spät, weil du arbeiten musstest?"

Die Worte krochen unter ihre Haut und hinterließen bittere Schlieren. Ihr Herzschlag hatte sich zwar beruhigt, beschleunigte sich jetzt aber wieder um die dreifache Geschwindigkeit.

Er war wegen der verfluchten Arbeit zu spät gekommen!

Hatte sie wegen seines ach so wichtigen Jobs versetzt!

Ein Kloß drückte ihr auf die Kehle.

„Ja, es tut mir leid, ich ...“

„Okay, Dexter. Du kannst jetzt wieder gehen.“

Verblüfft hob er die Augenbrauen. „Was?“

„Du kannst gehen“, sagte sie steif und öffnete die Tür.

Schnaubend drückte er sie wieder zu. „Kaylie, das ist albern. Es tut mir leid, ich konnte nicht weg und ...“

„Gott, spar dir den Atem.“

Es war, als wäre sie fünfzehn Jahre in der Zeit zurückversetzt. Sie konnte das nicht.

Nicht schon wieder.

Sie brauchte jemanden, auf den sie sich verlassen konnte. Und Sportler ... auf Sportler konnte man sich nicht verlassen. Wie hatte sie das vergessen können? Wie hatte sie denken können, dass Dexter anders war?

„Kaylie, lass es mich wenigstens erklären ...“

„Ich habe alles schon einmal gehört, Dex“, presste sie zwischen den Zähnen hervor. *„Ich konnte nicht weg. Es war wichtig. Es hat sich spontan etwas ergeben.* Ich kann dir gar nicht sagen, wie egal mir die ganzen Ausreden sind!“

„Es ist keine Ausrede“, sagte er ernst und umfasste ihre Oberarme. „Es war ein dummer Zufall und ...“

Sie riss sich los und stieß ihn von sich.

„Oh, wie überraschend. Dich trifft keine Schuld. Du wolltest ja kommen, aber die Arbeit. Deine Arbeit, die du so *liebst*, ist dir im Wege gewesen! Ist in Ordnung, Dex. Ich verstehe das. Verstehe es, seit ich auf die Welt gekommen bin ...“

Dexter verengte seine Augen. „Mach mich nicht zu deinem Vater, Kaylie. Ich bin nicht John Thompson. Ich bin nicht unzuverlässig.“

„Du bist drei Stunden zu spät, Dexter!“, zischte sie. „*Drei Stunden.* Ich habe gedacht, du lägst tot im Graben! Drei Stunden ... und du hattest keine Minute Zeit, mir kurz Bescheid zu geben? Keine Zeit, kurz eine Nachricht zu schicken? Jemand anderen darum zu bitten mich anzurufen?“

Dex rieb sich mit der Hand über die Augen.

„Da waren überall Reporter und ich hatte mein Handy nicht an meinem Körper, weil es möglicherweise eine Rückkopplung mit den Mikros hätte geben können und dann war der Akku leer und ...“

Sie schnaubte laut, die Zähne schmerzhaft in ihre Unterlippe geschlagen. „Hörst du dir eigentlich selbst zu?“

„Ich weiß, es hört sich wie ein schlechter Scherz an, aber es ist die Wahrheit, ich ...“

Sie schüttelte den Kopf. Sie konnte das nicht. Sie hatte einen Grund für ihre Liste gehabt und der stand direkt vor ihr.

„Nein“, sagte sie, die Arme eng um ihren Körper geschlungen. „Weißt du, Dex. Wir wollten heute darüber reden, was wir sind und ...“

„Es war eine Ausnahme, Kay!“, unterbrach er sie harsch, den Blick so eindringlich, dass sie ihren abwenden musste. „Eine Ausnahme! Es war nur ein einziges Mal.“

Wut sammelte sich wie Säure in ihrem Magen.

„Oh, es ist immer eine Ausnahme. Eine Ausnahme – bis sie zur Regel wird. Und ganz ehrlich: Ich habe keine Lust darauf, die nächsten Jahre damit zu verbringen, darauf zu warten, dass genau das passiert!“

Dex gab einen trockenen Lacher von sich und legte den Kopf in den Nacken. „Du machst eine Mücke zum

Elefanten, Kay. Du kannst nicht von heute auf den Rest deines Lebens schließen!"

„Es ist meine Entscheidung, auf was ich schließe ... und ich sehe diese Affäre als beendet."

Dex schloss die Augen und sie konnte sehen, wie sich seine Brust einmal langsam hob und senkte.

„Kay, ich habe keine Affären. Ich dachte, das hätte ich deutlich gemacht."

Sie schnaubte laut. Er und seine Richtlinien – von denen er keine Einzige einhielt!

„Ach, so ist das! Du hast mich also von Anfang an als deine Freundin gesehen. Willst mich heiraten, glücklich mit mir werden und dann bekommen wir zweieinhalb Kinder?"

„Ich habe mir eigentlich immer drei gewünscht, aber okay ... ich werde ein halbes Kind genauso lieben wie ein ganzes!"

„Hör auf damit, Dex", sagte sie tonlos. „Hör einfach ... auf."

„Das ist doch der ganze Punkt, Kay! Ich will nicht aufhören."

Er umfasste ihre Schultern. „Was wir haben, ist gut! Was wir haben ist ... das, was alle suchen!"

„Wir haben überhaupt nichts, Dex!", schrie sie ihn an. „Wir hatten ein Experiment, das schiefgegangen ist und ..."

„Tu das nicht, Kaylie. Mach die letzten Monate nicht bedeutungsloser als sie waren! Zieh dich nicht zurück, weil du Angst hast, ich könnte dich verletzten. Denn das werde ich nicht. Ich werde dir nicht wehtun."

„Aber das hast du doch schon!" Ihre Stimme zitterte und der Kloß schien immer weiter ihren Hals hochzurücken und ihr Tränen in die Augen zu zwingen. „Ich will mich auf meinen Freund verlassen können, Dex! Ich will jemanden haben, der mich zur Chemo fährt, falls ich Krebs bekommen sollte! Jemanden der sagt, dass er die Kinder von der Schule abholt und dann nicht fünf Minuten vorher anruft und meint, dass er jetzt nicht von der Arbeit weg könnte, jemanden, der ..."

„Aber ich kann dieser Jemand sein, Kaylie! Ich *bin* dieser Jemand! Du kannst nicht ..."

„Erzähl mir nicht, was ich kann!", fuhr sie ihn an. „Ich weiß, was ich kann und ich weiß, was ich nicht kann. Und das ist, mich mein Leben lang hinter einem beschissenen Ball einreihen zu müssen! Die zweite Wahl hinter einem verdammten Stück Holz und einem Handschuh sein zu müssen! Ich habe es verdient, an erster Stelle zu stehen! Ich habe es verdient, geliebt zu werden ..."

„Aber das tue ich doch!", brüllte Dex. „Ich liebe dich doch, Kaylie! Verdammte Scheiße, ich liebe dich, okay?"

Seine Hände waren ihren Hals hochgerutscht, umfassten ihr Gesicht.

„Weißt du noch, als ich meinte, es wäre direkte Anziehung? Anziehung auf den ersten Blick?"

„Dex, bitte ..." Ihre Augen brannten und sie schloss sie. Sie konnte das nicht hören. Es machte alles nur noch schlimmer. Es würde doch nur noch mehr wehtun.

„Ich lag falsch, Kay. Es war Liebe auf den ersten Blick."

***

Es gab eine Menge Arten, wie auf die Worte ‚Ich liebe dich' reagiert werden konnte. Dexter war sich sicher, dass es mindestens zehn verschiedene Lösungen gab, die ihm gefallen hätten. Aber die Panik, die er in Kaylies Augen aufleuchten sah, als sie sie öffnete und die Tränen des Zorns, die ihr aus den Augenwinkeln tropften, waren keine davon.

Wie hatte das alles so schiefgehen können? Jede Sekunde, die verstrich, jede Sekunde, in der sie nichts sagte, ließ ihn panischer werden.

Er – Dexter O'Connor – bekam Panik!

Panik, dass die Frau, die er liebte, aufgab. Ihm keine Chance gab. Ihre ganze verdammte Zukunft von diesem einen Moment abhängig machte. Von einem blöden, unvorhersehbaren Zufall!

„Du liebst mich nicht, Dex", flüsterte sie und schob seine Hände von ihrem Gesicht. „Nicht genug zumindest. Du wirst mich nie genug, mehr als Baseball lieben können."

Das war Schwachsinn! Er liebte sie so aufrichtig, so verdammt aufrichtig tief, dass es ihm in den letzten Tagen schwergefallen war zu atmen! Wie konnte sie das nicht wissen? Wie konnte sie das nicht sehen? Er liebte sie und, verdammt nochmal, sie liebte ihn! Das wusste er einfach.

„Erzähl mir nicht, was ich fühle, Kay", murmelte er. „Ich liebe dich und du wirst damit klarkommen müssen."

Sie lachte tonlos und schüttelte den Kopf, machte einen Schritt nach hinten. „Diese Unterhaltung ist beendet, Dexter."

Nein, das war sie nicht.

„Weißt du was, Kaylie?", sagte er langsam. „Du bist das Strüh. Wenn du uns aufgibst, dann bist du das größte Strüh von allen. Du hast von Anfang an darauf gewartet, dass ich dich enttäusche. Und natürlich würde der Tag kommen. Du hast einen Fuß aus der Tür gehabt, bevor du den Raum überhaupt betreten hast."

Er konnte sehen, wie ihre zusammengepressten Lippen weiß hervortraten. „Oh nein! Du versuchst nicht *mir* das anzuhängen. Schon gar nicht mit meinem eigenen verdammten Wort! Du hast es versaut, Dex! Oder nein ... du hast recht. Es ist meine Schuld. Ich hätte es von Anfang an besser wissen müssen."

„Nein, das hättest du nicht!" Er konnte sich nur schwer davon abhalten, wieder anzufangen zu schreien. Aber sie regte ihn einfach auf! Alles, was aus ihrem Mund kam, war Folge ihres Schutzmechanismus. Folge ihrer blöden Liste, von der sie glaubte, dass sie sie glücklich machen könne.

„Hör auf damit, Kaylie. Du gibst mir nicht einmal eine verdammte Chance! Du hältst dich an den Klischees und Vorwürfen fest, die du dir über die Jahre hinweg aufgebaut hast, und dann versau' ich es einmal und du gibst auf? Ich werde es bestimmt öfter versauen – ich bin ein Mann – das ist es, was wir tun! Aber ich weiß, dass wir das schaffen können ... wenn du dem Ganzen nur eine Chance gibst."

Er konnte sehen, wie ihr Gesicht rot wurde. Wie sie die Fingernägel in ihre eigenen Arme krallte – und schließlich ruhig wurde. So ruhig, dass er es mit der Angst zu tun bekam.

„Du willst eine Chance?", fragte sie leise. „Schön. Ich gebe dir eine Chance. Morgen beim Spiel: verlier."

Er starrte sie ungläubig an. Er musste sich verhört haben. „Was?"

Sie hob die Schultern. „Liebe ist schön und gut, aber manchmal reicht das nicht. Ich will an erster Stelle stehen, Dex. Vor Baseball. Also ... verlier das Spiel für mich."

„Aber ... wenn wir das Spiel verlieren, verpassen wir die Playoffs!"

„Ich weiß."

„Wir haben nicht die Möglichkeit, es in die World Series zu schaffen."

„Ich weiß." Sie zuckte mit keiner Wimper.

Er schnaubte und schüttelte den Kopf. „Du meinst das ernst?"

„Todernst."

„Das kannst du nicht von mir verlangen, Kay. Es geht hier nicht nur um mich. Es geht um die gesamte Mannschaft."

„Ich kann es verlangen und ich habe es gerade."

Er lachte trocken auf. „Wie stellst du dir das vor? Der Ausgang des Spiels hängt nicht nur von mir ab."

„Triff keinen Ball, Dex", sagte sie gelassen. „Triff keinen Ball, fang keinen Ball. Spiel das schlechteste Spiel deines Lebens."

Das konnte nicht ihr Ernst sein! Er würde nicht seine ganze Mannschaft hintergehen, nur damit sie ihre verdammte Unsicherheit vergessen konnte!

„Kaylie, ich kann nicht absichtlich das Spiel verlieren ..."

„Ich weiß nicht, was dein Problem ist", meinte sie, eine Augenbraue gehoben. „Du sagtest doch selbst, dass du ein guter Verlierer bist."

Er musste wieder lachen, einfach, weil das Ganze so absurd war.

„Das kann ich nicht machen, Kay. Ich kann die Jungs nicht so enttäuschen."

„Dann kann ich das hier zwischen uns leider auch nicht machen."

„Kaylie ..."

„Dexter. Du wolltest eine Chance. Ich gebe dir eine Chance. Was du daraus machst, ist deine Sache."

Er verengte die Augen und starrte sie an. Er liebte sie. Aber das bedeutete leider nicht, dass er sie verstand.

„Kaylie. Ich bin es nicht, der es kaputt macht. Es liegt nicht an mir. Ich war nie derjenige, der die Beziehung von Anfang an zum Scheitern verurteilt hat. Das warst schon immer du."

„Ja. Und ich hatte recht, oder?"

Nein. Das hatte sie nicht.

„Wir sind noch nicht fertig", sagte er und öffnete die Tür.

„Wenn ihr morgen gewinnt, sind wir es."

Dexter schwieg und ging.

Was hätte er dazu noch sagen sollen?

Kaylie hörte, wie die Tür ins Schloss fiel und starrte auf das Holz.

Das kannst du nicht von mir verlangen, Kay.

Sie hatte nie erwartet, dass er zustimmen würde. Hatte es nur so dahergesagt, um ihn zu reizen und dennoch ... dennoch tat ihr Herz weh.

Er mochte denken, dass er sie liebte, aber das würde nicht halten. Nicht, wenn er zwischen Baseball und ihr wählen müsste.

Die Tür glitt erneut auf und diesmal war es Grace, die hereinkam. Sie hatte die Stirn gerunzelt und den Blick auf die Treppen gerichtet, bevor sie sich umwandte und mit hochgezogenen Brauen Kaylie bemerkte.

„Hey Kay, ist alles okay? Dex ist mir im Treppenhaus entgegengestürmt und er sah nicht glücklich aus."

„Klar ist alles okay", sagte sie verbissen. „Es ist nur passiert, was ich bereits hätte erwarten sollen."

Grace Schultern sanken nach unten. „Oh Kaylie. Was ist passiert? Ich dachte, ihr wolltet heute darüber reden, ernst zu machen?"

„Das wollten wir auch", bestätigte sie und dieser verdammte Kloß kämpfte sich wieder in ihren Hals. „Hätten wir auch, wenn Dexter nicht drei Stunden zu spät gekommen wäre."

Ihre Freundin seufzte schwer. „Hast du ihn denn wenigstens erklären lassen?"

„Er war auf der Arbeit, Grace. Im Stadion."

„Ja okay, aber ..."

„Wieso bekomme ich das Gefühl, du bist gegen mich?", sagte Kaylie wütend.

„Das bin ich nicht." Grace hob die Hände in einer abwehrenden Geste. „Wirklich, natürlich bin ich auf deiner Seite. Es ist nur ... manchmal scheinst *du* nicht auf deiner Seite zu sein."

„Was soll das denn schon wieder heißen?", fauchte sie. Das konnte sie jetzt wirklich nicht gebrauchen! Sie wollte Verständnis, keine Standpauke!

„Dass du bei gewissen Sachen etwas empfindlich bist, Kaylie. Das ist alles. Wenn du nichts mehr mit Dexter zu tun haben willst und ihn nicht liebst, dann verbrenne ich sofort eine Zeitschrift gemeinsam mit dir, auf der sein Gesicht das Titelbild ziert. Aber vorher solltest du dich fragen: Willst du nichts mehr mit ihm zu tun haben? Und ... liebst du ihn?"

Kaylies Augen hatten schmerzhaft angefangen zu brennen, als würden kleine Nadeln sich in ihre Augäpfel bohren, doch sie würde verdammt nochmal nicht weinen.

„Es ist egal ob ich ihn liebe."

Grace lächelte matt. „Wie könnte das egal sein?"

Sie wusste es nicht, aber an diesem Gedanken würde sie festhalten. „Er war einfach dazu bestimmt, mich zu enttäuschen."

Grace schnaubte laut. „Also bitte! Jeder Mann ist dazu bestimmt, uns zu enttäuschen. Das ist es, was sie tun! Es ist in ihre DNA eingewebt. Sie können nichts dafür. Sie enttäuschen – und machen es dann wieder gut. Hast du ihm die Chance gegeben, es wiedergutzumachen?"

Jetzt hörte sie sich an wie Dexter. „Habe ich! Und er wollte die Chance nicht haben."

Skeptisch legte ihre Freundin den Kopf auf die Seite. „Wie genau sah diese Chance aus?"

Auch darüber wollte sie nicht reden.

„Grace, bitte", flehte sie, die Augen geschlossen. „Bitte, kannst du mich nicht einfach in den Arm nehmen und sagen, dass Männer Idioten sind?"

„Natürlich kann ich das und das werde ich noch, Süße", sagte sie leise und Kaylie spürte wie sie ihre Hände sanft auf ihre Schultern legte. „Nur ... du warst in den letzten Wochen so glücklich und du bist, was Baseballer angeht, etwas betriebsblind. Wenn du nur versuchen könntest, Dexter mal objektiv zu betrachten ..."

„Ich versuche es doch!“, sagte Kaylie verzweifelt und wischte sich eine regelbrechende Träne von der Wange. „Ich versuche doch, neutral an die Sache ranzugehen. Ich weiß, dass ich Komplexe habe, meine Güte, welcher Mensch hat die nicht? Aber ich kann nicht zwanzig Jahre meines Lebens löschen.“

„Das verlangt doch auch keiner. Du sollst nur Dex nicht mit deinem Vater verwechseln. Denn das ist er nicht. Er kümmert sich. Er sorgt sich. Er ist da!“

„Ja, er ist da ... bis er es eben nicht ist.“

„Oder er ... bleibt da.“

Kaylie schüttelte den Kopf. Grace wollte es nicht verstehen.

„Es ist egal, was du denkst. Es ist meine Sache und mir geht es gut mit dieser Entscheidung. Er war nicht der Richtige.“ Sie wandte sich der Garderobe zu.

Sie musste raus. Brauchte Luft.

Sie zog ihre Jacke vom Haken und ... etwas fiel ihr vor die Füße. Eine Kappe. Eine Kappe, auf der die Nummer Acht eingestickt war.

Sie brach in Tränen aus.

„Männer sind Idioten“, murmelte Grace und schloss sie in die Arme.

Kapitel 21

Dex warf die Tür ins Schloss und als sie nicht sofort einrastete, schlug er mit der Faust dagegen. Das Holz knackte und wurde nach innen gedrückt.

Scheiße.

Dieser Abend war anders gelaufen als er sich das vorgestellt hatte.

Er starrte auf die Delle in der Tür. Das Holz war wirklich zu weich und die Delle nicht tief genug. Deshalb schlug er gleich noch einmal zu.

„Du hast einen Schlüssel, Dex. Du musst die Tür nicht einschlagen."

Erschrocken fuhr er herum. Chloe stand im Türrahmen, bereits im Schlafanzug, eine Tasse Kakao in den Händen.

„Sie hat mich provoziert", knurrte er.

„Die Tür? Hat sie gesagt, du brauchst einen Haarschnitt? Denn dann muss ich dir sagen, dass sie recht hat."

„Ich habe da gerade keine Lust drauf, Chloe", murmelte er und schob sich in das Wohnzimmer.

Doch Chloe war noch nicht mit ihm fertig. Natürlich nicht. Das war sie nie.

„Lass mich raten: Du hast es mit Kaylie versaut."

„Ich habe es überhaupt nicht versaut! Ich habe ihr gesagt, dass ich sie liebe!"

„Hast du? Und sie?"

„Sie hat mich rausgeworfen!"

„Oh, merkwürdig ... normalerweise stehen Frauen doch darauf gesagt zu bekommen, dass jemand sie

liebt."
Ja, das hatte er auch geglaubt.

Chloe musterte ihn, während er zum Kühlschrank ging und eine Flasche Bier hervorholte. „Ich habe das Gefühl, das ist nicht die ganze Geschichte."

Er leerte das Bier in einem Zug.

„Was hast du getan, Dex?"

„Was hast du getan, du Vollpfosten?!"

Dexter wandte Jake den Rücken zu. Er konnte es nicht mehr hören. Er hatte die letzte Nacht nicht geschlafen. Hatte ständig an Kaylies Worte gedacht.

Triff keinen Ball, Dex. Triff keinen Ball, fang keinen Ball. Spiel das schlechteste Spiel deines Lebens.

Ja, er war ein guter Verlierer. Aber das bedeutete doch nicht, dass er absichtlich verlor! Und schon gar nicht würde er das Team mit hereinreißen!

Aber was, wenn es deine einzige Chance ist, sie für dich zu gewinnen? Was, wenn du sie sonst verlierst?, flüsterte eine Stimme in seinem Kopf.

Ja, was, wenn er sie für immer verlor?

Das war inakzeptabel.

„Alter, ich rede mit dir!"

Warum war Jake immer noch da?

„Ja ich weiß, Jake. Tu uns beiden einen Gefallen und hör auf damit."

„Dex!" Jake zog ihn an der Schulter. „Ich habe dir gesagt, dass du die Finger von ihr lassen sollst!"

„Jake! Nimm deine Hand weg und lass mich in Ruhe", fuhr Dexter ihn zornig an.

„Sie hat gesagt, dass sie gerade keinen Baseballer behandeln kann! Was soll denn der Mist?"

Blitzschnell wandte er sich um. „Sie ist hier?"

Irritiert hob Jake die Augenbrauen. „Ja, sie sucht irgendwen, mit dem sie über ihre Anstellung reden kann."

Sie war hier. Er sollte mit ihr reden.

Nein, er sollte ihr Zeit geben, sich zu beruhigen.

Aber er wollte nicht, dass Zeit verstrich. Er wollte *alle* Zeit mit Kaylie. Keine Minute verpassen, in der sie über irgendeinen Blödsinn stritten.

„Alter, was hast du mit ihr gemacht? Sie war wütend und sie ... Mann, ich glaube, sie hat geweint und ..." Jake schüttelte den Kopf. „Jedenfalls habe ich dir gesagt, dass du sie verletzen wirst und dass das unsere Beziehung beeinflussen wird, ich ..."

„*Ich* habe *sie* verletzt? Ich habe ihr meine Liebe gestanden und sie sieht mich an und sagt: Tut mir leid, du bist ein Baseballspieler, ich kann nicht mit dir zusammen sein."

Jake bekam große Augen. „Das hat sie gesagt?"

Na ja, es war seine freie Auslegung.

„Okay, weißt du, es ist egal, was wer gesagt hat", meinte der Third-Baseman und wedelte mit den Händen. „Bring es wieder in Ordnung! Egal um welchen Preis!"

Er hatte Jake in seinem Leben noch nie so ernst gesehen. „Kay ist fertig und sie ... sie ist wichtig, okay?"

Natürlich war sie wichtig! Dex wusste das besser als jeder andere.

„Ich soll es in Ordnung bringen?", wiederholte er.

„Ja!"

„Egal um welchen Preis?"

„Ja! Denn sie ist es wert."

Ja. Das war sie.

Schön.

Jake wollte, dass er es wieder in Ordnung brachte? Das würde er tun. Sie hatte ihm ja sogar die Anleitung dazu gegeben. Kaylie mochte glauben, dass sie ihn vor die Wahl gestellt hatte. Aber das stimmte nicht. Die Wahl war längst getroffen.

„Gut Jake, ich werde das regeln", murmelte er, gerade als er sah, wie seine Schwester über den Rasen stapfte, auf dem sie sich warm machten. Perfekt. Sie war genau diejenige, die er brauchte.

„Hey Dex, ich dachte, ich unterstütze dich beim wichtigsten Spiel der Saison und ..."

„Chloe", unterbrach er sie, „sorg dafür, dass Kaylie das Spiel sieht."

„Was? Ich ..."

„Chloe! Du schuldest mir etwas. Sorg einfach dafür, dass sie hierbleibt."

„Ähm, okay."

Gut. Mehr brauchte er nicht.

***

Gab es hier denn niemanden von der Management-Ebene? Wo waren denn alle hin?

Fahrig wischte sich Kaylie die Haare aus dem Gesicht und eilte weiter den Gang entlang, nach rechts und links in die leeren Büros schauend. Sie wollte so schnell wie möglich aus diesem Gebäude raus. Ihr Herz hatte schon genug Risse und mit jeder Minute, in der sie fürchten musste, gleich Dexter über den Weg zu laufen, schienen sie tiefer zu werden.

Sie vermisste ihn.

Nach zwölf Stunden, die sie ihn nicht gesehen hatte, vermisste sie ihn.

Was war nur los mit ihr?

Sie hatte sich selbst belogen. Sie hatte geglaubt, sie hätte ihr Herz zurückgehalten, wäre sich die ganze Zeit bewusst gewesen, dass das mit Dex nicht für die Ewigkeit bestimmt war. Aber irgendwann, vielleicht als er ihr eine Torte aus Weingummi hatte backen wollen, hatte sie aufgehört darüber nachzudenken. Hatte vergessen, dass er ein Baseballer war und einfach losgelassen.

Und es war toll gewesen.

Wen wollte sie hier belügen? Dexter war der beste Mann, den sie je gefunden hatte.

Also – warum musste sie es kaputt machen? Warum konnte sie nicht jetzt ebenfalls loslassen?

Weil du nie darauf wirst vertrauen können, dass dich jemand über Baseball stellt.

Blöde Komplexe!

Sie hatte sich nie von ihrer schlechten Erziehung und ihrem Groll gegenüber ihrem Vaters zurückhalten lassen wollen, aber ... war das nicht genau das, was sie tat?

Sie atmete tief durch, blickte ins nächste Büro, bei dem die Tür nur angelehnt war, und blieb stehen. Ein Mann mit hellbraunen Haaren saß hinter dem Schreibtisch und starrte auf seinen Bildschirm. Es war Sam.

Sam würde ihr bestimmt helfen können ... sie verdrängte die Tatsache, dass er Dex' bester Freund war.

„Hey Sam“, sagte sie und klopfte an den Türrahmen.

„Oh, hey Kaylie.“

Er blickte auf und lächelte. Er sah ziemlich müde aus, fand sie. „Kann ich dir irgendwie helfen?“

Sie nickte. „Ja, ich habe mich gefragt, wer für das Suchen einer neuen Physiotherapeutin verantwortlich ist und wo ich ihn oder sie finden kann."

Sam lehnte sich in seinem Stuhl zurück und sah sie verwirrt an. „Für das Suchen einer neuen Physiotherapeutin?"

„Ja, ich bin ja nur zeitweilig eingesprungen, weil eine andere Physiotherapeutin kurzfristig ausgefallen ist, und ich wollte mich mal erkundigen, wie die Suche vorangeht."

„Die Suche? Also ... ich bin zwar nur PR-Mann, aber ich weiß nichts von einer ausgefallenen Physiotherapeutin. Du wurdest zusätzlich eingestellt."

Mit offenem Mund sah Kaylie ihn an. „Zusätzlich? Aber in meinem Vertrag stand drin, dass ich nur für einen unbestimmten Zeitraum eingestellt werde."

„Ja, als Probelauf. Würde mich aber wundern, wenn das Management deinen Vertrag kündigen wollen würde. Die Spieler lieben dich."

„Als Probelauf? Aber ... ich bin nicht als Ersatz für jemand anderen hier?"

„Nein. Ich weiß nichts Genaueres, das ist wirklich nicht meine Baustelle, aber ich glaube, der Coach hatte verlangt noch jemanden einzustellen, weil sich nicht ordentlich um die Jungs gekümmert wurde. Hat dir das keiner gesagt?"

„Der Coach hat ..."

Verwirrt lehnte sie sich in den Türrahmen. Ihr Vater hatte sie angelogen. Sie waren nicht in Not gewesen. Sie hatten nicht unbedingt jemand Neuen gebraucht.

„Ist alles okay?" Sam war aufgestanden und auf sie zugekommen.

„Ich ... ich weiß nicht."

Ihr Vater hatte sie hier haben wollen. Er hatte es diesmal ernst gemeint. Er wollte sie wirklich neu kennenlernen. Zeit mit ihr verbringen.

Etwas Weiches und Warmes breitete sich in ihrer Brust aus. Sie war sich ziemlich sicher, dass es ein Marshmallow war.

„Wenn du immer noch mit jemandem von der Personalabteilung reden willst, kann ich dich gerne hinbringen", bot Sam an, einen leicht besorgten Ausdruck auf dem Gesicht.

Sie schüttelte den Kopf. „Nein, ist schon okay, ich ... werde mit einem anderen Verantwortlichen reden, aber danke."

Sie wandte sich zum Gehen, doch wurde von einem sanften Druck auf ihrer Schulter zurückgehalten. „Hey Kaylie, wegen Dex ..."

Oh Gott, sie wollte es nicht hören. Sie brauchte Abstand von diesem Namen! Aber natürlich sprach Sam weiter.

„Es war meine Schuld. Dass er zu spät kam. Ich habe ihn gebeten, mir zu helfen. Er wollte pünktlich losfahren. Die Pressekonferenz sollte nur eine halbe Stunde gehen und ich habe ihn dazu überredet, ein Statement abzugeben, damit Jake nicht wegen all seiner Cheerleader zur Sau gemacht wird. Also ... gib mir die Schuld. Dex ist der beste Kerl, den ich kenne, und er würde sich eher den Arm abschneiden, als dich absichtlich zu verletzen. Er liebt dich und das ist ehrlich gesagt verdammt nervig, weil er andauernd nur von dir redet."

Jetzt hatte sie schon wieder den Kloß im Hals, der seinen Freund, das Brennen in den Augen, mitgebracht hatte.

„Er ... wollte pünktlich losfahren?", wiederholte sie leise.

„Überpünktlich."

Sie nickte. „Okay, danke Sam."

„Immer gerne. Bleibst du zum Spiel?"

„Nein, ich denke nicht."

Sie fuhr mit dem Fahrstuhl zwei Etagen tiefer und blieb vor der Tür stehen, die zum Feld nach draußen führte.

Dex war da draußen. Das wusste sie. Aber ihr Vater war höchstwahrscheinlich auch da draußen. Und mit dem wollte sie sprechen.

Aber möglicherweise war er auch noch in seinem Büro! Es war schlauer, erst einmal dort nach ihm zu sehen.

Der Gott der Feigheit war ihr versöhnlich gestimmt und ihr Vater trat gerade aus der Tür, als sie sein Büro erreichte.

„Kaylie", sagte er lächelnd. „Alles okay?" Warum fragten sie das heute alle? Sah sie so furchtbar aus? Sie hatte geglaubt, dass ihre Augenschwellung etwas zurückgegangen war.

„Hey Dad ... ich habe gerade etwas Merkwürdiges gehört", überging sie seine Frage. „Es wurde mir gesagt, dass gar keine Physiotherapeutin kurzfristig abgesprungen ist."

John Thompson hob eine Augenbraue. „Tatsächlich? Wer hat dir das denn erzählt?"

„Sam."

„Und ich dachte, Presseleute wären verschwiegen."

„Dad ... du hast mir eine Stelle geschaffen, damit ich mit dir rede?"

Ihr Vater hob eine Hand. „Bevor du etwas sagst: Ich habe die Stelle nicht nur geschaffen, damit ich eine neue Chance bekomme, Vater zu sein. Ich bin fest davon überzeugt, dass du hierhin gehörst. Du solltest zumindest überlegen zu bleiben. Du hast Baseball mit der Muttermilch eingesogen und vielleicht liege ich falsch, aber du hast das Spiel immer gemocht und deine Mutter hat früher immer vorhergesagt, dass du irgendwann auch in dem Business landen würdest. Und deine Mutter hatte meistens recht."

„Mom hat vorhergesagt, dass ich beim Baseball lande?", lachte Kaylie.

„Ja. Das hat sie. Also Liebes, bleibst du?"

Das Weiche, Flauschige – vielleicht doch keine Marshmallows, sondern Zuckerwatte – breitete sich weiter in ihrem Bauch aus. „Dad – danke."

Sie lächelte zittrig und sprach aus, was sie schon immer gewusst hatte, Dexter ihr aber noch einmal hatte auslegen müssen. „Du hast recht. Ich liebe Baseball. Ich würde eigentlich gerne bleiben, nur ..." Sie brach ab. Die Worte blieben ihr im Hals stecken.

„Nur – Dexter?"

Sie nickte. „Ja, er ..."

„Ihr habt euch getrennt."

Wieso wussten das nur alle?

„Hat er das erzählt?"

„Nein, nicht mit dem Mund. Aber sein Gesicht hat Bände gesprochen."

Sie seufzte und schloss die Augen. „Ja, wir haben uns getrennt. Wenn man das so nennen kann ..."

„Warum? Ihr wart gut zusammen."

Ja, das schien die vorherrschende Meinung zu sein.

„Ich will nicht darüber reden, okay?", murmelte sie und fuhr sich mit der geschlossenen Faust über die Stirn.

„Kaylie, du weißt, dass ..."

„Dass Dex nicht du ist? Ja, das ..."

„Nein", ihr Vater schüttelte den Kopf, „dass du nicht deine Mutter bist."

Sie machte einen Schritt zurück. „Ich ... was?"

„Kaylie, du hast Angst davor, wie ich und deine Mutter zu enden. Aber du hast dich nur auf die eine Seite der Beziehung konzentriert. Selbst wenn Dex so unzuverlässig wäre wie ich", sein Mundwinkel hob sich bedauernd, „würdet ihr eine komplett andere Beziehung führen. Du bist nicht so nachsichtig wie deine Mutter. Du stehst für dich selber ein. Du kannst das, was sie all die Jahre nicht zustande gebracht hat."

„Was ist das?", fragte sie leise und schon wieder krochen die Tränen aus ihren Augenwinkeln. Dabei hatte sie ihnen doch Hausarrest gegeben.

Ihr Vater legte ihr einen Arm um die Schultern. „Du kannst Leute zur Sau machen. Du kannst deinen Kopf durchsetzen. Du würdest Dex nichts von alledem durchgehen lassen. Und Dex ist ein kluger Kerl. Er würde nicht riskieren, dich allzu oft zu verärgern."

Sie musste lachen, doch das Geräusch wurde mehr zum Hicksen. „Er würde einmal zu spät kommen und dann nie wieder."

„Da bin ich sicher", lächelte ihr Vater.

Sie schniefte etwas und ließ ihren Kopf auf seine Schulter sinken. „Danke Dad. Ich ... ich glaube ich bin soweit."

„Soweit?"

„Dir eine neue Chance zu geben."

Ihr Vater wurde still und als Kaylie den Kopf wandte, waren seine Augen glasig. „Danke, Kaylie."

„Gerne."

„Bleibst du zum Spiel? Ich muss jetzt aufs Feld."

Sie schüttelte den Kopf. „Ich werde, denke ich, nach Hause fahren."

Trinken. Essen. Weinen. Was man abends eben so tat.

„Okay, Kleines. Lass dich nicht herunterziehen. Wir ... sprechen uns?" Die Augen ihres Vaters glänzten immer noch und sie nickte.

„Ja. Tun wir."

John Thompson lief in Richtung des Feldes und ließ Kaylie alleine im Gang zurück. Sie fühlte sich besser, doch ihr Kopf tat weh. Ihr Herz tat weh. Sie war erschöpft vom Fühlen. Sie verbrannte bestimmt unglaublich viele Kalorien bei ihren intensiven inneren Diskussionen. Zumindest in ihrem Kopf wedelte sie sehr viel mit den Händen herum.

Tief durchatmend lief sie los, allerdings zu den Ausgängen. Sie war nicht weit gekommen, als sie hastige Fußschritte hinter sich hörte. Ihr Herzschlag beschleunigte sich und sie rechnete schon fast damit, dass es Dexter war, doch als sie sich umwandte, war es eine kleinere, weiblichere Version eines O'Connor, die auf sie zugeeilt kam.

„Hey", sagte Chloe außer Atem, „wo willst du hin?"

„Nach Hause."

Sie lief weiter, doch Chloe hielt sie am Arm fest. „Du kannst nicht nach Hause!"

„Doch, kann ich", widersprach Kaylie.

„Nein!" Chloe schüttelte den Kopf. „Weißt du, du hast mir einen Gefallen getan, als du mir dieses Taschentuch auf dem Parkplatz gegeben hast und jetzt tue ich dir einen: Du bleibst."

Kaylie streckte ihre Hand aus. „Ich will mein Taschentuch zurück."

Chloe lachte. „Komm schon! Dex hat gesagt, ich muss dich dazu zwingen zu bleiben. Und ich schulde ihm wirklich was."

Langsam verengte sie die Augen. „Ich höre aber nicht auf das, was Dex sagt."

„Ja und das weiß ich wirklich an dir zu schätzen, aber jetzt sollst du ja auch nicht auf meinen idiotischen Bruder, sondern auf mich hören. Und ich sage dir: Es lohnt sich zu bleiben."

Unschlüssig überkreuzte Kaylie die Arme.

Es würde sich lohnen zu bleiben?

Aber ... Dex würde doch nicht ... er ... nein. Das wäre komplett bescheuert! Sie hatte das gestern so daher gesagt, weil sie gewollt hatte, dass er ging, aber nie im Leben würde er ... oder?

„Komm", wiederholte Chloe und fasste sie an der Hand, als sei sie ein Kindergartenkind, das über die Straße geführt werden musste. „Sich zuhause zu betrinken, hat auch keinen Mehrwert."

Darüber könnte man debattieren.

Kapitel 22

„Jungs, ich muss euch nicht sagen, dass das das wichtigste Spiel der Saison ist." Der Coach sah ernst in jedes Gesicht.

Dexter musste den Blick abwenden.

„Ich erwarte von euch, dass ihr euer Bestes gebt!"

Es war, als würde der Coach mit ihm persönlich reden.

„Dass ihr jeden Ball fangt, jeden Ball schlagt und das andere Team wenn nötig umhaut! Nicht wahr, Dexter?"

Dexter nickte nur. Er war dafür bekannt, ab und an mal mit einem Gegenspieler zu kollidieren.

Aber nicht heute.

Gott, er bekam Bauchschmerzen, wenn er an das Spiel dachte. Aber wenigstens hatte er Chloe gesehen, die ihm den Daumen entgegengereckt hatte. Kaylie war also noch da. Das war es, worauf er sich jetzt konzentrieren musste.

„Also, Jungs. Hauen wir die Braves vom Feld und ziehen in die Playoffs ein."

Dexter fand es unfair, dass es für Frauen okay war, in Ohnmacht zu fallen, Männer aber ausgelacht wurden. Denn mit einer Ohnmacht würde das Ganze definitiv leichter werden.

***

„Oh Gott, ich kann gar nicht hinsehen. Sag mir, wenn sie treffen oder nicht treffen. Und sag mir, wenn Luke hersieht, damit ich so tun kann, als würde ich das Spiel gelassen und aufmerksam verfolgen."

„Emma, das Spiel hat noch nicht einmal begonnen."

Kaylie saß zwischen Emma, die sich die Augen zuhielt, und Chloe auf einer der vordersten Sitzreihen mit direkter Sicht auf das Schlagmal. Die Delphies stellten sich auf, sie würden zuerst in der Defense spielen, und Kaylies Herz wurde schwer, als sie den Spieler Nummer acht sich auf der Second Base platzieren sah.

Er war seit gestern nicht fett geworden, der Bastard.

„Sie dürfen heute nicht verlieren, wirklich nicht", murmelte Emma weiter, die mittlerweile zwischen ihren Fingern hervorlugte. „Ich bin eine sehr fröhliche Person und wenn Luke verliert, bin ich dazu gezwungen, nicht mehr fröhlich zu sein, und das mag ich überhaupt nicht. Eine traurige Eventplanerin will keiner engagieren. Ergo: Wenn sie verlieren, verliere ich meinen Job."

„Du bist selbstständig, du kannst deinen Job nicht verlieren", murmelte Kaylie abgelenkt.

„Natürlich kann ich das. Wenn ich traurig werde, muss ich mich nämlich selbst feuern."

„Sie werden schon nicht verlieren", beschwor Chloe, die ihre Hände zu Fäusten geballt in ihrem Schoß liegen hatte.

Kaylie fragte sich unwillkürlich, ob Chloe nicht wusste, was sie von Dexter verlangt hatte. Aber das war absurd! Ein professioneller Baseballspieler würde nie absichtlich das Spiel manipulieren! Dex würde nicht ... nein.

Sie schüttelte den Kopf und konzentrierte sich auf das Geschehen auf dem Spielfeld.

Die Atlanta Braves stellten sich zum Schlagen auf und Luke erzielte mit drei gezielten und zwei nicht so ganz gezielten Würfen das erste Strikeout.

„Luke spielt gut, Emma."

„Wirklich?" Die Blondine zog die Hand von ihrem Gesicht. „Okay, ich glaube dir mal. Denn ganz ehrlich: Ich erkenne nie, wann er gut spielt. Aber alle reden andauernd davon, da wird es schon stimmen."

Kaylie nickte abwesend, während sich der nächste Gegenspieler zum Schlagmal begab. Er traf beim dritten Versuch und der Ball flog direkt auf die zweite Base zu. Ein schlechter Schlag und Dex müsste nur nach oben springen und könnte einen Fly Out erzielen, den Ball direkt aus der Luft fangen und der Batter wäre sofort out.

Aber Dexter bewegte sich nicht. Er sah nach oben zum Ball und ließ ihn keine zwei Meter neben sich fallen.

Kaylie klappte die Kinnlade herunter und Chloe sprang von ihrem Platz auf. „Was zum Teufel tut Dexter da?!"

***

„Was zum Teufel ist los mit dir Dex?", brüllte Luke. „Meine Großmutter hätte den letzten Ball gefangen und die kann weder sehen noch sich bewegen!"

„Die Sonne war so grell. Ich habe ihn einfach nicht gesehen."

„Willst du mich verarschen?!"

„Luke, beruhige dich!", blaffte der Coach. „Und du Dexter: Was zum Teufel ist mit dir los? Du hast drei sichere Dinger an dir vorbeziehen lassen!"

„Ich ..." Dex holte tief Luft. „Ich habe die Bälle einfach nicht gesehen."

Seine Bauchschmerzen hatten sich zu einem festen Knoten in seinem Magen geformt, der ihn sicherlich umbringen würde. Wenn nicht jetzt, dann bestimmt in zehn Minuten, wenn er auf dem Schlagmal stehen würde.

***

„Die sehen nicht glücklich aus", murmelte Emma und nickte zum Dug Out, dem Graben, in dem die Spieler saßen, die gerade nicht spielten, und wo sich das Team besprach.

Oder beschrie.

Es sah eher nach Letzterem aus.

„Kein Wunder! Dex spielt gerade wie du, Emma!", fluchte Chloe und schüttelte den Kopf. „Also, ich weiß ja, dass er wegen der ganzen Trennung von dir durcheinander ist, Kaylie, aber das geht doch schon über einen schlechten Tag hinaus."

„Ihr habt euch getrennt?", fragte Emma mit großen Augen. „Aber warum denn? Ich hatte schon Doppel-Dates geplant!"

Kaylie antwortete nicht. Sie war nicht dazu in der Lage zu sprechen. Mit offenem Mund starrte sie zu dem Team der Delphies, das wild mit den Armen fuchtelte. Größtenteils zu Dex, der nur immer wieder die Schultern hob.

Ihre Lunge brannte, als wäre sie gerade einen Marathon gelaufen – aber es war kein schlechtes Brennen. Doch ob es gut war, konnte sie auch nicht so genau sagen. Es war eher ein fassungsloses Brennen.

Das Spiel ging weiter und die ersten drei Batter der Delphies schlugen sich wacker. Es gab einen Punkt und Ryan Hale stand auf der zweiten Base, als Dexter an das Schlagmal trat.

Kaylies Herz schlug ihr bis zum Hals.

Das geht doch schon über einen schlechten Tag hinaus.

Chloe hatte vollkommen recht. Das, was Dex tat, ging über einen schlechten Tag hinaus. Es war Wahnsinn! Er war wahnsinnig!

„Und der nächste Batter der Delphies ist Dexteeeeeer O'Connor!", dröhnte es durch die Lautsprecher und ein paar Leute fingen an zu buhen. Chloe buhte am lautesten.

Emma warf ihr einen verwirrten Blick zu. „Er ist dein Bruder!"

„Ja und wenn nicht ich, seine Schwester, wer hat dann das Recht, ihm zu sagen, dass er beschissen spielt? Oder, Kaylie?"

Kaylie ignorierte sie beide.

Sie starrte auf Dex, dessen Gesicht von seinem Helm verdeckt wurde. Sie konnte nur seinen Mund erkennen, der zu einer grimmigen Linie verzogen war.

Sie lehnte sich in ihrem Stuhl vor und vergaß zu atmen.

Der Pitcher warf den Ball. Kaylie sah, wie er sich um sich selbst drehte. Es war ein guter Ball. Innerhalb der berechtigten Zone. Dexter müsste ihn nehmen. Das war allen auf den Rängen klar.

Nur ihm nicht.

Kein Muskel von ihm zuckte, während der Ball an ihm vorbei in den Handschuh des gegnerischen Catchers flog.

„Oh mein Gott“, hauchte Kaylie.

„Was?“ Emma und Chloe wandten sich zu ihr um.

„Dein Bruder ist der totale Idiot“, flüsterte sie, die Hand an ihrem Mund.

„Ja, ich weiß, aber ... warum weinst du?“

Kaylie schniefte, lachte und stand von ihrem Platz auf. „Ich bin blöd. So blöd.“

„Kaylie, Schatz, geht es dir gut?“, frage Emma besorgt. „Du redest wirres Zeug.“

Nein, sie redete kein wirres Zeug. Sie sprach die Wahrheit. Wen kümmerte es jetzt noch, dass Dex Baseballspieler war?

„Ich muss los“, sagte sie und lief auf das Geländer zu.

„Wohin?“, fragten ihre Freundinnen verdattert.

„Und ... der Ausgang ist woanders“, meinte Chloe.

„Ich will nicht zum Ausgang. Ich will das Spiel retten“, stellte Kaylie fest und schwang ihre Beine über das Metall.

„Kaylie! Bist du verrückt?“

„Du kannst doch nicht aufs Spielfeld rennen!“, schrie Emma, als sie auf den Schotter sprang. „Das weiß sogar ich!“

„Gibt es da etwa einen angezogenen Flitzer?“, drang die Stimme des Kommentators über die Lautsprecher. Doch Kaylie hatte keine Zeit weiter zuzuhören. Sie musste Dex erreichen, bevor die Security Leute, die sich nach besagtem Flitzer umsahen, sie erreichten.

Sie fing an zu rennen und das Publikum fing an zu brüllen.

Ein Spieler nach dem anderen wandte sich zu ihr um, während sie auf das Schlagmal zuraste.

Dex ließ den Schläger sinken und sah sie mit offenem Mund an. Sie rannte ihn fast um, weil es ihr schwerfiel, auf dem rutschigen Schotter stehen zu bleiben.

„Bist du total bescheuert?", fragte sie atemlos, während sie sich an seinen Armen festhielt, um nicht umzufallen. „Du kannst doch nicht ... du kannst doch nicht ..." Sie griff sich an die Seite, um wieder zu Atem zu kommen. „Du kannst doch nicht absichtlich das Spiel verlieren!"

Ungläubig sah er sie an. „Du hast gesagt, ich soll es verlieren!"

„Ja ich weiß, aber ... ich habe doch nicht gedacht, dass du auf mich hörst!"

Eine Hand legte sich von hinten auf ihre Schulter. „Miss, Sie müssen jetzt wirklich das Spielfeld verlassen."

Sie wandte ihren Kopf zu dem bulligen Security Mann um und schüttelte seine Hand ab. „Lassen Sie mich! Das hier ist wichtig!" Sie schluckte und ließ ihre Hand auf Dex' Brust wandern.

„Dex, ich ... ich ..."

„Miss ...

„Lassen Sie sie! Haben Sie nicht gehört, dass das hier wichtig ist?", fuhr Dexter ihn an und überrascht stolperte der Mann zurück. „Sprich weiter."

Sie musste lachen und ließ ihre Stirn kurz auf seine Brust sinken, bevor sie ihm wieder in die Augen sah.

„Ich liebe dich, Dexter."

Sie wischte sich mit dem Handrücken eine fehlplatzierte Träne weg. „Ich liebe dich und bitte hör auf, so schlecht zu spielen! Ich kann nicht mit einem Mann zusammen sein, der nicht dazu in der Lage ist, einen Ball zu fangen." Sie grinste. „Das war wirklich peinlich eben."

„Du liebst mich?"

„Ja, aber nur, wenn du aufhörst, so schlecht ..."

„Du hast mir gesagt, ich solle ..."

„Ich weiß, ich weiß", winkte sie ab und nahm ihm den Helm vom Kopf, um ihre Hand leichter in seinen Nacken legen zu können. „Wie sich herausstellt, solltest du nicht auf alles hören, was ich dir sage. Auf das meiste. Aber nicht auf alles."

Dexter verengte die Augen. „Was ist mit deiner Liste?"

„*Du* bist meine Liste."

Ein Lächeln breitete sich auf seinem Gesicht aus, als er seine Stirn gegen ihre sinken ließ und sie endlich küsste.

Und Kaylie war zuhause. In seinen Armen, die sich eng um sie zogen, so als wollten sie sie nie wieder loslassen. Und in diesem Moment war es ihr egal, dass sie ein Klischee war. Denn wenn man ein Klischee sein musste, um Dexter O'Connor zu bekommen, dann war das schon in Ordnung.

„Kannst du mir noch mal sagen, dass du mich liebst?", flüsterte sie an seinen Lippen, die Schreie der Menge um sie herum ignorierend.

„Ich habe es dir gestern gesagt."

„Ich weiß, aber gestern war ich zu blöd, es zu würdigen."

„Ich liebe dich, Kaylie. Vor allem dafür, dass ich wieder richtig spielen darf, denn ich schwöre dir: Ich stand kurz vor einem Schlaganfall."

Sie lachte. „Ich glaube, der Rest der Mannschaft auch."

„Ja, die Mannschaft kümmert mich einen Dreck", murmelte er und senkte seinen Mund wieder auf ihren.

Kaylie wusste am Ende des Abends nicht mehr, wie das Spiel ausgegangen war. Denn ganz ehrlich: War das nicht vollkommen egal?

Epilog

„Das ist albern, Dexter."

„Das ist überhaupt nicht albern. Es ist nur fair."

„Es ist komplett bescheuert!"

„Schweig still, Weib, und lass mich meine Fragen stellen! Erstens: *Wie oft in der Woche gehst du duschen?*"

Kaylie verdrehte die Augen, musste aber lachen. „Du hast dir nicht einmal Mühe gegeben, gute Fragen zu finden."

„Doch, habe ich. Das hier ist erst der Anfang. Mein Fragebogen hat zehn Seiten. Beidseitig beschrieben! Ich muss doch wirklich sichergehen, dass du meine Traumfrau bist. Eine vage Bekannte hat mir das mit der Liste empfohlen. Ziemlich hässliche Frau, aber höchst intelligent."

Kaylie boxte ihm mehrmals gegen den Arm. „Hör auf, dich über mich lustig zu machen!"

„Hör du auf, von den Fragen abzulenken. Also: *Wie oft in der Woche gehst du duschen?*"

Sie lehnte sich gegen die Sofalehne zurück und wiegte den Kopf hin und her. „Ich bin gegen Duschen. Ich habe Angst vor Wasser."

„Wie wunderbar!" Dex lächelte anerkennend und legte den Arm um sie. „Ich wusste immer, dass meiner Traumfrau Hygiene nicht wichtig sein sollte. Nächste Frage. *Wie lange überleben deine imaginären Hunde?*"

„Sie leben ewig. Es sind Höllenhunde."

„Meine Lieblingsrasse. *Wie stehst du zu High Heels?*"

„Wunderbar, um seinen Freund umzubringen, der einem dämliche Fragen stellt. Nicht dazu geeignet, an den Füßen getragen zu werden."

„Du hast neben mir noch einen anderen Freund und der stellt dir dämliche Fragen?"

Sie verdrehte die Augen und ließ ihren Kopf auf seine Schulter sinken.

Er war wirklich ein Vollidiot. Zum Glück war er *ihr* Vollidiot. „Ich glaube, ich sollte dich noch einmal zurückgeben und auf das neue Modell warten", stellte sie fest. „Deine Tasten sind mir zu kompliziert zu bedienen."

„Du hast das Kleingedruckte offensichtlich nicht gelesen. Kein Rückgaberecht. Nächste Frage: *Wie stehst du dazu, auf der Couch rumzumachen?*"

Sie lächelte breit und hob ihren Kopf. „Ich bin sehr dafür."

„Ich wusste es: Meine Traumfrau."

Er senkte seinen Mund auf ihren und ...

„Leute! Bitte. Ich bin jung und leicht beeinflussbar. Knutscht, wenn ich nicht hinsehen kann."

Chloe war die Treppe hinuntergekommen und Kaylie musste zweimal hinsehen, bevor ihr Gehirn ihr glaubte, was ihre Augen sahen.

„Was zum Teufel trägst du da?", fluchte Dex sofort.

Chloe trug ein enges, goldenes Pailettenkleid, das kaum ihren Hintern bedeckte, und hatte ihre Haare skandalös hoch auf ihren Kopf toupiert. Sie sah aus wie ein gerupftes Huhn, das in ein hässliches Cocktailkleid gepresst worden war.

„Fragt nicht", winkte sie seufzend ab. „Ich habe einen neuen Job."

„Als Nutte?"
„Als Kellnerin, du Blödmann!"
„Nuttenkellnerin?"
„Lass sie", sagte Kaylie und schüttelte den Kopf. „Ihr Leben, ihre Entscheidung."
„Danke, Kaylie. Du darfst ab jetzt öfter kommen", lächelte Dex' Schwester und machte einen Knicks. „Wir sehen uns. Meine Schicht geht bis zwei, aber ich schlafe heute zu Hause, Dex. Also hör auf, mich so anzusehen!"
Mit diesen Worten verschwand sie aus der Tür.
Dexter sah mehr als unzufrieden aus und Kaylie zog seinen Kopf zu ihr hinab und küsste ihn sanft, damit er sich etwas entspannte. „Mach dir keine Sorgen um sie. Sie wird ihr Leben schon in den Griff kriegen." Hoffte sie.
Er stöhnte und fuhr sich mit der flachen Hand übers Gesicht. „Ich hoffe, du hast recht."
„Ich habe immer recht! Außer ich sage dir, du sollst ein Spiel verlieren. In solchen Situationen habe ich unrecht. Aber ansonsten ..."
„Ich liebe dich, Kaylie."
„Das ist sehr gut. Heißt das jetzt, wir können deine Liste schreddern und uns auf andere Dinge konzentrieren?"
Dex knüllte das Papier zusammen und warf es über seine Schulter.
„Mit dem größtem Vergnügen", murmelte er und dann wurde für eine ganze Zeit überhaupt nicht mehr gesprochen.